顾了之

著

春心动

江苏凤凰文艺出版社
JIANGSU PHOENIX LITERATURE AND
ART PUBLISHING

图书在版编目（CIP）数据

春心动 / 顾了之著 . -- 南京：江苏凤凰文艺出版
社，2024.5
  ISBN 978-7-5594-8235-8

  Ⅰ . ①春… Ⅱ . ①顾… Ⅲ . ①长篇小说 – 中国 – 当代
Ⅳ . ① I247.5

  中国国家版本馆 CIP 数据核字 (2024) 第 008392 号

春心动

顾了之 著

责任编辑	周颖若
特约编辑	王霄
封面设计	普遍善良
出版发行	江苏凤凰文艺出版社
	南京市中央路 165 号，邮编：210009
网　　址	http://www.jswenyi.com
印　　刷	河北鹏润印刷有限公司
开　　本	700mm × 980mm　1/16
印　　张	21
字　　数	388 千字
版　　次	2024 年 5 月第 1 版
印　　次	2024 年 5 月第 1 次印刷
书　　号	ISBN 978-7-5594-8235-8
定　　价	49.80 元

江苏凤凰文艺版图书凡印刷、装订错误，可向出版社调换，联系电话 025-83280257

目录

少女明亮的眼瞳一眨，好似眨碎了朝阳，投落下一片融融的春光。

第一章

阿策哥哥

仲冬时节，霜色连天，整座长安城都浸泡在白茫茫的冷雾里。

崇仁坊的永恩侯府却像世外一隅，仍温暖如春日。

晴日午后，暖阁廊庑下，八名婢女穿着一样的碧绿薄罗衫，手心托着釉白透亮的瓷盏玉匜，静静候在门前。

等了片刻，一只戴着翡翠镯子的手探出来，挑起了门帘："交代你们的都备妥了？"

"惊蛰姐姐放心，都是照着郡主的喜好准备的，"打头的婢女脆声答着，一样样器物指过去，"茶瓯里是今晨新采的梅花雪水，刚在风炉上温煮过；食盒里有樱桃酪和冻酥花糕，八样点心一式一件不重样；香盒里是今冬西面进贡的新香'撒法蓝'；帕子取了最轻薄滑软的水丝绸……"

"倒是个记性好的，"惊蛰赞赏地打量她两眼，"叫什么名儿？"

"奴婢叫阿春。"

"往后就叫谷雨吧。我出去一趟，你醒着点神带她们进去伺候。"

谷雨欢喜应是，带着一行婢女跨过门槛，朝寝间走去。

她们将要伺候的这位贵人，是已故宁国公之女，自幼寄居在侯府的表姑娘永盈郡主。虽说不是侯府的亲姑娘，却比亲姑娘更得侯爷爱护，自小锦衣玉食、娇生惯养到大，雪莲炖奶当白水，珍珠磨粉熬浴汤，是这侯府，乃至全京城贵女中顶顶精细挑剔的主。

也不知前阵子出了什么事，这瑶光阁的婢女全给遣了出去，只留了方才那位惊蛰姐姐。

她们这些新来的被赶鸭子上架，一面窃喜走了大运，一面又担心行差踏错，步了前头那些人的后尘。

想到这里，谷雨不由得有些紧张，又回想了一遍惊蛰的提点——

"郡主不喜吵闹，尤其刚睡醒时，进屋后须得做到落足无声，来去都从郡主身后绕行，万不可晃晕郡主的眼。

"郡主爱干净，从指甲盖到指甲缝都不沾一丝脏污才可近郡主的身，染了灰蹭了泥的，别说碰着郡主，连郡主的眼也不可入。

"郡主皮肤娇嫩，地龙烧得过燥容易伤脸，切记阁中水车不可停转，时刻保证屋内湿气充沛……"

默念着这桩桩件件，谷雨越发忍不住好奇，究竟是怎样的金枝玉叶，能有这么多讲究？

她一抬头，一眼瞧见了"本尊"。

寝间美人榻上，年轻的小娘子只在乳白的心衣外罩了件鹅黄色半透罗衫，轻如雾縠的罗纱下肩颈莹润，胸脯丰腴，骨肉停匀的姣好曲线一览无余。

往上，满头乌发光亮如缎，一张鹅蛋脸脂玉般白净清透，黛眉朱唇，般般入画，漂亮得如天上仙娥一般。

谷雨看得一呆，脚下步子全乱了套，匆忙走到榻边，不大熟练地奉上茶瓯："郡主，请用茶。"

玎玲一声臂钏轻撞的清响，一只修长又不失丰润的手懒懒抬起，接过了茶瓯。

谷雨悄悄抬起眼，顺着那一截雪亮的皓腕往上瞧，却见榻上人杏眼低垂，满脸倦怠，漱过口便将手支回额角，神色恹恹地由身后的婢女梳着发，看上去心气不顺的样子。

仙娥也会有烦心事吗？

谷雨一面端回茶托，一面好奇着，一不留神，咣当一声，茶瓯朝着榻沿翻倒下去。

谷雨倒抽一口凉气，还来不及告罪，又听见一声："哎——"

一转头，梳头婢女先攥着梳篦跪了下去："奴、奴婢粗笨，扯着了郡主的头发……郡主恕罪！"

一屋子婢女齐齐僵在原地，大气不敢出地你看我，我看你，最后下饺子似的一个接一个往下跪："郡主恕罪……"

姜稚衣蹙眉轻抽着气，掌缘压了压刺痛的头顶心，鸦黑的长睫缓缓下扫，看见裙裾上的水渍，闭起眼叹了口气。

不知自己怎就沦落到了连个得力婢女也没得使唤的境地。

说来说去，还得怪那一卷冤孽的话本。

寒月里的天又冷又燥，姜稚衣惯不爱出门吹风，前阵子闲来无趣，见三余书肆为了巴结她送来的那一匣子时兴话本中有本《依依传》，女主人公与自己名字同音，想来有缘，便随手翻了翻。

这话本原也谈不上新鲜，是讲京城里一位表姑娘寄人篱下时结下的一段情缘。开头无非说那姑娘父母双亡，无依无靠，前去投奔表亲，在府上邂逅一俊俏少年郎，对他一见倾心……

姜稚衣本是十分腻烦这等表兄妹戏文。

因她自己也是一位表姑娘，自七岁失去双亲，便被舅舅接到这永恩侯府。

怎奈府上几位表哥无一成器之材，相貌也是各有各的不像话，每每见到表姑娘与表哥恩爱的戏文，一瞧身边几位表哥便败尽了兴致。

难得《依依传》里这位表姑娘钟情的不是表哥，而是表哥在书院的同窗，瞧着倒有几分可贵，姜稚衣便挑了这话本打发时辰。

哪知读着读着，话本竟"显灵"了。

话本中，依依和那少年郎很快两情相悦，却不知两人是不是八字相克，从那以后，依依可谓诸事不顺。

想与情郎飞鸽传信，信鸽死了。

托小厮给情郎送信物，小厮当了信物，卷着银钱跑了。

坐马车去私会情郎，刚出府，一踩上轿凳，轿凳塌了，脚崴了。

姜稚衣读到这里正感慨，好在这轿凳是塌在府门前，不是大街上，否则这京城地界，堂堂名门贵女，脚崴得起，脸可丢不起——

第二日她出了趟府，下马车时靴尖一落，哗啦一声，轿凳当街散了架。

满街的人齐齐整整地望过来。

姜稚衣横竖没被瞧过这等热闹，面无表情一拉帷帽，反身便折回了马车。回府后，她在梳妆镜前静坐了一盏茶的工夫，二话没说撤走了院里的厨子。

哪知底下那群不开窍的过了足足一日才明白她的意思，负责车马的杂役一群人乌泱乌泱地赶来磕头，说绝不是她吃得多发了福，请她千万爱惜贵体，要罚就罚他们吧。

罚了他们，能将她丢在街上的脸皮捡回来吗？

姜稚衣没好气地挥挥手，叫这些人回去打上十个铜墙铁壁的轿凳，也就算了。

那一回，她便只当这事是碰巧了。

直到两日后她心情变好，重新拿起那话本，又读到依依为悦己者容，在衣肆裁了身新衣，新衣却不翼而飞了。

——这回姜稚衣甚至没来得及感慨，便有婢女过来禀报，说方才去衣肆取她新裁的郁金裙，竟然拿到了一只空匣子。

姜稚衣翻开话本看了两眼，问婢女："掌柜的可是吹了胡子瞪了眼，说这裙子分明是他亲手放进去的，怎会不翼而飞，怕是衣肆遭了贼？"

"郡主怎么知道的？"

因为话本里就是这么写的。

姜稚衣瞧着手中的话本，这回有了点稀奇的意思。

难不成这白纸黑字一卷书有神通，能叫她读着什么便应验什么？

那她倒要瞧瞧，这话本还有什么本事。

姜稚衣看着话本里依依的下一次劫难——在情郎送来的礼匣中翻出半只死老鼠，思索了片刻。

情郎她倒是没有，不过想做她情郎的有不少，刚巧三日后是她生辰，想来那些公子王孙正愁该拿什么稀罕宝贝来献殷勤。

她便给他们个机会，放话出去：凡三日之内登门送礼者，不论所送何物，永盈郡主皆回一盏茶作答礼。

这一来，来讨茶喝的世家儿郎几乎快踏破侯府的门槛，连那些许久不见她的贵家千金也跑来凑热闹。

可她派惊蛰一只礼匣一只礼匣地打开，接连看了三日，别说半只，就连一只老鼠也没瞧见。

“原来鬼神也怕权贵，只敢对平头百姓的衣肆下手，不敢陷害世家子弟呢。”惊蛰同她说笑。

她想也是，这话本显灵不过如此，冷哼一声继续读了下去。

再次翻开话本，那一页正说到依依的舅母。

原来舅母当初收留依依不是可怜她，而是家中有一病弱的儿子，正需要八字兴旺的依依镇压病邪。

眼看依依进府后，儿子当真好转不少，舅母哪儿肯让肥水流入外人田，自然要千方百计阻挠依依与情郎相会。

依依所谓的霉运缠身，其实全是舅母造下的“人祸”。

只是舅母没想到，不论她如何暗中作梗，就是拆不散这两人。

无计可施之下，舅母只好从道士那儿讨来一个冲喜的偏方——

据说只要分别剪下男女双方的一缕发丝，编织成辫，装进一配方特殊的香囊，令男方佩戴满一整月，女方便会慢慢地如同被下了蛊一般痴慕男方，之后两人“结合”，男方便可顺利“采阴补阳”。

姜稚衣看到这里恶心得直蹙眉，正要丢开这污秽的话本，动作忽然一顿。

她突然记起，上月有天晨起后，梳头的婢女曾发现她断了一缕头发。

那断口确实齐整得奇怪，但当时大家也没想到别种可能，都觉得是她养的那只狸奴抓断的。

该不会她这头发其实也被人拿去下蛊了吧？

看着那缕还没长回的断发，姜稚衣的后背寒意腾腾升起，她一把合拢了话本。

自那日起，姜稚衣便再没睡过一个囫囵觉，一入睡就梦见有人趁夜潜入她房中，拿着剪子来剪她头发。

梦中情形真真切切，下手的又回回都是身边的下人，醒来自然也没法再安心用人。

她便将原先的贴身婢女都暂且遣去了外院，叫惊蛰查探清楚，看她那头发会不会当真落到了府上的哪位男丁手里。

刚想到这里，叩门声响起，惊蛰回来了："郡主，您要的东西送来了。"

姜稚衣直起身子，朝一旁挥了挥袖，跪了一地的婢女们眼观鼻，鼻观心地退了出去。

惊蛰关拢门，也来不及问这是怎么了，赶忙先递上一只花鸟纹鎏金银熏球："大公子的香囊。"

姜稚衣觑了那东西一眼，拿起一方锦帕垫在掌心，这才接了过来。

要不是必须得验个明白，这位表哥的贴身物件她是决不会碰的。

大表哥是侯府唯一的嫡子，因幼年体弱多病，完全是被舅母溺爱养大的，书没好好读过几日，成天不是混迹赌坊，就是流连于花楼酒肆，还未及冠便已"五毒俱全"。

前些年甚至有一青楼女子寻上门来，哭喊着说怀了大表哥的孩子，为求个名分闹了好大一场。

那女子最后自然没能进门。舅母精明，深知若留了这孩子，大表哥便再难迎娶高门贵女，便逼那女子落了胎，又将人打发出了京城，善后得十分利落娴熟。

大表哥也全然没将这闹剧当回事，消停不过几日又往秦楼楚馆去了。

之后有一回，姜稚衣偶遇大表哥，还听他与狐朋狗友津津乐道什么攀登极乐的药酒，什么销魂蚀骨的滋味……

再看大表哥眼窝深陷、眼下青黑的乌糟模样，从此以后，姜稚衣连瞧他一眼都嫌脏。

昨日惊蛰告诉她，大公子近日还真一直随身佩戴着一只香囊，她还觉着不应当。

她这表哥若非得了失心疯，不知自己几斤几两了，怎敢对她使这种手段？

满京城那么多体面的儿郎任她挑任她选，她尚且看不入眼，倘若她痴慕这样一位难登大雅之堂的，恐怕是个人都能瞧出她被下蛊了吧！

到时他用这偏方的事岂不是不攻自破？

大表哥已然貌陋又无德，总不至于样样落下乘，连头脑也蠢笨至此。

想着，姜稚衣拨开了香囊搭扣，往里一瞧，一激灵，飞快地撒手一扔。

惊蛰也吓了一跳，瞪眼看着从香囊中掉出的东西："这是……"

姜稚衣拿帕子拼命擦着手，嫣红的唇一张一合几次才说出话来："这……这蠢材，真是失心疯了！"

落在地上的是一股盘成圈的发辫。确切地说是两股，一股漆黑如墨、光滑柔亮，一股色泽浅淡、毛躁粗糙。

但此刻，两股头发已被编织成一股，丝丝缕缕缠绕在一起。

见姜稚衣捏着帕子的手不停打战，惊蛰忙上前去顺她的背："郡主先别急，这香囊还未必真是什么偏方，您看前阵子轿凳坏了，可您也没崴伤脚，当时那话本不也只应验了一半吗？兴许大公子只是拿您的头发图个结发的寓意……"

"只是？"姜稚衣扬起眉梢，颤抖得更加厉害。

"奴婢说错了……那也是，也是癞蛤蟆想吃天鹅肉，够晦气的了！"

姜稚衣将帕子往地上一掷，慢慢地深呼吸着，用食指点了点额角。

惊蛰绕到她身后，替她揉摁起太阳穴。

"可有人瞧见你动手？"

"您放心，奴婢上人在街上动的手，大公子当时一点没察觉，回府才发现香囊丢了，这会儿正急匆匆地往夫人的惠风院去。"

姜稚衣睁开眼来。

惊蛰道："咱们要不要过去瞧瞧？"

洗净手上沾染的秽气，换了身御寒的行头，姜稚衣乘步舆出了瑶光阁。

一路穿廊过桥，经山绕水，沿路仆役们见了这描金绘彩的步舆，全都感到意外，停下洒扫，恭敬地分立道旁。

郡主虽在侯府住了快十年，与府上亲眷来往却并不多。

早些时候还好些，侯爷常常领着小郡主与旁的院子走动。后来侯爷隔三岔五外出办差，郡主便独自住在侯爷专为她辟出的西面居所，过自己的清净日子，连与夫人也不怎么热络了。

他们这些外院的更是一年到头都见不到郡主几次。

步舆一颠一颠地过了一道道月洞门，到了惠风院外。

风里断断续续传来一道怨怪的女声："说了……昨日已经戴满……你不好生收起来……"

一道年轻的男声争辩："我这不是想着时日越久成效越好……"

"郡主来了！"皖里眼尖的仆妇高声迎了出来。

前头说话的一男一女立刻消了声。

姜稚衣唇抿成平平一线，一只手攥紧了手炉，另一只手搭着婢女的小臂走下步舆。

"郡主怎的突然过来了，可是有什么要紧事？"仆妇笑着上前来。

姜稚衣自顾自地目不斜视往里走。

惊蛰跟在后头，皮笑肉不笑地看了那仆妇一眼："柴嬷嬷这话说的，好像我们郡主没事便不能来了。"

"怎么会呢！夫人今儿一早还在惦念郡主，说有好一阵子都没见着您了……"柴嬷嬷快步追上去，赶在两人之前朝堂屋里看了一眼，这才殷勤地挑起门帘。

堂屋里已停了争吵。

上首的妇人穿一身蓝缎五彩盘金绣竖襟长袄，金簪插髻，金珠垂耳，端的一副雍容富贵相，不过因才高声叫嚷过，此刻略有些脸红脖子粗的窘态。

见姜稚衣进屋，钟氏定了定神色，笑道："稚衣怎的来了？"

"来找舅母话家常。"姜稚衣随口一答，朝下首的男子瞟了眼。

方宗鸣今日穿了身提气色的宝蓝色圆领袍，奈何顶了张蜡黄松弛的脸，反被这富贵色衬得更没精神气，只有一双浑浊的眼睛在她跨过门槛那刻亮起了精光。

姜稚衣压了压心底泛起的恶心，抬手松了斗篷系带。

方宗鸣立马抢步来接："表妹交与我就是了。"

姜稚衣一甩斗篷襟边，避开他的手，由婢女接去了斗篷和手炉。

钟氏忙给方宗鸣使了个眼色。

方宗鸣轻咳一声坐了回去，不服气地跷起了二郎腿。

他这位表妹惯是这副拿下巴尖看人的架子，快十年了都养不熟。

可惜再矜贵清高，终有一日还不是要在男人身下婉转承欢。

如今离这一日也不远了，他不过提前与她亲热亲热，有什么大不了的。

钟氏呵呵笑着打圆场："舅母方才也正与你表哥话家常呢。"

姜稚衣在玫瑰椅上坐下，接过下人奉来的热茶，手腕轻巧转动，拿茶盖一下下拨着茶沫："什么家常这么要紧，叫舅母这样大动肝火。"

"哪儿有什么要紧的，不过是你表哥不听话，叫我说了两句。"钟氏觑觑儿子："看看，叫你表妹听笑话了。"

"没什么要紧的便好，我来的路上见大表哥院里的人慌慌张张地出去，嘴里说着要找什么物件，还以为家里遭贼了呢。"

钟氏脸色一僵。

方宗鸣跷着的腿也放下去，咽着口水与钟氏对视了一眼。

钟氏的目光闪烁了下，脸上堆着笑指指儿子："可不就为着这事才叫我说了！你表哥今日上街，弄丢了我上月给他求来的一块平安符，也不知丢在了哪儿，只好多叫些人到处找找！"

"不过是块平安符，丢了再求一块不就是了？"

"这符是好不容易从见微天师那儿求来的，可求不着第二块了！"钟氏嗔怪地瞟了瞟儿子。

方宗鸣道："对对对，表妹可还记得，咱们祖母生前也十分看重见微天师……"

"咱们祖母？"姜稚衣冷下脸来，"我祖母是定安大长公主，大表哥这是喊的谁？"

"胡诌什么呢！"钟氏咬牙切齿地瞪了眼儿子，转头赔笑："你表哥这张破嘴，别听他的。"

"那既然是如此宝贝的平安符，是该随身戴着，舅母怎么反倒让大表哥收起来？"

"是天师说，戴满三十日收起来，这才能保平安康健。"

姜稚衣拨茶沫的动作一顿。

"怎的了？"

"没事，"姜稚衣缓缓捏紧了手中的茶盏，往小几上一搁，"只觉着好怪的讲究，难为大表哥了。"

方宗鸣那点紧张散去，得意地一挑眉毛："看吧，表妹也说这讲究怪。我就说那平安符自然是越戴越平安，多戴几日，兴许不光平安康健，还能姻缘美满，抱得美人归呢！"

钟氏恨恨地看他："有这工夫贫嘴，还不快去把东西找回来！"

"趁着侯爷南下办差……他们这是疯了不成！"直到陪姜稚衣回到瑶光阁，惊蛰还觉得不可思议。

她原是不信世上真有这等邪事，可方才郡主这一试探，不光可以断定他们用偏方是真的，还能断定用偏方已期满一月，就要奏效了。

照话本所说，从今往后，郡主便会慢慢爱慕大公子，与他……

姜稚衣也想到了这里，记起话本里"水乳交融"的字眼，捂了捂翻江倒海的胃。

惊蛰赶紧给她斟了一盏热茶端来，想骂什么，又觉得骂什么都解不了气。

郡主这些年虽寄居侯府，却自有宁国公留下的家业支撑，从没在钱财上仰赖过侯府什么。

反倒因着郡主与皇家的血缘关系，还有宁国公生前的功绩，侯府这些年添了不少进账，侯爷的官职也连带着水涨船高。

再说瑶光阁年年得那许多金银玉石、绫罗绸缎，哪次不是只要几位表姐妹多看一眼，郡主便扬扬下巴给了。

有些人就是知道郡主心气高，懒得计较蝇头小利，便仗着那份养育之恩一年年变本加厉，盘算着如何吸郡主的血，如今竟连郡主本人也不放过！

惊蛰道:"郡主,咱们这就把香囊里的晦气东西烧了,看这邪祟还怎么作怪!"

姜稚衣喝过一盏热茶,恶寒终于消下去一些,蹙眉摆摆手示意她去。

可眼看着发辫凑近火烛,姜稚衣又觉得不对:"等等。"

这一烧,岂不烧出个"烧成灰也在一起"?

别是叫她死了都跟这脏东西分不开了!

姜稚衣拦下惊蛰,让她先去将这发辫妥善收好,想到话本里或许写了破解办法,从书匣里重新取出了那本《依依传》来看。

话本中,舅母的偏方制成之后,依依与情郎的境遇急转直下——

边关忽然告急,依依的情郎身为将门中人,匆忙赶赴前线御敌,不得不与依依分离。

舅母欢天喜地,趁机与儿子商议起冲喜之事。

依依听墙脚,偶然听见母子俩交谈,才知这一家人恶毒至此,却因寄人篱下,不敢贸然撕破脸,只好悄悄寻到一道长,请教如何才能破解偏方。

道长说倒也不难,只需她亲手用极阳极煞的凶器斩断那发辫即可。

依依听罢一想:她的情郎不是正巧打仗去了吗?等他凯旋,他那浴血沙场的佩剑便是她的法宝。她和情郎情比金坚,她定能在那之前守住本心,决不负他!

姜稚衣抬眼看了看自己这座金屋。

比金坚的珠玉她倒有十七八石,比金坚的情郎怕是还未出世,叫她找谁守住本心?又向谁去要这浴血沙场的凶器?

姜稚衣一面盘算着一面继续往后翻。

话本中,道长却已没有更多指教,后文也没再提及什么偏方,只一味讲情郎走后,依依是如何如何肝肠寸断,相思成灾,日日等待着边关的捷报。

眼看剩下的书页越来越薄,边关的仗却迟迟没打完,姜稚衣越翻越快,越翻越觉得不对劲。

直到一气儿翻到最后一页,一行小字跃然纸上——

"上卷完,欲知后事如何,请听下卷分解"。

姜稚衣哽在了原地。

谷雨带着茶水婢女进来添茶的时候,正见姜稚衣从书匣里一股脑倒出了一摞话本。

"郡主在找什么?"谷雨不认得太多字,"要不奴婢请惊蛰姐姐过来帮忙?"

"不必了。"

姜稚衣扫了眼那摞书,已是一目了然。书匣里根本就没有下卷。

这三余书肆,送了本触霉头的话本过来也就罢了,竟还是本残卷。

她瑶光阁的赏是太好讨了吗?

姜稚衣看了眼窗外已晚的天色，板起脸："备好车驾，明日一早去一趟三余书肆。"

"奴婢这就着人去安排。"

"郡主明日要出门吗？"一旁的茶水婢女提醒，"奴婢方才从外头回来，听说明日城中要有大事呢。"

"什么事？"

"就是河西那位打了胜仗的战神将军，好像就在明日回京。只怕到时候街上人又多又挤，马车不便通行。"

"你是说，明日这长安城的路就成他将军一个人的了……"姜稚衣忽地一顿，"你说的是哪位打了胜仗的将军？"

"就是三年前离京的，沈家那位——"

"那位成日打马过街招摇来去，斗鸡走狗没正形儿，与我大表哥臭味相投的公子哥儿？"姜稚衣像听着了什么乐子，"你方才管他叫什么神？"

茶水婢女一噎。

谷雨一愣之后反应过来，扯开这没眼力见儿的婢女："这年头是个从过军的都能叫战神啦？那沈家郎君是多不着调的人，会打什么仗，也值得全城为他让路？再说咱们郡主的马车上街，哪次不是人人退避三舍，从来只有人家为郡主夹道的，谁还敢挤着郡主不成。"

翌日一早，谷雨坐在慢如龟爬的马车中，听着窗外鼎沸的人声，看着车里姜稚衣结了霜的脸色，真想给自己这嘴来上一巴掌。

刚出崇仁坊的时候分明好好的，她还在拍马屁，说从来只听过状元游街，可没听过纨绔游街的，昨日那茶水婢女果真是大惊小怪。

郡主虽然没吭声，但是看表情，她这马屁应该是拍着了。

哪儿想到到了外街，不知是谁敲着锣喊了一嗓子，说边关来的将士们就快入城了，街头巷尾的人便全扫了出来，将整条主街围了个水泄不通。

年轻的姑娘兜了满怀的花枝；小孩骑在大人肩头，拍着手叽叽喳喳；壮汉们拖家带口地抢占高地。一眼望去，满街都是攒动的人头。

就这阵仗，别说郡主，怕是太上老君来了都压不住。

人潮拨开一群又聚拢一群，偌大的马车竟像落入汪洋的一叶孤舟，往前进不了，回头也无路。

姜稚衣闭着眼端坐在车中，眉间阴云密布，已经足有一炷香的时辰没开过口。

就在一炷香前，惊蛰眼看形势不妙，提议由她步行去书肆取书，让谷雨陪姜稚衣去边上的茶楼歇脚。

然而一炷香后，马车仍然没能抵达这间看起来就在"边上"的茶楼。

进退两难之际，嗡嗡的嘈杂里忽然掺进一道呼噜噜的鼾声。

姜稚衣轻轻睁开眼，看见怀里那黄茸茸的一团已经睡得雷打不动。

今早她临出门时被这狸奴缠上，记起自己为断发的事冤枉冷落它许久，想它也是个可怜的，她便顺手将它捎上了。

眼下她在这儿不得安宁，它倒是逍遥自在。

"你今日也是专程来气我的是吧？"姜稚衣抱起猫，一把将它塞给谷雨。

她正低头理着粘了毛的裙面，一群魁梧大汉突然你推我搡地挤向了马车。马车一晃，姜稚衣头顶的步摇被撞得一歪，掩在袖中的手开始颤抖。

就算是京中三年一度最盛大的新科状元游街，也从没有过如此喧腾的场面。那姓沈的究竟何德何能，能叫这些人为了看他一眼，你争我抢成这样？

昨日那茶水婢女叫他什么来着，战神？

也是……阔别三年，她差点忘了，沈家这位纨绔怎么不算个"神"？

那就是个不折不扣的瘟神！

谷雨手忙脚乱地替姜稚衣整理好钗饰，起身探出窗外，正要提醒随行护卫小心一些，忽然看见一道熟悉的身影逆着人潮而来。

"郡主，惊蛰姐姐回来了！"谷雨惊喜道。

姜稚衣抬起眼来。

"幸好幸好，您想看的话本拿到了，今日也算不虚此行，您便在这车中先看看书宽宽心，想来开道的金吾卫也快到了。"

姜稚衣勉强"嗯"了声，脸色终于好看了点。

车门移开，惊蛰气喘吁吁跳上马车。

姜稚衣摊开手去接，却接了个空。

惊蛰道："郡主，奴婢没拿着下卷，三余书肆的伙计说，您这书不是他们那儿的。"

"什么意思，这书不就在他们掌柜送来的匣子里？"

"但他们验看了卷底，确实没有书肆的花押印，眼下只好等掌柜的回来给个说法。"

"掌柜的人呢？"

"掌柜的……"惊蛰紧张地吞咽了下，指了指外头，"也去看沈少将军凯旋了……"

一炷香后，惊蛰艰难地护着姜稚衣上了茶楼三楼的雅间。

门窗一关，隔绝了大街上一浪高过一浪的哄闹，耳边终于安静下来。

姜稚衣搭着惊蛰的手腕喘着气，抬眼看见帷帽的轻纱上有一滴可疑的水渍，想起刚刚从马车到茶楼一路横飞的唾沫，头一晕，整个人一晃。

惊蛰慌忙地挽牢她，手脚麻利地摘掉她弄脏的帷帽和斗篷，又将雅间内的桌椅铺上干净的绒毯，替换了自备的茶水和茶具，然后扶她在窗边小几旁坐下。

姜稚衣喘匀了气，拿锦帕掩起鼻子："熏的什么香，臭死了。"

茶楼早已人满为患，就这雅间还是几位世家公子方才让出来的。

要不是那些人认出了姜稚衣，想献殷勤，她们怕是连个落脚的地儿都没有，眼下也只能将就将就。

惊蛰赶紧熄了上一拨客人熏的男香："郡主，要不开窗散散味儿？"

开了窗难受耳朵，不开窗难受鼻子，耳朵和鼻子总要委屈一样。

姜稚衣烦躁地挥了挥手。

惊蛰转身去支窗子，想着该怎么叫姜稚衣消消气。

其实今日这位大张旗鼓的将军如若换作旁人，兴许郡主还不至于这么生气，可这人偏偏就是沈家郎君。

这位沈郎君仗着自己有个做河西节度使的爹，从前在京中行事一贯散漫不羁，到哪儿都是一副吊儿郎当的样儿。

郡主本就看不顺眼这等"刺儿头"，自打因为一只蛐蛐与沈郎君结下梁子，两人从此更是势同水火。每逢见面，一个冷嘲，一个热讽；一言不合，一个甩袖上轿，一个掀袍上马，谁也不让着谁。

这一边是皇亲贵戚，另一边家里手握重兵，看客们也不敢劝和，久而久之就都长了记性——哪家要想个太太平平地办场宴席，便记住一点：这席上有姜无沈，有沈无姜。

如此这般较了许久的劲儿，直到河西突然爆发战事，传来沈节使战死的噩耗。

沈郎君奉圣命赶赴前线，一走就是三年。

这三年来两人一个天南，一个地北，总算是相安无事了。

可这沈郎君真像天生克他们郡主似的，如今刚一回京，脚都还没踏进京城呢，竟又挡了郡主的道！

"哎，你们说，永盈郡主不会也是来给沈元策接风的吧？"窗一支起，一道年轻的男声传了过来，是方才让出雅间的几位公子在隔壁高谈阔论。

姜稚衣刚捏起一只茶盏，动作一滞，歪过头看向惊蛰。

惊蛰道："这些人胡说八道什么呢，奴婢这就去……"

"怎么可能！他俩以前不是都恨不得捏死对方吗？再说郡主是什么身份，他沈元策也配？"一道更高的男声立马反驳。

姜稚衣提起来的那口气又放了下去，朝惊蛰比了个"少安毋躁"的手势，捏着茶盏慢悠悠地递到唇边。

"这不是今非昔比了嘛,你瞧瞧楼下那场面,郡主花车游街可没这阵仗吧?"

姜稚衣那口气重新提了起来。

"所以沈元策凭什么有这么大阵仗?"

"你没听说他带五千人马反杀了北边八万精锐,吓得北庭老王连夜送降书那事?"

姜稚衣把耳朵微微侧向了窗外。

这几年她过得两耳不闻窗外事,身边的人也都识趣,从不在她跟前提起沈元策半个字,沈元策在河西做了什么,她还真是一点没关心过。

只知道当初皇伯伯派他去河西,是让他作为沈节使独子现身前线稳定军心,说白了就是让他当个花架子,哪儿指望过他子承父业,领兵打仗?

后来他留在河西,想来也不过是跟着沈节使的旧部,继续做他的军中纨绔罢了。

可如今听这意思,这人怎么倒像是成了救河西于水火的大功臣?

姜稚衣宁愿相信猪会上树,也不信沈元策靠得住。

"可别吹了吧!他沈元策又不是大罗神仙,八万人?一人一口唾沫都能把他淹死了,还能反杀呢?"

姜稚衣转着手中的茶盏点了点头。

"还真叫你说对了一半,那战报我爹亲眼看过,当时咱们的五千人马被围困,援军都在十万八千里之外,就是沈元策带兵突围的。"

"那、那我说对什么了?"

"对就对在这还真不叫反杀,我爹说沈元策从一开始就是去灭这八万精锐的,那是他拿自己当饵给人家下的套!听说当时杀了一天一夜,那河里流的啊,啧啧啧,全是血水。"

"这么多人一天一夜就杀干净了?"

"好像是先用了个什么法子,发了场大水……"

"叫你们多读点书,不知道了吧,那叫截河淹敌。"

"不是,那沈元策也不读书啊,他怎么知道这些的?"

姜稚衣搁下茶盏皱起了眉。

沈元策怎么知道的,她不知道,奇怪的是——她怎么好像也知道这些计策?

"你觉不觉得——"姜稚衣望向惊蛰,"这事听着有点耳熟?"

惊蛰点点头,从袖中取出了那本《依依传》:"好像是这话本里写的……"

姜稚衣眨了眨眼,惊疑不定地接过话本,翻到男主人公从军的战绩,一目十行扫下来——

以身为饵,截河淹敌。

单骑闯敌营。

千里奔袭取敌将首级。

孤身入北庭。

"这么说，"隔壁的男声重新响起，"外边传沈元策单骑闯敌营，千里奔袭取敌将首级，孤身入北庭什么的，也都是真事？"

姜稚衣缓缓抬起头，和惊蛰对视了一眼。

惊蛰道："郡主，难道是话本又显灵了？"

姜稚衣抬手打断她的话，面无表情地合拢话本，静坐上片刻，深吸一口气，再次慢慢翻开。

眼前的白纸还是那白纸，黑字还是那黑字。

姜稚衣垂下眼睫，盯着话本里"阿策哥哥"四个大字，一动不动地定在了桌前。

不是话本显灵。

应是河西的仗打在前，话本写在后，所以不是话本里的事又应验了，而是这话本原本就借了沈元策的事迹当"模子"。

这《依依传》的男主人公，本就是写的沈元策。

怎么能是写的沈元策？

姜稚衣不可思议地把整卷书翻来又覆去，覆去又翻来，从头到尾又看了一遍，还是没看出这位一身孤且、杀伐果决、在沙场上以疯魔狂悖之名令敌寇闻风丧胆的"阿策哥哥"，和那个为一只蛐蛐跟她跳脚的沈元策有半点相似之处。

"此去三年，四方城中少了一位鲜衣怒马的翩翩少年，弱水河畔多了一位横刀立马的无双战神。"

——真是写得辞藻华美、文采斐然、六亲不认、面目全非。

这哪儿是拿人当模子写话本啊，这是把人送去重新投了个胎！

要早认出此"策"即彼"策"，她至于浪费这么多时间？

谷雨抱着狸奴姗姗来迟，发现姜稚衣脸色难看得像吞了苍蝇，手里牢牢地捏着一卷话本，捏得指骨都泛白。

"郡主，咱不跟这话本一般见识，仔细伤着了手。"惊蛰上前劝道。

谷雨也去哄她："奴婢方才在楼下转了一圈，金吾卫已经在开道了，想来过不了多久路就通了。"

姜稚衣一声没吭。

谷雨只好抱着睡着的狸奴退到窗边，继续往下张望。

兵甲摩擦嚓嚓作响，楼底下，手持仪刀的金吾卫已将人潮分隔到道路两旁。

夹道的百姓们一个个踮着脚，伸长了脖子眺望着城门的方向。

冬季严寒的天，闹哄哄的空气里竟像翻腾着热浪。

吵嚷声中，忽闻踏踏马蹄声如雷震响，一线玄色携地崩山摧之势飞快逼近，骑兵队浩浩荡荡驰骋而来。

马上众儿郎身披玄甲，手执银枪，目视前方，军容整肃，个个意气风发，尤其是被簇拥在当中的那一骑——

少年长身高踞于一匹黑亮宝马之上，乌发以墨冠高束，足蹬长靿靴，腰佩青锋剑，一身戎装光彩耀目。

同样是穿黑中带赤的甲胄，旁人都为这黑压得庄严持重，独他身上那一抹赤色跳脱而出，衬得人比猎猎翻飞的旌旗还更鲜亮。

只一眼，满街的花枝都有了去向。

谷雨人在三楼，只看见一颗颗黑黢黢的脑袋，却看不清马上之人的模样，好奇得半个身子都探出了窗外，正巧怀里的狸奴睡梦中突然一翻身，一骨碌滚了下去！

啊——一声惨叫，接着喵——一声惨叫，姜稚衣回过头一惊，连忙起身探出窗子往下望。

通身金黄的肥猫高高坠落，在风中四仰八叉奓开一身毛，眼看就要摔成一块肉饼。

忽然银光一闪，马上的少年反手抽出身边士兵的长枪，手腕一翻，长枪在半空中扫过一道虚影，斜着向上一挑。

朝阳灿烂，万丈金光皆凝于枪头的一点锋芒。

猫被枪杆接到，肚皮贴着枪杆刺溜一路滑到尾，四只爪子惊恐地扒住了少年的手。

马蹄高高扬起又飒飒落下，数列骑兵齐整地勒马。

人群中静了一刹那，然后爆发出潮水般的叫好声。

“好枪法！”

“天爷，英雄救猫哩——”

“阿娘快看！是天上仙女掉的小仙猫！”

众人随马上的少年一同抬首望去。

三楼小轩窗边，少女探窗而出的身姿娉娉袅袅，上穿杏白短袄，下着榴红百迭裙，头梳百合髻、簪金步摇，额心一枚梅花钿，朝霞映雪般明艳，连娟长眉之下，一双透着惊讶的水杏眼正定定地遥望着马上的少年。

一阵眯人眼的风吹过，少女明亮的眼瞳一眨，好似眨碎了朝阳，投落下一片融融的春光。

一众看客大张着嘴发出一阵惊叹。

三楼雅间，姜稚衣打量着三年未见的人，迟疑地眯起了眼。

马上的人这一身神采英挺的铠甲，加之顾长的身量，宽肩窄腰的身板，全然没了过去那随时要瘫倒的懒骨头样儿。

五官眼见着也长开了不少，比起从前的唇红齿白，更添了棱角分明的硬朗与剑眉星目的威厉。

要不是脸还是那张脸，眼下这人这一手枪法和一身气度，和记忆里的沈元策简直可以说毫不相干……

姜稚衣迟疑的目光从那张脸缓缓地往下扫，落定在马上人腰间那柄青锋剑上，若有所思地眨了眨眼。

身后，谷雨吓白了脸夺门而出："奴婢这就去接……"

"等等——"姜稚衣紧盯着那把剑，朝身后招了两下手。

谷雨附耳过去，片刻后点了点头，快步奔出茶楼，跑到少年跟前摊开手去接猫："多谢将军出手相救！将军救了我家姑娘的爱宠，我家姑娘想请将军上楼喝盏茶，以表谢意。"

"举手之劳，不必。"元策一抛长枪，把死死黏在手上的猫拎了起来，抬手打了个"继续行进"的手势。

"打了三年仗，到学会装控作势了，沈少将军端的好大的正经气派。"像名贵的琵琶弹拨出一道底气十足的弦音，清亮的女声带着一股盛气铮铮入耳。

元策抬起眼皮，对上一双满含骄矜的眼睛。

"连喝盏茶都要推托，沈少将军莫不是还惦记着三年前的事？"

窸窸窣窣的大街瞬间安静下来。

四面男女老少齐齐竖起耳朵，屏住了呼吸。

姜稚衣站在窗边低垂着眼，自顾自漫不经心地摆弄着袖口："以为沈少将军这些年出门在外总有些长进，怎么竟还活在过去，那点陈芝麻烂谷子的事我早都不计较了，沈少将军还这么小肚鸡肠？"

元策扯过缰绳拨转回马头，正要开口——

"还是说……"姜稚衣抬了抬下巴，笑道，"你是怕我在茶里下毒？"

元策眉梢一挑："要下毒也不会当街，这茶自然没什么不能喝的。"

姜稚衣胜券在握地一笑。

"不过，方才我就想问了——"元策眯起眼，抬着头像在仔细分辨什么，"请问姑娘是？"

直到大风扬起，千军万马从茶楼底下奔腾而过，姜稚衣搭在窗台上的那只手还僵硬着一动没动，眼睛一眨不眨地盯着空荡荡的街心。

街边看客一阵哗然，交头接耳、指指点点地议论着什么。

惊蛰赶紧把发怔的姜稚衣往里拉，上前去关拢了窗子。

叽叽喳喳的声音被隔在窗外，雅间里安静下来。

姜稚衣脸色青一阵，白一阵地望着眼前合拢的窗，好半晌才回过神，缓缓地转过头来："他……刚才说什么？"

惊蛰轻咳一声："沈少将军问您这茶还喝吗，您没说话，他就走了……"

"上一句。"姜稚衣捏着帕子扶住了窗台。

"他好像、好像是不认得您了……"

"他不——他不认——"姜稚衣气极反笑，"他是打仗打瞎了眼睛吗？"

"定是您这些年出落得越发沉鱼落雁、闭月羞花，沈少将军才一时没认出来！"

"意思是本郡主从前长得不沉鱼落雁，不闭月羞花？"

"那就是他认出来了……"惊蛰硬着头皮继续想，"但他不敢喝您的茶，所以装不认得您，好把您气走？"

"意思是我蠢，被他当街摆了一道？"

惊蛰哑口无言。

姜稚衣胸脯一起一伏地平复着呼吸，回到座椅坐下。

惊蛰忙跟过去倒茶，瞧见小几上那本《依依传》，恍然大悟，反应过来："话本里说要用男主人公的佩剑破解偏方，那男主人公写的又是沈少将军，您方才是想看看沈少将军那把剑，才故意请他上楼的？"

"不然他身上还有什么值得我多看一眼？"

姜稚衣喝了口茶压下火，坐了会儿，想来想去还是没想通。

要是换作从前，这人在她说到第一句时就该怼回来，说到第二句时就该沉不住气上楼。可看沈元策方才气定神闲，不为所动的模样，她竟然一时也拿不准，他到底是真没认出她，还是打了场仗转了性。

姜稚衣朝一旁招了招手："妆镜。"

惊蛰取出随身携带的小铜镜举到她面前。

姜稚衣左转右转对着脸照了一通，又张开双臂，低头看了自己几眼。

这从小美到大，美得坚定不移，美得始终如一的人，他还能认不出？

惊蛰道："眼下沈少将军入宫面圣去了，咱们怎么办？"

"全长安就他一个人有剑？本郡主非得靠他不可？"姜稚衣拿起话本，啪地搁在了一旁，"这话本不是写什么灵验什么吗？你现在就去三余书肆，叫话本先生换个男主人公！"

午后，一辆银顶珠帷、雕花嵌玉的马车停在了京郊军营门口。

马车内，姜稚衣撑着一副被颠到发麻的身子骨，忍气吞声地阴沉着脸。

这一早上也不知造了什么孽，离开茶楼后，又在三余书肆碰了壁。

那掌柜的居然也说从没见过这本《依依传》，猜测可能是这书还未经编录，便被误放进了送去侯府的匣子，说一定全力追溯出处，一找到下卷或是话本先生立马送去侯府。

等找到了，她怕也没得救了，这便又去了趟太清观，改向张道长讨教偏方之事。

结果张道长的说法与话本里那道士不谋而合，说若要挑选凶器，浴过血的宝剑自然是上选，且浴血越多越新，成效越好。

要说浴血"新"，谁能"新"得过刚从战场上回来的沈元策？

从道观出来，姜稚衣坐在马车里冷静了半个时辰，在心里念了八百遍"小不忍则乱大谋"，出发来了军营。

除将领外，边军不得在城中逗留，听说沈元策出宫后还没来得及回府，先到京郊安顿了手下那拨跟着他回来的玄策军。

营地门口，当值的士兵见了惊蛰出示的御赐令牌，连忙放了行，进去通报——郡主阶从一品，又因家中从龙之功，比公主还得宠，这御赐的令牌是可畅通长安的。

惊蛰回到车内，替姜稚衣戴好垂至腰际的轻纱帷帽："这破解之法得本人亲自动手，您受累下去一趟，一会儿见了沈少将军千万忍着点气。"

忍吧，一辈子也就这一次，等度了这个劫，她这辈子都不可能再主动登沈元策的门。

姜稚衣深吸一口气，弯身走下车去。

三面环山，一面临水的地界，空气里充斥着一股森冷的土腥气，一出车门，姜稚衣就忍不住拿帕子掩了捂鼻，一脚踩上轿凳，又是一顿。

"郡主，"惊蛰小声提醒，"小不忍则乱大谋。"

姜稚衣悬着一只脚，盯着自己白闪闪的鞋面，又看了眼鞋尖即将触到的泥巴地，把脚缩了回来："是可忍，孰不可忍？"

郡主的洁癖的确难过这一关，惊蛰回头给随行护卫使了个眼色。

护卫心领神会，从后头马车里搬下一卷出行常备的毡席，撒手一扬。

毡席骨碌碌滚开，一路从马车滚进营地。

营地里，忙碌的士兵们眼珠子跟着骨碌碌转了一圈，定在了原地。

一抬头，只见马车上的少女外罩一件羽纱面白狐皮里的斗篷，内里一身流光溢彩的袄裙，裙裾前缘被一双绣珍珠的翘头履高高挑起，被人搀着落下脚来，一步步走进营地。行走间帷帽轻纱随风飘逸，满身环佩琳琅作响。

营中人高马大的副将一愣，差点一脚绊到桩子，顿了顿才快步上前来："末将穆新鸿参见郡主！"

姜稚衣在营地中站定，望着那一片正在搭建的营帐吃惊。

几根木头搭一张布就能住人？

沈家虽非世家豪族，但自沈节使当年靠军功发迹后，也算跻身大烨新贵之列，沈元策打小享乐无度，如今竟能在这么粗糙拉杂的地方过活，这当真是脱胎换骨换了个人？

惊蛰上前与那副将接洽："郡主感念今晨沈少将军救猫之恩，特携礼过来答谢。沈少将军可在营中？"

"少将军……"那姓穆的副将左右望了望，"应是出营勘察去了。"

"哦，那是本郡主来得不巧了。"姜稚衣嘴上冷淡，帽纱下的嘴角却弯了弯。

人不在更好，反正她找的是剑。

以沈元策和她的关系，这人若知道她想要什么，不与她对着干就不错了，断不可能如她所愿。她今日本也没打算明着借剑，方才还在想该怎么支开沈元策再下手，眼下直接省了一步。

老天果然是站在她这一边的。

见摆在外头的兵器都不太起眼，姜稚衣不动声色瞟了瞟四下，看准了营地中央那顶鹤立鸡群的大帐。

惊蛰瞧出了姜稚衣的意思："那你们这儿可有歇脚的地方？"

"这……您也看见了，营里的帐子还没搭起来……"

"那不就是搭好的帐子？"惊蛰一指他身后。

"那是我们少将军的营帐，恐怕不太合适……"

"天寒地冻的，便是你们少将军在这里，也得请我们郡主进去暖暖。你在这儿推三阻四，若冻坏了郡主，你担得起责吗？"

"可这……"

啪的一声轻响，穆新鸿打了一个哆嗦，动作一顿，摸了摸被石子击中的后腰，缓缓扭过头去。

"这——"穆新鸿试探着盯住了帐门那道缝隙，"好像是担不起？"

这还需要"好像"？

空气安静了片刻，穆新鸿忙回过头，躬身比了个"请"的手势："是担不起，担不起……郡主请随末将来。"

姜稚衣走上前去，等穆新鸿掀开帐门，站在门口往里扫视了一圈。

六边形的营帐，被一面布帘隔断成两半，里边那半瞧不见，估计是安放卧榻的地方，外边摆了一张桌案、一个沙盘、一排兵器架，还有……

瞥见兵器架边上那个单独放置的乌木剑架，姜稚衣目光一凝，看了眼惊蛰。

惊蛰立马冲穆新鸿皱了皱眉："怎么大帐里也这么冷，你们少将军的营帐连炭火都不供？"

"少将军……"穆新鸿看了眼屋里那面布帘，"不畏寒。"

"我们郡主畏寒，热茶总该有备吧？"

"末将这就派人去取。"穆新鸿走到门口吩咐了个小兵，又回到帐里，雷打不动地守在一旁。

姜稚衣隔着帽纱看了他一眼。

也不知沈元策跟手下的人说过她什么坏话，竟让他们把她当贼防上了。她坐拥金山银山，还能偷他这里的一堆破铜烂铁不成？

姜稚衣忍耐着想了想，冲惊蛰抬手一招，往里走去。

惊蛰跟上她，一路跟到布帘边上，附耳过去，听了片刻，点了点头。

穆新鸿望着那面布帘，沁出一头的冷汗，抬手抹了抹汗涔涔的额头。

姜稚衣转过身，在随行护卫搬来的玫瑰椅上坐下，手指搭在扶手上一下下轻轻地敲着："你们少将军几时回来？"

穆新鸿道："回郡主的话，可能暂且还回不来，要不末将派人去……"

姜稚衣竖掌打断他："少将军公务繁忙，谁都不许去打扰。"

"末将代少将军谢过郡主体恤。"

"我与你们少将军的关系……"姜稚衣无声一笑，搭在扶手上的手指敲得更轻快了些，"不必见外。"

取茶水的士兵很快回来，走到姜稚衣跟前，躬身递上茶碗。

惊蛰伸手去接，刚一碰到碗沿——

"哎！"茶碗一晃，茶水四溅，姜稚衣拎起裙摆猛地站了起来。

"你怎么办的事！"惊蛰往前跨了一步，挡住姜稚衣被"打湿"的衣裙，回头看了眼她的"惨状"，急忙朝帐外的自家护卫道："快去马车里拿身郡主的备用衣裳来！"

送茶水的士兵蒙在原地，满脸惶恐地望向穆新鸿。

"郡主要更衣，你们还杵在这里是不要眼睛了吗？"惊蛰指了指两人。

穆新鸿尴尬地搓了搓裤腿："呃，那个，郡主要不还是……"

"还不快退下！"

"这……"穆新鸿悄悄眄了眼纹丝不动的布帘，"那……末将告退了？"

连告退都要问一问空气的意思，那空气是能长出手来拉着你不让你走？

姜稚衣莫名其妙地看了看这人，刚要说什么，穆新鸿麻溜地拉走了那小兵，退出去后轻轻合拢了帐门。

营帐里只剩从帐缝传进来的呼呼风声，姜稚衣一把掀起帽纱，冲惊蛰眨了眨眼。

"郡主真是足智多谋。"惊蛰用气声说。

"那还用说？"

姜稚衣招呼惊蛰走到乌木剑架边上，仔细端详起那把长约三尺、宽约三寸的剑。

"这么大的剑，拿得动吗他……"姜稚衣狐疑地嘀咕着，刚一凑近，猛地往后一仰，踉跄着后退了两步。

"怎么了郡主？"

"臭死了，这什么味儿？"

惊蛰凑过去闻了闻："剑……剑味儿？"

"嗯？"

"那可能，"惊蛰不确定地又深吸了一口气，"是有一些血腥味儿？"

姜稚衣鼻子还皱着，眼睛亮起来了。

是血腥味儿，那就对了。

张道长说，推测一把剑浴血多不多，除了看它杀过多少人，还要看它的剑槽是否长且深且宽。

这会儿帐门关了，帐中又挡了面厚实的布帘，遮住了一半透进来的天光，有些看不清楚。

姜稚衣朝惊蛰扬扬下巴，示意她拔剑出鞘，自己走到那面布帘前，准备拉开这碍事的东西。

惊蛰犹豫着指指剑鞘，朝姜稚衣用口型说：会出声。

都到这份儿上了，姜稚衣也没了耐心，指指自己的嗓子，示意听她号令："喀喀喀……"

惊蛰一愣。

这是不是太"掩耳盗铃"了？

姜稚衣用眼神催促她，一只手掩嘴咳嗽，另一只手用力拉开了布帘。

唰地一下，天光涌入，屋里瞬间一片大亮。

布帘之后，长身而立的少年赤裸着微湿的上半身，拿着块染血的手巾站在面盆架前，歪了歪头疑惑地看过来。

四目相对，姜稚衣一口气呛进喉咙里："喀喀喀……你……喀喀……怎么在这儿？！"

元策神色淡淡地看了看她，一扔手巾，转身拎起一卷裹伤的细布："这话好像应该由我问郡主？"

惊蛰手忙脚乱地赶过来，抬起胳膊就往姜稚衣眼前挡。

姜稚衣后知后觉地对着那一片肌理分明的雪白眨了眨眼，飞快背过身去："你怎么不穿衣服！"

"在我的大帐，我怎么不能不穿衣服？"

"你是聋了吗？没听见本郡主来了？"

元策眉梢一扬："听见了，不是郡主说的吗？我与你的关系，不必见外。"

"也不必这么不见外。"姜稚衣咬紧了牙关一个字一个字往外吐。

"那要不下次郡主拉帘子之前先知会一声？"

姜稚衣面朝帐门攥紧了拳，浑身上下的血液直往脑袋里涌，满脑子都是她方才亲手拉开这蠢帘子的一幕。

"你，立马穿戴齐整，否则莫怪本郡主上殿参你失仪之罪！"

身后没传来应答，响起了一阵窸窸窣窣布料摩擦的动静。

他应是被她吓住，在老实地穿戴。

姜稚衣轻轻地长出一口气，垂在身侧的手慢慢松开，刚一松，又握起来，她清了清嗓："你刚才都……听到了？"

"'等送茶的来了，你去把茶水打翻'——郡主是想问这一句吗？"身后传来一声从鼻腔里溢出的哼笑。

姜稚衣一噎。

"或者是——'郡主真是足智多谋''那还用说'这两句？"

问你听到没，答"听到"或者"没听到"就行了，谁让你抢答了？

"郡主在这帐子里折腾这么久，不妨直说，看上什么了？能给的，臣自不会吝啬。"

姜稚衣微微一愣，摸了摸有点热的耳朵。

这个沈元策，从前气焰不是挺嚣张的，怎么在她跟前称起"臣"来了。

身后窸窸窣窣的声音消失，传来落座的响动。

姜稚衣回过神来，正色龙了拢斗篷襟边，端着手转过身去："本郡主看上了你……"

他怎么还没穿上衣服！！！

姜稚衣脚都来不及沾地，不假思索地一转身又背了过去。

身后，元策面不改色叉着腿坐在榻沿，单手往肩膀上缠着细布，低头看了看自己："我？"

"这个……"身后人沉吟了片刻，似乎很是认真地考虑了下，"臣恐怕给不了郡主。"

身后的人说话不疾不徐，语气从容平静，考虑得也真情实意。

以至于姜稚衣有一瞬间怀疑自己是不是以最大的恶意过分揣测了他脸皮的厚度，冷静地在脑子里将方才的话重新拼凑了一遍。

"本郡主看上了你……"

"我？这个……臣恐怕给不了郡主。"

她就该以最大的恶意揣测他厚如城墙、大可跑马的脸皮！

"我……"姜稚衣颤抖着指向一旁，"我看上的是你的剑！你的剑！"

身后再次响起一阵窸窸响动，元策披起外衣，缚上革带，慢条斯理地扣着护腕走上前来："郡主刚才不还嫌这剑臭？"

"臭还不让人说了？"

"可以说，"元策走到桌案前，拎开了姜稚衣带来的那把玫瑰椅，"但臣也可以不把剑给郡主。"

嘴上一口一个"臣"的，但这是做臣子的该有的态度吗？

姜稚衣抿起唇忍了忍，回头又看了一眼那把剑。

乌木剑架上，宝剑正封于鞘中，剑鞘寒芒闪烁，青、银两色交相辉映流转，鞘身虎纹浮雕琢磨精细，剑首嵌上等纯色戈壁黑玉——瞧着的确是破铜烂铁里比较像样的了。

脸也丢了，气也受了，这把剑她今天还就非要拿下不可。

元策在自己那把座椅上坐下，端起那碗送给姜稚衣的茶水，不咸不淡地望着她，像在等着她灰溜溜地甩袖走人。

姜稚衣冷着脸回看他，眼睛与他对视，手背在身后，朝惊蛰打了个手势。

惊蛰惊慌一瞬后镇定下来，悄悄取出袖子里的物件，塞进她手心。

然后便见姜稚衣伸出了三根手指。

两根。

一根。

惊蛰猛一回头推开了剑鞘。

姜稚衣一背身，手起辫落，一割。

元策端到嘴边的茶碗顿了一下。

姜稚衣瞧着手中断成两截的发辫长舒一口气，在元策看不见的角度将残辫塞给惊蛰，轻轻甩了甩手，若无其事地回过身来："现在，本郡主连你的剑也看不上了。"

说罢点了下头示意告辞，摞下帽纱，转身款款走出了大帐。

元策捏着茶碗，看了眼那把尚未归鞘的剑，视线慢慢下移，对着半空中悠悠飘落的两根发丝缓缓眨了眨眼。

"郡主方才是没瞧见，沈少将军都被您给镇住了！"回到城中，永恩侯府门前，惊蛰扶姜稚衣下了马车。

姜稚衣唇角一弯，坐上府里的步舆，捧着手炉懒懒地往后一倚："倒是走快了些，该留下来好好欣赏欣赏才是。"

见姜稚衣难得展了笑颜，惊蛰一路与她说笑着进去。途经惠风院，前路忽然拐出一道蔫头耷脑的身影。

姜稚衣带笑的脸立马冷了下来。

方宗鸣似是刚从钟氏那儿出来，两手拢着大氅，愁容满面晃晃悠悠地往外走着，望见姜稚衣的步舆，两只脚打架似的一绊，本就像吃糠咽菜一般的脸色更灰扑扑了些，全然没了昨日像看囊中物一样看她的得意姿态。

姜稚衣人在步舆高他一头，居高临下冷冷地瞟去一眼，便像将他吓着了。

方宗鸣目光闪烁着四顾，连声招呼都没打，落荒而逃般拐进了一旁的小路。

步舆继续朝前走着，等过了惠风院，惊蛰小声道："郡主，看大公子从夫人院里出来这模样，他们恐怕猜到是您拿的香囊了。"

姜稚衣扯了扯嘴角："他就那点出息，猜到便猜到吧。"

惊蛰跟着笑起来："如今偏方已经破解，证据又握在您手中，您写给侯爷的信也已送出，大公子看见您可不得像耗子见着猫？这下睡不着、吃不好的该轮到他们了，郡主只管想想今日晚膳用什么就好。"

"那鬼军营差点没把人冻死，晚上就吃羊汤暖锅吧，备些鱼鲜，配上凝露浆。"姜稚衣轻敲着指尖想了想，"对了，去把长兴坊新开的那家酒楼掌勺的请来，听说那儿的菜色皇伯伯也赞赏有加。"

"可要再请些乐工舞姬添点意趣？"

"甚好，"姜稚衣兴致颇高地一挥袖，"都安排上。"

姜稚衣这边过上太平日子的时候，惠风院那头却好似遭了霉运。

接连几日，府中下人经过院外皆是轻手轻脚不敢停留，生怕触着夫人的霉头。

听闻大公子感染风寒病倒了，医士请了一拨又一拨，连宫中的太医也来瞧过，汤药流水般送进去，大公子却始终高烧不退，不见起色。

夫人日日垂泪，叹她的儿打娘胎出来便带了弱症，注定是短寿的命，也不知自己前世造了什么孽，老天要这样惩戒她，惩戒他们方家。

整座永恩侯府都沉浸在悲戚之中，仿佛明日便要支丧幡、挂白绸，唯独西面瑶光阁与世隔绝般夜夜笙歌，从乐工舞姬到戏曲班子，走了一拨又来一拨，热闹得别开生面。

"奴婢听外院那些下人嚼舌根子，说夫人这些天气得够呛，念着大公子都这般了，您不去探望便罢，竟还让人拼命吹拉弹唱，生怕大公子走得不够快似的……"

——这日午后，惊蛰与姜稚衣说起府上的事。

姜稚衣闲闲地卧在暖阁的美人榻上，轻抚着怀里的狸奴："舅母都这么生气了，怎还不来寻我说理？"

"他们哪儿敢呀？"惊蛰一笑过后又敛起神色，"奴婢瞧大公子哪里是感染了风寒，分明是发现事情败露了，做贼心虚吓丢了魂。喝汤药管什么用，夫人既然如此迷信巫蛊邪术，不如请个大巫来叫魂的好！便真是挨不过去，也是他们自食恶果！"

不知哪个字钻进了耳朵，姜稚衣没了关心别人的闲心，坐直了身子问："与你说着话都饿了，让谷雨去买点毕罗果子，怎么这么久还没回来？"

长兴坊街头，谷雨两只手各提了个食盒，转身要往左走，面前那瞎了一只眼的老道士便跟着往左一跨；等她改往右走，那老道士又往右一挡，愣是拦着不让她上马车。

"老先生，我与你说了，我不算命，也不卜卦，您再不让道我可要喊人了！"谷雨生气地骂。

"小姑娘，"老道士一只手擎着卦幡，另一只手捋着长须，"贫道不收你的银钱，不过是见你印堂发黑，恐你不日将有灾殃，好心提醒提醒你罢了！"

"你这会儿再拦着我，我才真要有灾殃了！"谷雨望了眼天色，更着急了，快步绕开了人就往马车走。

"小姑娘，贫道是看你家中有人得三清道祖庇佑，躲过一劫，却未曾亲自去道祖神像前敬香还愿，怕要遭天谴被反噬啊！"那老道士在后头扯着嗓子喊。

"哪里来的江湖骗子，我家中只剩我一口人，可不怕你来谴！"谷雨回头瞪他一眼，刚要掀帘上马车，忽然一顿。

"当真只剩你一口人？姑娘要不再好好想想……"

"糟了……"谷雨想起什么，急急跳上马车，吩咐车夫："快，快回府去！"

翌日清晨，京郊。

天刚蒙蒙亮，寒雾还未完全散去，辘辘行驶的马车内，姜稚衣正在小榻上补眠。

昨日谷雨从街上回来，传回一江湖老道的话，姜稚衣才记起偏方破解之后，自己确实没去太清观添过香油钱，说来是有些不把三清道祖放在眼里。

不过这就要天谴，是不是也太严苛了些？

想着这些便也没了纵情歌舞的心思，昨晚闲来无事，姜稚衣又拿出那本《依依传》，忍受着话本里那个"沈元策"的茶毒，仔细看了看女主人公在道观问过卦后都做了些什么。看完她决定效仿一下，起早去趟太清观，将这道礼给补全了。

只是近来天天睡到日上三竿，乍一早起还有些不习惯，一上马车便睡了过去。

见小榻上的人眉心紧皱，额头汗湿，不知做了什么梦，惊蛰绞了张帕子靠近。

还没擦着额头，姜稚衣突然猛地睁开眼来："……阿策哥哥！"

惊蛰吓了一跳，想问姜稚衣是不是魇着了，还没开口先一愣——

什、什么哥哥？

姜稚衣急促地喘息了几声，望着马车顶愣愣地眨了眨眼，蓦地坐了起来。

"郡主？"

"我这是在哪儿？"姜稚衣满眼怔忪地看了看四周。

"去太清观的路上。郡主，您是梦见……沈少将军了吗？"

姜稚衣的脸色从迷茫慢慢转为震惊，觉得不可思议，难以接受："我刚才喊什么了？"

"您喊了阿策……"

姜稚衣一激灵，竖掌打断她，深吸一口气，僵着手指了指茶盏。

惊蛰连忙递上茶水。

姜稚衣接过来就开始漱口。

呸，呸呸！

都怪那《依依传》的女三人公身世跟她这么像，男主人公又是拿沈元策当的模子，她翻来覆去看了太多遍，竟像被洗脑一般入了戏，方才居然梦见自己成了话本里那个满脑子只有情郎、张口闭口"阿策哥哥"，肉麻话连篇的依依。

梦里的她苦等三年，终于等到情郎从边关回来，却发现他与她相见不相识，仿佛全然忘了她……

姜稚衣抬起手，惊愕地摸了摸湿润的眼角。

梦里被抛弃的伤心和绝望未免太真实了些，就连场景都与那日在茶楼看沈元策凯旋一模一样。

这么一回想，恍惚间竟有些分不清，究竟哪些是现实，哪些是梦境……

姜稚衣晃了晃昏昏沉沉的脑袋，打住了回想，问惊蛰："昨日我看完后，你将那话本放去了何处？"

"奴婢想这话本容易生事，轻易还是不拿出来的好，给您锁进了书匣。"

"回去立马把它烧了，烧成灰，烧得一干二净最好！"

"奴婢记着了。"

姜稚衣揉了揉酸胀的太阳穴，感觉这梦做得头重脚轻的，靠着腰枕缓了会儿神，问："到哪儿了？"

"离太清观还有一段路呢……"

话音未落，惊起一声凄厉的马嘶，马车一个急停，姜稚衣惊叫着向前栽去。

惊蛰险险搀稳了人，急声朝外问："发生了何事？！"

"是绊马索。有山贼，保护马车！"

车外护卫纷纷拔剑出鞘，丁零当啷的刀剑相接声顿时响作一团。

"天子脚下，京郊地界，怎会有山贼出没？"惊蛰掀开车帘一角往外望，见成群的匪徒举着大刀蜂拥而至，转瞬便团团包围了马车。

车内摆设七零八落，器具摔得碎了一地，姜稚衣喘着气，惊魂未定。

不等她回神，铿——一声闷响，一把大刀飞砍而来，车轮下陷，马车轰然歪倒。

姜稚衣人被甩向车壁，脑袋咚一下撞了个结结实实。

"郡主！这马车不能待了，咱们得下车去！"

一阵天旋地转的晕痛，姜稚衣蒙了一瞬，痛苦地皱起眉，眼看惊蛰嘴巴一张一合，却一个字也听不清，就这么迷迷瞪瞪地被拉下了马车。

脚下是坑洼不平的山道，四面是满山萧瑟的枯黄。

姜稚衣被簇拥在护卫当中，像片随波逐流的浮萍，感觉天和地都倒了个个儿，周围每个人的身影都晃动着重影。

脑袋沉甸甸的，脚像踩在棉花上，耳朵里仿佛堵了团布，四面的厮杀声明明很近，听起来却像隔着一个山头。

刀光剑影劈头盖脸，姜稚衣被惊蛰拉着一路左闪右避，隐约听见惊蛰在她耳边喊什么坡后，什么跑过去。

姜稚衣眯起眼睛，顺着惊蛰所指的方向望去，看见了一个高坡。

金色的日光漫过山头，染亮层林，簌簌地消解了覆盖在枯草上的霜粒。

长草掩映间，似乎有个身影正高踞马上，静静俯瞰着底下的厮杀。

看身形气度，并不像是贼人。

可那人投落下来的目光，又分明像在看一群蝼蚁一般冷漠，不为所动。

身边的护卫一个个倒下，包围圈收缩得越来越小，姜稚衣晕晕乎乎地望着那人，突然被惊蛰猛推了一把。

"郡主，坡后是……快去求救！"

姜稚衣顶着昏沉的脑袋，迟钝了一刻才接收到这讯息，跟跟跄跄往坡上跑去。

眼前山道和树木不停地颠簸晃动，头顶朝晖将远处马上的玄衣少年的轮廓镀上一层朦胧的光，让他如同置身梦境一般虚幻。

追在身后的踏靴声步步紧逼，姜稚衣捂了捂快跃上嗓子眼的心脏，气喘吁吁地朝上喊："救……救……"

马上的少年回过头来。

英挺的眉目与她方才在梦里见的那张脸分毫不差地重合。

姜稚衣终于反应过来，惊蛰说的是——坡后是玄策军的驻地。

"沈、沈元策……"冷风灌入喉咙，呛进肺里，咳得人眼冒金星，姜稚衣奋力往上跑着，脑袋越来越沉，脚下步子越来越虚浮，临到马上的人跟前，膝盖一软猛地摔倒在地。

姜稚衣忍痛仰起头，张嘴想说什么却怎么也发不出声，望着近在咫尺的玄色衣袍，艰难地抬起手，像抓救命稻草一般一把抓住了一片衣角。

马上的人皱眉垂下眼睫，轻飘飘的目光在她头顶心一落，骨节分明的手指轻轻捏住了那片衣角，慢慢往回抽。

雪白的手重新被甩落进泥地里。

与此同时，身后追来的贼人也到了。

姜稚衣心下绝望得像回到了方才的梦里，趴在地上仓皇回头，看着那把血淋淋的大刀，终于两眼一黑晕了过去。

失去神志之前，脑海里只剩一个念头——她今日若死在此处，便是做鬼也不会放过沈元策！

半个时辰后，乱纷纷的军营里，一群士兵里三层外三层地围拢在大帐门口，一个个伸长了脖子往里瞅。

"怎么回事，不是说郡主没受什么伤吗？"

"嗐，贵人就是不经吓，少将军当时也没说不救，哪儿知道郡主直接吓晕了过去……"

"那也不该晕这么久啊，不会是被少将军驮在马背上运回来，路上颠坏了吧？"

"听说这永盈郡主比天家公主还受宠，要真在咱们的地界上出了岔子，咱们这么多脑袋够不够掉？"

众人紧张地咽了口口水。

大帐里头，穆新鸿站在床榻前一面着急地搓着手，一面观察着军医的脸色："如何？"

军医松开把脉的三指："单看脉象并无大碍，按理说这会儿该醒了，只是不知郡主是否有什么要紧的伤处……"

穆新鸿面露难色。

床榻上不省人事的小姑娘苍白着脸，一身光鲜的粉裙染了大片泥渍，看着像是跌过跤，可他当时没在近前，不知具体情形。

少将军也真是，把人当货物一般驮回来就罢了，也不留下看看人家的伤势，反倒出去关心那些尸首。

这满军营的汉子，连猎犬都是公的，谁敢碰这千金之躯？更别说上手验伤了……

穆新鸿正急得团团转，大帐门口的议论声忽然轻下去，里三层外三层的士兵们流水般朝两边散开，让出一条道来。

元策挎着剑穿过人群，走进了大帐。

穆新鸿道："少将军，您可算回来了！您再不来，郡主这伤……"

"就该愈合了？"元策把剑往一旁一抛。

穆新鸿接了剑，匆匆放回剑架："……不是，您方才可瞧见郡主摔着哪儿了？"

元策眯起眼，回忆着姜稚衣跌倒的姿势，食指和中指并拢了远远一指，点过榻上人的左手肘、右手腕、左膝。

"那便不是伤到要紧之处，也没有折疡迹象，还是受惊过度导致的昏迷。"军医判断道。

穆新鸿追问："那要如何才能醒转？"

"这……法子是有，只怕不太体面……"

"还要体面？"元策瞥了眼灰扑扑躺在他床榻上的人，一挥手示意旁人让开。

穆新鸿惶恐地退去一边："您收、收着点，这细皮嫩肉的可遭不住重手……"

元策眼底浮起一丝不耐烦，抬手松了下衣襟，在床沿侧身坐下，拇指摁上姜稚衣的人中，利落地往下一掐。

如同溺水之人骤然呼吸到清气，榻上之人急喘一声，吃痛地皱紧了眉，颤抖着睁开眼来。

姜稚衣迷茫的眼神在虚空中看了看，似乎还没从惊吓中缓过神，好半天才顺着眼前的手慢慢偏过头来，看见坐在床边的人，像是愣了愣，目光轻轻闪烁了下。

对上姜稚衣的眼神，想起这位胡搅蛮缠的脾气，元策眉梢一挑，收回了手。

不料下一瞬，姜稚衣忽然眼圈一红，浓密的长睫扑簌簌颤动着，落下一滴泪来。

这力道，也不至于疼哭吧？

元策摩挲了下指尖，皱了皱眉，招手让军医过来应付，正要撑膝起身——

上身突然被猛地一撞，腰上蓦地一紧，一双玉臂牢牢搂住了他。

那沾了灰的粉团一脑袋扎进了他怀里："阿策哥哥！"

元策人被撞得往后一仰，双手一下高举过头顶。

四下惊起无数倒抽冷气之声，元策高举着手，盯着眼前白花花的帐布看了一晌，缓缓低下头去，望向环着他腰的那双手："你在——叫谁？"

姜稚衣像没听到似的，自顾自搂着他，眼泪汪汪："阿策哥哥，方才当真是吓坏我了，那些贼人举着好大的刀，我差点以为、以为这辈子再也见不到你了……"

元策高举的手慢慢攥成拳，屏住了呼吸。

"我刚刚还做了一个好可怕好可怕的噩梦，梦到我摔了一跤，去拉你，你却嫌弃地将我甩开了……还好、还好只是个梦……"

元策面露疑惑之色。

"我就知道阿策哥哥不会不管我，"姜稚衣说着，后怕一般将他搂得更紧了些，脸颊蹭了蹭他的衣襟，"我就知道你心里有我！"

元策哽在了床沿。

"阿策哥哥，你怎么不说话？"姜稚衣收住泪抬起头来，对上元策震惊的眼神。

"你在——"元策的腰背后仰成弓形，身体绷得像铁板一块，"跟我说话？"

"我不跟我的阿策哥哥说话，跟谁说话？"姜稚衣疑惑地眨了眨眼。

阿策……哥哥？

元策匪夷所思地别过脸，望向一旁。

帐外呆若木鸡已久的众人手忙脚乱地背过身去，捂眼睛的捂眼睛，捂耳朵的捂耳朵。

姜稚衣随他偏过头去，看到乌压压一群人，立马松了手，一把拉高被衾往后退，目光闪动地望着元策，苍白的脸一点点泛起红晕。

穆新鸿强逼着自己从这一幕里回过神来，走去门口赶人："都不要眼睛了？！去去去，散了散了！"

众人一溜烟窜没了影，最后一名离开的士兵跑开几步又想起什么，回过头来贴心地关拢了帐门。

静悄悄的大帐里死寂更甚，榻上四目相对的两人一个僵如槁木，一个面若桃花。

姜稚衣面露羞愧之色："对不住阿策哥哥，我没注意到旁边有人……"

还知道对不住？

不是……她对不住的应该是旁边有人吗？

"呃，旁边没人，旁边马上就没人了！"穆新鸿一把拉过不知所措的军医："少将军，那我们也出去……"

"该出去的不是你们，"元策竖掌打断他，盯着面前两颊绯红的人，缓缓撑膝起身，"是我。"

"欸？"姜稚衣慌忙地伸手一拉，拉住了他的手。

柔软的压迫感又袭来，元策垂下眼睑，看着揪住自己小拇指的那只细白的手，从手指尖一路僵到脚后跟。

"阿策哥哥，让他们走就可以了，你出去做什么？"

元策看着她眨巴眨巴的眼，从牙缝里挤出几个字："去和医士商讨你的脑……你的伤势。"

"可是你走了，我一个人害怕……"姜稚衣嘴一撇，似乎又要哭出来。

"那就——"元策垂在身侧的另一只手紧握成拳，轻轻抽回自己的小拇指，"害怕着吧。"

帐外，元策负手站在空阔处吹着风，看上去心如止水，平静祥和。

如果穆新鸿没有从后面看见他那根仿佛与其他手指脱离了关系的、独自撇在风中的小拇指的话。

鼻端那股似有若无的甜腻香气始终挥之不去，元策蹙着眉头，听见身后有人跟出来的动静，回头一指大帐，笃定道："她是不是烧坏脑子了。"

军医沉吟片刻："这……郡主并未起高热，恐怕没有这种可能……"

"那是吓坏脑子了？"

"受惊过度的确可能致人神志恍惚，可郡主口齿清晰，言语流利，行为举止也符合常人情状，方才种种动作甚至比少将军您还迅捷三分……"

穆新鸿挠了挠后脑勺，小声道："会不会是郡主还在图谋您的剑，有意使诈支开咱们？"

元策点点头，侧耳听了片刻，掀开帐帘一角往里望去。

姜稚衣正安安分分地坐在榻上，一脸委屈地唉声叹气，透过帐缝与他对上视线，眼睛一亮，就要下榻来。

元策一把合拢了帐门。

"不是？"穆新鸿瞅瞅元策难看的脸色，继续挠头皮，"那要不然就是……"

元策一抬手示意算了："不管是什么，立刻把人送回永恩侯府去。"

等待侯府来人的时辰里，军营上下陷入了一种诡异的气氛。

目之所及，人人做贼一般蹑手蹑脚，轻声细语，当值士兵每每巡逻经过大帐，都是目不斜视，步履如飞，生怕多在附近停留一刻便听着什么不该听的，看着什么不该看的。

即便元策自从走出那顶大帐，便再没踏进去一步。

穆新鸿陪着有"帐"不能回的元策在营中不知转到第几圈时，一辆富丽堂皇的马车终于停在了营门前。

一名衣着华贵的妇人急急走下马车，正是永恩侯夫人钟氏。

穆新鸿如释重负地将人迎进营，领到大帐门口。

元策站在紧闭的帐门前抬起手，捏住了帐帘的一角。

钟氏进营这一路已着急忙慌问了许多，此刻见他捏着帐缘，捏到手背凸起青筋也没掀开帐门，仿佛在酝酿什么情绪……

钟氏扶着额角身子一晃：'沈小将军，我们家稚衣可是出了什么事？"

穆新鸿连忙打圆场："不不，不是……"

有事的可能不是郡主……

元策一把掀开帐门，负着手侧过身，请钟氏进去。

寂静无声的大帐里，姜稚衣正低垂着眼抱膝坐在榻上，听见动静满脸欢喜地抬起头来，刚一张嘴，看见元策身后跟来的钟氏，脸一垮，笑意收个一干二净。

"哎哟，稚衣呀，舅母才一早上未见你，你怎成了这般模样！"钟氏一进门便快步上前，没说两句就被什么呛着，拿帕子掩着咳嗽了几声。

"这屋里烧的什么炭这么熏人？"钟氏顺着烟气瞧见榻边那盆劣炭，"我们稚衣向来只用银骨炭，你们这不是糟跶……"

话说了一半，却发现姜稚衣安安静静地坐在榻上，连鼻子也没皱一下。

又看她手边那粗糙到磨手的陶碗，眼见里头茶水已被喝尽，一滴未剩。

再看她身上拥着的那床硬邦邦的、一看便觉得很是硌人的被衾。

不只钟氏愣住，穆新鸿也惊讶地瞪大了眼。

军营里过得糙，本也没指望踩个泥巴地都要铺毡席的郡主肯用这些凑合找来的东西，却没想到姜稚衣非但用了，还毫无嫌弃之意，尤其对少将军这床被衾情有独钟、爱不释手。

"稚衣？"钟氏宁愿相信六月会飞雪，也不信姜稚衣眼里容得下这些乌七八糟的东西，惊了又惊，伸手在她眼前晃了两下，"这是怎么了，可是谁人欺负了你？"

姜稚衣仰起一张委屈巴巴的脸，朝她身后站着的人望去。

元策费解地歪了歪头。

"不、不是，侯夫人，您千万别误会！少将军与郡主之间清清白白，绝对没有半点瓜葛！"穆新鸿说完，觉得这话好像有点此地无银三百两的嫌疑，又找补道，"当务之急是给郡主处理皮外伤，侯夫人不如还是尽快将郡主接走……"

"这是沈少将军的意思吗？"姜稚衣忽然打断他，不高兴地抿着唇望向元策。

元策道："自然，难道郡主还想赖在臣这儿养伤不成？"

姜稚衣深吸一口气，像在强忍着什么情绪："那沈少将军也觉得，我与你之间清清白白，没有半点瓜葛？"

元策平静地眨了眨眼："臣应该同郡主有什么瓜葛？"

姜稚衣极轻极缓地点了两下头，一双水杏眼轻轻一眨，啪嗒眨下一滴泪。

元策一哽。

"既然没有瓜葛，你今日为何救我？"姜稚衣带着哭腔，不死心地再问。

"郡主今日倒下之处，恰好过我军营界线。若非如此，臣的确不至于多管闲事。"

像是一口气没喘上来，姜稚衣颤抖着抽噎了下，难以置信地望着他，眼泪像断了线的珠子啪嗒啪嗒往下掉。

钟氏在一旁看得又是莫名其妙，又是心惊肉跳，赶紧劝道："稚衣啊，要不还是先跟舅母回府去吧，这皮外伤若不及时清理上药，可是要留疤的！"

"留疤就留疤好了，反正我如今也只是个'闲事'了！"

"女孩家怎好留疤呢，将来嫁人后夫婿可是会看到的！"

"我都已是个'闲事'了，还能嫁给谁去……"

元策彻底失语。

穆新鸿一动也不敢动地站在元策身后，悄悄张了张嘴："听郡主这话的意思，难道本该是您娶她？"

元策面无表情地看着声泪俱下的人："你问我，我问谁去？"

上气不接下气的哭声回荡在帐中，反复冲撞着人的鼓膜，震得人额角的青筋突突直跳。

元策摁着耳根闭了闭眼，面朝钟氏道："侯夫人？"

钟氏迷迷瞪瞪抬起头来。

天晓得这丫头自入侯府以来就没哭过，她这当舅母的何尝不是头一遭遇到这样的大场面！

钟氏略带尴尬地一笑："这孩子怎么劝也不肯回家……沈小将军可有什么法子？"

元策的耐心彻底告罄，沉着脸走上前去，单膝抵在床沿，弯下身，手臂从被衾下穿过，正要连人带被衾一把抱起——

姜稚衣哭声一停，抬起头来。

元策一偏头，对上一双缠绵悱恻、欲说还休的眼。

眼睛还在流泪的人，身体像被什么钥匙打开，懵懵懂懂地伸手圈牢了他的脖子。

元策默了默，被衾下的手慢慢抽回，扬手一记手刀下去。

然后在钟氏和穆新鸿震惊的目光中，将昏厥的人单手扛上肩膀，大步流星走出了营帐。

第一章

你的衣衣

翌日清早，晨曦初露时分。

姜稚衣在瑶光阁寝间床榻上悠悠醒转，看见头顶熟悉的、雕梁画栋的彩绘承尘，眼皮轻轻一颤，眼神瞬间黯了下来。

趴在脚踏上守了一夜的谷雨连忙上前，又惊又喜："郡主您可算醒了！"

却见姜稚衣平日白里透红的脸像染了病气一般灰败，一双水杏眼也神采全无，好像丢了魂儿似的，压根儿没听见她说话。

"怎么了郡主，是不是哪里不舒服？"

姜稚衣双目失神地抬起手，指尖慢慢抚上心口："这里疼……"

谷雨大惊失色。

昨日验伤的女医士发现郡主后脑勺磕了个包，说诊脉暂时不能断定有没有内伤，若郡主醒来以后没有其他不适便无大碍，只需敷药消肿即可，若有异常则需再次诊断。

不过，医士说的异常是头晕恶心、神志不清之类的，怎的这还疼到心口了呢？

"奴婢这就去请大夫！"谷雨慌忙站起身来。

"不必了，大夫医不好我……"姜稚衣气若游丝，摇了摇头。

"那谁能医好您？奴婢去请来。"

"他不会来了，他已经不要我了……"

一滴清泪从姜稚衣眼角唰地滑落下来。

"郡主，您别吓奴婢呀，谁不要您了？怎会有人不要您呢？"

姜稚衣偏过头刚要开口，一动脖子却先疼得呻吟出声。

像是压倒骆驼的最后一根稻草，姜稚衣捂着脖子，眼泪决堤了似的往下流："若非他不要我了，怎会对我下如此重手？"

谷雨拿着帕子慌手慌脚地去给她擦泪："是是是，沈少将军真是太过分了！您说您遇上那么多山贼也不过磕了个包、蹭破点皮，浑身上下的伤加起来都比不上脖子这一下，竟叫您昏睡了整整十个时辰……"

谷雨嘴巴动得比脑袋快，说到一半才猛地一停："……您刚才说什、什么？"

这、这是"要不要"的事吗？

姜稚衣颤抖着轻吸一口气，面露回忆之色："若非他不要我了，大军凯旋那日在茶楼底下，他看我的眼神为何如此陌生？"

"啊？"

"他还用那样冰冷的语气问我是谁……

"回京这许多日，他都不曾上门寻我；我去军营找他，他还让人撒谎说他不在，故意避而不见……

"昨日我与他当面对质，他也翻脸不认，好像全然忘了我们的过往……"

"啊？？"

谷雨努力跟着回忆这些听上去十分熟悉，细想起来却相当陌生的事，惊得嘴一张差点掉了下巴："过、过往？什么过往？是奴婢想的那种——过往吗？"

姜稚衣没再说话，仰躺着默默流起泪来。

谷雨张着嘴瞪着眼愣了半天，试探道："难道……您与沈少将军不是外边传言的对头？"

她才新来府上几日，看郡主与沈少将军分明就是一对冤家呀！

姜稚衣虚弱地抬起一只手，搭着谷雨的手腕坐起来，沉痛地闭了闭眼。

她又何尝愿意与他当这"对头"，却是为了掩人耳目，不得不在外做戏……

主仆二人各怀心事沉默之际，一名婢女叩开了寝间的门："郡主，沈夫人和沈少将军来府上看望您了。"

姜稚衣的眼泪蓦地一收："什么？何时来的，他在哪里？"

名叫小满的婢女慢吞吞地还没答，姜稚衣捏着帕子揩揩眼角，又自言自语起来："他来看我，沈夫人也来了，难道……难道是来提亲的？"

"啊？？？"

一转眼，刚刚还柔弱如小白花的病美人已经生龙活虎地跳下床榻，提着裙摆一阵风似的奔了出去。

谷雨和小满愣在床边大眼瞪着小眼，片刻后——

"郡主，您的鞋！"

谷雨提起姜稚衣的趿鞋追了出去，追到寝间门口，却见三名身形彪悍的仆妇围上了姜稚衣。

"郡主伤口未愈，这是要去哪儿啊？"打头的仆妇殷勤地笑着。

姜稚衣蹙眉后退两步，回头看向谷雨："哪儿来的脏东西？"

谷雨还沉浸在姜稚衣方才仿佛变了个人的震撼里，见她来了平日的脾气差点接不上茬儿，一愣过后才上前："哪里来的刁仆！郡主去何处还需向你报备？"

那仆妇觍着脸一笑："自是不需的，只是郡主有伤在身，不宜下床走动，夫人也是关心郡主，才命我等过来照看……"

"大夫都没说这样的话，我新来不久，竟不知府上夫人还通晓医术？"

"这……夫人也是为郡主的安危着想，郡主昨日出门遇到山贼，夫人心里头跟油煎似的，真真是后怕！眼下外头不太平，郡主还是待在屋里最为妥当……"那仆妇说着又拱上前来。

谷雨护着姜稚衣，嫌恶地连连后退。

三名仆妇摆出笑脸将两人挤回了屋，啪地合拢了房门，窸窸窣窣地给门上了锁："夫人正在正堂待客，一会儿便来看望郡主！郡主且好生歇息着！"

两炷香后，瑶光阁高耸的院墙下，谷雨扶着长梯，心惊胆战地望着头顶的人："郡主，这墙也太高了，您当真要上去吗？"

姜稚衣头也没回，抓着长梯的扶栏毅然决然地一级级踩了上去。

平日里连一粒灰尘都入不了眼的人，为了见情郎竟连窗都能爬，连墙都能翻了……

想来夫人派来的那几个黑心仆妇也是万万想不到，向来眼高于顶、自矜身份的郡主还有这样的一面，根本没在窗和墙这两处设防……

谷雨不可思议地抬头望着，觉着这一幕怎么瞧怎么别扭。

惊蛰姐姐昨日为引开那群山贼，在百里外的邻县受了伤，被好心人救回了当地医馆治疗，暂时回不了都城。

方才郡主说惊蛰姐姐以前就是这样助她私会情郎的，谷雨和小满只能硬着头皮搬来梯子。

可眼下看郡主这不太矫健的模样，真怕她摔出个好歹来。

一转眼，姜稚衣已经一鼓作气爬上墙头，却停在最顶上一级阶梯，一副卡住了的模样。

谷雨一颗心吊得更高了些："郡主，您是不是不会翻墙呀？"

不会翻也是正常的。

不，不会翻才是正常的……

"本郡主翻过的墙比你走过的路还多。"姜稚衣撂下话，蹲在梯子上细细地喘了会儿，直起身子往下一望，一阵头晕目眩，好半晌才缓过这劲儿，抬起脚跨去对面。

金灿灿的小蛮靴在空中悬了半天，愣是没能踩下去。

怎么翻去对面来着？她突然想不起来了。

"三年不翻，一时生疏罢了。"姜稚衣抓着扶栏又蹲了回来。

"那您要不还是下来吧！奴婢方才问过小满了，她说沈少将军今日不是来跟您提亲的，只是探望您的伤势罢了……"

"什么叫罢了？这是他回京后头一次主动找我，怎能罢了！"

谷雨还想再劝，忽听墙外传来一道温和的女声："犬子下手没轻没重的，幸而郡主无事……"

姜稚衣身形一顿，猫着腰压低身子，露了一双眼探出墙头去。

墙外斜前方过道上，沈家那位继夫人正与她舅母并肩走着，一边走一边说着话。

两人身后安静跟着的，正是她日思夜想的少年。

这俨然是心有灵犀地双向奔赴了。

他定是发现她被舅母关在了房里，便像从前那样来墙外接应她，他果然不会不记得她。

那昨日……姜稚衣思索了下，应当是因为有旁人在，他才那般做戏？

也是，她近来几次与他相见都有闲杂人在旁，那些违心之言她怎可尽信！

姜稚衣自我宽慰了一番，眼看三人停下了脚步，立刻朝那头扬臂挥了挥。

不料原本侧对着她的少年似乎刚巧看到了另一边的什么风景，微微转过身去，成了背对着她。

紧接着，沈夫人朝钟氏颔了颔首："既然郡主还在歇息，妾身与犬子便不打扰了。"

怎么这就不打扰了？

郡主没有歇息，郡主不需要歇息！

姜稚衣一着急，飞快地摸了摸腰间。

方才梳洗穿戴得匆忙，这会儿身上也没什么环佩玉器的饰物……

姜稚衣抬手摸摸发髻，取下一支珠钗，从上头拽下一颗玉珠，瞅准方向丢了出去。

小小的玉珠滚落在少年身后一丈远的地方，没有激起一丝波澜。

两位妇人仍专心说着场面话，元策仍静静眺望着远方。

姜稚衣低头看了看手里的珠钗，又挑了颗个头大的珍珠，拽下来再丢，终于啪一下砸中了元策的脚后跟。

元策负在身后的手轻轻攥成拳，闭了闭眼。

是冬靴太厚他感觉不到？

眼看他毫无所动，姜稚衣捉襟见肘到极点，拽无可拽，心一急干脆使劲将整支珠钗一把丢了出去。

珠钗飞射而出，尖锐的钗头直冲元策后心而去。

姜稚衣脸一白，在心底大呼一声"糟了"！

几丈开外，随着后背劲风袭来，元策负在背后的手倏地一抬，五指一张一把攥住了来物。

姜稚衣提着的一口气松下来，后背冷汗涔涔。

正说着场面话留客的钟氏嘴一停，诧异地看向突然做了一个大动作的元策："沈小将军这是怎的了？"

元策面无表情地将珠钗攥在掌心，看向钟氏："无事，沈某尚有公务在身，先行一步。"

钟氏狐疑地看了看他掩在背后的那只手："哦，是这样，那沈小将军还请自便。"

元策颔首示意告辞，转身大步离开。

"他懂我的暗号了！"姜稚衣低头一看脚下这碍眼的墙，眼一闭，心一横一脚跨了过去，险险抓住墙对面另一把长梯往下爬。落地后，她在脑海中计算了一番路线，匆匆拐进了一旁的小路。

穿过路尽头那扇月洞门，果然看见元策迎面走来，姜稚衣心中一喜，快步上前。

元策眉头一皱，掉头转身便走。

姜稚衣一愣之后刚要喊他，注意到他离去的方向——

此处正是路口，舅母一会儿回院子会从这里经过，往假山那儿去才更稳妥一些……

还是阿策哥哥想得周到。

姜稚衣当即跟着掉了头，拐进了另一条"曲径通幽处"的小路。

那头元策走到假山边上，正要绕行，又见那假山后钻出了一团粉影。

元策脚步一停，手指微微用力，掌心的珠钗折弯成弓形。

对面姜稚衣也是一顿，近乡情怯般，隔着些距离遥望起他来。

似是做客之故，少年今日打扮得要比平日斯文一些——乌发以墨冠全束，鬓角利落干净；一身玄色窄袖翻领衫，领襟露一截浅绯色内衬，衬得人神采飞扬；腰间钩饰流动着温润的光泽，又恰到好处地为他那长飞入鬓的剑眉、昭若日月的星目压下些许锋芒。

三年边关风沙并未蹉跎他丰神俊朗的好相貌，反令他身姿愈见修长挺拔，更添几分意气风发。

真真是不枉她三年的苦等……

姜稚衣再也等不住了，欢欢喜喜上前去，刚张嘴发出一个"阿"字——

"郡主如此上蹿下跳，可是昨日伤得太轻了？"

喜上眉梢的姜稚衣笑容一垮。

还没来得及伤心，先一眼看到元策身后不远处洒扫的仆役们。

好不容易见上面，在一群仆役跟前还要如此严谨地做戏吗？

姜稚衣撇撇嘴，眼看他没有半点开玩笑的意思，只好配合着摆出盛气凌人的架势："沈少将军自己动的手，是轻是重最清楚不过，哪儿来的脸反问本郡主？"

元策眯起眼打量她两眼，身后握紧的拳头迟疑着稍稍一松："郡主方才的暗器下手也不轻。"

"我不是故……"姜稚衣脱口而出，一顿，"本郡主又不曾伤到你！"

"我将后背留给郡主，郡主还伤不到我，难道是我的错？"元策从鼻腔里发出一声哼笑。

做戏便做戏，何必做得这么真呢，还怪伤人的。

姜稚衣嘴一撇，抬起眼来委屈巴巴地看向他。

元策警兆突生般后撤半步"只要郡主不再有唐突之举，臣也无意伤害郡主。"

姜稚衣深吸一口气，努力冷笑一声："昨日本郡主不过是受惊失态，还想有下次？想得美！你让我唐突我也不会唐突！"

"如此便好，"元策紧绷的身体松懈下来，抬了下手，"那么郡主此刻可以让行了吗？"

"不可以！"姜稚衣眨眨眼思索了下，扬扬下巴，"你拿走了我的珠钗，我是来要回的，免得来日让人瞧见，污了本郡主的清誉！"

"放心，臣对郡主的清誉毫无兴趣。"元策捏着珠钗的手反向一用力，将折弯的钗子又掰直回去，摊开手递给她。

姜稚衣朝不远处瞟了眼，见仆役们都在埋头洒扫，快快上前接过了他掌心的珠钗。

元策刚要收回手去——

那纤细的指尖忽然在他掌心轻轻挠了一下。

元策手心一麻，蓦然抬眼。

面前的少女唇角一弯，冲他轻眨了下左眼，将一样什么物件塞进他手心，随即羞答答地转身跑开了去。

元策僵在原地，盯着那含羞带怯的背影消失在视线里，缓缓低下头去，看见了一张字条——

　　阿策哥哥，一别经年，九天之上星辰之多，道不尽我对你的思念；高山之下磐石之重，比不上我心之坚。今夜落雪之时，烟雨湖畔，愿与君把臂同游，执君之手，共赴白首。你的衣衣。

入夜时分，浓云低垂，北风一吹，雪纷纷扬扬落下，打着旋儿徐徐飘落在瑶光阁顶上的琉璃碧瓦上。

屋瓦之下，寝间内鎏金灯树烛火荧荧，一身盛装打扮的人正顶着精致的妆容急急来回踱步："你是说，我今夜见不到阿策哥哥？"

"恐怕是这样……"眼看姜稚衣盼星星盼月亮盼了一整天，又花了足足一个时辰梳妆穿戴，谷雨支支吾吾半天才开了口，"想是夫人发现您从院子出去过，这下将门窗全封了，莫说咱们人出不去，就连消息也传不出……"

昨日遭遇山贼时，姜稚衣的亲信护卫尽数受了伤，最贴身的婢女惊蛰如今也滞留在外，余下的婢女又因先前偏方一事刚经历过大换洗。

那么大一个瑶光阁，堂堂郡主身边只剩几个不经事的新人，一时间竟无人顶用。

也难怪钟氏敢如此大胆将她软禁。

"牛郎织女一年都有一次相会，我等了三年，舅母竟又坏我好事！"姜稚衣跺了跺脚，不信邪地走到紧闭的房门前，试着抬手用力一推——

推了，但纹丝不动。

是了，她舅父在工部任职，醉心建造，当初为她修建这瑶光阁时所用的皆是最坚固的造材，这牢不可破的金屋，号称便是攻城锤来了都能扛上半刻……

舅父却未曾想到，有一日，这金屋会困住他外甥女自己！

姜稚衣回到榻沿坐下，恨恨地闭了闭眼。

窗外落雪声窸窸窣窣，本该是风花雪月，良辰美景，此刻这一声声却像在往人心里插刀子。

"雪下起来了，阿策哥哥会不会已经在等我了？"姜稚衣忧心忡忡地望向窗外。

"这雪刚下大，想来沈少将军不会这么早赴约。"谷雨宽慰道。

"是啊，雪下得这般大，也不知他衣裳穿够了没？"

"沈少将军血气方刚，大冬天也只穿单衣，定是不怕冷的。"

"是啊，这大冬天的，他若是冻坏了身子，冻出病来可怎么办？"

"沈少将军在西北边关过了三年冬，怎会在长安冻坏呢！"

"是啊，那些西北边关来的莽夫也不知懂不懂照顾人，会不会给他煮点姜汤暖暖身子？"

谷雨一头雾水。

"郡主，奴婢觉着您眼下还是应当先担心自己，您看夫人从前顶多暗中使坏，如今竟都明着得罪您了……至于沈少将军，等不到您，他自然就会回去的。"

姜稚衣轻轻点了点头。

谷雨刚松了一口气——

"是啊，"姜稚衣神伤地摁了摁额角，"等不到我，他断断不会自己回去，也不知现下该多着急？"

谷雨张了张口，没能再说出话来。

算了，她还是闭嘴吧。

开阔的寝间里，幽怨的女声时轻时重，时高时低。

"说好待他归来一同看雪　这白首之约难道终究无法实现……"

不知过了多久，久到谷雨站着打起瞌睡之时，姜稚衣终于停下碎碎念，从榻沿站了起来："不行，我定要想办法去见他！"

大雪纷飞一夜，天亮时分方歇，漫山遍野都被积雪覆盖，白皑皑苍茫一片。

京郊蜿蜒的山道上，一黑一棕两匹骏马轻快地奔驰着，一路飞溅起松软的细雪。

行至岔路，黑亮宝马上的少年忽地一勒缰绳停了下来。

"怎么了少将军？"穆新鸿跟着停住，顺着元策的视线望去。

通往大营的路上赫然出现两行崭新的车辙印。

营中士兵进出皆是步行或策马，难道又是……

昨日少将军烧了郡主的字条，理都没理那邀约，郡主该不会来兴师问罪了吧？

"少将军，一会儿若有什么情况，您只管拍马便走，卑职替您挡着。"

两匹马如临大敌般放慢了脚步继续前进。

到了营门前，却是一辆挂着医馆字号的榆木马车映入了眼帘。

元策一抛马鞭翻身下马，轻轻拍了拍马背，油亮的黑马打起放松的响鼻，闲庭信步地去马厩吃草了。

穆新鸿也松了口气，指着那榆木马车问当值士兵："怎么请来了外边的郎中，那人犯熬不住了？"

"是本郡主熬不住了！"

一只染着蔻丹的纤纤玉手一把撩开车帘，一身鲜妍袄裙，发簪步摇、颈环璎珞的少女仰着脖子探身而出："半刻钟都送不来一个轿凳，你们就是这么怠慢未来少夫人的？"

穆新鸿浑身一颤。

元策一下站住脚，缓缓回过头来。

姜稚衣满脸的愠色瞬间换了春色，一提裙摆便跳进了雪地里："阿策哥哥！"

元策冷了脸转身走进大营："拦下她。"

"是！"穆新鸿带人抄起家伙什儿围上前去。

这永盈郡主又是暗中相邀，又是当众宣告，看来是打定主意要攀诬少将军与她有染了，他们必将誓死捍卫少将军清——

姜稚衣从袖子里取出个什么物件往空中一抛。

金灿灿的御赐令牌高高飞起。

几个士兵倒抽一口冷气，撒手丁零当啷一顿扔兵器，七手八脚地去接令牌。

那头姜稚衣早已提着裙摆翩翩然入了大营："阿策哥哥！阿策哥哥你是不是生我气了？"

元策闭了闭眼回过身来："一群废物。"

姜稚衣脚步一停，细瘦雪白的脖颈缓缓低垂下去。

"对不住阿策哥哥，我知道你定是生我气了，我正是来与你解释的。昨夜我并非有意失约，是被舅母关起来了……我想了许多办法都无用，一直到今晨郎中来复诊，才有机会偷偷上了医馆的马车……"

元策垂眼盯着她的头顶心，赞许般点了点头："郡主每日编的戏文倒是曲折得让人怎么也猜不中下文。"

姜稚衣一愣："我说的是真的……"

"郡主在我这儿不是挺能耐的？御令在手，还有人奈何得了郡主？"

"那御令是准我在京城各关卡自由出入，家里又不归皇伯伯管……"姜稚衣为难地蹙了蹙眉，忽然眼睛一亮，"这样，我回头再请一道家里用的御令，日后我们随时想见就见。阿策哥哥这下高兴了吧？"

元策脸一黑，转身就走。

看起来好像比刚才更生气了。

怎么这么难哄呢！

姜稚衣连忙追上去，看见他乌发间的雪粒，想去替他掸掸，苦于她三步才抵他一步，着实是跟不上。

"阿策哥哥，你头上这么多雪，是不是等了我一整夜？"姜稚衣拎着裙摆深一脚浅一脚地艰难踩着雪，忙得看一眼脚下看一眼他。

"郡主想多了，"元策目不斜视，步履不停，"我并未赴约。"

"你这样说可是想减轻我的负罪感……"

"不是。"

"你可知我昨夜一宿没睡，一直在担心你……"

"不知。"

"那你现在知道了，就不能原谅我吗？"

"不……"元策脚步一停，蹙眉回过身来，"这里是军营，不是戏台子，郡主要唱戏还是回你的……"

姜稚衣突然踮起脚伸出手去。

元策抬臂格挡，抬眼看向那只比地上霜雪还白晃晃的手。

"我只是想给你掸掸雪……"姜稚衣叹了口气，隔着冰冷的护腕，顺毛一般轻轻抚了抚他的小臂，"好吧，你为我受了一夜冻，一时不能原谅我也是人之常情，我就在这儿陪你到气消为止好了。"

元策忍耐着闭上了眼睛。

一刻钟后，姜稚衣对着一整面刀光剑影的刑具架，看着架子上各式各样奇形怪状的刀子、剪子、钩子、锯子、鞭子，比她手臂还粗的铁链子，脸一白，一把扶住了手边的椅子。

"阿策哥哥，你带我来这里是何意？"

元策眯眼打量着面前的人，这位一会儿神气十足、一会儿满嘴酸话的郡主到底演的是哪一出？他是看不懂也不打算懂了。

一记手刀便能晕上十个时辰的人，打又打不得，骂也骂不走，索性带来刑房杀鸡儆猴，看这金枝玉叶能在血肉狼藉的屠戮场撑上多久。

元策看了眼她颤巍巍扶着椅子的手："郡主也对刑具感兴趣？"

"嗯——嗯？"

元策微一弯身，一把抽走了铺在座椅上的黑布。

椅面上密密麻麻、带着陈年血渍的尖刺露出来，姜稚衣连手带人一起跳开去。

"不感兴趣？"元策把布滚草地一团，扔去一边，"那郡主现在走还来得及。"

姜稚衣飞快地摇头："不，我感兴趣，我很感兴趣！"

"郡主的脸色不像感兴趣的样子。"

"我感兴趣起来就是这个样子。"

元策扬眉看了看她，朝一旁值守的士兵抬抬下巴："里边的，招了吗？"

士兵拿起几案上的供状刚要答话——

元策道："没招？"

"啊？"士兵犹疑地看了看姜稚衣，又看了看元策，恍然大悟，"哦，没招呢，少将军可要亲自审？"

士兵放下供状，上前哗啦一下拉开了围布。

血迹斑斑的刑架连同冲天的血腥味扑面而来，姜稚衣被这恶臭熏得头一扭，背过身掩着帕子一阵干呕。

元策闲闲地看着她："郡主这副模样，留在这里能做什么？"

姜稚衣强忍住泛到嗓子眼的恶心，看了眼刑架上耷拉着脑袋、衣衫褴褛的人犯。

明知她见不得血腥，最厌恶污秽，不就是想看看她愿意为了他做到什么地步吗？是她失约在先，今日无论如何都要将他哄高兴……

姜稚衣努力压下呕意，挺了挺背脊走上前去："只要阿策哥哥不再生我的气，我做什么都可以！你若放火，我便浇油；你若杀人，我便递刀！"

刑架上的大汉突然睁开了血红的眼。

姜稚衣一激灵，跳回元策身后，探出半颗脑袋朝前望去："他、他不是昏过去了吗？"

元策回头瞥了瞥她，朝后一摊手："如此，劳烦郡主递给我一根牛皮鞭。"

姜稚衣看看元策，又看看那人犯，确信铁链子是拴着的，小心地走到刑具架前，对着琳琅满目的刑具沉吟了会儿："嗯……牛皮鞭长什么样？"

一旁的士兵给姜稚衣指引了下方向，小声提醒元策："少将军，这是不是轻了些？"

元策看着姜稚衣取鞭的背影，扯了下嘴角："杀鸡焉用牛刀。"

姜稚衣取了鞭子回来，狐疑地瞅了瞅那人高马大、身材壮实的人犯："这人看着挺厉害，原只是个无用的小鸡崽？"

元策接过鞭子轻飘飘一笑："是啊。"

那人犯惊恐地瞪大了眼："我、我已经什么都招了！将军手、手下留情！小将军不记得了吗，我落草为寇之前是你爹的拜把兄弟，你小的时候还喊我一声叔，我还抱过……"

啪！一记鞭子抽下去，惊起一声撕心裂肺的惨叫。

姜稚衣盯着那鞭子上粘连的血肉碎末打了个寒噤，扭头又是一阵干呕。

元策转过脸来。

"我无事，阿策哥哥忙正事要紧，不必时刻关心我……"姜稚衣拿帕子捂着嘴，用力眨了眨眼保持清醒，"这人犯刚才好像说，自己是阿策哥哥你的旧相识。"

元策抬了抬眼皮看着她："这世上胡乱攀扯关系的人还少吗？"

一旁的士兵立刻往刑架上泼了桶盐水，哀号声响彻刑房。

"胆敢纠缠我们少将军，跟他套近乎的，就是这个下场！"

姜稚衣点点头，见元策目不转睛地盯着她，像在等她的什么反应，想起自己这会儿正在哄人，立马端起手冷冷地看向那人犯："说得是，我的阿策哥哥也是你能攀亲道故的？该打！"

——不知是没听懂这指桑骂槐，还是心态稳到当真毫不发虚。

元策回过身，捏着后颈活动了下筋骨，扬手又是一鞭。

鞭风卷起尘埃，吹向人眼。

这么凶的一鞭子抽下去却没听见惨叫，姜稚衣站在元策身后探头出去一看，那人犯已经垂下了头颅。

一旁的士兵再次拎起一桶盐水："这世上还从没有人能醒着接我们少将军两鞭！"

元策歪了歪头看向姜稚衣。

是需要捧场的意思？

姜稚衣鼓了鼓掌："阿策哥哥好生厉害！不愧是大烨的战神，是我心目中的大英雄！"

帐外的风声都沉默了。

一时不知道这刑房里到底是在杀鸡儆猴，还是在对牛弹琴。

元策沉着脸，将鞭绳往掌心缓缓绕了两圈，扬手再抽一鞭。

"哇！这一鞭不同凡响！

"这一鞭角度刁钻！

"这一鞭真是'飞流直下三千尺，疑是银河落九天'！

"这一鞭真是、真是'嘈嘈切切错杂弹，大珠小珠落玉盘'！"

……

眼看元策的鞭子越抽越快，姜稚衣捧场捧得精疲力竭，江郎才尽，上气不接下气，上句不接下句。

不知抽到第几鞭时，元策终于停了手转过身来。

姜稚衣气喘吁吁地看着他，口干舌燥地舔了舔唇："阿策哥哥，打了这么久可是累了？"

元策唇压成平平一线，看着她眼里怒意更盛。

姜稚衣愣了愣，看了眼那早已不省人事的人犯，上前宽慰般拍了拍元策的手背："阿策哥哥犯不着为这和人生气，我们喝口茶歇歇吧！"

元策缓缓低头看向自己的手背，一抛鞭子朝帐门走去。

姜稚衣看了看一旁呆若木鸡的士兵，拔步追上元策："阿策哥哥，我说错什么了吗？"

元策一把掀开帐门，大步走了出去："你没错，是我错了。"

姜稚衣还没明白这话什么意思，元策的身影已经消失在密密匝匝的营帐之间。

北风呼号，碎雪漫天纷飞，把人的心都吹冷了一半。

姜稚衣秀致的眉紧紧蹙起，挫败地叹了口气，慢吞吞朝前走去。

到了元策的主帐边上，一眼看见帐门紧闭，帐外把守的士兵密不透风地围了大帐一整圈。

她又不是猛虎野兽，还能撕开个口子闯进去？守个门也差不多了吧！

姜稚衣重重地踢了脚地上的碎雪。

帐门从里掀开，穆新鸿迎面接着一捧雪，心惊胆战地低下头去，匆匆上前奉上一卷公文纸："郡主，这是少将军命末将转交给您的。"

姜稚衣皱着眉头瞟去一眼："这是什么？"

"圣上得知您在京郊遇匪一事勃然大怒，因考虑到您的声誉，此事不宜宣扬，便将此案交给了少将军私下查办，方才少将军审讯的人犯正是此前羁押的山匪，这便是少将军刚刚誊好的那人犯的供状的副本。"

姜稚衣眉头一松，眨了眨眼："所以他方才在刑房下手如此之狠，原是在替我出气？"

"呃……"穆新鸿眼珠子斜着看向大帐，隔着厚实的帐门感应到一道凉飕飕的眼风，滔滔不绝往下说，"据那人犯供述，他们本非山匪，而是一伙专做买卖的打手，当日是有人花重金让他们假扮山匪，将您活掳到山上……"

姜稚衣愣了愣，豁然开朗般望向大帐，喜色慢慢爬上眉梢。

难怪他冲冠一怒为红颜，一鞭鞭玩命似的发这么大火……

"所以少将军的意思是，"穆新鸿小心地抬起一丝眼皮，"这背后之人还未查清，郡主最近还是待在府里为好，免得再生血光之灾……"

"行了行了，知道了。"姜稚衣摆摆手，对着大帐抿唇一笑，"生着气还操心我呢，你回去劝劝他，气大伤身，我这便回府去，让他不必担心。"

"好、好嘞。"穆新鸿迟疑着点点头退了下去。

姜稚衣低头抖开供状，看了眼纸上龙飞凤舞，一笔一画无不彰显着怒意的字迹，像收到情信一般心满意足地出了大营。

日头渐渐攀升，雪后的冷意消融在金灿灿的日光里，正午时分，姜稚衣拿着那份一路上不知阅了几遍的供状，欢欣雀跃地回了瑶光阁。

正迈着轻快的脚步往院里走，忽听院墙内传出一道发抖的女声："夫人息怒，奴婢当真不知郡主去了哪里……"

姜稚衣笑容一僵，站在院门外缓缓叠拢手中的供状，收进了袖中。

院内吵吵嚷嚷，听上去拥堵了许多男男女女。

一片模糊的人声中，钟氏尖厉带压迫感的声音响起："一个个新来不久，倒是忠心护主得很……通通拉下去掌嘴，看这些贱婢的嘴巴能硬到几时！"

"舅母这是要在我院子里掌谁的嘴？"姜稚衣一脚跨过了院门。

院里一众跪伏在地的婢女蓦地抬起眼来。

钟氏一惊，回过头去，目光闪烁了下。

本以为现下瑶光阁里一个顶用的人都没有，关起门来便由她这当家主母做主，谁知竟还是被这丫头溜了出去……

钟氏做出担惊受怕的样子，抚着心口迎上前来："稚衣啊，你这是跑哪儿去了？你说你伤未好全，外头又不太平，可是要急死舅……"

姜稚衣悠悠地竖掌："舅母慎言，大表哥尚在病中，'死'啊'死'的，多不吉利。"

钟氏嘴角一僵。

"再说我这不是好端端地回来了，我看外头挺太平，倒是我院子里——"姜稚衣转过脸，目光缓缓扫过钟氏身后一大群护卫和仆妇，"乌烟瘴气得很。"

钟氏挤出个笑来："舅母正替你管教下人呢。早就说分派个管事嬷嬷来你院里，你又不要，宽纵得这些奴才越发不堪用，连自家主子去了何处都不知晓，真不知怎么当的差！"

"是该好好教训——"姜稚衣垂眼看向跪了一地的婢女，"谁教你们的规矩，在我瑶光阁竟向个指手画脚的外人下跪？"

钟氏笑容一僵，满眼惊讶地看过去，不可置信地扬起了眉，疑心自己是听错了。

寒风料峭，素心蜡梅枝头的残雪抖抖擞擞地掉落，整座院子霎时静得落针可闻。

一地的婢女低着头面面相觑。

打头的谷雨和小满对视一眼，撑着膝盖就要爬起——

"谁准你们起来了？！"钟氏身边那柴姓嬷嬷突然厉声一喝，悄悄拍了拍钟氏的手背，像在提醒她什么，"看清楚谁才是这侯府当家的！夫人没说起，我看哪个敢动？"

谷雨和小满哆嗦着重新跪了下去。

钟氏深吸一口气，缓缓挺直了腰板，眯眼看向姜稚衣。

是啊，反正眼下这丫头已经知道他们母子俩的盘算，再怎么好声好气也是要撕破脸了……连出个门都要偷偷摸摸的人，还在她跟前趾高气扬些什么？

捧祖宗似的捧了这丫头这么多年，本想好生供着养着，来日知恩图报，便会乖乖地嫁给她儿，谁知到头来还是只养不熟的小白眼狼。

算命的说了，这姜氏女的八字能给她儿冲喜，要不是这小白眼狼不肯嫁给她儿，她儿如今怎会躺在病榻上奄奄一息？

当初就不该迂回着用那什么巫蛊之术，合该直接将人绑了送到她儿床榻上去，再傲的骨头也得给她儿生儿育女，洗脚穿衣！

这丫头既然敢孤身一人再回这侯府来，今日便让她领教领教什么叫人在屋檐下，不得不低头，待门一关，生米煮成了熟饭，管她背后有谁撑腰，都是嫁定了！

钟氏端起架子横眉一扫，指指姜稚衣那群婢女的头顶："看看你们这些有娘生没娘养的，将你们主子带坏成什么样了？连闺门礼法都不顾了，又是跳窗，又是翻墙，成天跑外边野去！"

钟氏来回慢慢踱着步，说一句看一眼姜稚衣："从前看你一介孤女可怜，对你多有宽容，不想竟纵得你这般德行，若让外人知道了，得说我这舅母教子无方……为了郡主日后的声誉着想，从今儿起，舅母是不得不管教管教你了！"

姜稚衣扬了扬眉，看向钟氏。

她这舅母，努力了这么些年，好不容易在外博得了"对外甥女视如亲女"的美名，如今儿子要死了，一着急，连装也不装了。

钟氏通体舒畅地长出一口气："把地上这些下贱坏子拉下去，送郡主回屋闭门思过！没我的命令，就是天王老子来了也不准放她出来！"

谷雨跪在地上听得心惊肉跳，悄悄抬眼去看姜稚衣，扯了扯她的裙摆。

夫人今日可是带了一大群护卫和健仆来的，眼下她们势单力薄无所依仗，不如就服个软吧！

姜稚衣垂眼看向谷雨，使了个眼色示意她知道，叹了口气，抬头问钟氏："舅母当真要如此？"

钟氏勾了勾唇一笑："稚衣，这可怪不得舅母，我若是不好好管你，你日后才是要怪我的。"

"舅母可是忘了，我祖母是定安大长公主，您私自将我关押，不怕落个不敬皇室的罪名？"

"正因为郡主是大长公主的亲孙女，我才更要对你严加管教，好好教教你什么是礼法，什么是孝道，以告慰大长公主——"钟氏笑着咬重了字音，"在天之灵。"

谷雨暗暗攥紧了拳头。

这钟氏，不就是仗着大长公主早已过世，空有威名却奈何不了她吗？！

姜稚衣淡定地拂了拂袖，转身在一旁的石凳上坐下，望向钟氏："那舅母便动手吧。"

都什么时候了，这丫头还这么气定神闲，钟氏迟疑地一顿，环视了一圈姜稚衣空荡荡的身侧，冷笑了声。

虚张声势谁不会，一个手无缚鸡之力的丫头片子能翻出什么浪？

钟氏正色，重新摆起架子来："来人！"

姜稚衣道："来人！"

两道话音一前一后落下。

钟氏好笑地瞥了眼姜稚衣："郡主这会儿还哪儿来的……"

话音未落，嚓嚓兵甲之声响起，数十名身披金甲的带刀侍卫从院门外长驱直入，狂风过境般拥了进来。

两名健仆的手还没碰到姜稚衣，便发出惨叫，被扭断了胳膊摁倒在地。

钟氏一愣，回过头去，往后趔趄了两步，望着这些团团围拢而来的侍卫瞪大了眼。

怎么回事，这丫头身边不是没人了吗？！

这金甲，这横刀，是天子亲军金吾卫……

何时来的？这些象征天子威严的皇家侍卫何时在院外的？！

那她方才说的话……

钟氏捏着帕子捂住了嘴。

姜稚衣抬了抬眼皮："舅母不妨想清楚些，您当真不怕落个不敬皇室的罪名？"

钟氏两条腿不听使唤地一软，猛地向后一栽，被柴嬷嬷险险搀住。

姜稚衣轻轻叹息了声。

方才从京郊回来遇见这拨金吾卫，说皇伯伯听闻她手下护卫折损惨重，派了些人手给她支应，她便带人回了府。谁承想钟氏忍了这么多年，刚巧挑了这个时候发作。

这家丑便不得不宣扬出去了。

姜稚衣道："还愣着做什么？这院子里站着的，一个也别落下。"

满院的护卫和健仆转瞬被扣押在地，柴嬷嬷也被拖了下去："夫人，夫人！"

钟氏惨白着脸身子一晃，看着空无一人的身侧，连连往后退去，嘴巴一张一合，颤抖着说："稚、稚衣，你误会舅母了……舅母方才不是有意的，全是为你、为你身子着想才不让你出门……"

"稚衣知晓舅母用心，可昨夜我身子不适，舅母手下这些东西竟拦着我的人不让请医士，想是拿着鸡毛当令箭，挑拨我与舅母的亲情。今日，我便处置了这些东西。"

"郡主，如何处置这些人？"

姜稚衣使了个眼色让谷雨和小满她们起来："刚才跪了多久？"

"回郡主话，约莫、约莫两刻钟……"

姜稚衣抬手轻轻一挥："那便将这些人，通通打上两刻钟板子吧。"

钟氏一阵头晕目眩，扶住了墙。

两刻钟……两刻钟后这满院子还剩几个活人？！

一地的护卫和健仆全被押上行刑的春凳。整座院子无人敢出一口大气，直到第一记板子落下，一道哀号声打破死寂。

钟氏浑身一颤，紧紧闭上了眼。

霎时间，满院子一记又一记让人肝胆俱裂的落板声，凄厉的惨叫此起彼伏。

"郡主饶命……郡主饶命……"

"小、小的知错了，小的再也不敢了！郡主饶命……"

"夫人，快……快去找钟大人，钟大人定会为您去圣上跟前……"遍地求饶声里，柴嬷嬷的声音格外突兀地冒了出来。

"我道是谁要让我与舅母离心，原是你这东西。"姜稚衣瞟去一眼，抬起一根食指轻轻一点："这个，堵上嘴，打完了扔出去发卖了吧。"

钟氏胸脯一起一伏地喘着气，终于两眼一翻晕了过去。

姜稚衣眨眨眼，望向歪倒在地的人。

"舅母的人手都伤了，眼下身边无人照料，本郡主也非不懂知恩图报之人，派一队人去好好看护侯夫人，就像先前侯夫人看护本郡主那样。"

"是！"

不省人事的钟氏被侍卫架出了院子。

风一吹，血腥气弥散开来，姜稚衣一天遭不住两次这等恶臭，此前在军营可全是为了阿策哥哥，这回便蹙了蹙眉掩着鼻子朝屋里走去。

一名金吾卫快步跟上来："郡主，行刑时按您说的看过了，侯夫人手下这批护卫中确有一人后颈有个黑色痦子，形状、位置还有这人的身量都与您说的吻合。"

姜稚衣不大意外地说了句"知道了"。

今日那份供状上说，与那些打手联系的买主是蒙面示人，不知此人具体身份，不过那买主并非第一次找他们做事，此前还花钱请他们"解决"过一些怀有身孕的女子。

这些女子多出自风尘，还有个别的像是有钱人家的丫鬟。

因这勾当太损又易招惹祸端，打手们给自己留了条退路，留意了买主身上的特征。

"留好这人。"姜稚衣淡声吩咐完，懒懒地打着哈欠回了暖阁。

谷雨和小满亦步亦趋跟上她，还沉浸在今日的惊心动魄里："郡主，您今日出去这趟，可顺利见到沈少将军了？"

听见这名字，姜稚衣冷淡下来的双眼重现光彩，抿唇一笑。

瞧这神色，一看就是十分顺利，十分甜蜜。

"太好了！那奴婢们今日也没白跪一场！"

姜稚衣唇角一弯，想到什么，扬扬下巴："你这就去趟军营，告诉阿策哥哥，多亏他今日的供状，他家聪慧的郡主已经逮到了幕后黑手，从今往后，再没有人能拆散我们了！"

瑶光阁里的动静很快传遍了整座侯府。

眼看一群护卫和仆妇杀气腾腾地竖着进去，气若游丝地横着出来，跟了夫人十几年的柴嬷嬷更是直接被抬出了府，一时之间，瑶光阁之外几乎人人自危。

尤其是惠风院里头当差的，从粗使丫鬟到管事嬷嬷，一个个全都夹起了尾巴做人，连句高声的话也不敢说，生怕说错什么，被守在院门口的金吾卫听着，传去郡主耳里，下一个被押上春凳的便是自己。

钟氏从当日午后一直晕到夜深，好不容易醒来，一看身边伺候的全换了陌生面孔，自己宛若被圈禁了一般，万念俱灰又晕了过去。

那头大公子病还未好，这边夫人又倒下了……想到夫人过去暗地里揩了瑶光阁多少油水，郡三都是看也懒得看一眼，从未撕破过脸，不想动起真格来，对付侯夫人竟也像踩蚂蚁似的！

全府上下人心惶惶了三日，三日后的午后，一辆印有永恩侯徽记的马车披着风霜驶入长安城，停在了侯府侧门外。

一位打扮素淡的妇人风尘仆仆地从马车上下来，匆匆步入瑶光阁。

瑶光阁内，姜稚衣抱着狸奴斜倚在美人榻上，让谷雨给面前的妇人斟了盏热茶。

"前阵子侯爷一收到您的信便着急忙慌地要赶回来，可圣上派下的差事着紧，实在耽误不得工期，侯爷便吩咐妾带着这封手书和这印信先行回府……"妇人说着，递上一封信和一个檀木盒子。

姜稚衣从谷雨手中接过信，拆了开来。

她的舅父有两位姜室，面前这位许氏虽出身不显，相貌也平平，但因与舅父在木工及建筑一道颇为志趣相投，每逢出差，舅父都会带上许氏随行。

"侯爷说，夫人这些年确实明里暗里多次与他提过将您许配给——"许氏略去了姜稚衣不想听的名字，"侯爷知您不可能瞧上这门婚事，回回都是反对。这次侯爷出远门之前，夫人又提了一次，侯爷一时不耐烦说了句'癞蛤蟆想吃天鹅肉，痴心妄想'，不想竟激得夫人走了这样的旁门左道，险些害了您……"

"侯爷真真是悔不当初，怅自己没周全好此事，说此番定会为您做主。"

姜稚衣从信中抬起头来：'那就去看看我那舅母如何了吧。"

换了身便宜行事的穿戴，姜稚衣坐上步舆，带着许氏朝惠风院去。

惠风院里，下人们一个个噤若寒蝉，轻手轻脚扫着地，看见院外步舆落下，齐齐屏住呼吸埋下头去，小心翼翼地看了眼卧房的方向。

姜稚衣刚顺着这些人的目光望去，便听屋里头传出啪一声瓷碗摔碎的脆响。

紧接着，一道劝慰的女声响起："夫人消消气，药总是要喝的……"

说话的人是永恩侯的另一位姜室。

当年钟氏生了个病秧子儿子之后就再难有孕，眼看许氏连生两个儿子，又得丈夫喜爱，她备感威胁，便抬了自己的陪嫁丫鬟给丈夫做姜。

不过没能如钟氏所愿，这位陪嫁丫鬟生了两胎都是女儿。

钟氏道："除了消消气你还会说什么？没用的东西！"

哎哟一声痛呼，像是那陪嫁丫鬟被推到了地上。

"要不是当年你肚子不争气，我何至于沦落到被个没爹没娘的丫头片子拿捏？！"

姜稚衣脚步一顿。许氏在她身后跟着停住，摇了摇头无声一叹。

里间钟氏絮絮叨叨咒骂着，深吸一口气："这么些年都叫那丫头骗了，装得一副干干净净与世无争的清高样，背地里挖空了心思要打我的脸呢！那日若不是她去宫里搬来救兵，故意设计害我……"

"本郡主要打谁的脸，还需设计？"

钟氏一激灵，猛地抬起眼来，警惕地往床里侧挪去，挪到一半似又觉得掉了架子，直了直腰板。

"看一眼都嫌脏的人，还不配本郡主花那些心思。"姜稚衣跨过门槛，神色淡淡地也斜了眼钟氏，"不过舅母既然有力气骂人了，想来也有力气搬出这惠风院了吧？"

钟氏一愣，好似将这话在耳边过了几遍才听懂，难以置信地瞪起眼来："我可是这侯府的夫人，是你的长辈，你怎么敢？！"

姜稚衣朝后抬了抬下巴。

许氏走上前来，向姜稚衣和钟氏领了领首："侯爷有令，夫人操纵巫蛊之术，辱没家门，即日起府上一应事务交由姜暂理，大公子也由姜照看。请夫人搬去北面小佛堂修身养性，静思己过，未经准许不可踏出佛堂半步。"

"反了！一个个，全都反了！"钟氏颤抖着手指了指许氏，"你们，你们合起伙来算计我，等我搬出这惠风院，你好当这侯府的主母，你想了很多年了是不是？！"

"妾从未如此想过，"许氏低头呈上手书，"妾所言皆是侯爷之意，句句属实。"

刺啦一声响，钟氏一把撕烂了手书："你们说我操纵巫蛊之术，证据呢？倒是拿出证据来！拿不出证据，纵使你们哄骗得了侯爷，我也可与你们对簿公堂！"

"证据——"许氏看了姜稚衣一眼。

"你们的证据不会就是几根头发丝儿吧？"钟氏盯着姜稚衣，冷笑一声，"几根头发丝儿能证明得了什么，岂知那不是你随意找来污蔑我的？"

姜稚衣轻轻叹了口气："舅母当真想看证据？"

听见姜稚衣这一声叹，钟氏笃定地一笑，正了正衣襟："那便看你拿不拿得出来。"

姜稚衣朝身后使了个眼色，谷雨拿着供状走上前去。

"操纵巫蛊之术，是辱没家门；天子脚下买通打手假扮山匪作乱，却是辱没皇家。看来舅母是嫌舅父的处置太轻了。"

"你、你怎知——"

她也是瞧着儿子始终不好，偏方又丢了，这便一不做，二不休，想着博一把，掳了这丫头当药引子。逮着她出门的机会下手，哪怕不成也不过是场意外……

钟氏迟疑地接过公文纸，提起一口气展开，抖着手脸色一点点泛白。

姜稚衣道："沈少将军亲自审出来的罪状，人证正关押在我院中柴房，舅母还要去对簿公堂吗？"

钟氏提起的那口气一泄，朝后一仰瘫软在了床上。

黄昏时分，姜稚衣从惠风院回了瑶光阁，一声不吭窝进圈椅里，由谷雨揉肩捶背松快着身子。

"等了三日终于等到侯爷的准信，这事可算是了结了！"谷雨感慨着长吁一口气，却见姜稚衣神情倦怠，眉眼间透着股厌烦之色，看上去还是不太高兴。

一声幽幽的叹息在屋里响起。

"是啊，等了三日，整整三日……"姜稚衣托起腮，望穿秋水般望着窗外的暮色，"他当真没给我传一句口信？"

知道郡主有情郎也好些天了，可每次看郡主在人前神挡杀神、佛挡杀佛，一到人后，谷雨还是会愣一下神。

这种诡异，就像戏台上正演着《穆桂英挂帅》，眨下眼的工夫，一转场，突然改唱起《西厢记》了。

"奴婢这些天日日问一遍门房，沈少将军的确没差人来过……"谷雨小声答着，思绪飘回到三日前。

那日傍晚，她奉郡主之命去玄策营报喜，将郡主交代的话一字不落、声情并茂地说给了沈郎君听，却见沈郎君听完之后一言不发，脸色——比那晚的夜色也就白了那么一点点吧。

然后她便被人礼貌又不失强硬地"请"了出去。

郡主当日听完她的回禀就很是郁闷，却因府上乱作一团，只得先坐镇府中等侯爷的消息。

这便一直等到了今日。

"从前舅母便百般阻挠我们，又是拦着我俩见面，又是破坏我俩的信物……"姜稚衣蹙着眉轻轻"啧"了声，"如今我三下五除二，彻底摆平了舅母，再没人给我们使绊子了，他为何反倒不高兴了？"

"您这么一说，"谷雨灵光乍现般恍然大悟，"奴婢好像明白了……"

"嗯？"姜稚衣用鼻子随意回应了声。

谷雨思索片刻，组织了一番语言："照您说，那日沈少将军在刑房冲冠一怒为红颜，便是打定主意要给您出头吧？"

"那是自然。"

"可他还没破案，您就将案子查了个水落石出，万事都自个儿解决了，那他还能做什么？"

屋里安静下来，姜稚衣眨了眨眼，坐了起来。

"正如女为悦己者容，男子也都想在心悦之人面前展现自己的勇猛威武。那日您让奴婢去报喜，岂不就像将一盆冷水浇在沈少将军头上，伤了他的自尊，让他自觉毫无用武之地，配不上郡主您？"

"这么说——"姜稚衣乌黑的瞳仁轻轻一转，缓缓点了点头，"那我可得将这自尊给他找回来。"

两炷香后，胜业坊，沈府东侧门外。

谷雨将姜稚衣小心地扶下马车，看着面前陌生的府邸小声问："郡主，这样真的好吗？"

"不是你说我需示一示弱，让他也为我出点力吗？"姜稚衣睨她一眼，接过小满递来的包袱，往肩上挎了挎，"怎么样？像被我舅母赶出家门的样子吗？"

别人把这包袱一挎，像要去逃难，她们郡主把这包袱一挎，像在展示即将风靡长安的新式穿戴。

谷雨和小满纠结地张了张嘴。

"算了，"姜稚衣摆了摆手，自顾自朝门走去，"像不像的，心意到了就行。你们赶紧回去，别在这儿误了我的大计。"

一门之隔，沈府内，一身夜行衣的人脚步一停，指节分明的手在门闩上顿住。

"可是郡主当真不走正门吗？"

"我与他岂是能走正门的关系？"

元策眉梢一挑，把准备开门的手收了回来。

门外，谷雨和小满一步三回头地叮嘱了姜稚衣几句，犹豫着坐上马车离开了。

姜稚衣借着头顶灯笼的微光迈上台阶，拎起门环叩了下去。

三短，三长，再三短。

没有回应。

他还没从军营回来？

姜稚衣猫着腰凑近门缝，眯起一只眼往里看。

元策无声地侧身一避。

看了半天也没瞧见半点光亮，姜稚衣直起身干站着等了会儿，回到阶下，低着头踱起步来。

酝酿了会儿情绪，她在门前站定，笑着一抬眼："阿策哥哥，你终于来了！"

元策迟疑地低头看了看自己，又看了眼面前厚实的门。

外头不知怎的没了后文，再次响起缓慢的踱步声。接着，门外的人清了清嗓，又换了一道哭腔："阿策哥哥，你终于来了……"

元策嘴角一抽。

门外，姜稚衣叹了口气，摸了摸干巴巴的眼角。

她平生向来有一说一，从没有人需得她做戏讨好，再练也是哭不出来了，把词儿背顺也算心意到了吧。

姜稚衣抬头望着天，背起了路上和婢女商量出来的词儿："阿策哥哥，你可知你再晚来一步就再也见不到我了。

"我原以为家里出了这么大的事，舅父定会为我大义灭亲，却没想到我才是那个被灭的亲。

"我也算看明白了，在那个家我终究只是个外人，这世上真正会心疼我的人只有你。

"如今我被舅母扫地出门，孤身一人流落街头无处可去，只好来投奔你。阿策哥哥你——"一股脑顺到这里，姜稚衣换了口气，满意地一笑，"可愿收留我？"

元策冷着脸负起手，一转身往回走去。

东院那头，青松眼看元策一眨眼走了个来回，愣了愣道："公子，您不出门啦？"

元策头也不回地进了房里："今晚就是天王老子来了也别开门。"

天色渐渐暗下去，彻底入了夜，掌灯的仆役引着火烛，将廊子里悬挂的灯笼一盏盏点亮。

下人们鱼贯雁行也忙碌起来，去厨房端来热腾腾的饭菜，送进暖阁，等房里的人用完，又去收拾碗筷。

进进出出的脚步一直到近亥时才陆续停下。

院子里陷入沉寂，夜阑人静，空气中寒意渐浓，各个屋子都关拢门窗，烧起炭火。

灯火通明的书房里，青松站在书案边研墨，看元策从书架上拿了卷兵书，随意翻阅着，偶尔提笔写一些什么。

过了会儿，敲门声响起，有玄策营的士兵漏夜过来。

元策从书页里抬起头，接过士兵呈上的信函。

士兵转身退下，临到门边又回过头："少将军，卑职来时看到永盈郡主在门口，好像冻得不轻的样子……"

元策拆火漆的手一顿，眼底闪过一丝意外，看了眼窗外的天色。

"要不要请她……"

"不必管。"元策回过头，阅起信函。

报信的士兵来也匆匆，去也匆匆，屋里很快又没了人声。

更漏点滴，像首催眠的曲。

不知过了多久，青松研墨的手垂下去，小鸡啄米般打起瞌睡。

窗外北风呼号，从支了道缝的窗子蹿进屋内，吹得案头烛火一跳一跳，白底黑字的书页上光影抖动。

一片雪花忽然飘进书房，轻轻落上案头。

元策执卷的手一松，抬起眼来。

窗外不知何时起已风雪大作，密密匝匝的白絮漫天飞舞，吞噬掉漆黑的夜色，整张天幕斑驳一片。

院子里风灯飘摇，几盆露天生长的盆栽耷拉下枝条，枝头的花瓣被吹打得摇摇欲坠。

有仆役披上衣裳匆忙奔出，将最娇贵的那盆护在伞下抢着往里搬，又招呼其他人快些去搬剩下的。

元策收回目光，看向屋里的更漏。

满院子纷杂的脚步声由远及近，又由近及远，最后复归寂静。

元策静静地看了会儿，搁下书起身走了出去。

青松打了一个盹儿猛然醒来，迷茫了一阵，连忙提了把伞跟上去："公子，这么晚了您要去哪儿？"

穿堂风迎面刮来，险些掀得伞翻个面儿，青松艰难地撑着伞，一路跟着元策走到后门。

抽去门闩，门外空荡荡一片，果然已……

元策转身的动作停住，垂眼，看见了门柱边那朵蜷缩成一团，蹲抱着自己发抖的白蘑菇。

听见动静，"蘑菇"蓦地扭过头抬起眼来，像是被冻傻了，顶着霜白的脸看了他半天，不敢相信一般迷蒙着眼道："阿策哥哥？"

元策的目光缓缓扫过她通红的耳朵和鼻尖，不可思议地眨了眨眼："郡主——怎么还在这里？"

终于听见熟悉的声音，姜稚衣迷迷糊糊没怎么听清，只觉得有点想哭，仰着头眼睫扑簌簌一颤："我想见你……"

元策目光一凝，盯住了那颗被眼睫扇落的雪粒。

姜稚衣冻僵的脑袋开始转动，颤着嘴皮背起词儿来："阿策哥哥，我今晚，舅父他……不是，舅母她把我赶出了家门……"

断断续续的碎碎念混着风雪声"嗡嗡嗡"地钻进耳里。

元策看着那雪粒融化成水，一回神，地上的人抱着膝盖连打了两个哆嗦："阿策哥哥？"

元策抬头望了眼越来越大的雪势，垂眼看了看她："起来说话。"

姜稚衣为难地看着他，手往下挪去，揉了揉小腿肚："不是我不想起，是我腿麻了……"

元策瞥开眼沉默了会儿，弯下身，握着那小细胳膊将人一把拉了起来。

姜稚衣跌撞着站稳，眼看他的手就要抽走，反手一抓："阿策哥哥，你是肯收留我了吗？"

元策眼睑一垂，看向那只抓在他手腕上的手，默了默，抬起眼："郡主金尊玉贵，臣这寒舍可没人照顾得起。"

"可以有！"姜稚衣立马朝崇仁坊的方向一指，"我可以给府中去信，让我那两个婢女马上过来！"

元策轻哼了声："难不成臣不光要收留郡主您，还要收留您的两个婢女？"

"也不是不行？反正早晚都是要的……"

元策面露疑惑之色。

姜稚衣轻吸一口气，有些不好意思地舔了舔唇："那个……不出意外的话，她们都是我日后的陪嫁丫鬟，你就当她们提早过来适应环境，应当——不妨事吧？"

不知哪句话惹人不高兴，面前的人脸色陡然一沉，看着她的眼神比这雪夜的风刀还冷。

"嗯……"姜稚衣哆哆嗦嗦抱着臂沉吟了下，瞅着他试探道，"那好像是有点妨事？"

元策歪了歪头，一句"你说呢"还没出口——

"也是，你我难得有机会同处一室，还是不要有人打搅得好……那我也不要别人照顾了，我有阿策哥哥照顾就够了！"

元策的脸色像是连阴沉都顿得阴沉了，面无表情一转身往里走去。

青松看了看撒手不管了的自家公子，又看了看自己不尴尬、所以让别人很尴尬的郡主："公子这是什么意思……"

姜稚衣睨了这没眼力见儿的一眼，一脚跨过门槛径直进了府，顺手一丢肩上的包袱。

青松险险接住包袱，慌忙打着伞追了上去。

他追着郡主，郡主追着公子，一路追一路往四下看，好像觉着这儿也新鲜，那儿也新鲜，想多看一眼时又发觉被公子落下了老远，不得不提起裙摆小碎步跑起来。

一路紧赶慢赶追进院里，追到书房门前，姜稚衣刚要跟进去，兴冲冲地一抬靴尖，啪的一声，吃了一嘴的闭门羹。

姜稚衣趔趄着后退两步，抬袖挡了挡，对着面前合上的房门轻轻眨了眨眼，目光缓缓转向一旁半开的窗，刚要绕到窗前去问话——

咔嗒一声，窗子也闭上了。

姜稚衣脸一垮，眉眼耷拉下来。

他到底什么意思嘛！

半炷香后，东院西厢房，姜稚衣看着杵在她跟前的几个沈府丫鬟，不高兴地紧抿着唇，坐在凳子上一声不吭。

书房那头分明亮着灯，人也没歇下，却把她丢在这破厢房不管，让一群丫鬟来应付她。

这厢房也是家徒四壁，除了一张架子床、一面圆桌和几张圆凳之外就没别的大件摆设了，连个能靠背的舒坦地儿都没有……

他也不想想，她若真是图个地方住，宫里都有专门留给她的寝殿，要什么没有呀，到这儿来还不是图人吗？

吹了一晚上冷风，手僵脚僵的，进了屋又被这硬凳硌得慌，姜稚衣是身子也不爽利，心里也不爽利，越想越难受，噌的一声站了起来。

上前的丫鬟迎头赶上这一股怨气，吓了一跳，原路折返又倒退回去。

都知道永盈郡主与她们家公子不对付，可从前就算两人再怎么针尖对麦芒，郡主的身份摆在那儿，是决不会屈尊来找公子碴儿的。

怎么如今三年过去，边关的战火都消了，郡主与公子的战火反倒愈演愈烈，大雪天大半夜的竟上门来找公子吵架？

公子也是，居然还让人留宿，难道是夜里吵累了，方便明日一早睡醒接着吵吗？

几个丫鬟紧张地面面相觑，打头那个犹豫了好一会儿，低头奉上一只茶碗："……郡主，天寒地冻的，喝碗姜汤驱驱寒吧！"

姜稚衣正堵着心，眼睫斜向下一扫："这是姜'汤'？"

丫鬟呆呆地点头："回郡主的话，是的。"

"姜末子都成糊了，他怎么不直接叫人煮碗粥来？"姜稚衣气鼓鼓地面朝窗外跺了跺脚，"当我是他们军营的糙老爷们儿呢！"

丫鬟心肝一颤，连忙告罪退了下去，说这就去将姜末子撇干净，临走时朝其余丫鬟使眼色。

另一名丫鬟酝酿着轻吸一口气，上前道："郡主，那这手炉您可捧在手里暖暖……"

姜稚衣转回脸来，一愣，越发被气笑了："暖暖？连个绒布袋都不裹，他不知道我们姑娘家细皮嫩肉的，这是来暖我还是来烫我？"

"不、不是，是奴婢疏忽了……"丫鬟惶恐地望向一旁求助。

姜稚衣顺着她的目光看过去，一件件瞧过那几个丫鬟手里捧着的物件——

"帕子糙成这样，也不怕薅疼我的脸……

"这篦子的篦齿尖得是要扎我头皮吗？

"这木匣那么重的木头味儿，这水也是一股子水味儿……他从前哪会这样敷衍我！"

不、不会吗？

丫鬟们颤巍巍地捧着东西不敢吱声。

她们常年在沈府东院当差，从未服侍过女主子，不懂那些精细的讲究，更别说自打公子从边关回来，就不用她们去跟前了。现下她们连男主子也没机会服侍，更没机会见世面，哪里知道水是不能有水味儿的，木头也不能有木头味儿……

不过听郡主这话的意思，难道公子知道？

"郡、郡主恕罪……郡主想要什么样的帕子、什么样的水、什么样的梳篦，奴婢们这就记下去寻来……"

"你们记下有什么用？"姜稚衣幽怨地也斜了眼窗外，"他还不是一样不将我的喜好放在心上！"

"那……那奴婢们先将您要的物什回禀给公子，再去寻来？"

丫鬟战战兢兢地提议完，见姜稚衣眨了眨眼，脸色稍霁，像是终于愿意恩赐给她们家公子一个机会，勉强抬了抬下巴："那我只说一次，都听好了。"

"回禀公子，郡主嫌奴婢们伺候得不好，说——"丫鬟从厢房退出来，生怕晚一刻就记不住，急急进了书房便开始报，"擦脸的帕子她只用水丝绸，梳子只用紫檀木梳，篦子只用象牙篦，洗手净面不用铜盆，得用温养人的和田玉匜，沐浴也不用木桶，得有大到足可畅游其间，尽情嬉水的浴池……"

上首的元策握着书卷，匪夷所思地缓缓抬起头来："她是要沐浴，还是要凫水？"

眼看着公子眸光里沉甸甸的威压，丫鬟硬着头皮接着往下说："不光如此，郡主说她洗脸的水要用没有水味儿的天泉水，雪天接雪水，雨天接雨水，晴天接朝露……"

元策偏头望向窗外的片片鹅毛大雪，觉得荒谬，一笑："为了让她洗个脸，要提早一日做准备？"

"嗯……郡主还说，她沐浴时要往浴汤里滴花露，酿花露所用的花必须是三月初三上巳节那日摘的鲜花……"

"沐个浴，要提早一年？"

丫鬟打了个哆嗦，不敢再往下说了。

让人窒息的沉默里，叩门声突然响起。

又一名丫鬟匆匆奔进来，也像快记不住了，来不及做到礼数周全便在门边"倒起豆子"："回禀公子，郡主那边又添了几样要的物什，说净手之后要用香雪楼的手脂，洗脸之后要用留芳阁的面膏，浴足之后要用玲珑斋的润甲露……"

元策缓缓地侧目看过来。

那丫鬟被瞧得脖子一缩，正要将门合拢，又一名丫鬟喊着"等等，等等"，气都来不及喘地抢着挤上前来："回禀公子，郡主说屋里太干，燥得她脸疼，要造个跟瑶光阁里一样的水车。还有厢房里有股陈年的旧味儿，需要点个熏炉，熏香的配方是……"

啪的一声响，元策手中的书卷砸在了桌案上。

便是前线军情最紧急的时刻，也从没有过如此密集的急报。

这阵仗，难怪陪嫁丫鬟要提早进府，不提早个一年半载，还供不起这"事精"了！

几个丫鬟一抖，齐齐低下头去："公子息怒，郡主还是留了情面的，说如果实在准备不全这些，她也不是不能留在这儿过日子，只要——"

"怎么？"

"公子您去房里……陪她……"

元策扯了扯衣襟，一指西厢房的方向："告诉她，我沈府家贫如洗，惯不起她这些毛病，要走要留，请她自便吧。"

夜半更深，风雪停歇，卧房里寂然无声，只有窗外树枝被厚雪积压，偶尔发出细碎的嘎吱轻响。

然而越是静谧，耳边嗡嗡的女声越是盘桓着挥散不去——

手脂面膏天泉水……

浴池花露象牙箧……

熏炉水车去房里……

不知过了多久，叨叨声终于慢慢飘远被抛到脑后，元策静躺在床榻上，即将沉入睡梦——

忽然咔嚓一声，像是院里的树枝不堪重负，折断成了两截。

元策蓦地睁开眼，动了动耳朵，听见一道刻意放轻的脚步声由远及近，正一步步朝房门靠近。

元策一掀薄被，无声地翻身下榻，取来放在榻沿的匕首，闪身到了门边。

房门上赫然映出一道披着斗篷的人影，身形看着有些彪壮。

人影鬼祟地走到门前，忽然停下，四顾起来。

元策静静地站在门后眯了眯眼，心道这人送死都这么磨蹭。

今日被姜稚衣耗得所剩无几的耐性彻底告罄，元策轻轻活动了下脖颈，把匕首一收，一把提过一旁剑架上的剑。

这剑也有些日子没见血了。

门外的人两只手扒上门扇，试着推了推——

元策一只手横剑，另一只手抽开门闩，门外的人一脱力踉跄着向前栽来。

"哎哟！"一声女子的惊呼响起，元策目光一凝，抵上来人喉咙的剑锋蓦然一侧，一推剑首收剑回鞘。

与此同时，一阵香风扑面，来人被门槛绊了一脚跌进来。

元策一把接住来人，额角的青筋突突地跳着，垂下眼去。

怀里的人头顶两床被衾，从头到脚裹得像只粽子，只露了张惨白的脸，又惊又怕地碎碎念着："吓死我了，吓死我了……"

"……大半夜你不睡觉在干什么？"元策咬着牙松开了人。

姜稚衣还有些后怕，抬眼看见他眼底毫不掩饰的不耐烦，紧了紧身上的被衾，冲他撇了撇嘴："那我也得睡得着才能睡呀……"

元策不解地皱起眉来："你有什么睡不着的？是因为将我这院子搅和得人仰马翻，良心不安？"

姜稚衣点了点头，垂下眼去："嗯，阿策哥哥，这件事我要向你认错。"

元策皱紧的眉头稍稍一松。

"说你府上这儿也不好，那儿也不好，是我吹毛求疵了；向你提了那么多一夜之间不可能办到的要求，也是我过分；威胁你办不到便来房里陪我，更是我有失分寸……"

元策拎着剑抱起臂，闲闲地看着她："郡主知道就好。"

"但是……"姜稚衣为难地咬了咬下唇，哭丧着仰起脸来，"但是你家的炭是真的一点也不暖呀！"

"那炭一股炭味儿也就算了，烧了半天只有烟气没有暖气，屋里冷得像冰窖一样，真真是没法睡人……我发誓，这次绝不是我鸡蛋里挑骨头，阿策哥哥，你家……"姜稚衣举着三根手指一顿，你家我家分得这么清楚，岂不又要叫人寒心，"咱们家买炭的小厮一定是被黑心的商贩骗了！"

元策张了张嘴又闭上，咬牙盯住了姜稚衣叨叨的嘴。

姜稚衣眼巴巴地看回去："你又不肯让我的婢女进府，就不能来照顾照顾我吗？兴许你来屋里添点人气，我便暖了……"

元策压着火缓缓提起一口气："青松——"

后罩房那头，青松匆匆忙忙衣冠不整地跑了出来："公子有何吩咐？"

元策抬手一指姜稚衣："去把她那两个陪嫁丫鬟给我……"

"好嘞，小人这就去……"青松掉头跑了两步，一下急停，"啊？？"

元策闭了闭眼，重新提起一口气："去把她那两个婢女给我请过来！"

婢女过来要些时辰，书房里重新点了灯，姜稚衣拥着被衾坐在罗汉榻上，小口小口喝着碗里的姜汤，喝一口，看一眼对面书案边执卷的人。

品咂着他方才那句"陪嫁丫鬟"，碗里的姜汤竟是越喝越甜，咂摸出一股糖浆味儿来。

他既然承认了她的陪嫁丫鬟，此行回京应当是准备向她提亲的吧？

姜稚衣托腮望着对面的人，想着想着没忍住笑出声来。

元策拧起眉，手中的书卷往上一抬，挡住了脸。

不就是一不小心说出了心里话，有这么不好意思吗？

姜稚衣叹着气移开眼，两根手指在小茶桌上轻轻敲着，百无聊赖地打量起屋里的陈设。

这书房以一张十二扇山水围屏分隔成里外两间。外间有一面摆文玩瓷器的博古架，一面三层双屉的书架，书案后方的墙上挂了一幅万马奔腾图和一幅字，上书"静否"两个大字。

里间瞧不全，透过此刻折叠起的围屏隐约能看到一张卧用的罗汉榻，比她身下这张坐用的宽阔一些，还有一张八仙桌，桌上摆了张棋盘。

"阿策哥哥，"姜稚衣突然兴致勃勃地搁下茶碗，"我们来对弈怎么样？"

对面的人仰靠着椅背，拿书盖着脸，抱着臂一动不动，跟睡着了似的。

"阿策哥哥？"姜稚衣又叫了一声。

元策抬起一只手，食指往后一指。

姜稚衣顺着他所指的方向望去，看到了墙上的题字——"否"。

"好吧，"姜稚衣歪头，手支着小茶桌，想了会儿又说，"那聊会儿天也行呀！"

对面的人又不动了。

姜稚衣自顾自往下说："你归京以来我们还没好好说过话呢，不如你跟我讲讲边关的事？

"姑臧和长安是不是很不一样？你在那儿过得可还习惯？

"我在家中过得甚是乏味，出门也无非做些无趣的事，还不如想你来得有意思……"

元策缓缓抬起手，往后又是一指。

姜稚衣一抬头，看见了墙上的另一个题字——"静"。

满室只余炭火星子炸开的噼啪轻响。

姜稚衣闭上了嘴巴，无趣地倚着罗汉榻，盯着榻边的炭炉发起呆来。

幽微的火光一闪一闪，催动起困意，盯得人眼睛发酸。不知过了多久，姜稚衣脑袋一垂一垂地打起瞌睡，慢慢歪倒在了榻上。

元策头一低，盖在脸上的书卷掉落进掌心，稀奇地抬起眼看向对面。

榻上的人一头乌发如绸铺散，懒懒地靠着一只引枕，猫儿似的蜷着身体，浓密的长睫静静地扇落在眼下，睡得甚是香甜，香甜到深处甚至还咂巴了下嘴。

分明是有所图而来的，竟就这么毫无防备地在他面前睡着了。

静静注视了榻上的人片刻，元策按了按眉心起身，像终于看到这漫长的一夜有了尽头。

叩门声刚巧在这时候响起，谷雨和小满紧赶慢赶地赶到了沈府，一进屋便要行福身礼。

元策冷着脸比了个噤声的手势，一指对面。

这张嘴，再张开还不知要叨叨多久。

两名婢女立刻心领神会，放轻了脚步走到罗汉榻边，伸出手去又顿住，像是害怕吵醒姜稚衣，有点难以下手。

元策皱眉走上前去，一挥手示意两人让开，弯身一只手抬起榻上人的脖颈，另一只手隔着被衾穿过她腿弯，一把将人打横抱了起来。

乌发如瀑布般倾泻而下，千丝万缕拂过手背，像蚂蚁窸窣爬过。

元策托在薄肩下的手微微一僵，蜷了蜷手指，吐出一口气，转身朝外走去。

"沈少将军就这么一路抱着您进了厢房，亲手将您放上了床榻，临了怕压着您头发，还很贴心地将您的头发仔细拨开了呢！"

翌日一早，姜稚衣刚从西厢房的床榻上苏醒，便听谷雨绘声绘色地说起了她昨夜睡着后的事。

姜稚衣披散着头发坐在床榻上，一双困眼越听越亮："当真？"

"千真万确。小满也看到了，是不是？"谷雨回头看向身后。

小满端着洗漱的器皿抬起头来。

要她说，是，也不是……

譬如郡主的头发瞧着好像不是被拨开的，是被揉开的；沈少将军也不似贴心之人，好像是有点烦那些头发……

对上姜稚衣期待的眼神，小满支吾着点了点头："大概是这样的，郡主。"

谷雨爱溜须拍马哄她高兴，小满却是个实心眼儿的。

姜稚衣嘴角翘起来，低头摸了摸颈后的头发，又顺着滑下来摸了摸自己的肩，抬眼问："阿策哥哥起床了吗？"

"沈少将军昨夜陪您折腾到那么晚，这会儿还没起呢。"

姜稚衣春风满面地下了榻，坐到梳妆镜前催促："那刚好，快来给我梳妆。"

小满和谷雨取出了从家中带来的一摞妆匣。

姜稚衣从一整排珠钗里拿起一支往发髻上比了比，说就要这套，又低头去挑花钿式样，挑完了满意地往后一靠，闭目养神由两人拾掇。

姜稚衣道："昨夜我不在府上，府上可还安生？"

"夫人进了小佛堂，金吾卫您也还给了宫里，府上哪儿还有人敢过问您的事，知道您不在的，也都当不知道。"谷雨给她绾着发，想起什么，"对了，有一桩事，郑县来了消息，说惊蛰姐姐醒了，不放心您，要赶回都城来。"

姜稚衣睁开眼来："那怎么行？"

因浑身好几处折疡，需用药止痛，这些日子惊蛰在郑县的医馆一直半睡半醒，姜稚衣此前派人送了银钱和两个婢女过去专门照料她。

伤筋动骨一百天，医士说她眼下根本不能起身，更不要说回来这一路跋山涉水的颠簸，怕是要落下残疾。

"传我的话去，山贼的事都解决了，我与阿策哥哥也好着呢，叫她好好将养，不养得活蹦乱跳不许瞎动！"姜稚衣说完，又摆了摆手改口，"算了，先不提阿策哥哥，从前便是她一直替我与阿策哥哥奔波传信，别如今躺在床上还要操心我这婚事成不成。"

谷雨应了声"好"："您都住进沈府来了，这婚事哪儿还有不成的道理？奴婢们想是很快就要改口叫沈少将军'姑爷'了！"

一旁的小满刚给姜稚衣描完眉，抬眼瞥见窗外，顺嘴一出溜："姑爷出来了！"

正房门口，元策一脚停在门槛前，带着狐疑徐徐抬起头来，面露戒备之色。

姜稚衣朝外张望了一眼，顶着绾了一半的发髻起身打开门："阿策哥哥！"

院里扫雪的小厮蓦地抬头，眼见一妙龄少女乌发半披地从厢房小跑出来，绯红的发带在晴光下随风飘扬，像只鲜妍的蝶翩翩飞入白皑皑的雪野。

一众小厮一惊，连忙背过身埋下头去。

"阿策哥哥，你这是要去哪儿？"姜稚衣奔到元策跟前问。

元策的目光扫过这黛眉朱唇、香腮似雪的一张脸，微微一顿，想起方才那声顺口到了极点的"姑爷"，脸色又阴沉下来："接人。"

"接人？接什么人？"

元策一挑眉梢："臣这府邸既然能收留郡主，自然也可收留旁人。"

"你还要收留谁……"姜稚衣不明所以地眨了眨眼，品着他这话的弦外之音，小声说，"你这院子还能藏得下两个姑娘不成……"

"是藏不下，所以还劳烦郡主一会儿收拾完自己，将厢房腾出来给臣的新客。"元策朝她颔首示意别过，冲身后的青松抬了抬下巴："替我好好送送郡主，记得——走后门。"

不等姜稚衣反应过来，元策已转身步入雪地。

姜稚衣站在原地，不可思议地望着他头也不回的身影——

什么呀！

天寒地冻的融雪天，大街上人迹寥寥，沈府朝外街开的正门整日下来都无甚进出。

直到日暮时分，一辆马车披霜带雪地驶入街口，最前头，元策一路打马开道，在府门前勒了缰绳。

候在门口的青松立马上前，朝后边驾车的穆新鸿打了声招呼，接过元策手里的马鞭："公子可顺利接到了人？"

元策点了下头，对青松身后的两名健仆道："上去抬人，小心着些。"

青松跟着元策当先跨入序门，好奇那马车里头到底是什么人，竟劳动他们公子亲自去城外接来，又让堂堂玄策军的副将军亲自驾车护送，生怕将人磕着碰着了似的。

难不成当真是金屋藏娇的那个"娇"？

青松悄悄转过头去，一眼瞧见马车上抬下一副担架，上头躺了个脸色灰败、骨瘦如柴的中年男子，盖着白被，像个死人一般……

青松吓了一跳，连忙把头扭回来，咽着口水定了定神："那个，公子，郡主已经离府了，您可将人安顿在西厢房。"

元策意外地转过脸来："这就走了？"

"啊？小人可是冒死去送约客，您不会没想让郡主走吧……"

"当然不是。"一路走进东院，元策推开西厢房的门，往里看了一圈。

人是走空了，那股不知是脂粉还是什么的甜腻香气还残留在屋里。

被衾、妆镜、瓷盏、玉匣……一堆昨夜拖家带口搬来的东西也还留着。

元策道："人都走了，还不收拾屋子？"

"小人以为您接回来的真是个姑娘，想着郡主的东西都是好东西，说不定用得着……"

元策偏过头费解地看着他，像在质疑他这个脑子是怎么在东院当这么多年差的。

"那小人马上把东西收走！反正郡主没带走，应该是不要了……"

青松进了屋稀里哗啦一顿收，屋里眨眼间空了一片。

看着厢房渐渐恢复到家徒四壁的原样，不知怎的，元策竟像又听见了昨夜那贯耳的魔音。他揉了揉耳根，忽然"啧"了一声："算了。"

与其再让高贵的郡主来这儿指点一次江山，倒不如留着这厢房得了。

青松抱着一堆物件停住手："不收了吗公子？"

元策点了下头，朝候在门外的健仆指了个方向："抬去对面。"

两名健仆抬着担架上的人，往对面东厢房去了。

门外的穆新鸿听了半天才晓得昨夜发生了什么，急得抓耳挠腮："少将军，咱们还没搞清楚郡主到底图谋什么，您怎就引狼入室了呢？！"

"不引狼入室，怎知她到底图谋什么？"

"所以您昨晚是为了——"

元策轻哼了声。

若说此前还疑心这位郡主真对昔日的"死对头"生出了什么风花雪月的心思，昨晚听到门外那些毫无感情全是演技的戏词，便可笃定她是另有所图了。

能让养尊处优的郡主宁肯吹上两个时辰冷风也不罢休，所图必大。

穆新鸿竖起个大拇指："还是少将军手段高明，这一招以身犯险，想必已查探到了什么？"

元策一噎，瞟了他一眼，转身朝书房走去。

青松出来小声提醒："穆将军可别哪壶不开提哪壶！"

那可不光是什么也没查探到，还将自己搭成了人家陪嫁丫鬟的姑爷呢！

"啊？"穆新鸿慌忙跟上元策，拼命转着脑筋想说点什么来补救。

一路跟到书房门口，穆新鸿殷切地替元策拉开门，跟着他进去后一转身，将门合上："少将军，卑职想来想去，您说会不会是郡主对您的身份起了疑……"

元策蓦地竖掌打断他。

穆新鸿一愣之后站住，看着元策陡然沉下来的脸色打了个寒噤，感觉到四面空气骤冷，弥漫起一股森凉肃杀之气。

穆新鸿面色一凛，缓缓抬手按在了腰刀上，抬眼扫向屋内。

元策环视的目光突然一顿，一把拿起博古架上的一只瓷瓶，扬手朝屋里的山水围屏砸了过去。

哗啦一声震天动地的巨响，瓷瓶四分五裂，连带整张十二扇围屏轰然翻倒下去。

　　屏风之后，斜倚在罗汉榻上的少女一激灵，惊叫着跳起，望着满地的狼藉，发蒙地抬起头来，对上了元策暗潮汹涌的眼。

　　穆新鸿汗毛瞬间倒竖，看着面前本该早已离开的郡主，想起自己方才那句要命的话，偏头望向身侧——从元策注视着姜稚衣的眼中看到了毕露的杀意。

第二章

定情信物

"你在这儿干什么？"隔着一面倒下的屏风，元策森凉的眼紧盯住她。

姜稚衣方才在榻上打的瞌睡霎时跑了个空。

眼前站着的分明是从前待她再温柔不过的意中人，这一瞬间，姜稚衣却感觉自己像被一头陌生的恶狼盯住，森森寒意爬满背脊，铺天盖地都是危险的气息。

她刚从睡梦中惊醒，还没回神，不过慢答一拍，对面的人便像没了耐性，靴尖一抬，踩上那面翻倒在地的屏风，一脚踢开了那堆碎瓷片。

啪的一声脆响，姜稚衣浑身一颤，捂了捂耳朵，眼看他一步步朝前走来，本能地向后退去，膝弯撞上榻沿，跌坐在身后那张罗汉榻上。

元策在榻前站定，垂下眼，搭在腰间剑柄上的手慢慢握拢，看着榻上的人仰起的雪颈下纤细的青色脉络，好像已经看到那薄薄的皮肤被利刃划开，血涌如注——

"你凶什么呀，怪吓人的……"姜稚衣睁着一双茫然惊惧的眼，瑟缩着肩膀瞅了瞅他。

眼前猩红的画面忽然如潮水般退去，元策拔剑的手一顿。

他——凶什么？

她看不出来吗？

姜稚衣道："干吗？你要跟我吵架吗？"

他杀过那么多人，这还是第一次，剑都要拔了，被人以为是来吵架的。

她现在最好是在装傻，否则他能被侮辱，他的剑都不能。

"吵架？"元策把着剑柄，被她气笑了，点了点头，"吵架……"

"我都还没找你吵架呢，你倒先发制人了……"姜稚衣嘴一撇，说着说着忽然站起身来，挺起胸脯一叉腰，朝前迈了一大步，"那好呀，来吵呀，我也正有气没处撒呢！"

元策带着剑后退一步，荒谬地低下头去。

才到他肩胛骨的个子，这气鼓鼓的一步，竟仿佛迈出了压他一头的气势，姿势摆完她又自顾自委屈上了，撇撇嘴，一副要哭的样子。

红脸白脸全给她一个人演完了。

元策拇指紧压着剑首，忍耐地眯起眼："你还有气？你有哪门子气？"

"你早上说那么一堆阴阳怪气的话，我怎么没有气！你给我说清楚，你今日接来的姑娘是不是你在边关的相好？"

元策朝东厢房那头望去一眼，眉梢一扬："是又如何？"

姜稚衣张着嘴，难以置信地望着他。

是又如何？

他怎能如此风轻云淡地说出如此恬不知耻的话……

"你这是见异思迁，喜新厌旧！"

"喜新厌旧，起码得先有旧。敢问郡主，我与你何'旧'之有？"

姜稚衣一噎，突然觉得这一幕有些熟悉，像她遭遇山匪那日在军营醒来，听见他说——"臣应该同郡主有什么瓜葛？"

当时营帐里有旁人，她只当他是在掩人耳目做戏，可方才穆新鸿见势已退了出去，此刻屋里只有他们两人。

她怕是再没有什么借口可以自欺欺人的了……

他此行回京对她就没有过好脸色，即便在无人处也一口一个生疏的"郡主"，绝口不提过去半个字，根本就是有了新人便不打算认旧账了！

姜稚衣颤抖着深吸一口气，忍着泪别过脸去。

这一瞥，忽然看见他身后那堆碎瓷片里躺着一块月牙形的玉佩。

雪青色流苏作配，莹润的白玉上赫然镂刻着一个"衣"字。

像逮着什么把柄，姜稚衣蓦地一指地上："你说与我没有'旧'，那这块玉佩是什么？"

元策回过头去，低头一看。

姜稚衣起身，一把捡起玉佩，举起来递到他眼下："这是我赠予你的信物，你休想翻脸不认！"

成天唱戏不够，还自带上道具了。元策不耐烦地闭上眼，实在听够了这些戏本子。

吵个架，比杀个人还累。

"给我的信物？"元策睁开眼，从她手中一把抽过玉佩，沉下脸往墙角一砸。

当啷一声，玉佩瞬间与那瓷瓶一样碎裂开来。

"那现在我扔了，郡主满意了？"

姜稚衣怔怔地朝地上望去，盯着那四分五裂的玉佩，不可思议地盯了半天，才敢相信刚刚那一瞬发生了什么。

像突然从高处跌落，一颗心霎时沉到谷底，姜稚衣忍了许久的泪水瞬间蓄满眼底，在眼眶里打起转来。

"好……"片刻后，她徐徐转回脸，泪眼婆娑地看着他点了点头，"既然如此，自今日起，你我恩断义绝，再不相见！"说着转身头也不回地哭着跑了出去。

书房里骤然安静下来。

元策额角的青筋突然地跳着，目光扫过这一地狼藉，抬手松了下衣襟。

青松急急奔了进来："公子，小人刚才是眼花了吗？郡主不是早就走了吗，怎会从您书房里出来……"

元策刚压下去些的火噌地直烧颅顶："你问我？"

青松心里咯噔一下，缩着脖子低下头去。

"这么个大活人在书房，你在这院里待了一整天一无所知，还来问我？"

青松埋头告罪，连忙拿起笤帚去收拾地上的烂摊子，扫到墙角忽然一顿："咦，这不是公子的玉佩吗？"

"你在说什……"元策偏过头去，一顿，"你说什么？"

"哦，小人不是说您，是说大公子！"青松指着地上，"这好像是大公子从前很喜欢的那块玉佩呀……"

元策缓缓垂下眼去，看着那几瓣碎玉迟疑片刻，眨了眨眼："你再说一遍？"

"没错，这就是大公子那块玉佩！"

一炷香后，青松站在书案边，满头大汗地将几瓣碎玉重新拼好，除了"衣"字那一"丶"不知崩去了哪儿没找着之外，基本已能看出原样。

一旁的穆新鸿双眼瞪得如铜铃般大："你确定？"

"千真万确。小人记得清清楚楚，大公子出征前那半年经常在家把玩这块玉佩，小人还奇怪呢，问他这么喜欢这玉，为何从来不戴，大公子说他成日斗鸡走狗，戴出去容易碎了。

"后来大公子出征去了，这块玉佩小人就再没见过，没想到竟是藏在了这瓷瓶里。难怪大公子不让下人动这博古架上的东西……"

话音落下，书房里陡然陷入沉默。

鸦雀无声的屋内，空气都像凝固了一般死寂。

元策一动不动地坐在书案前，不知在想什么，半晌过去，连个出气的声儿也没有。

世人都以为沈家只有一个儿子，却不知十八年前，降生在沈家的其实是一对双生子。只不过刚一降生，这对孪生兄弟便被迫分离——

哥哥取名"沈元策"，作为沈家独子留在长安，活在世人的眼皮底下。

弟弟则被秘密送去边关，抛却沈姓，随母姓元，取"元策"二字为名，在无人知晓的暗处长大。

兄弟二人，十数年不曾谋面。

直到三年前，哥哥离京前往边关。

戈壁大漠，三年风沙，年轻的将军本该执戟于明光中，保家卫国，却在背地里遭人暗算，埋骨黄沙，连碑都无法立起……

一场战役的失利，换来举朝痛骂，沈父戎马一生的荣耀与血汗毁于一旦，整个沈家都成了千古罪人。

一边是朝廷降下的罪责，一边是敌寇乘虚而入，一直隐匿在暗处的弟弟不得不走到光下，封锁哥哥的死讯，扮演劫后余生的哥哥，拿起了长枪——

半年间，他带领玄策军从岌岌可危到绝地反击，将北羯人驱逐出河西，反杀入敌境，踏着尸山血海一路杀进王城，一把火烧了北羯王陵，震惊四海。

满朝的骂声终于消停下云。

战争结束，弟弟背负着沈家的血仇，以哥哥的身份回到了长安，开始着手清算……

元策从回忆中慢慢回神，抬起眼，视线重新落回到眼前这块玉佩上。

"这玉佩有什么不对吗？"见元策和穆新鸿同时如临大敌般严肃起来，青松哆哆嗦嗦地问。

穆新鸿咬牙切齿地看着他："你不是说，郡主和大公子是死得不能再死的对头吗？！"

"是啊！"青松一愣，这个问题，公子和穆将军近日里已问了他不下三回，"当年大公子跟人斗蛐蛐，那蛐蛐不小心跳到了郡主身上，吓着了郡主，郡主的手下就踩死了蛐蛐，郡主受了惊，大公子痛失爱将，这梁子从此便结下了……小人当时就在场呢，没人比小人更了解他们的恩怨了！"

穆新鸿恨铁不成钢地指着他的鼻子："你了解？那你不知道郡主闺名里有个'衣'字？"

"郡主的闺名又不是我等低贱之人配知道……"青松嘴比脑子动得快，委屈地说到一半，嘴巴猛地一闭，扭头看向桌案上的玉佩，倒抽一口冷气，"所以这玉佩难道是郡主给大公子的……"

定情信物？！

穆新鸿恨恨地一拍大腿。

这个青松，说是打小跟着大公子，对大公子的一切无所不知，无所不晓。加之少将军凯旋那日，郡主先在茶楼上当众挑衅，又来军营私下寻衅，那态度确实与青松的说法一致。包括沈家继夫人也是如此看待郡主与大公子的关系——

他们再三确认之后，自然认定，郡主最近的失常是不怀好意。

青松道："这不可能……这怎么可能？难道郡主与大公子只是装的死对头，

其实是相好？"

穆新鸿道："眼下还有别的可能吗？"

虽然乍一听很离谱，但是郡主最近在人前挑衅少将军，到人后又跟少将军卿卿我我，烦是烦了点，却并没有加害少将军的意思——

细想一下，这个答案竟然显得十分合理。

就连昨夜郡主演戏装可怜混进沈府，也得到了解释。

少将军刚回京有诸多事宜，这些时日又是进宫面圣，又是与朝中官吏交接军务，面对的人哪一个都比郡主重要，根本没对个丫头片子多加在意，哪儿知道马脚竟然差点露在这里！

穆新鸿看向沉默已久的元策，挠了挠头："少将军，都怪卑职今日莽撞，提了一嘴您的身份，也不知郡主听没听进去。若是她回头冷静下来细想，发现了您的异常，那这位郡主可能就是——"

"就是我在这长安城里最大的变数。"元策放慢了语速，看着那玉佩一字字地说。

青松道："那、那现在怎么办？"

穆新鸿道："要么杀人灭口，要么……"

——既然继承了大公子的身份，便也只能继承大公子的相、好。

掌灯时分，瑶光阁暖阁内，谷雨和小满看着哭倒在美人榻上的人，站在榻前手足无措地大眼瞪着小眼。

今日在沈府用过午膳后，青松三催四请地，口口声声奉公子之命来送客，郡主烦了，便让小满戴上帷帽装扮成她出了沈府，自己悄悄留下来，看沈少将军到底要带回个什么样的姑娘。

谷雨和小满临走前千叮咛，万嘱咐，让郡主有事一定派人知会她们，哪儿想到郡主竟自己哭着跑回来了！

郡主平日里出门不是坐马车就是坐步舆，能不下地便不下地，得多伤心才能用脚走路呀！

这大冷天的，看郡主冻得鼻子和耳朵通红地回来，一进屋便放声大哭，泪擦干一行又落下一行，擦得还不如淌得快……

该不是真捉着奸了吧？

"郡主，发生什么事了？"等姜稚衣哭了好一会儿，谷雨才敢小心地弯下身去问。

"他变了……他已经不是从前的阿策哥哥了……

"'但见新人笑，那闻旧人哭'，书里说的都是真的……"

"他有了新人就、就算了，"姜稚衣泪涟涟地抽噎着，说着说着一口气没缓过来，险些背过气儿去，"他还当着我的面摔碎了、摔碎了我给他的定情信物！"

谷雨大惊："怎么能这样呢！"

姜稚衣颤抖着深呼吸一口，攥住了自己的衣襟："他摔碎的哪里是玉佩，是我这颗心……"

谷雨忙给她顺背："郡主千万别哭坏了身子，为了个负心汉可不值当！"

"就是！看沈少将军长得人模人样的，没想到居然这样的——"小满说不出郡主说的那种文绉绉、酸溜溜的话，憋了半天憋出一句，"这样的不是人！"

谷雨道："何止不是人，简直、简直不是东西！"

一名婢女匆匆从外头进来，一脚刹停在门边，心惊胆战地望着里头："那——如果不是东西的沈少将军要见郡主，郡主见吗？"

姜稚衣抽噎了下，顶着一张梨花带雨的脸缓缓从榻上爬了起来："……你说什么？"

"沈少将军来府上找您了，好像说是与您有什么误会，您看？"

姜稚衣的眼泪短暂地停顿了一刹那，下一瞬，脑海里回闪过那张凶神恶煞的脸，还有那只决绝地摔玉的手。

"误会？我与他最大的误会，就是我以为他和那些一功成名便抛弃发妻的负心郎不一样！"

谷雨道："就是！前脚赶我们郡主出门，后脚就说什么误会，我们郡主岂是他呼之即来，挥之即去的？"

"可沈少将军眼下还在门庭等着，瞧那脸色，苦大仇深的……"

姜稚衣一愣，气笑了。

"他还苦大仇深上了，欺负人的不是他吗，红脸白脸全给他一个人唱完了呗……"姜稚衣擦了擦泪，气得哭都不想哭了，"玉碎情断，我与他的情分在他摔碎那玉的那一刻便已尽了，让他跟他的新相好天长地久去吧！"

深夜，沈府书房灯火通明　元策脸黑如泥地坐在书案前，一只手捏着一柄镊子，另一只手捏着一柄鲟鱼鳔胶的木勺，死死盯着面前那堆七零八落的碎玉。

给碎玉边缘涂上胶，用镊子合拢两块碎玉，夹着固定片刻。粘上了，再夹起一块，重复以上动作……

啪嗒一下，前边两块开胶了。

不知第几次补了东墙倒西墙后，元策终于一把撂下了手里的东西。

跪在地上的穆新鸿和青松听见这一声啪，抬头望去，看见元策松了松衣襟，起身走到窗前，负起了一双粘满黏胶的手。

穆新鸿道："少将军，您去歇着吧，等卑职找到缺了的那块碎玉就来替您粘。"

青松道："这玉滑不留手的，又摔得这么碎，要不还是请玉匠师来修吧？"

穆新鸿狠狠白他一眼："这么私密的信物，当初大公子千防万防，连你都防，如今你想闹得尽人皆知？"

青松本就为自己被蒙在鼓里伤心呢，低低地"哦"了声，揉揉花了的眼，跪趴下来，继续摸索着地板寻找玉佩上"衣"字那一"丶"去了。

"唉……都怪我今日吃了熊心豹子胆，居然敢去逐郡主的客，这一定是老天给我的报应……"

穆新鸿捶捶麻了的腿，膝行着挪去了另一片还未搜寻的地方："照你这么说，我之前更没少帮着少将军打发郡主，报应怕得比你遭得更多！"

两人刚说完，忽觉背脊一阵发凉，一转头，见是元策阴恻恻地看了过来。

……也是，他俩在这儿较什么高下呢，在遭报应这方面，少将军说第二，谁敢说第一？

元策站在窗前透了会儿气，拧着眉回头一指那堆碎玉："非得折腾这玩意儿？"

当务之急便是与郡主解释清楚那"新相好"的事，别让郡主冷静着冷静着一清醒，发现不是"情郎变了心"，而是"情郎变了人"。

可眼下郡主闭门不见，说什么玉碎情断，想来问题的症结就在这块玉上。

青松道："眼下若没有块敲门砖哄郡主消气，怕是连解释的机会都没有……"

元策闭了闭眼，转向穆新鸿："你不都娶妻好几年了？就没点哄……那什么的法子？"

穆新鸿道："我堂堂七尺男儿，岂会去哄女人！"

元策眉梢危险地一扬。

"我……"穆新鸿轻咳一声，指指自己落在地板上的膝盖，"我都直接给她跪下。"

元策哽住。

"再不然就是——"穆新鸿为难地抓耳挠腮，看着眼前还未及冠的少将军，从鼻腔里含混地说出一句，"就是做点恩恩……爱爱的事……"

元策背回身去，迎着冬夜的寒风抬了下手，将衣襟松得更开了些。

青松面红耳赤地嘀咕："这样不太好吧，信物都有了，郡主和大公子应当私订过终身了，算起来郡主可是公子的寡嫂，这不是有悖人伦吗……"

穆新鸿道："那你说怎么办？！"

"若实在补不好这玉，要不拿别的东西去讨郡主的欢心？前不久刚好是郡主的生辰，小人听说当时好多世家公子都上门送了礼。"

"这送礼要么送人短的缺的，要么送人喜欢的，郡主要风得风，要雨得雨，能缺什么？喜欢的肯定又都是名贵的宝贝，一时半会儿上哪儿找去？找到了也比不上那些家底殷实的世家公子送的。"

青松思考了会儿，突然两眼放光地一拍掌："那就送特别的！送别的世家公子没有，只有我们公子拿得出手的！"

翌日清晨，瑶光阁寝间，姜稚衣散着一头乱蓬蓬的青丝，顶着一双肿得像核桃的眼，靠坐在床榻上，有气无力地就着小满手中的玉匜漱了口，喝下一盏压惊茶。

昨晚一夜辗转反侧，到了天明时分，好不容易睡着片刻，竟梦到自己在沈府捉奸。

梦里的她隐藏在沈府厢房外，瞧着里头那看不清脸的女人依偎在阿策哥哥怀里，哭哭啼啼地说："你为我赶走了郡主，我如今鸠占鹊巢，一定得罪惨了她，我好害怕……"

紧接着，那道熟悉的男声温柔地说："这怎么能叫鸠占鹊巢？她才是那个鸠，你才是我的鹊。不怕，我这就去处理掉她。"

梦里的她还没明白这个"处理"是什么意思，便见一道银晃晃的剑光直冲面门而来！

尖叫着一睁眼，就看到了谷雨和小满惊恐的脸……

直到此刻，姜稚衣仍心有余悸地抚着心口，没回过神来。

若只是个梦就算了，可梦里剑光闪过之时，那密密麻麻爬满背脊的寒意，竟与昨日在书房里被那双森凉的眼盯住的感觉一模一样。

那好像……是一种杀意。

难道他昨日是想杀了她……

"郡主别怕，梦都是相反的。"小满安慰她。

谷雨道："是啊，您可是当朝郡主，就算沈少将军有了新人，也不敢对您下杀手呀！"

话音刚落，一名婢女领着几个仆妇走了进来："郡主，沈少将军派人送来了一箱子东西，说是给您的心意。"

谷雨道："喏，您看吧，沈少将军昨日那般得罪您，着急补救还来不及呢！"

姜稚衣脸色稍霁，悬着的心慢慢回落下来，蹙眉抬起眼，朝婢女身后那只硕大的木箱望去："什么东西？"

"奴婢也不知，跑腿的穆将军说是惊喜，您看了自然就明白了。"

"惊喜？"姜稚衣冷哼一声，"这世上还有东西能惊喜到我？我不看！"

"那奴婢这就让她们抬出去。"

四名仆妇重新挑起扁担，深吸一口气，气沉丹田，一把抬起箱子，一步一歪地"吭哧吭哧"朝外走去。

这可都是院里最健壮的仆妇，力气不输男子，四人合抬都如此吃力，得是装的什么？

姜稚衣好奇地眨了眨眼："等等。"

仆妇们原地打了个转，抬着箱子转回身来。

姜稚衣坐在榻上，居高临下地瞟了瞟那大箱子。

好些年都没人敢用"惊喜"二字来形容送她的礼物了，她便看看，究竟是送了什么东西能如此狂妄。

就看一眼，也不妨碍她继续和他恩断义绝。

姜稚衣勉强地朝地上扬了扬下巴："放这儿吧。"

仆妇们应声搁下箱子，撤掉扁担，拨开锁扣，毕恭毕敬地退了下去。

姜稚衣搭着谷雨的小臂走下榻去，到了箱子前，将那朴实无华的木箱打量了一圈，蹙了蹙眉，捏了面帕子垫在掌心，弯下身去一推箱盖。

啪的一声箱盖打开，无数道刺眼的银光扑面而来，几人齐齐抽了道冷气，谷雨和小满一左一右拉着姜稚衣连退三步！

姜稚衣惊魂未定地喘着气，颤巍巍伸出一根食指，指着那满满一大箱子宝剑："……看见了吗，他、他真的要杀我！"

沈府东院，穆新鸿从永恩侯府回来，挎着腰刀喜气洋洋地走进书房，朝书案那头拱手行了个军礼，刚一张嘴，被元策竖掌止住。

穆新鸿警觉地闭上嘴，往四下一看，没发现屋里有别人，转回脸定睛朝上望去——

原是那玉佩刚好修补到最后一块，正是至关重要的一步。

书案边，青松屏住呼吸给元策打着下手，用镊子夹起昨夜好不容易找着的那一"、"粘了上去，生怕自己呼出一口气，便将这玉吹碎了。

安静地默数十个数，胶干，玉佩成形。

大功告成。

穆新鸿握了握拳为之一振，面上喜色更盛。

元策对着眼前碎痕斑斑的玉佩长出一口气，闭上眼往椅背一靠，抬手揉了揉后脖颈，一抬下巴："说。"

穆新鸿道："回禀少将军，礼已送到。果真是伸手不打笑脸人，开口不骂送礼人，郡主的人客客气气地收下了！"

昨夜青松提议说送点特别的、那些世家公子拿不出来的，穆新鸿突然灵光一现，记起当初郡主来军营找少将军，曾对少将军的佩剑十分感兴趣——

宝剑当礼物还不特别吗？

那些世家公子能随便拿得出宝剑吗？

就算拿得出一把，拿得出一箱吗？

一个想要，一个就有，这还不是天造地设，马到成功！

穆新鸿喜滋滋地比了个"捏"的手势："少将军放心，这一箱子上好的宝剑多惹人艳羡哪，定是将郡主拿捏住了！"

话音刚落，被派去永恩侯府门口等信儿的小兵匆匆奔了进来："报——"

元策睁开眼皮。

"我说什么来着，"穆新鸿一拍大腿，"是不是郡主来信儿要见少将军了？"

那小兵看了眼沾沾自喜的穆新鸿，支支吾吾地埋下头去："回禀少将军，小的没等着郡主的信儿，倒等到您那一箱子剑叫人扔了出来，整座侯府突然戒严，眼瞧着被围得像个铁桶似的，怕是连只苍蝇都飞不进去了……"

寂寂深夜，瑶光阁寝间，姜稚衣穿了身素白的寝衣，垂头抱膝坐在榻上，从戌时一动不动坐到了亥时。

一旁值夜的谷雨眼看她迟迟不睡下，也不敢出声催促。

今早收到那一箱剑，郡主起先是又生气又惊慌，谷雨便安慰郡主，说这一箱剑想来只是提醒她不要再去纠缠打扰，只要她与沈少将军从此桥归桥，路归路，定是相安无事的。

结果郡主一听，倒是不惊慌了，也不生气了，却变成了现在这副模样，闷声不吭了一整天。

她这张嘴！

谷雨想了一晚上该怎么找补，也没想出个办法，气氛低迷之际，静悄悄的寝间里响起一声喵呜，郡主那只狸奴突然冲窗外叫了一嗓子。

"嘘——"谷雨忙上前去顺了顺狸奴的毛，"虎虎乖，不要吵着郡主。"

喵呜喵呜——手下的猫却挣扎着，扯着脖子叫得更大声了，怎么按也按不住。

"郡主，虎虎许是饿了，奴婢先将它带出去……"

床榻那头，姜稚衣终于有了些动静，神色淡淡地看来："你也出去吧，今晚不必值夜了。"

"今夜怎能放心郡主一人……"

"你不是说了吗，他不会真来杀我，不过是警告我别再去烦他而已。"

谷雨灰溜溜地低下头去，自知今日说错话碍着了郡主的眼，怀里的狸奴又炸着毛叫个不停，只好带着它匆忙退了出去。

姜稚衣独自坐在榻上，又将下巴搁回膝上，盯住了被衾上绣的花。

正发着呆，房里的夜烛忽然一闪，灭了一盏。

姜稚衣一愣，回过头，朝风来的方向望去，发现后窗少关了一扇。

这些个当差的。

她嘴一张想喊人，想起那些烦人的安慰又闭上了嘴，腿一晃自己下了榻，踩着趿鞋走了过去。

还没走到窗前，迎面一道劲风，窗子被猛地推开，一道黑影无声地一跃而入！

姜稚衣吓得一呆，一声惊叫刚到嘴边，电光石火间，来人已一闪身到她跟前，一把捂住了她的嘴！

姜稚衣险些被这突如其来的冲力撞倒，朝后跟跄了几步，后背抵上墙才停稳，恍惚间反应过来，不是窗没关，而是窗被人撬开了……

舅父不是说这金屋能挡攻城锤吗？！

姜稚衣又惊又恐地仰起头来，猛然间对上一张熟悉的脸。

几乎是一刹那，她下意识地松了口气。

放松后却想起什么，看着眼前一身夜行衣的人，更为惊恐地瞪大眼挣扎起来。

元策一只手捂着她的嘴，另一只手轻轻一捉，捉住她的两只手腕，膝盖往前一顶，锢住了她的双腿。

一眨眼的工夫，姜稚衣浑身上下都被限制住，只剩一双眼睛可以挣扎，拼命扑闪着长睫控诉——

她不过是一个人在家伤心，碍着他和他的新相好什么事了？即便这样他也要来斩草除根不成！

纵使不提过去的情意，他当真连她郡主的身份都不顾忌了吗？！

面前的人一双眼睛含着千言万语，满头青丝在挣扎间散落下来，脸颊绯红，鬓角汗湿，喘息间喷薄的热意全落进他掌心。元策呼吸微微一紧，垂眼看了看两人间的距离，耳边冷不丁响起青松的声音——

郡主和大公子应当私订过终身了，算起来郡主可是公子的寡嫂，这不是有悖人伦吗……

分明是寻常的制敌招数，掌心忽然传来钻心的麻意，元策手指一蜷，盯着人慢慢往后撤去，压低声道："你不喊人，我就松手。"

姜稚衣的心怦怦跳着，紧张地吞咽了下，努力让自己冷静下来，点了点头。

元策缓缓松开一只手。

姜稚衣深吸一口气，唇瓣一张，半个音节都还没发出——刚松开的手又一把捂了回来。

四目无言相对，窗缝里呼呼的风声都跟着停了一刹那。

兄长应当看见了，并非他有意冒犯，实在是不得已而为之。

元策沉沉地吐出一口气，轻轻"啧"了声："行，那你就这么听我说。"

姜稚衣回敬他一个恼火的眼神。

事到如今，她和他之间还有什么好说的？

元策瞥开眼去，盯着一旁的墙酝酿了会儿，不是那么情愿地开口："昨日接回府的，是我在边关的副将。"

姜稚衣愣了愣，而后眼神颤动起来——你居然跟副将好上了！

元策道："男副将。"

——男的你也不放过！

元策脸色一沉，从牙缝里挤出一句："只是副将，不是相好。"

姜稚衣目光轻轻闪烁了下，又蹙起眉来，从鼻腔里发出一串怒音——你骗三岁小孩呢！

元策闭上眼，过会儿恢复了耐性，片刻后重新睁眼，看着自己腾不出的手，捉着她手腕一抬，带着她的一双手往自己腰上去。

姜稚衣慌乱地睁大了眼，手指拼命往回缩。

这是干什么？

都有了新相好，居然还想与她有肌肤之亲！

这是把她当什么人——

指尖触到腰封缝里一角硬玉，姜稚衣扭动的手一滞，疑惑地抬起眼来。

元策道："拿。"

姜稚衣试探地碰了下，犹疑着眨了眨眼，沿着那玉的边缘摸去。

"别摸了。"元策扣着她腕子的手收紧，眼底压着火，"拿出来。"

凶什么凶，现在是谁手不够用？

姜稚衣瞪他一眼，将那硬疙瘩一把抽了出来，低头一看，还真是那块月牙形的"衣"字玉佩。

只是虽被勉强修补成形，这玉佩却已布满裂痕，千疮百孔，再不复原本的莹润无瑕。

看着看着，姜稚衣眼神黯淡下去，眼睛轻轻一眨，眨下一颗泪来。

元策钳制着人的手迟疑着松开。

眼前的人双手紧攥玉佩，一双红肿未消的眼低垂着，盯着那歪七扭八的"衣"字，眼底泪光滢滢闪动，又倔强地不让眼泪掉下来，看着是有几分可怜……

毕竟是他以兄长之名摔碎了兄长视若珍宝的信物……元策偏头看了眼窗外漆黑的天幕，张了张嘴又闭上，轻咳一声："行了，补好了，别哭了。"

姜稚衣含着泪光抬起头来："补好又有什么用？你补得好这玉佩，补得好我的心吗？！"

元策哑口无言。

"自古破镜难重圆，裂痕既在，即便勉强拼凑，也早已不是原来那面镜子……我知道，我的阿策哥哥早就不在了……"

元策眉心一跳，锋锐的眼神骤然下扫。

姜稚衣却似乎压根儿没注意他的神色变化，兀自将玉佩攥进手心，闭上眼决绝地转过头去："我就当他已战死沙场，如今回来的是别人好了。你走吧！再不走，你的新相好该等急了……"

他就多余在这儿好好说话。

"行，就带你去见见我的'新相好'。"元策活动了下脖子，一把扯过手边的幔帐，将眼前的人一拨转。

姜稚衣打着趔趄在原地连转三圈，瞬间被裹成个蚕蛹，又见一件披氅兜头落下，眼前一黑，天旋地转，人已被他单臂扛上了肩。

"你、你还要带我去见……难道你还想我与她做你的并蒂双花给你享齐人之福？！"姜稚衣简直不敢相信自己听到了什么，气得眼冒金星，蒙在披氅下使劲踢他，"我姜稚衣此生做牡丹、做月季、做海棠，也决不做这并蒂花——"

沈府东院，元策扛着肩上的"蚕蛹"跨进院门，一路往里走去，所过之处，青松呼哧带喘地奔在前头清场，嘴里碎碎念着"非礼勿视，非礼勿视"，将院里值夜的下人通通赶回了后罩房。

姜稚衣趴在元策肩上硌得直想吐，踢是踢不动了，就他这身板，她觉着她的脚更痛，便只剩一张嘴还在气喘吁吁地顽强抵抗："……我姜稚衣的夫、夫婿，岂能是三心二意浪荡风流之徒……那等姐姐长、妹妹短的日子，我绝对忍受不了！此生若不能一生一世一双人，宁肯一生一世一个人……"

说到这里，似又觉得一生一世一个人未免太凄凉了些，蒙在披氅下的脑袋摇一摇，改口："我又不是非你不可，没了你便要孤独终老吗……全长安多少儿郎心悦于我，家中富可敌国的，长相貌比潘安的，琴棋书画、诗词歌赋样样精通的，我挑哪个不能……"

那么厚的披氅也盖不住这聒噪的叨叨。

元策腾出的那只手揉了揉快起茧子的耳根，脚下步履生风地穿过廊子，一把推开厢房门走进去，将肩上的"蚕蛹"放下，摘掉了外边的"蚕茧"。

眼前骤然恢复光明，姜稚衣晕头转向地就近一抓，抓着床柱堪堪站稳，缓过一阵眼花，刚对着元策一张嘴——

脑袋忽然被他一扳，扳转向里侧。

床榻上面白如纸、印堂青黑，死尸一般的中年男子倏地映入眼帘，姜稚衣吓得魂飞魄散，飞快地松开床柱，跳去了元策身后。

元策回过头，看向手抚心口惊魂未定的人："看清楚了？我的'相好'。"

姜稚衣轻轻眨了两下眼，喘着气平复了会儿呼吸，带着几分狐疑重新探出脑袋往床上望去，看着那只皱巴巴、干柴一般的手，不由得屏住了呼吸。

瞧着不过三四十岁的年纪，却有这样一双将死之人的手，难以想象被衾下还盖着一副怎样形如槁木、虚包骨头的身躯……

姜稚衣脊背飕飕发凉，打着寒噤匆忙收回视线，压了压惊，仰头问："他这是……"

"半年前遭遇北羯人伏击 为了——"元策一顿。

"嗯？"

元策转过头，盯着床榻上那张灰败的脸，轻轻一扯嘴角："为了保护我受了重伤，成了活死人，就靠汤药吊着一口气。"

姜稚衣才后知后觉这厢房里有股浓重的药腥气，其中还混杂着一丝说不清、道不明的臭味。

越注意去闻，胃越感到不适，姜稚衣忍不住掩了掩鼻子，又意识到这动作不妥，在掩着鼻子的手将松未松之际瞅了眼元策。

元策倒似乎并未在意，抱臂转回身来，隔在了她与床榻之间："玄策军进京的队伍分了两拨，后一拨为护送他昨日刚到，一应通关记录全都在册，你若还怀疑我有什么相好，大可去查。"

这么说，他先前听说的什么男副将都是真的？

姜稚衣还没想好该不该信。一抬眼，瞧见他居高临下的眼神，先蹙起眉来："你这是什么话，说得好像是我无理取闹一般……说他是你的相好的人分明是你，现在又改口，我怎知要信哪一个？！"

"我何时说过他是我的相好？"元策眉梢一挑。

"你少在这儿咬文嚼字！"姜稚衣气得涨红了脸，"就算相好不是你亲口认的，那玉佩总是你亲手捧的，你又作何解释？"

厢房里陷入沉默。一直候在门外的青松忍不住替自家公子捏了把汗。

说得对呀，这该怎么解释，这事大罗金仙来了也没法解释！

听公子被问得哑口无言，青松正惴惴不安，一抬头，看见元策战术性撤退，冷着脸跨出厢房，朝书房那头走去。

再往里一瞅，高高在上的郡主用那根纤纤玉指指着他家公子的背影，感到不可思议，仿佛七窍都在生烟："他就这么走了？"

青松连忙上前打圆场："郡主，公子是觉着这屋子不干净，怕污了您的眼，邀您去书房谈心。您请，您请……"

姜稚衣板着脸一甩披氅襟边，朝外走去。

能拖一刻是一刻，多拖一刻，兴许公子便想出主意了。青松一路点头哈腰，赔着笑脸说着好话，不料郡主一走进书房，脸色却更不好看了。

姜稚衣紧抿着唇，站在门槛边，视线慢慢扫过屋内熟悉的陈设——

缺了一个瓷瓶的博古架。

险些砸破她脑袋的屏风。

墙上的"静否"二字。

每一样都是他冷待她的铁证。

再看此刻背对着门，负手站在窗前一声不吭的人，姜稚衣失望透顶地摇了摇头："算了，你也不必解释了……总归你摔碎信物是真，回京这大半月冷冰冰地待我也是真，就算没有别的相好，你也是变了！"

元策负在背后的手摩挲了下，像是拿定了什么主意，转回身看向姜稚衣，哼笑一声："我变了？我还疑心是你变了。若不冷待你一番，怎能试探出你万绿丛中过，可曾片叶不沾身？"

"试探我什么？"姜稚衣一蒙，"我又何时万绿丛中过……"

元策审判的目光落在她身上，朝青松一摊手："拿郡主今年的生辰礼单来。"

青松也是一愣，随即连"哦"两声，转头从屉柜里取出一封厚厚的折子，交到了元策手上。

——这份礼单是这两日为了研究给郡主送什么礼，穆将军搜罗来的情报。

元策单手托住折子底衬，一抬下巴："从头开始报。"

青松看了眼一头雾水的郡主，犹豫着拉开了折子，去找那个"头"。

一折，两折，三折……九折，十折……青松一路拉，一路从书房这头走到那头，碰了壁无路可走，一转弯又绕回来……

姜稚衣瞠目结舌之际，长长的折子终于拉到头。

青松清了清嗓，端正仪态，仰着脖子朗声道："王家大公子，羊脂玉如意一对！李家四公子，白釉珍珠地划花卷草牡丹纹如意形枕一只，雨过天青色软烟罗十匹！"

姜稚衣哑然失语。

"赵家二公子，象牙丝编织花鸟纹挂屏一面！

"张家三公子，绿釉花卉纹执壶并碧绿琉璃茶盏一套！

"周家七公子，苏绣蝶恋花宫扇两柄，紫檀木棋盘并青白玉围棋子一副！"

……

琅琅报礼声中，元策望着对面的眼神越来越有压迫感，直到姜稚衣被看得受不住，躲闪开了目光。

这一躲闪，又觉得无甚可心虚的，姜稚衣拧着眉转回脸来，扬了扬下巴：

"你少倒打一耙，我过个生辰，收些贺礼怎么了！"

什么软烟罗也不过糊糊窗，什么如意形枕也不过搁搁脚，多的是放进库房便不见天日的！

元策轻飘飘地睨着她："我在外征战，别说姑娘，连猎来的野兔是雌是雄都没心思看，你却在京城众星拱月，与这些世家公子你来我往，毫无避嫌之意，你说怎么了？"

姜稚衣嘴一张一顿，噎在了原地。

当初好像是一时兴起便收了这些世家公子的礼，还真没想过避嫌，她待他分明是用一颗拳拳之心，为何偏偏忽略了这点……

再说她生辰之时，玄策军已在回京路上，怎么惊蛰也没提醒着她些？

元策手一挥让青松收起礼单，盯住了面前无话可说的人。

话说到这份儿上，他还真想替兄长好好问问她——

元策轻笑一声："不知这些公子当中，哪位是家中富可敌国的，哪位是长相貌比潘安的，哪位是琴棋书画、诗词歌赋样样精通的？"

姜稚衣无言半晌，恼得一跺脚："反正我问心无愧，我若想朝三暮四，大可去过那众星拱月的日子，何必还巴巴地追着你这么久？"

"所以——"元策抬了抬眼皮，"不试试怎么知道？"

姜稚衣莫名其妙地看着他。将这话在脑子里过了几遍，才隐约明白过来。

只因入京前夕听说她收了那些世家公子的贺礼，他便在回京之后故意冷落她，想借此试探她的情谊？！

荒唐！

简直……太荒唐了！

姜稚衣又惊又蒙，一时竟不知该气还是该笑，脸色青上一阵又白上一阵："你、你竟怀疑我至此……"

青松赶紧悄悄地给元策使眼色——这又要哄不好啦，您可快说点能听的吧！

元策偏头望向窗外，像在酝酿什么不易出口的话，半晌过去，对着天上那轮月牙沉沉提起一口气："谁叫有的人——

"闭月羞花——

"沉鱼落雁——

"天姿国色——

"风华绝代……"

姜稚衣猝不及防地一愣，心脏扑通扑通连蹦四下。

"走到哪儿都惹人注目，拦人惦记呢？"元策缓缓转过头来，一丈开外，杏脸桃腮的少女脸颊一红，摸了摸自己发烫的耳根。

四目相对，屋里的烛火蓦地一跳，平静的空气陡然荡开一道波纹。

过了一瞬，两人一个望天，一个看地，齐齐移开眼去。

元策低咳一声："总而言之——"

姜稚衣悄悄竖起耳朵。

"经过这段时日的观察，我已相信你初心未变。"元策负起手，扬了扬眉，"姜稚衣，恭喜你，通过了我的考验。"

深夜，姜稚衣带着一肚子的无言以对回到了瑶光阁。

一进门，见两个婢女趴在暖阁睡得酣畅淋漓，两耳不闻窗外事，肚子里的无言以对又多了一些。

回想着方才回程一路与元策的相顾无言，姜稚衣独自穿过暖阁进了寝间，解了披氅倒头栽进床榻，心情复杂地望着头顶的承尘，耳边又回响起那句恭喜。

什么叫恭喜她通过了考验？就算她此前行事有不妥之处，难道不能开诚布公地好好问清楚，非要用这种伤人心的办法考验人，考验到连信物都摔？

那人心是能随便考验的吗？

若不是她一颗心足够赤诚、真挚、纯粹、深情、坚忍……本来一心一意的，都要被考验出三心二意了！

想想这段时日白白受的委屈，再听听那句轻描淡写的恭喜，脑袋里两道声音反复冲撞起来：一道没心没肺的，说太好啦，都是误会一场，阿策哥哥没有喜欢别人！另一道气不打一处来，说她堂堂郡主岂容他放肆地审判，不可原谅！

想着想着，不知过了多久，连日的疲惫像座大山沉沉压来，姜稚衣躺在榻上浑浑噩噩地睡了过去。

这一觉睡去，四肢像灌了铅一般沉，脑袋也晕乎乎的似一团糨糊，睡梦里，身体一时冷得打寒战，一时热得口干舌燥。

再苏醒时，眼皮重得睁不开，只听得耳边一些杂乱的响动。

脚步声，说话声，汤匙打在碗壁的当啷声，忽高忽低——

"都怪我不好，昨夜不管郡主怎么说都该守在这儿才是，害得郡主着了风寒，起了这么严重的高热……"

"听说大公子风寒好了，能出屋了，怎的郡主却倒下了？莫不真像那偏方说的，此消彼长，阳盛阴衰……"

"可偏方不是早就破解了吗？"

"那地龙烧得这么暖，郡主好端端待在屋里怎会受凉呢？"

两个婢女迷信着自己吓自己，听得病中的姜稚衣直着急。

可别拿她那晦气的大表哥恶心她了，你俩难道就没想过，在你俩呼呼大睡的时候，你们的郡三可能正迎着长安的夜风飞檐走壁？

姜稚衣心里想着，却没有睁眼说话的力气，只听身边有人进进出出，一次次换她额头上的湿帕。

也不知到了什么时辰，四下归于寂静，再也听不见一点声响。

半梦半醒间一阵寒意袭来，她冷得蜷缩起身体，随后感觉到榻沿一沉，一只温热的手轻轻托起了她的脖颈，穿过她的发丝，带茧的指腹抚上她耳根。

粗糙的茧擦过耳后薄薄的皮肤，因为很轻，不太疼，反而激起一阵痒意。

她忍不住抖颤了下，那手指似也微微停滞了一刹那。

片刻后，一股热意自耳后蔓延开来，一点点渗透进身体，流经四肢百骸，慢慢将人送上飘飘然的云端。

云端又好似有一汪汤泉，热雾腾腾，熏得人毛孔舒张，汗透衣衫。

她仿佛化作一尾湿漉漉的鱼，在汤泉里游来游去，游得越来越深，越来越闷，直到气急之下一仰头，破水而出——

姜稚衣缓缓睁开眼，细细喘息着，对着头顶的承尘迷茫地眨了眨眼，抬手摸了摸潮红的脸，转头望去。

夜半更深，寝间里，除了熟睡在榻边守夜的婢女，并无旁人身影。

姜稚衣轻轻舔了舔唇，万籁俱寂之中，听见心脏一下又一下怦怦跳动。

天气连着阴了三日，姜稚衣也卧床休养了三日，直到三日后傍晚，烧才彻底退了下去。

连续几天不分昼夜睡得昏昏沉沉，掌灯时分，姜稚衣从白日长长的一觉里醒转，被婢女们扶着坐起来，感觉浑身硬邦邦的，骨头都拧在一起，伸展不开。

谷雨和小满一个替她捏肩捶背，一个伺候她洗漱。

姜稚衣像个提线木偶般由她们摆弄，等身子松快些，终于有了精气神说闲话。

她回想着这三日那湿软的浑梦，状似不经意地问："这几日辛苦你们了，可有人来看过我？"

小满道："前日大公子来过，说带了些自己风寒时用过的良药。您放心，奴婢们连院门都没让他进，东西也没收。"

谷雨轻轻撞了一下小满。

听不出郡主问的是谁吗？没事提那姓方的晦气东西做什么！

姜稚衣轻轻"哦"了声："别人呢？"

"没有别人了……"

姜稚衣抿了抿唇，靠着腰后的引枕，低下头不说话了。

谷雨和小满对视一眼，同时放轻了手上的动作。

谷雨道："郡主，奴婢给您通完发之后伺候您泡个热水浴？"

姜稚衣垂着眼没吭声。

小满道："郡主这三日只进了些流食，晚膳可有什么想吃的，奴婢让厨房去准备？"

还是没哄得人开口。

谷雨正思索着还能说点什么，梳发的手突然一顿，"咦"了一声："郡主耳朵后边怎的红通通的，这是怎么了？"

沐浴后用过晚膳，姜稚衣坐在妆台前，拨开头发，让两个婢女一前一后各拿一面铜镜，仔细瞧起了耳后两片发红的印迹。

方才谷雨一发现这事，三人都吓得不轻，连忙叫了女医士来看是怎么回事。

医士发笑说不是郡主毁容了，是郡主皮肤娇嫩，艾灸过后留下的痕迹，过几日自然会消退。

这一听，三人怕是不怕了，却蒙了——什么艾灸，没人给郡主熏过艾灸呀？

照医士对印迹深浅的判断，这艾灸还不只熏了一次，而是这三天每日都熏过，催得郡主发汗通筋，病程便短了许多。

可郡主近日榻边一刻也不曾离过人，所有上过值的婢女都不知道这回事。

谷雨和小满又开始神神道道起来，姜稚衣心底却隐隐有了答案。

能够入这侯府如入无人之境的，也就只有一个人了。

所以，那并不是梦……

盯着镜中的红痕，那印迹像沾了水一般晕染开，一路晕过耳根，染上脸颊，刚退的烧仿佛又烧了起来。

姜稚衣目光轻轻闪烁了下，飞快地移开了眼。

过了会儿，又忍不住悄悄看回镜中，触摸自己的脖颈。

那些触感都是真的。

他真的来过。

还连着照顾了她三晚……

两个婢女震惊地看着她红透的脸，手酸到快举不住铜镜，直到镜子在手中抖起来。

姜稚衣回过神轻咳一声，挥了挥手："行了，都下去吧，今晚不必值夜了，让房门外的护卫也退去院子门口。"

"郡主，这……"

姜稚衣道："这么多人守着我，碍着人家来去自如了吗？"

两个婢女羞愧地退了出去。

姜稚衣压了压发热的脸，看看天色，起身在寝间里来回走了几圈，一会儿踱到后窗边瞧瞧，一会儿停在灯树前研究起烛火，折腾乏了，还是回到榻上躺下。

躺了没一会儿，又起身，照着铜镜整了整寝衣和头发。

再次回到榻上，姜稚衣选了个端庄的躺姿，给自己盖好被衾，双手优雅地交叠在身前，闭上了眼。

更漏点滴，夜渐深。

白日里睡多了，此刻困意全无，姜稚衣闭眼数着数，从一数到一百，又从一百数回一，不知数到了几更天，有些等不住了。

场子都清好了，他不会不来了吧……

正要睁开眼看看天色，忽然一阵凉风吹来，响起咔嗒一声，姜稚衣刚睁了道缝的眼立马严严实实地闭了回去。

房门口，一道鬼祟的身影跨过门槛，探头探脑地望了眼榻上熟睡的人，咧开嘴一笑，回过身悄悄合上了门。

郡主的香闺，果然与那等腻味的烟花之地不同，连香气都是这么让人飘飘欲仙……

方宗鸣陶醉着深深吸了口气，蹑手蹑脚地往里走去。

他在鬼门关前走了一遭，母亲也被关了禁闭，一点好处都没捞着的话，岂不白白背了罪名！

今夜这瑶光阁守备大减，他的好表妹又在病中娇弱不堪折，正是天时地利人——

刚想到这里，余光见什么一闪，好似有一抹轻盈的黑影跃入了后窗。

方宗鸣脚步一顿，迟疑地扭过头去，定睛看见两只长靿靴，视线缓缓往上，冷不丁对上一双乌沉沉的眼。

怎么突然来人了！

方宗鸣无声地倒抽一口冷气，拔腿就跑，刚迈出一步又一顿。

等等……从后窗来的人？

那不跟他是同道中人？今儿是什么大喜的日子？

方宗鸣背身站在原地，回忆起方才匆忙的一眼，那是一张有点熟悉，又有点陌生的脸。

熟悉的是，此人好像曾是他在书院的同窗；陌生的是，他已有许多年不曾见过这面孔。

……沈元策？！

方宗鸣一惊，回过头刚要再看一眼，来人鬼魅般一闪身，下一刹那，一把剑横在了他脖子前。

方宗鸣低头一看，一哆嗦，抖着腿举高了双手。

床榻那头，姜稚衣听着脚步声靠近又停下，好不容易再响起一声又没了音，端在身前的手实在维持不住优雅了，慢慢睁开一道眼缝看了过去。

这一看，她发出一声惊叫，猛地坐起："啊！"

怎么是这个脏东西！

姜稚衣一把拉高被衾，颤抖着避去了床角。

方宗鸣转头一看，结结巴巴道："表……表妹别怕！这个沈元策，夜半潜入你闺房，不知打的什么主意，我来对付他！"

姜稚衣白着脸急急喘气："你来干什么！滚出去！"

元策和方宗鸣同时看了对方一眼。

方宗鸣警惕地看了看眼前那把未出鞘的剑，腾出一只投降的手指了指元策："听见了吗？我表妹问话呢，你来干什么？！"

元策手中的剑一转，打落床榻帐钩，帐幔簌簌地垂下。剑转回，剑背一拍方宗鸣小腹。

方宗鸣嘴一张，痛都呼不出便软了下去，跪倒在地，听见头顶传来一道森冷的声音："她在问你——"

姜稚衣紧攥着手中的被衾，缩在床角心脏狂跳。

此前看在舅父的面上，不曾对这位卧病在床的大表哥发落什么，谁承想这醌醌东西在床上躺了大半月，刚能下地，竟是一日也不消停，如今连她的院子都敢闯了！

若此刻房中只有她一人……

姜稚衣晃了晃脑袋挥散那些念头，按着心口定了定神，望着帐幔外那道执剑而立的身影，跳到嗓子眼的心脏一点点回落下来。

地上，方宗鸣抱着肚子痛得两眼发黑，险些一口气背过去，缓了缓，顶着一头冷汗抬起眼来，看了看头顶反客为主的人，又看了看帐幔后边似乎默许了的姜稚衣。

……不是，这不是他们方家的府邸吗？

这沈元策不是她的死对头吗？！

方宗鸣直起腰板，抖着嘴皮子就要骂。

元策手中的剑往下一压，剑鞘顶上他肩窝。

整片肩膀连带后背一麻，这腰板竟是无论如何也直不起来了。

方宗鸣像只鸡崽般被掼在地上，粗着脖子红着脸，只剩一颗头能昂起来："我……我这不是看沈元策鬼鬼祟祟的，过来保护表妹你的安全吗？表妹怎么不问问他是来干什么的？！"

屋里沉默了一刹那。

"你说呢！"

"你说呢？"

一高一低两道话音齐声落下。

元策偏头看向床榻。

隔着金色的帐幔，两道目光瞬时交会，又飞快错开。

姜稚衣轻轻咳嗽了声，缓缓拉起被衾遮住了脸。

像听见什么惊天奇闻，方宗鸣目瞪口呆地看了看头顶睥睨着他的元策，又看了看床榻上含羞的表妹，脑袋里咣当一声响！

这对狗男女！

肩窝猛地一酸，方宗鸣"哎哟"一声，龇牙咧嘴地弓起背。

元策手中的剑一侧，点了点他的脖子："管好嘴，滚出去。"

方宗鸣斜眼瞧着那剑，汗毛倒竖起一片，终是一眼也没敢再多看，忙不迭连滚带爬地跌撞着跑了出去。

房门啪嗒一开，又啪嗒一合，烛火轻轻晃了晃，寝间里登时安静下来。

姜稚衣蒙在被衾下长长叹了一口气。

叹完记起屋里还有人在，忍不住放轻了呼吸，紧张地竖起耳朵去听动静。

听了半天，却没听见一丝响动。

该走的走了，不该走的不会也走了吧？

想着，姜稚衣从被衾里疑惑地钻了出来，正看见元策站在半丈开外一动不动地看着她，眼神里好似透着一些古怪的复杂情绪。

不过是在旁人面前承认了他们的关系，有这么复杂吗……

还是说——

"你别又冤枉我！"姜稚衣突然记起有些人翻起旧账来多么可怕，"这种人憎狗嫌的东西，看一眼都恶心，与我可没干系！我今夜是给你留的门——"

元策轻轻挑了下眉，从鼻腔里哼笑出声："我用得着你留？"

姜稚衣一噎，知道他本事大，隔着帐幔气哼哼地瞪他一眼："我不留门，便是你偷香窃玉；我留了门，便是你情我愿，那能一样吗？"

元策一时竟无言以对。

"怎么打仗打得这么不解风情！"

元策寒着张脸转身拎起剑："都有心情解风情了，看来病好了，我走了。"

"哎！"姜稚衣膝行上前，一拉帐幔，钻出个脑袋来，"我还没好呢！"

元策回过头来，眼神疑惑。

"我、我头好疼！我还咳嗽——"姜稚衣目光闪烁着掩嘴咳了几声，又探了探自己的额头，"呀，好烫，我是不是又烧起来了？你快摸摸看。"

元策垂眼睨着人，匪夷所思地歪了歪头。

就这演技，她与他兄长从前谈情说爱，究竟是怎样做到全长安非但无人知晓，还都以为他俩是死对头的？

真是个奇迹。

元策屈起食指，指节抵在她眉心，像方才摁鸡崽一样把人摁回帐幔里："没好就回去躺着。"

"我躺着你就不走了吗？"姜稚衣仰头望着他，见他不说话，轻轻叹了口气，"其实我有点怕呢……

"若今夜你没有来，或是来晚了一步，不知会发生什么……

"贵为郡主又如何，终究是寄人篱下的弱女子，若大表哥大着胆子再来……哪怕事后追究，就算杀了他又有何用？"

元策面无表情地听着她叨叨了半天，背过身往她床边脚踏上一坐，一只手支剑，另一只手搭膝，拿后脑勺对着她。

姜稚衣眨了眨眼，趴到床沿："不走啦？"

见他不说话，又撑起腮去看他的神情："是不是不走啦？"

响在脑后的声音像月牙泉的泉水，叮叮咚咚，清澈，又带着得逞的狡黠。

元策皱眉，冷声道："再不闭嘴就走了。"

姜稚衣"哦"了声，抿唇一笑，跷起的小腿在空中晃了晃，平躺下来拉起被衾，余光瞧着他挺拔的背影和他手中那把剑，心安了些。

虽然还是有点生气那个破考验，但是看在他近日夜夜过来照顾她，有心补过的分儿上，也不是不能原谅他这一回。

姜稚衣想得高兴了，改成了侧躺，支着额角看起他的后脑勺，指尖在枕边嗒嗒地敲。

灼灼的视线如同暗夜里逼射而来的光，强烈到无法忽视。

元策张了张口，又懒得打破这难能可贵的安宁，干脆提着剑闭上眼，权当自己瞎了。

鎏金灯树上滴落的烛油渐渐盈满小盏，不知闭目养神了多久，身后那道目光渐渐微弱下去，直到完全消失。

满室只剩绵长的呼吸声。

元策回过头，隔着朦胧的帐幔看见榻上人熟睡的脸。

比起前几晚不舒服地拧着眉皱着鼻子的模样，今夜软和了许多，唇角微微翘着，不知瞎高兴什么。

做到这份儿上，也算给兄长赔够罪了。

元策撑膝起身，活动了下筋骨，提上剑无声地走到后窗，推开了窗子。

临到翻身而出，耳边却蓦地响起那道咕哝——"若大表哥大着胆子再来……哪怕事后追究，就算杀了他又有何用？"

元策动作一顿，又回头看向床榻，眉心一皱，收回了手。

长夜过半，月上中天，半炷香后，瑶光阁屋顶。

一身夜行衣的少年长身立于屋脊之上，抱臂站在月光下，静静俯瞰着整座院子。

东、西、南、北四面，大门、二门、角门、屏门，游廊、过厅、水榭、竹林——

撇开今晚被撤走的部分护卫不说，这院子的结构和守备也是中看不中用，哪儿哪儿都漏风。

难怪那蠢货能钻空子进来。

衣袂随长风拂动，元策摩挲着指腹，脑海里很快勾勒出一幅图纸。

需要移栽的树，需要加固的门窗，需要改点位的人手……

忽然砰的一声脆响从脚下的寝间传来。

脑海里清晰的笔画断了墨似的一滞，元策眼皮一抬，自屋脊纵身跃下，一把推门而入。

寝间里，床边小几上的瓷盏被挥落在地，榻上人急喘着坐在那里，惊恐地望着窗子，好似刚从什么噩梦中苏醒。

姜稚衣转头看见他，呆呆的，没回过神来，反而还往床角缩去。

一直等他走到榻前，撩起帐幔，她才像认出了他，目光微微一闪，后怕般猛地扑上前，一把环住了他的腰。

元策到嘴边的问话被这缠上来的一双玉臂扼住，捏着帐幔的手连同身体一僵，慢慢低下头去。

怀里的人一抱住他便声泪俱下："吓死我了！你去哪里了……

"不是说好我闭嘴你就不走了吗，怎么骗人呢？"

元策道："我——"

"我又不是同你说笑，我是真的害怕……

"舅父不在，我在这府上一个亲人也没有……"

姜稚衣抽抽搭搭地呜咽着，不知想到了哪里去，抬起一双泪涟涟的眼："你是不是还有其他事骗我？"

"什么？"

"说没有相好是不是也是骗我……

"说没有变心是不是也是骗我？"

这旧账还能这么翻？

她做一个噩梦，他四天四夜白干？

这到底是谁的噩梦？

泪湿衣襟，眼看玄色的衣衫被染得深一块浅一块，元策心底闪过一个由来已久的疑问——兄长到底喜欢这哭包什么？

喜欢她颐指气使，喜欢她蛮不讲理，喜欢她话痨，喜欢她麻烦？

元策低着头，气笑了："你能不能讲点道理？我若走了，你现在抱着……"的是谁？

"你才要讲点道理！你若没有变心，我都哭成这样了，你不抱我就算了——"姜稚衣看了眼他垂在身侧的手，"怎么还像要揍我？"

元策一偏头，不知何时握紧的拳头蓦地一松。

再转回脸，那双盈盈泪眼里百转千回，看着他，像在看个始乱终弃的人渣。

夜风从方才来不及合的房门灌入，拂动帐幔，静立间，轻纱悠悠地飘荡，从眼睛下方飘过。

元策眨了眨眼，垂在身侧的手缓缓抬起，一点点抬到半空，悬停在她后背。

姜稚衣扭头看了看他的手，又抬眼看他。

对上她不满的催促的眼神，元策撇开头，手掌落下余下的三寸，虚虚覆上她乌发铺散的背脊。

不知怎的，这一瞬忽然记起那从未用过的水丝绸。

"还有一只手呢？"

另一只手也覆上去。

"抱紧一点！"姜稚衣紧了紧环着他腰的手臂。

像被柔软的潮水推挤着，元策屏住呼吸，喉结轻轻滚动了下，抬眼望着虚空，慢慢收紧双臂，抱实了她。

次日天明，姜稚衣被一句小声的"郡主"喊醒，迷迷糊糊睁开眼，看见谷雨弯身在她榻边，不远处，小满正在打扫昨夜她惊梦时打翻的瓷盏。

屋里已经没有元策的身影。

姜稚衣眨了眨眼，回想起昨夜最后的记忆，好像是她抱着他不放，不知抱了多久，哭累了便睡了过去。

后来倒是一夜无梦了。

那他是何时走的？

谷雨道："郡主，沈少将军是两刻钟前走的。"

姜稚衣唇角一弯："算他没食言。"

——难怪沈少将军临走那个样子，像是等不到郡主醒来烦得很，特意当着她和小满的面离开，仿佛让她们做个见证一般。

谷雨想着，从袖中取出一张图纸："沈少将军还留了这个，说咱们这院子守备漏风，照图上改。"

姜稚衣从榻上爬起来，接过一看。

干净的白宣上画了一幅瑶光阁的俯视图，墨迹是崭新的，还未干透，虽不是写实的工笔画，但每一道门窗、每个点位都十分清晰明了，跟军事布防图似的。

原来他昨夜消失不见是去忙这个了……

谷雨道："不过郡主，咱们这么一布防，那沈少将军还进得来吗？"

"你见过谁挖坑将自己埋了的？还不是为了防——"提起那脏东西，姜稚衣瞬间没了笑脸，"大表哥那边有什么动静没？"

"许是为了躲您的问罪，二公子一大早便出了府。"

"盯着点，人一回府就告诉我。"

"那郡主今日不去捧宝嘉公主的场了吗？奴婢方才叫醒您，是想提醒您时辰快到了。"

姜稚衣才想起她这一病，病得都忘了日子。

她冬日里虽闭门少出，实则邀约却从没断过，那些世家贵女一会儿谁操办喜雪宴、赏梅宴，一会儿谁主持冰嬉赛，明知她不爱出去吹冷风，与她们也玩不到一处，偏偏都要送份请柬来以示尊重。

她便也没将那些面上功夫当回事，请柬堆成山了都不看一眼，唯独宝嘉阿姊这一份是特意留出来，交代给了婢女的。

"她那酒楼是今日开业？"姜稚衣一看窗外高升的日头，暂且将那晦气东西抛到脑后，"那快给我梳妆。"

一个时辰后，西市。

穿过行肆林立、人来人往的街头，马车在闹中取静的沿河地带停稳，姜稚衣踩着轿凳下了马车，隔着一层帷帽的轻纱抬起眼来。

面前青、红两色的三层建筑重檐斗拱，富丽堂皇，门匾上书"风徐来"三个笔法飘逸的金字，便是这酒楼的雅名了。

一名身着宫装的婢女快步迎上前来："可把郡主盼来了！公主已在三楼雅间，特命奴婢在此恭候，郡主随奴婢上楼吧。"

姜稚衣认得这叫翠眉的婢女，笑盈盈地接了话："'清风徐来，水波不兴'，阿姊怎么转了性，给这酒楼取了个这么清汤寡水的名儿？"

"可不？奴婢也说这名儿寡淡，配不上公主，风水先生也说这名儿不吉利会亏本，公主偏不听，说她反正就在幕后出出银钱，也不劳心劳力当掌柜，亏了大不了——"翠眉说到这里掩了掩嘴压低声，"大不了少养几个面首。"

"可别，都是阿姊的心头肉，舍了哪个都为难，亏了我接济她！"姜稚衣一边往里走一边同翠眉说笑，穿过散客云集的大堂，到了二楼，热闹的熙攘声变轻。

姜稚衣搭着谷雨的手腕，刚要转过楼梯拐角，忽然听见一道醉醺醺、有些熟悉的声音："你们说我愁什么？还不是愁我那郡主表妹！"

姜稚衣脚步一顿，停在了楼梯口。

谷雨和翠眉跟着脸色微变，对了个眼神。

身后雅间，又一道男子的声音响起："你那表妹瞧着眼高于顶，生人勿近的，也不怪你这么多年都得不了手……"

"你懂什么？那都是装出来的……人家暗地里早有相好的了！"

"真的假的？！"

"我亲眼看见两人夜半私会，还能有假？"

"谁啊谁啊？"

"说出来吓你们一跳——那人是沈、元、策！"

雅间里一片哗然。

"不是，他俩不是死对头吗？"

"这两人怎么搞到一块儿去的？"

"看不出来郡主喜欢这种调儿……"

姜稚衣冷着脸缓缓地深吸一口气，回头望向身后的雅间。

正巧里头有人边说着"去解手"边推门而出，一公子哥儿顶着酒肚子跨过门槛，前一刻嘴上还笑嘻嘻地乐呵着，后一刻脚一绊，摔了个大马趴。

"几更天啊喝成这样！"里头传出一阵哄笑。

趴在地上的人哆嗦着抬起眼，瞧见谷雨和翠眉，便知这帷帽底下是谁了："郡、郡主……"

雅间里骤然一静，一群围在酒桌边的公子哥儿徐徐扭头，朝门外望过来。

对上轻纱后那一双冷若冰霜的眼，方宗鸣举到嘴边的酒盏一抖，溢出半盏酒液："表、表妹怎、怎么在这儿？"

姜稚衣轻笑了声："来了这上好的酒楼，不好好吃菜，却在这儿大说梦话——大表哥若不知这嘴该怎么用，要不便割了吧？"

方宗鸣一激灵，上脑的酒霎时醒了一半，酡红的脸也像被霜打过一般白了下来。

翠眉沉着脸端起手，看了方宗鸣一眼，又扫过雅间里那一张张醉脸："郡主说得是，刚好公主宴席上的凉拌猪嘴和香卤猪耳都还少一味原料呢。"

"是吗？那这酒楼开张的大好日子，可要备齐了。"姜稚衣从鼻腔里轻哼了声，甩袖回身，抬脚朝楼上走去。

众人两股战战地目送姜稚衣的背影消失在拐角，摸了摸耳朵和嘴巴，后背淌下一层淋漓的冷汗。

三楼雅间，丝竹管弦乐声袅袅，中央宽阔的圆台上，十数个穿着清凉的西域舞姬裙裾翩飞。

女客们分席两边，三三两两地说笑着。

姜稚衣的心情在二楼全被搅了，兴致缺缺地进了门，由侍女摘去了帷帽和斗篷。

一群离门近的贵女连忙起身要与她打招呼，迎头赶上她这一张没好气的脸，又瑟瑟地打住坐了回去。

上首主座，宝嘉公主一袭曳地彩纱拂拂裙，一双丹凤眼妆容妩媚，正倚着凭几与人谈笑风生，听见动静直起身来："哟，是谁惹得我们小永盈不高兴？"

翠眉将姜稚衣引到上首，请她在宝嘉身边落座，低头与宝嘉耳语了几句。

"有这等事？"宝嘉挑了下眉，眼底浮起一丝嫌恶之色，给翠眉使个眼色示意她去打点，靠过去挽起姜稚衣的臂弯："阿姊这便将那些不入流的东西扫地出门！今日这流言既出自我的酒楼里，便不会流到外头去，你且安心。"

姜稚衣脸色好看了些："有劳阿姊。"

"怎的一月不见还与我生分了，气成这样，这流言——莫不是真的？"

姜稚衣松了眉头回过神："怎么可能！"

"那你脸红什么？"

姜稚衣一噎，从前好似也不曾这般在外挂过相，否则她与阿策哥哥早就暴露了，如今怎的竟越活越回去，一听人提起他便沉不住气。

"气得罢了，"姜稚衣冷哼了声，"造谣我与谁不好，偏是沈元策，阿姊又不是不知道我与他的恩怨。"

"啊，倒是差点忘了！这可怎么是好，我今日给他也下了帖子，你俩见了面不会打起来吧？"

"他来了吗？"姜稚衣昂首朝屏风之外的男席望去。

宝嘉微微笑着说："没呢，耐心等等，兴许一会儿便到了。"

看着宝嘉仿佛洞穿一切的眼神，姜稚衣清清嗓，捏起手边的茶盏，慢慢饮下一口茶，缓缓转过头去。

这一转，忽觉一道窥探的目光落在自己脸上。

姜稚衣朝下首望去，瞧见个上穿雪青色竖襟长袄，下着茶白色褶裥裙，佩饰素净的少女。

似是见她发现了，对方立马躲闪开了目光，握着茶盏低下头去。

她许久不出来，这雅间里不少人都在偷偷打量她，这道目光却不太一样，似乎一直盯着她的唇，仿佛在努力读她与宝嘉的唇语。

姜稚衣回想了下，此人是在她后边进的雅间，她与方宗鸣等人对上时，此人好像就在她身后楼梯的拐角处，或许听到了那些浑话……

姜稚衣问宝嘉："那是谁？瞧着有些眼生。"

宝嘉看了看下首："裴相家的小女儿，裴雪青，正儿八经的大家闺秀，平日大门不出，二门不迈的，不怪你眼生，我都眼生……不过说起来，最近倒好像常在外边看见她，许是到了年纪，借宴席出来相看对象吧。"

姜稚衣朝裴雪青看去一眼。

与其人的打扮一样，她眉眼生得清秀淡雅，巴掌大的精致小脸，安安静静地低着头，也不与左右说话，瞧着不像多管闲事的长舌之人。

既是裴家的姑娘，应当也是聪明人，懂得有些话听过就该忘了才是，怎还好奇起她来了？

正想着，翠眉领了个仆从进来，姜稚衣无意一瞥，瞥见一张眼熟的脸——

是青松。

姜稚衣往男席那儿望去，没见元策到场，一转眼，青松已低着头行至跟前，朝上首行了个礼，自报家门："小人见过公主、郡主，我家公子身在军营，不便赴宴，特命小人送上一份贺礼，聊表祝贺。"

"这么忙呀，可惜了。"宝嘉瞟瞟姜稚衣："永盈想不想拆开看看？"

"想——什么想，又不是给我的贺礼！"

宝嘉笑着招招手，让翠眉呈上礼匣，打开一看，是尊金镶玉六脚貔貅，寓意辟邪招财。

姜稚衣瞄了眼，朝青松阴阳怪气地一笑："我还以为你家公子只会送宝剑呢。"

青松冷不丁一阵心虚，埋下头去。

"宝嘉阿姊这宴席要摆上一天，入夜才歇，你家公子是多日理万机，整日都抽不出一点空闲？还是他如今军功在身，目中无人了，连宝嘉阿姊的面子都不给？"

青松一张嘴，又一顿，先谨慎地品了品这话。

公子连着四晚漏夜外出，若非身体底子硬，怕是站着都能睡着了，如此辛苦，郡主应当已与公子和好如初，不至于故意发难……

明白了，这是点他呢！

青松道："郡主误会了，公子今晨有事耽搁，去军营晚了，要入夜后才回，约莫戌时到府，确实得错过公主的宴席了。"

姜稚衣轻轻地"哦"了声，品着那句有事耽搁，捏起茶盏遮住翘高的唇角，默默记下了时辰。

戌时过半，瑶光阁。

姜稚衣从酒楼回来，好好地沐过浴解了乏，坐在妆镜前由婢女绞着湿漉漉的长发。

傍晚回府后，她第一时间问了方宗鸣的动向，却听说他一整天都没回过府，估计是今日又被她抓到一次，这下真不敢回来了。

他若回府，她还能带人围了他的院子敲打他，一直逗留在外，便也不好大张旗鼓地去抓人，免得声张开去，有损的反倒是她的名声。

姜稚衣心烦气躁地坐着，一直等到婢女将长发绞干，也没想出个好法子。

再看身后那张床榻，也像有了阴影似的，不愿躺上去。

昨夜她便是梦见元笺说好不走却食言，结果方宗鸣卷土重来，爬上了那张榻……

今日小满没跟着她出门，已将这床榻从被褥到帐幔全都换新了——就算是梦里弄脏了，也是脏了。

谷雨和小满担心她刚好的风寒又反复，苦口婆心地劝她睡下。其实按沈少将军的图改了布防后，这院子已是固若金汤了，只是郡主昨夜刚受了惊，心里的坎儿还没过，才觉得不安全。

两人便打包票说她们一定会在这儿醒着守到沈少将军来为止，决不让她有一个人待着的时候。

姜稚衣听到这话，看了看时辰，一时却又不确定了。

青松到底有没有听懂她的暗语？那句"戌时到府"说的可是阿策哥哥过来的时辰？

这会儿都已是亥时了。

想来想去，姜稚衣派了个护卫去沈府传话，快快不乐地坐在榻上等信儿。

这一等，又是半个时辰过去，却等来护卫回报，说沈少将军今日压根儿没回过府。

姜稚衣更郁闷了，耷拉着眉眼往后一靠："这么晚还没回府，他跑哪儿去了？"

谷雨道："会不会是军营有什么要紧的事，便宿在了那处？"

"那是我不够要紧呗……既然不来了，也不差人来说一声……"

谷雨上前给她掖了掖被角："那郡主就别等了，若睡不着，躺下闭目养养神也是好的。"

"那脏东西说不准什么时候便回府了，我哪里合得上眼！"

谷雨便不再劝了，就这么陪她坐着，大不了坐到郡主实在乏了，到时她便顾不上想那么多了。

不知过去多久，谷雨坐在脚踏上差点打起瞌睡的时候，小满气喘吁吁地跑了进来："来了来了！"

姜稚衣倏地抬起眼望向后窗。

"不、不是沈少将军来了，是大公子回来了！"

好呀，等不到情郎，等到这豺狼也好！

他方宗鸣既然敢回来，她非要给他个教训不可，叫他日后别说不敢在外嚼舌根，连光是想到她都要抖如筛糠！

姜稚衣醒了醒神，披衣下榻，一挥手："带上人，这就——"

"郡主不必……"小满一口气刚喘匀，"大公子是断着腿回来的！"

"什么？"

"是断着两条腿，鬼哭狼嚎着被人抬回来的！"

姜稚衣一愣："怎么回事？"

"奴婢也不清楚，只听着消息便着急来给您报信了。"

怎的她这还没出手呢，就天降正义啦？姜稚衣眨了眨眼，扬扬下巴："走，过去看看。"

姜稚衣束了发，换了身御寒的衣裳，坐上步舆往东面去，刚到方宗鸣的院门前，便听里头传出一阵杀猪般的号叫。

姜稚衣蹙眉揉了揉耳根，由谷雨和小满一左一右陪着进了院。

远远便见明光瓦亮的屋里围了一群人，两名弓身忙活的医士，几个端着水盆和巾帕的丫鬟小厮，还有舅父的姜室许氏。

医士一下手，榻上的人便又咬着布条嗷嗷叫起来，两只手胡乱挥着，怎么摁也摁不住，实是没法子了。

"方公子，您忍着些，您这腿若不用夹板固定好，这骨头怕是长不回去啊！"

姜稚衣站在门槛边往里望去："这是怎的了？"

一群人一听这声儿，立马低头的低头，让道的让道。

方宗鸣哀号声一顿，眼看她往里走来，见着鬼似的瞪大了眼，垂死挣扎般哆嗦着朝床角挪去。

"哎，方公子不能动，不能动！"

姜稚衣莫名其妙地看向许氏。

许氏道："夜半惊扰到郡主了，大公子不知在外与什么人起了争执，被人——"

"被人打成这样的？"姜稚衣面露惊讶之色，"那方才大夫说什么骨头长不回去，长不回去会怎样？"

医士道："若长不回去，轻则跛脚，重则便再也无法下地了！"

"呀，这么严重啊？那岂不是只能一辈子躺在这床上了？"

"是……"医士一声惋惜的长叹还没出口，一回头看见郡主拿帕子掩着鼻，用一种十分同情、同情里又带着嫌弃的目光瞧着榻上的人，突然不确定这口气该不该叹下去了。

"既如此，大表哥还是咬牙忍忍，总得把这腿治好了，后半辈子才有指望。"姜稚衣说着转向医士："吃得苦中苦，方为人上人，大夫不必管我大表哥叫得多大声，尽管下死——下重手，要知您此时的狠心，都是为了永恩侯府的明日。"

方宗鸣满脸鼻涕和眼泪，直摇头，咬着布条拼命"嗯嗯"地说着什么。

医士："郡主放心，老夫一定尽力医治，还方公子两条活蹦乱跳的腿。"

屋里再次响起杀猪般的号叫，两名小厮一左一右摁着方宗鸣的手，终是将人控制住了。

眼看方宗鸣从哭号得青筋暴起，到渐渐叫唤不动、气若游丝地翻起白眼，姜稚衣摇着头叹了口气："有了今次的教训，大表哥可得长点记性，切忌惹到不该惹的人，若再有下次，或许就不知断的是什么了。"

方宗鸣眼底闪过惊恐，一口气没缓过来，头一歪厥了过去。

从东边出来，姜稚衣坐着步舆回到瑶光阁，一走进寝间便好奇地问婢女："打听出来没有，究竟是怎么回事？"

谷雨道："奴婢方才套了大公子身边小厮的几句话，说是大公子今夜与一群狐朋狗友流连在燕春楼，出来后突然被人提溜着衣领倒拖进暗巷，二话没听着便挨了两闷棍，两条腿就这么活活被打断了！"

"嚯！"姜稚衣轻轻捂住了嘴。

"而且不光大公子，与大公子同行的几位公子也遇上了同样的事，不过奇怪的是，他们都只被打断了一条腿……"

小满惊讶地说："谁替天行道，还行得这么赏……赏罚分明？"

"说是月黑风高的看不清，只看得出身量很高，披一身乌墨斗篷从天而降，跟索命阎罗似的，可吓人、可神秘了！"

话音刚落，寝间内炮火一晃。

三人齐齐住了嘴，似有所觉般悠悠地回过头，往后窗望去。

只见一身量很高，披一身乌墨斗篷的神秘人从天而降，落地后一掀斗篷的帽檐，左右活动了下脖颈，抬起头来。

姜稚衣登时睁圆了眼。

看着眼前呆若木鸡的一主两仆，元策一抽系带摘下斗篷，抬了抬眼皮："来碗水。"

谷雨和小满一愣，然后连"哦"两声，手上忙着斟水，眼睛还直直地盯着他。

姜稚衣在原地呆了片刻，望着对面的人，眼睛慢慢亮起来。

果然是阿策哥哥冲冠一怒为红颜了！

姜稚衣快步上前去，一把握起他双手手腕："那么多人，打疼手了吗？"

元策嘴角微抽，没有答话。

姜稚衣腾出一只手接过小满递来的茶盏，举高了喂到他嘴边，见他不动，侧了侧盏沿："不是渴了吗？快喝呀。"

元策看了看眼前的茶盏，又看了看不远处盯着这边的两个婢女，往后一避，用自由的那只手接过茶盏，转过身仰头饮下。

姜稚衣眨着亮晶晶的眼看他："你怎知我今日被人欺负了？"

宝嘉公主是精明人，出了这样的事，必然要知会当事人的另一方，便让青松带了话给他。

事涉兄长声誉，自不能坐视不理。

元策道："是吗？我不过是看这些人不顺眼。怎么，他们还招惹你了？"

姜稚衣此时心情大好，顾不上介意他嘴硬，长长地"哦"了声："可这些人虽然浑，出身却都不低，你如此肆意妄为，就不怕遭朝中官员弹劾？"

"弹劾了我，他们那些窝囊废上战场去？"

姜稚衣抿唇一笑："你先在我榻上歇会儿，我刚去了趟大表哥的院子，脏死了，得再沐个浴。"

元策看了眼她换新的床榻，扬了扬眉："我家中难道没有榻？"

"你家中没有我呀！"姜稚衣跺了跺脚瞪他，"我去去就回，你可不许走啊！"

第四章

动春心

姜稚衣快快地沐了浴，洗去那些乌糟气，心底记挂着佳郎有约，便节省了几道浴后的工序，简单涂过润肤露之后就出了浴房，挥手让谷雨和小满退下。

　　独自回到寝间，姜稚衣轻手轻脚地推开了门，往榻上望去，第一眼却没瞧见人。

　　目光下移，才见身形颀长的少年屈了条腿躺在她床榻下的脚踏上，左臂枕在脑后，右手随意搭在身前，闭着眼一动不动，像是睡着了。

　　都说了去她榻上歇，怎还这般委屈自己呢？

　　姜稚衣皱了皱眉，放轻步子走上前，从榻上捧起自己的薄被，抱在怀里蹲了下去。

　　刚一靠近，沉睡中的人蓦然睁眼暴起，抬臂一格挡，屈起的膝顺势一侧，翻跨而上。

　　"哎……"姜稚衣才溢出半声惊呼，一阵天旋地转地颠倒，整个人便被死死压在了脚踏上。

　　垂眼看着扼住她喉咙的那条手臂，姜稚衣被迫仰起头来，抱着怀里那团被衾蒙蒙地颤了颤眼睫。

　　头顶锋锐的目光像撞上一摊温润的水，瞬间化为泡影。

　　看着那一片白得晃眼，像能滴出水来的凝脂雪肤，元策眼底的敌意骤然退去，像才记起身在何处，目光一闪飞快地移开眼，松了手翻身而下。

　　姜稚衣犹疑地顺着他的目光低头一看，立马抬手拢紧了散开的衣襟，也抱着被衾一骨碌爬了起来，轻轻喘着气摸了摸发烫的脸颊。

　　眼看他背身站在榻前，一言不发头也不回，姜稚衣缓了缓气儿，望着他后脑勺道："我、我看你睡着了，给你盖被子……"

　　若非连续通宵达旦了五夜，何至于在这么危险的地方睡着。

　　"以后别在我睡着的时候靠近。"元策沉着声压了压火，走去小茶桌前倒了盏水。

　　"为什么呀？"

　　"不为什么，不喜欢。"

"你以前也没这规矩啊……"

元策饮水的动作一顿。

自然，活在这长安城虽自由受缚，束手束脚，却不必有性命之忧。没有谁会和他一样被训练得像头野兽，睡时比醒时更警觉，对近身的活物一概视作你死我生的敌人。

半晌过去，元策道："从前是从前。"

"好吧，多大点事，这么严肃干什么……"姜稚衣嘀咕着站起来，搁下被衾，低头理了理寝衣，抬起眼，见他一直站在小茶桌边，主动走上前去。

感觉到脚步靠近，元策一回身，提在手中的茶壶像道禁止通行的路障，横在了两人之间。

"怎么了呀，你现在不是没睡着吗？那睡不睡着都不能过来，你干脆直说好了，让我离你几丈远？"

元策缓缓一转茶壶，拿壶嘴指向床榻，抬了抬下巴："就这么远。"

还真直说呀！

姜稚衣噎了下，恨恨地转身走回床榻，爬上去一把掀高被衾蒙住了头和脚，想想觉得还不够，又一翻身仰躺，拿冰冷的后背朝向他。

元策喝完水一回头，看看那不知是气得抖，还是因伤心而抖的一团，侧耳仔细一听，还有窸窸窣窣的说话声——

"说什么不喜欢，明明以前最喜欢让我挨着了……

"难道是我如今不讨人喜欢了吗……

"都洗得这么香了还被人嫌弃，我看这偌大的红尘怕是也没我的容身之处了，不如去尼姑庵当姑子算了！"

头顶的被衾被人一把扯开，姜稚衣碎碎念的嘴巴一闭，红着脸回过头去。

元策拎着她的衽角，没什么表情地一歪头："想怎么挨？"

姜稚衣眉头立马一松，爬起来，拍了拍身边的床榻："你今晚也累了，坐这儿，我自己来就行。'

元策疑惑地看着面前变脸比变天还快的人。

"你还真以为我生气啦？'姜稚衣眨了眨眼，他为她不惜得罪权贵，她岂会因一点小别扭浪费这良辰美景，"从来只有我嫌弃别人，没有别人嫌弃我的，这点自知之明我还是有的，不过是逗逗你，情趣而已！"

他还是第一次听人这么用"自知之明"。

元策沉着脸撇开头去。

姜稚衣道："怎么，我不生气，你还生气啦？"

"逗逗你，情趣而已。"元策不咸不淡地抬了抬眼皮，在她殷切的注视下一掀袍角，在榻沿坐下，面无表情摊开手臂，示意她随意。

姜稚衣便自己动起手来，对着人找了找合适的角度，一会儿扳扳他的肩，一会儿屈屈他的手臂。

元策卸了全身的力道随她摆弄。

不过是做个稳住大局的工具，就当自己死了。

姜稚衣调整好了，一把搂过他的臂弯，舒舒服服地靠进他怀里，脑袋挨上他的肩膀。

元策呼吸一紧，卸下的力道又绷了回来，腰腹绷成铁板一块。

姜稚衣毫无所知，心满意足地喟叹了声。

难怪宝嘉阿姊总与她讲面首的妙处，说什么夜里有人侍寝快活似神仙，实是诚不我欺。

姜稚衣在心底默默想着，享受今夜这一派岁月静好的安宁。她忽然问："阿策哥哥，你说今晚得了你的教训之后，大表哥还会再来吗？"

抱成这样都堵不住她的嘴。

元策闭起眼，凝神静气片刻，随口一答："他不怕死的话。"

"那伤他性命还是算了，这样不太好……"

"怎么，还真要去尼姑庵当姑子普度众生？"

姜稚衣抬头瞪他一眼："不是我发善心，是我舅舅就这一个嫡子，总不能因为我没了……若我与舅舅之间今后都要隔着大表哥这一条人命，那我在这世上就连最后一个血亲都没有了！"

元策睁开眼，低下头去。

"其实我很小的时候就知道舅母并非真心待我，不过因着我的身份，因着我阿爹于国于朝、于皇伯伯有从龙之功，只要对我好，便能得到许多好处，所以才做出一副好舅母的样子，方家其他人也都是这样……"

"既然如此，宁国公府、皇宫，哪里不能住，何必在这儿住这么多年？"

"因为舅舅待我是真心的，我想要舅舅，只有这里才有舅舅。"

元策闭上眼，皱了皱眉："那就等他腿好了再打一次。"

姜稚衣愣了愣才反应过来他在说大表哥。

"其实做这些是治标不治本的，我倒有个一劳永逸的法子，你听听有没有道理。"姜稚衣清清嗓子，不好意思地舔了舔唇，挽紧了他的臂弯，"按大表哥如今的状况，起码也得卧床三月，只要这三月之内我已许婚嫁，就算他贼心不死也无可奈何了，你说是不是？"

像有一道白光从黑暗中闪过，元策的眼皮蓦地一跳。

"昨日那些不干不净的话，总归听进了别人耳朵里，虽然他们一个个被你打得都要卧床百日，那百日之后呢？流言是没办法杜绝的，所以只能在那之前把流言变成真的。只要你娶了我，这些人的闲话就是我们新婚的贺词了！"

头顶没传来回应，姜稚衣声儿越说越小，越说越低："离年关还有一月多，到时候刚好舅舅回京，那我们的亲事是不是——可以定下来啦？"

姜稚衣说完，期待着抬头看去，却见元策闭着眼安安静静，别说嘴，连眼睫都像黏在了眼睛上似的，纹丝不动。

又睡着了？

"阿策哥哥？"姜稚衣试探着叫了一声，没得到答应，又轻轻晃了晃他的手臂，"阿策哥哥？"

不知第几声"阿策哥哥"之后，寝间里终于陷入沉寂，只剩下一道少女幽幽的叹息。

翌日一早，京郊军营。

穆新鸿照例起早巡视大营，挎着腰刀走到练武场附近时，望了眼里头挽弓搭箭的人，一捶门口小兵的肩膀："不去给少将军收箭，在这儿发什么呆？"

"穆将军，少将军今早天不亮就来了，一来就进了练武场射箭，瞧着好像有什么烦心事，小的不敢进去打扰。"

烦心事？那天不亮的时辰，鸡都没起呢，谁能来烦少将军的心？

穆新鸿想了想，赶紧进了练武场，看了眼那一排已然密密麻麻的箭靶，走到元策身侧，观察着他不辨喜怒的脸色，张了张嘴又闭上。

元策左手持弓，右手从箭筒里抽出一支新箭："说。"

"少将军，您没什么事吧？"

"你看我像有什么事？"

穆新鸿轻咳一声："就是……卑职跟家里那位吵隔夜架的时候也是您眼下这模样……"

"我是你？"元策挑眉。

"那肯定不是，少将军何等天人之姿，就算吵了架，只要您出马去哄人，定是一句抵人家十句，想必这几日过去，郡主对您已是死心塌地、掏心掏肺，都要嫁给您了！"

元策道："你怎么不早说？"

"啊？"穆新鸿一愣，他不过拍个马屁，这很重要吗，"您这是遇着什么……"

元策闭了闭眼："一点小麻烦。"

"什么麻烦？卑职愿为您分忧！"

"不必。"元策张弓搭箭，拉满弓弦，瞥了眼靶心已满的箭靶，准头上移，扬手一松。

嚓的一声脆响，三十丈开外视野的尽处，一片竹叶悠悠落下。

元策把长弓塞进穆新鸿手里，往外走去："暂时躲过去了。"

穆新鸿连忙收起弓追了上去，还不等问清楚些，迎面一名小兵提了个食盒匆匆走来。

"少将军，永盈郡主差婢女来了，说您……说您早上走得早，想必还未来得及用饭，这是给您的早食。"

元策低头盯着那三屉的紫檀木食盒看了会儿，迟疑着抽开了最顶上的一层。

一眼看见一对写着红"囍"字的白面馒头。

第二层——

枣子，花生。

第三层——

桂圆，莲子。

日暮时分，姜稚衣在暖阁窗边倚着凭几，左手托腮，右手有一下没一下地晃着指间的孔雀羽逗猫棒。

地上的小狸奴从一开始兴致勃勃上蹿下跳地抓扑，到此刻懒洋洋地趴着，偶尔抬起一爪子，算是给她一分薄面——毕竟任哪只猫被人从早到晚逗了一整天，都会一辈子也不想看见逗猫棒了。

一个逗得漫不经心，一个被逗得筋疲力尽，一人一猫晒着西斜的夕阳，都有点蔫巴巴的。

漫长的一天终于快过去了。姜稚衣从没有哪一日如此盼望夜晚的降临。

昨夜好不容易借着气氛正好，顺水推舟地将憋了许久的话问了出来，结果却是落花有意，流水有困意……

知他近来辛苦，她不忍苛责，便也没叫醒他——当然确实是试了几次实在叫不醒，想着一早再说，谁知今早一睁眼，榻边却已空空如也。

若是不曾问出口也便罢了，毕竟距离年关还有一阵，也不急于这一日两日，可问都问了，却像石沉大海没个响儿，岂不叫人如鲠在喉？

眼下那份大喜的早食已送去一日，也不知何时才能等到他的回音……

只盼他见到那物，能回忆起她昨夜的肺腑之言。若回忆不起也无妨，但凡不瞎，总能看懂是什么意思。

姜稚衣望了眼窗外金煌煌的夕阳，继续托着腮，百无聊赖地逗猫。

恰在此刻，小满匆匆从外头走了进来："郡主，青松替沈少将军传话来了，可要请进来？"

姜稚衣攥着逗猫棒蓦地直起身："请，麻利地请。"

青松被麻利地请了进来，目不斜视朝上首行了个礼，小心地抬起一丝眼皮，看着姜稚衣眼底的期待，努力挤出一个笑来："郡主，我家公子说，郡主风寒既已大好，加之昨日出了那样的闲言碎语，今夜便不过来了，请郡主保重贵体，注意歇息……"

姜稚衣闪动的目光一黯，轻轻地"哦"了声，叹了口气倚回凭几，默了默，又记起什么，忽然重新直起身："那我今日差人送去的早食他可吃了？"

果然是福不是祸，是祸躲不过……

青松目光闪烁了下："公子吃了，吃了……"

"光吃了？"

"自然不光吃了，还……还大赞您送去的早食色香味俱全，不仅可口，连那馒头上的图案都十分别致"

姜稚衣一愣："什么图案？"

"就是那些红色的花纹……"

"那是花纹吗？"姜稚衣的唇瓣控制不住地颤抖了下，"那是个字！"

"啊？那是字吗？"青松冒着冷汗埋下头告罪，"小人大字不识几个，定是眼拙了，郡主恕罪！"

"你不识字，难道你家公子也不识字？！"

青松低着头为难道："公子从前在天崇书院念书时三天两头翻墙逃学，后来便去边关打仗了，对一些笔画多的字也许……"

姜稚衣闭上眼冷静了片刻。

她光想着但凡不瞎便能看懂是什么意思，怎么没想到这世上还有睁眼瞎呢！

片刻后，姜稚衣睁开眼，恼得一扔手中的逗猫棒。

"叫你家公子没事多读点书吧！"

接连几日，元策都以避风头为由，没再来过瑶光阁。

姜稚衣便也时刻关注着这"风头"的后续。

不过听说外边一片风平浪静，那些被打的公子哥儿与她的大表哥一样安安静静地休养在床，对行凶者连追究指认的意思都不敢有。

想来也是，此事毕竟是他们理亏在先，若真要追究，必得牵连出自己中伤郡主的大罪，权衡之后，自然只能打落牙齿和血吞。

连着几日无事发生，眼看这风头也过去了，这日一早，姜稚衣起心动念，差了个护卫去沈府，问问元策今夜可否能过来，何时能将上回的未尽之言说明白？

这一去，才知他这些天忙得不可开交，日日都在府上接待各方医士，医治那位从边关接来的"活死人"副将。

"从宫中太医到长安城乃至周边各县的名医，几乎全被沈少将军请了个遍，看沈少将军这着紧的样子，应当是不将人救活决不放弃了，估计近来腾不出空闲。"回来报信的护卫如是说。

姜稚衣此前亲眼看过那位"活死人"濒死的状况，又知此人是在战场上为保护阿策哥哥才受的重伤，倒也理解他近来抽不开身。这么一想，连他不认得"囍"字也觉得可以宽容了。

救命恩人尚且生死未卜，此时商议大喜之事的确不合时宜，身为他日后的妻子，当敬他所敬，护他所护，他的恩人便是她的恩人，她也该替他分一分忧才是！

姜稚衣想了想，拿定了主意，吩咐道："将我的医士请来，随我去一趟沈府。"

同一时刻，沈府东院，东厢房。

元策站在床榻前，垂眼看着榻上呼吸孱弱、面色灰败的人，静静听着那道断续的呼吸。

青松在面盆架前绞了张湿帕，走到榻边，放轻动作擦拭榻上人的脸，忧心忡忡道："高将军这气息听着是一天比一天弱了……这些日子那么多大夫来过，也开了好些方子，公子怎的一张方子都不试呢？"

元策扯了扯嘴角："自然是为了等到最好的那张。"

"那公子今日没再请医士，可是已经拿到了好方子？"

"是啊，这厢房很快就能空出来了。"

"那可太好了！"

不知是什么神仙方子，居然这么快就能让这病重之人下地出屋？

青松在心底啧啧称奇，擦拭干净高将军的脸，又去洗了一遍帕子，再走上前来时，看到元策摊开了手："帕子给我，出去吧。"

近来公子时常独自待在这厢房，看得出来对这位高将军十分有情有义，青松便不再打扰，将帕子递给元策，退出去合上了房门。

厢房里只剩两人。

元策在榻前沉默着站了会儿，不知在想什么。片刻后，他握着手中的湿帕微微俯下身，盯住了榻上的人："他们说，你虽睁不开眼，却还能听见声音——若我告诉你，你一心效忠之人昨日送来了一张催命的毒方，想要杀你，这病榻你可还躺得下去？"

榻上的人仍牢牢闭着双眼，眉峰却紧蹙起来，呼出的浊气突然变得粗重。

"被最信任的人背叛，是不是很绝望？

"我阿兄当时也这么绝望。"

破碎的呼吸一声长过一声，榻上的人有气无力地残喘着，眼角溢出一点浑浊的泪。

元策平静地直起身，望着窗外新生的朝阳，眨了眨眼，展开湿帕，慢慢覆上他的脸，往下施力。

口鼻完全被湿帕包裹，榻上的人急急喘息起来，瘦骨嶙峋的胸膛剧烈地起伏着，像是要从千疮百孔的肺腑里吸取所剩无几的空气。

元策收紧手掌，缓缓捂住挣扎的人。

眼看掌下的人像条垂死的鱼一般惊颤、抖动，最后如拉紧的弦般嗡地绷断，一切归于死寂，元策力道一收，轻轻捏起帕子，往一旁的面盆架上一扔。

帕子落入盆中，啪地溅起一朵水花。

涟漪一圈一圈荡漾开去，过了会儿，水面恢复至平静无波，映照出一双晦暗的眼。

元策静静盯着污浊的水面，一动不动站在那里，仿佛置身在无边无际的旷野，闭上了所有的感官。

什么都看不到，也感受不到。

寂静之中忽然响起笃笃笃三下叩门声。

"阿策哥哥！"

像是突然被一道强光立扯回人世，元策蓦然回头，朝房门看去。

逆着刺眼的朝阳，隔扇上映照出一道娇俏的身影。

"阿策哥哥，我听说你四处延请名医，怎不来找我？我手头可有大把的好大夫，今日给你带来一位，你看看能不能帮上你的忙？"

元策偏过头，看了看床榻上已无声息的人。

"阿策哥哥？你不开门我可自己进来了啊！"

骄横的催促声中，元策默了默，一把拉拢床帐，上前打开了房门。

门外一身鲜亮袄裙的人抬起脸，不高兴地咕哝："怎么这么久才开门？要不是青松说你就在里头，我都要走了……"

元策没答，抬眼看向她身后须发生白的老者。

姜稚衣想起正事，朝身后伸手一引："喏，就是这位黄老先生，我从小到大的病都是他给看的，说句'华佗再世，妙手回春'也不为过，你快些让黄老先生进去看看。"

医士颔了颔首。

元策道："不必了。"

姜稚衣蹙眉觑了眼他："我是多挑剔的人，我说是好大夫，肯定就是好大夫，你还信不过我？

"难不成你是担心，我若帮你医好了人，你就再没借口不来找我啦？"

元策无奈地侧过身子，抬手示意让人进去。

医士提着药箱进了门。

姜稚衣跟进去，刚跨过门槛走了两步，被元策伸手一拦："站远点。"

"为什……"

"脏。"

姜稚衣"哦"了声："没关系，既是你的恩人，我不嫌弃。"

不过见他横臂拦着，姜稚衣还是乖乖止住了脚步，趁机一拽他小臂，挽过他的臂弯。

元策缓缓低头，看了眼她"见缝插针"的手。

床榻那头，医士隔着床帐，轻轻抬起那只垂在床沿的手，脸色忽然一变，瞪大了眼，回头朝元策看去。

元策面色如常，一只手被姜稚衣挽着，另一只手一抬："既然郡主说先生是可信之人，我便也相信您的医术，先生不必顾忌，请吧。"

医士缓缓转回头去，隔着床帐盯着榻上的人，额头渐渐沁出豆大的汗珠，半晌过去，颤巍巍抬起三指，搭上了脉。

漫长的等待过后，姜稚衣远远地张望了片刻："黄老先生，怎么样？"

话音落下，却迟迟没得到回复。

看着那道僵硬的背影，元策轻笑一声："先生，郡主问您话呢？"

身后的人声音分明带着笑，这一问，却像有一股阴风瑟瑟拂过，激得人一阵心悸。

医士冷汗涔涔地坐在床榻前，感觉背脊仿佛被冰凉的剑尖轻轻抵住，性命悬于一线，一招不慎，便要与榻上的人落得同样的下场——

榻上这位"病人"生命体征全无，手指僵停在痉挛状态，口鼻歪扁，虽因肢体尚还温热，未显现出更多颜面征象，但基本已可以推测出，应是外力导致的窒息而亡。

死亡时间就在不久之前。

或许，就在郡主叩门前的片刻。

凶手是谁，不言而喻。

为将者，对敌尚且不杀降卒，对待一个完全失去反抗能力的军中同袍，却为何要以如此残忍的手段将其杀害？

甚至此时此刻，还面不改色地让一位大夫去诊一个死人的脉……

在身后人的催促下，医士打着战松开了把脉的手，回过头去，对上一道含笑的目光。

元策问："如何，我这位副将可还有醒转的机会？"

医士哆嗦着起身走上前，低下头去朝两人各作了一揖，咽了咽口水道："回、回禀郡主、沈少将军，病人身体尚可……"

姜稚衣问："尚可是何意？你可有良方医治？"

"有、有的……"

"那快开个方子出来，不论所需药材何等珍稀，只要能将人医好，本郡主重重有赏！"

医士悄悄地抬起眼看向元策，见他点了下头，医士像从悬崖边捡回一条命，松了一大口气，抖着手在桌案上铺开纸，坐下来开始写药方。

姜稚衣挽着身边人的臂弯，轻轻抬了抬下巴："你看，是不是还得我出马？"

元策偏过头，垂眼睨了她一眼："好像是。"

"你若早些问我，就不必耽搁这么多工夫。下次还有这等寻医问宝的事，直接来找我，有我堂堂郡主在，还能短了、缺了你？"

元策侧过头意味不明地一笑："行。"

——穆新鸿一脚走到厢房门口，看见的便是这样一幅诡异的场景。

一个死人，一个正在给死人开药方的大夫，一个正在邀功的郡主，以及一个被什么趣话逗笑了的少将军。

少将军还能被人逗笑？应该是杀人杀高兴了吧。

医士软着手写完方子，站起身来，一看对面挽手说笑的贵人，忐忑地吞咽了下，一时不知该不该让这张没用的药方打扰到这一幕……

"给我吧。"穆新鸿主动上前接过药方，叠巴叠巴收进衣襟，看向元策。

少将军被郡主挽着，在百忙之中递来了一个眼神。

穆新鸿点了下头表示心里有数，朝外伸手一引："辛苦老先生跑这一趟，我送您出府。"

听着这一句"送您"，再看一眼穆新鸿腰间的刀，医士胆战心惊地提着药箱出了厢房，一路往外走去。每多走一步，就像离悬崖边缘更近一步。

到了照壁附近，穆新鸿脚步一顿，停了下来。

"将、将军饶命，我今日什么都没瞧见……"医士腿一弯就要跪下去。

穆新鸿抬手一拦，扶住了人："您今日可不能什么都没瞧见。"

医士疑惑地抬起头来。

穆新鸿回望了眼厢房的方向，在心底轻轻叹了口气。

半年前那一战，大公子之所以会遭遇北羯人伏击，便是因为这位高将军通敌，泄露了大军的作战计划和行军路线。

当年大公子初到边关时，高石还只是军中一名百夫长，因有次在战场上替大公子挡下一刀，从此便成了大公子信重之人。

高石跟在年轻的大公子身边，教他如何御敌，如何杀敌，陪大公子并肩作战了两年多，一路升任为大公子的副将，于大公子而言亦师亦友，甚至是像父亲一样的存在。

谁能想到，这样一个人却是埋在玄策军中的一颗毒瘤，高石正是看中了大公子初出茅庐，欠缺防人之心，才有了最初博取他信任的那一下挡刀。

最后那场伏击战中，高石为了让己方主力军全军覆没，为了陷玄策军、陷沈家于失利之地，周旋其间之时，自己也身负重伤。

少将军接手大公子的身份后，第一时刻便请军医保住了高石的性命。

高石为达目的不惜牺牲自己，显然不是出于个人利益，而是受人指使。

为查清幕后黑手，必须留着他这条命。

只要高石醒来，少将军有千百种刑讯手段让人开口，可整整半年，他们军中最有能力的那位李军医用尽一切办法医治，最多只能续着高石的一口气。

这世间最好的医士就在他们军中，早在回京之前，少将军便确信，李军医无法做到的事，世上再无其他医士可以做到——高石俨然已是药石无效。

但死人开不了口，活人可以替他开。

少将军派人千里迢迢将一个将死之人护送回京，又做重视姿态，亲力亲为去城外接人，而后精心养护，大张旗鼓遍请名医，便是为了逼背后之人按捺不住前来灭口。

昨日那张看似救命，实则害命的药方一来，此人已然浮出水面。

如今鱼已上钩，鱼饵便没有用了。

……

穆新鸿从回忆中回过神，看向面前瑟瑟发抖的小老头。

"老先生，今日您奉郡主之命，随郡主前来替高将军看诊，不料看诊时，高将军突然浑身抽搐，口吐白沫，疑似在昏迷中毒发身亡，少将军勃然大怒，便将您吓成了眼下这副模样——您看，是这样吗？"

医士忙不迭地连连点头："是、是这样……"

"至于郡主——郡主心思单纯，少将军不忍吓着她，对她隐瞒了此事，所以郡主对高将军身死之事全然不知，一心以为高将军还有得治。您说，少将军做得对吗？"

"对、对……若有人问起老夫，老夫必定如此作答……"

穆新鸿朝外比了个"请"的手势："那黄老先生，走好。"

东院书房。

时隔近十日，再次回到这间书房，姜稚衣心情已然大好，不过就是对这书房里的布置依旧不太舒服——

"你这屋里的屏风趁早换一面吧，差点砸着我的东西，我瞧着不高兴。

"博古架上空着的那一格……既然瓷瓶碎了，就拿个新的玩意儿替上来，这么空着不是平白叫人想起伤心事吗？

"还有你这墙上能不能换幅字？什么'静否'，有我在还用问吗？肯定是热热闹闹的。"

元策站在面盆架前洗了两遍手。

就洗了两遍手的工夫，吹毛求疵的郡主已经自说自话，将他的书房改造得面目全非。

"你也知道，有你在，肯定是'热热闹闹'的？"元策慢条斯理地擦着手，瞟过来一眼。

姜稚衣被他看得一噎："怎么，我刚帮了你一个大忙，你就嫌我吵了不成？"

元策道："不用我嫌。"

是你本来就吵。

姜稚衣气鼓鼓地瞪他一眼。

她虽确实不喜欢这些伤过她心的东西，却也不是当真咄咄逼人地在挑刺。

"我还不是为了说点舌转移你的注意力，好叫你别一直想心事？"

元策擦手的动作一顿，疑惑了下，认真地问："我在想——心事？"

"是啊，方才一进厢房我就发现了，你今日心情不好，休想瞒过我的眼睛。"

看不出两丈之外躺了个死人，却看得出他心里有事。

她的聪明劲儿倒是一时一时的。

不过，是他知晓她没有敌意，未对她设防，所以将心事毫无防备地写在了脸上，还是她对兄长的一抬眸一低眼了解至此？

但此刻在这儿的是他，不是兄长。

难道兄长心里有事时也与他一般模样？

元策难得来了点兴致："你倒说说，怎么看出我有心事的？"

姜稚衣从罗汉榻上站起来，雪白的双手往身后一背，绕着他走了一圈，眼神上上下下地打量着他。

元策站在原地，目光跟着她慢慢绕了一圈。

最后看到她站定在他面前，颇为自得地一扬下巴："我心里有你，眼里自然看得到你的一切。"

他是怎么觉得自己会得到一个正经答案的？

元策不知是气还是笑地撇开眼，往窗外看去。

这一眼，正看见东厢房房门打开，穆新鸿带人将那蒙着白布的尸体抬了出来。

高石的死讯本就要散布出去，才能让背后那条"鱼"放下心来，所以这尸体的确可以光明正大地抬出沈府去。

被任何人看到都没关系……

——从理论上说。

见元策目光陡然一凝，姜稚衣好奇地朝窗外偏过头去，偏到一半，手腕忽然被人扣住，一股拉力将她整个人一把扯向前去。

姜稚衣一个趔趄，一惊，刚要抬头，脑后落下一只手掌，将她牢牢摁进了怀里。

热意像湍流的洪水，瞬间冲垮心房的堤坝，直蹿上头，将人从头到脚浇了个透。

看着近在咫尺的那片衣襟，姜稚衣像根木头似的一动不动地靠着他，手脚僵麻得不像是自己的，呼吸也缓缓地屏住。

元策一只手摁在她脑袋上，另一只手揽在她后背，偏头看向窗外。

时间奇怪地慢了下来，运送尸体的担架明明走得很快，落进眼里却仿佛成了慢动作。

眼看担架一路极慢极缓地穿过走廊，最终消失在视线里，元策稍稍松了松摁着她脑袋的那只手，回过头垂下眼去。

感觉他收了些力道，姜稚衣红着脸抬起头，轻轻眨了眨眼，目光紧张地闪动，用说悄悄话的声儿道："阿策哥哥，你刚刚心跳得好快……"

元策眼睫一扇，揽着人的手微微一僵。

姜稚衣道："我听到了，你心里也有我。"

她听到了什么，他不知道。

但他知道，闭门躲了她这么多日，在这不期而然的一天，在这本不必要的一刻，一切都功亏一篑了。

入夜后，沈府书房。

穆新鸿和青松一左一右站在书案两头，眼看元策从晚膳后便沉默地坐在这里，这么久过去了，别说姿势没换一个，连眼都没眨几下。

穆新鸿在一旁看着，一面佩服少将军专注想事时的定力，一面暗暗忧心起少将军的前程。

今日他不过出去了一趟处理尸体，也不知发生了什么，回来后便见郡主从少将军的书房出来，眼神是前所未有的含情脉脉、如胶似漆，临走还自认体贴地给少将军留了句话："有些话原本早就想说，看你近来烦心事多，等你心情好了再同你讲。"

这不就差直说"等你心情好了再来催你早生贵子"吗？

天知道少将军对高石一事从头到尾成算在心，即便今日被撞破行凶也完全无所谓，这些日子真正的烦心事都源于这位计划之外的"嫂嫂"……

当初想着一则郡主身份贵重，二则四舍五入算是兄长的遗孀，杀是杀不得，少将军为稳住大局才认下这位"相好"，没想到这一稳便稳过了头！

"少将军，您不会真得娶了郡主吧？"想了半天，穆新鸿终于忍不住问出口。

结果元策还没说话，青松倒抢答上了："那怎么可以！逢场作戏是不得已，动真格岂不是对不住大公子！"

青松自小在京脉侍大公子，对大公子感情深厚，穆新鸿身在边关，却是先认识的元策。

穆新鸿道："什么叫对不住大公子？说得像少将军占便宜似的，你当少将军愿意献身给郡主？"

元策一抬眼皮，看了两人一人一眼。

自然，这两个不太聪明的虽各执一词，所言却都不无道理，结论也是殊途同归——这个妻，娶是不可能娶的。

回想这段时日的逢场作戏，他并不清楚从前兄长私下是如何与这位嫂嫂相处的，却不知是他与兄长的行事作风恰巧相似，还是这位郡主太过沉浸自我。总之，她暂时没有对他起疑。

既已稳住了人，如今便该拉开些距离，一则以免做多错多，再发生今日这般多此一举自找麻烦的意外；二则也可堵住她催婚的口。

他不会在长安久居，这婚事，躲得过初一，自然也躲得过十五。

拿定了主意，元策轻轻摩挲了下指腹，起身往外走去："我去趟永恩侯府。"

瑶光阁，姜稚衣在榻上辗转反侧，躺了许久都没睡着，默默回味着今日被元策揽入怀中的那一刻，嘴角下去又上来，上来又上来。

正在她嘴角快扬到耳根之际，后窗那头忽然传来一阵叩窗声——

三短，三长，再三短。

姜稚衣飞快地从榻上爬起，定睛朝窗外望去。

下一刻，果然见元策熟门熟路翻窗而入。

"阿策哥哥，你怎么突然来了！"姜稚衣笑着一掀被衾跳下榻，迎面扑来一股寒气，她肩膀一缩打了个寒噤。

元策脚步一顿，低头掸了掸身上的霜粒，走到屋里炭盆边屈膝蹲下："我哪次来得不突然？"

"也是，阿策哥哥最会给我惊喜了！"姜稚衣走到炭盆边陪他蹲下，托腮看着他。

舅父在京时他待她也是这样，自己分明不冷，却因为怕从外头带进寒气冻着了她，便会先在她的炭盆边烤火，将自己烤暖了再与她亲近。

想起他方才敲窗的动静，姜稚衣笑吟吟道："你还记得我们从前的暗号呢。"

是她装无家可归投奔他那日，他听见奇怪的敲门声留了印象罢了。

不过这等三短三长江湖话本里随处可见的简单暗号，到底是怎配称作"暗号"的？

算了，看看跟前的人就想通了。

烘干了一身的湿冷，元策起身开门见山道："我今夜是来与你辞行的。"

姜稚衣笑容一僵，蓦地跟着站起来，大惊："辞行？你要回河西了？"

元策摇头："圣上体恤我在外拼杀三年，留我在京多休养一段时日，闲着也是闲着，我打算找些事做。"

姜稚衣知道，当初他回京面圣，皇伯伯给了许多赏赐，却暂未授予他正式的官职。

还未及冠的少年郎，只有战绩而无官绩，要继承河西节度使这样的要职恐怕尚缺资历，想来皇伯伯也在犹豫，便让这个职位暂时空缺了。

近来他除了去军营练兵别无他事，但日常的练兵有穆将军在，确实也不必他亲力亲为。

姜稚衣道："那你这是要去做什么？"

元策弯唇："前几天你不是托青松传话给我，叫我多读点书？我看这提议甚好，打算回天崇书院去。"

"我、我那只是随口一说，你怎还当真了！"姜稚衣着急地拿手比画了一条对角线，"天崇书院在城东南，离侯府这么远，我们还怎么常常碰面？"

"所以——我这不是来跟你辞行了？"

见他眉梢一挑，一副浑不懂的模样，姜稚衣脑仁嗡嗡地响。

她方才说错了，他哪里是最会给她惊喜，分明是最会给她惊吓，他简直是要气死她！

姜稚衣跺了跺脚，气急地来回踱起步来："你离京三年，回来才不到一月，一月之中又有一半日子在给我考验，如今还要去没事找事！"

论翻旧账的功力，自是无人比得过她。

元策脑仁隐隐作痛："食君俸禄，为君分忧，我在京既无公务，严于律己、修身养性也算不负圣上爱重。"

"皇伯伯爱重的人多了去了，也不见满朝文武有谁过意不去，你别跟我讲那些大道理！"

他分明只是来通知她这件事的，并非商量，并非。

见他语塞，姜稚衣撇撇嘴："你为了皇伯伯去读书，意思是皇伯伯比我重要喽！"

"我读书不也是为了你？'元策轻轻咬了咬牙。

姜稚衣一愣，抬起眼来："为了我什么？"

话一出口，看着他哑然的模样，她却忽然想到了什么——

从前她与他之所以暗通款曲，便是因他在学业上毫无建树，成日逃学去斗鸡走狗，四处招惹是非，在长安城风评极差，若当时公之于众，只会被她舅父棒打鸳鸯。两人便商定，待他日后建功立业，可堪与她匹配之时，再向她舅父禀明，光明正大地向她提亲。

她本以为他如今打胜仗归来，时机已经差不多成熟，但他若能在她舅父回京之前重返书院，再临时抱抱佛脚，即便只是做个样子，的确能在她舅父那儿留下更好的印象……

话赶话说到这里，元策三思索这脱口而出的一句该如何解释，一抬眼，见对面的人缓缓流露出恍然大悟的神色。

"你——"元策试探着看了看她，"明白了？"

"好吧，我明白了……"姜稚衣苦兮兮地叹了口气，眼巴巴地瞅着他，"可明白归明白，我还是舍不得跟你分开……"

元策默了默，轻咳一声："诗有云，'两情若是久长时，又岂在朝朝暮暮'。"

"那诗里还说'春宵一刻值千金'呢！"

这些诗人能不能统一一下口径。

元策闭了闭眼，耐性所剩无几："那你想怎么样？"

"好了好了，你如此用心良苦，我又怎会不体谅。"姜稚衣叹息一声，劝自己来日方长，"那这样，明早我去给你送行，这点要求总可以答应吧？"

左右明日过后，短时间内不会再见，这最后一面，便随她吧。

元策点了下头："行。"

翌日天明，夜半一场小雪下过，长安城一片银装素裹。

城东路上的积雪一早便被清扫到道旁，马蹄落在湿漉漉的青石板上，嘚嘚嘚，由远及近，在天崇书院门前打住。

马上一身玄衣的少年一勒缰绳，一掀袍角翻身下马，将手中的马鞭随意抛给随从。

昨晚突然下了场雪，今早他让青松去永恩侯府传了话，叫姜稚衣不必冒雪送行，省得这一冻又是一场麻烦的风寒。

元策负手立在阶下，抬首望向面前这座书院，目光落定在那面华贵有余而书卷气不足的金字门匾上。

这座天崇书院并非为科举而设。

自科举兴起，古时的君子六艺便渐渐荒废，如今的读书人皆是一心研读"四书五经"，十年寒窗为登第。

但这世上总有那么一些实在不是考科举这块料，却又必须读点书的人——尤其在这"五花马，千金裘"，世家子弟遍地走的长安城。所以便有了这么一座书院，复君子六艺之古，教授学生"礼、乐、射、御、书、数"，为防那群人堕落成游手好闲的纨绔，也为一些纨绔当遮羞布。

从前兄长便在这一行列之中。

元策想着，抬起靴尖往里走去。

恰好此时，远远传来一道车马辘辘声，余光看到一辆雕花嵌玉的华丽马车。

元策似有所感，靴尖一压，偏头朝路口望去。

通身金翠的马车一路行驶到书院门前停稳，一位内穿男式圆领袍，外罩白狐裘的小"郎君"搭着随行"小厮"的手腕，踩着轿凳走下马车，抬眼看见他，松了口气："赶上了！"

虽是一身从未见过的男装，但不妨碍他一眼认出了这张每天在他跟前晃的脸。

元策皱了皱眉头："不是说了不必送行？"

"我不是来送行的呀，"姜稚衣昂首阔步走上前来，扬手一指那块金字门匾，"我也是来天崇书院读书的。"

元策面露疑惑之色。

"食君俸禄，为君分忧，我在京既无公务，严于律己、修身养性也算不负圣上爱重——这不是阿策哥哥你说的吗？

"我身为郡主，比你的俸禄可多多了，成日赋闲在家，实在过意不去呢！"姜稚衣笑得十分"不好意思"。

一阵静默的对视过后，元策确认了，她是认真的。

"你要读书可以去女学，这书院是为男子设立的，你一个姑娘家来这里，成何体统？"

姜稚衣低头一看自己这身男装打扮，眨了眨眼："所以我女扮男装了啊。"

就她这张脸、这身段，谁看不出这男装底下是女儿身？

元策道："这里的人不、瞎。"

"是吗？"姜稚衣望向身后。

正是进学的时辰，一辆辆精致阔气的马车陆续停在书院门前，一个个世家公子从马车上走了下来。

姜稚衣昂首冲众人挥了挥手："各位同窗早！"

一位离得最近的世家公子循声扭过头，一愣，然后立马想起今早出门前收到的消息，朝姜稚衣有礼地作了一揖："姜小公子早！"

随后，更多世家公子望过来，无数道声音叠在一起——

"问姜小公子安！"

"雪天路滑，姜小公子当心脚下——"

姜稚衣回头看向语塞的元策，一扬下巴："但他们可以装瞎。"

整座书院像一锅被投了生石灰的水，很快沸腾起来。

冻手冻脚的融雪天，便是公鸡打鸣的时辰都比平日晚，更不必说这些养尊处优的世家公子，原本这种日子，能哈欠连天来上学的已算是书院里的佼佼者，更多公子哥儿是连榻都下不来的。

也不是什么正经育才的书院，教书先生们对此司空见惯，多年下来早已心如止水。

不料今日破天荒的，这群世家公子不仅几乎全到了，还丝毫不见萎靡之态，一个个兴奋得两眼放光，瞧着比教书先生都精神。

天字斋学堂内，一众学生三三两两交头接耳，一面为着什么事争得面红耳赤，一面频频转着眼珠子朝最后一排张望。

一早听说永盈郡主要来书院念书，他们这些人又惊又奇，瞌睡全跑了个空，有些路远又不愿住学舍的人连马车都没坐，用并不娴熟的骑术一路紧赶慢赶，就为着来迎接郡主。

不承想到了地方，郡主是迎接到了，却还迎接到了另一个"馊头"——

沈元策怎么回书院来了？！

这天崇书院面向京城勋爵高官之后，一要求入学者年纪不及弱冠且未婚，二须是家中嫡长子。

沈元策三条都符合，来这儿倒也没什么毛病，可他已是带兵打过仗的人了，出走三年，归来仍旧上学？怎么想怎么奇怪。

再说众所周知郡主与沈元策不对付，这两人同一天进书院必然不是巧合，那么到底谁是前脚来的，谁是后脚来的？谁来找谁的碴儿？又是来找什么碴儿？

看了看最后一排新添的两张书案，众人转过脸，头碰头地展开了第十三回合激烈却小声的讨论。

最后一排，姜稚衣身后是墙，左边是窗，右边和身前各垂了一面珠帘，两耳不闻帘外事地端坐在书案前，捏起茶盏抿了一口热茶。

古有皇太后垂帘听政，今有永盈郡主垂帘听课。

这学堂本就是为一群金贵之人所设，雕梁画栋，窗明几净，倒也不至于委屈她，为她单独辟出的这个角落虽狭小了些，却五脏俱全——

书案、熏炉、袖炉、茶具、笔墨纸砚等一应物件都是最好的，谷雨也在一旁作书童打扮伺候她，姜稚衣对此尚算满意。就算稍微有些不满，一转头，看见右手边珠帘外的情郎，也都平息下去了。

元策离她约莫不到一丈，正闭目坐在书案前，面无表情的，不知在想什么，从方才进门起便一直是这副生人勿近、心情不佳的模样。

此时还不到上课时辰，姜稚衣刚想拨开珠帘叫他一声，一名身材魁梧、皮肤黝黑的中年男子忽然走了进来。

前排一众人像看见地狱修罗，齐声一阵"呜呼"："完了，怎么把这事给忘了！"

"这是出什么事了？"姜稚衣问谷雨。

谷雨说这就去问问，不等她起身，前座响起一道温润的声音："这位是天字斋的武教头，姓冯，今日上午例行考校骑射，许多不擅此道之人想必本打算借故逃学……"

结果被姜稚衣要来的消息冲昏了头脑。

前座的人主动解答，却端正地目视前方，并没有转头看她。这纨绔成群的地方倒难得出现这样分寸有度的人。

姜稚衣问："那如我这般新来的也得参加？"

君子六艺之中，"御"在古时本是指御车，但在当世这门学问已无太大意义，所以便改良成了御马，骑射便是"御"与"射"两门学问的结合。

姜稚衣知道她不必参与其中任何一样考校，不过是关心元策接下来的去向。

冯教头朝角落看过来一眼，带着武人硬邦邦的口吻道："新来的在学堂自行温书，不必参加。"

姜稚衣心头刚一喜——

"这是为何？"前排响起一道吊儿郎当的男声，"都是一个屋檐下的同窗，冯教头一向铁面无私，今日怎不一视同仁了？难不成是要包庇谁？"

姜稚衣认出了此人，是她舅母娘家康乐伯府的嫡长子，钟伯勇。

她若没记错，此前被阿策哥哥打断腿的那些人里，就有这个钟伯勇的亲弟弟。

果不其然，钟伯勇朝元策勾了勾嘴角："听闻沈小将军在战场上十步杀一人，百步可穿杨，应当不需要冯教头为你打掩护吧？"

姜稚衣皱了皱眉。

堂中一片鸦雀无声，十数道打量的眼神嗖嗖地看向元策。

元策睁开眼，对上钟伯勇挑衅的目光，神色淡淡地起身，朝外比了个"请"的手势。

两炷香后，书院校场。

姜稚衣拢着狐裘坐在场边长凳上，手捧袖炉，冷眼望着起点那头跃跃欲试的钟伯勇。

眼前是一条宽而长的跑马道，跑马道两侧按照不同的间隔分别矗立了五个箭靶。学生们需挨个从起点策马出发，一面驰向众人所在的终点，一面朝这十个箭靶射箭。

这等难度的考校，在天崇书院已属"撒手锏"，地、玄、黄三斋年幼的学生不必参加。

但长年纪也未必长本事，天字斋这些十七八岁的公子哥儿，一半以上都是能好好跑完这段距离，意思意思射出一箭就不错了，至于射不射得中靶子，一般看缘分。

如果缘分太浅，可能还会在手忙脚乱的过程中落马。

自然，冯教头武艺高超，全程在旁边看护，不会令他们摔伤。但即便如此，害怕也是真的。

终点附近的长凳上，一众被美色吸引、跳进今日这深坑的公子已经打起哆嗦，甚至开始怀疑姜稚衣是教头派来的卧底。

第一个上场的钟伯勇倒丝毫不虚，站在起点处扬声道："冯教头，这一模一样的考校都多少回了，也没个新鲜的，今日给我来些花样吧！"

冯教头话不多，直接让人往跑马道中央间隔着摆了十道半人高的木栅栏。

这就意味着策马的速度必须极快，否则别说骑射，连这些路障都过不了……

姜稚衣蹙了蹙眉，她倒要看看舅母的这位侄子有几分本事。

正想着，那头钟伯勇背上箭筒，拿起那把金闪闪的长弓上了马。

铜锣一敲，令旗一下，骏马瞬间奔驰而出，猛地跃过第一道路障，马上的人双眼紧盯着最近的那个箭靶，瞅准时机用力一拉弦，一箭射出。

嘣的一声响，正中红心。

钟伯勇眯起眼，疾驰之中又紧瞄向下一个箭靶，咬紧牙关又射出一箭。

骏马一路有惊无险地越过路障，马上的人忙中有序，整整十箭，竟然箭箭直射靶心！

"伯勇今日是同沈元策杠上了？"

"我看伯勇倒也用不着拿出看家本事，沈元策都没上过骑射课，哪有伯勇这千锤百炼的功夫，怎可能比得过！"

"人家不是上过战场？"

"战场上不都是一通乱杀？"

人群中窸窸窣窣地议论着，说到这一句，响起一阵哄笑。

单独的长凳上，谷雨小声同姜稚衣耳语："奴婢方才打听了下，这位钟小伯爷在骑射上确实有一手，每次考校都是第一名，难怪这么得意……"

姜稚衣不高兴地抿了抿唇，她不担心阿策哥哥的骑术和箭术，但钟伯勇是主动要求加上路障，又是占了先机拿下满分，就算阿策哥哥同样靶靶十环，最多与他打个平手，也压不住他那嚣张的气焰……

果然有其弟必有其兄，有其姑必有其侄，这一窝挑事精真讨人嫌！

姜稚衣恨恨地吐出一口气，看向在一旁候场的元策。

元策单手负在身后，静静望着渐渐接近终点的钟伯勇，不见神色波动。

骏马越过终点线，钟伯勇勒住缰绳，回头看向满环的十个箭靶，沾沾自喜地一笑，居高临下地睨向元策："沈小将军阔别书院已久，可能不知道考校的规矩，这些路障是我额外让教头加的，你若觉得力不从心，不必逞能，让人撤了就是！"

"多谢钟小伯爷提醒，我自有分寸。"元策笑着转移视线，目光在人群中缓缓扫过一圈，落定在最边上那位玉面小郎君身上："姜小公子可否帮我个忙？"

姜稚衣一句"什么忙呀"就要脱口而出，一看周围人望过来的好奇眼色，端着架子清了清嗓："何事？"

"将你头上的发带借我一用。"

姜稚衣一愣，"哦"了声，侧头让谷雨来摘，很是骄矜地眨了眨眼："我从不借人东西，别人用过的我就不要了，赏你了。"

众人还没明白这是要做什么，一看元策接过那墨色发带，竟拿它蒙上眼，在脑后系了个绳结！

钟伯勇霍然抬首，眼底闪过一丝不可思议。

人群中一片哗然——

"这、这是我想的那个意思吗？"

"这考校原来还、还能这么玩儿？"

满场震惊地喧哗之中，元策手执长弓翻身上马，一路打马到了起点线，拨转马头，面朝众人。

姜稚衣像定在了长凳上，盯着那长身高踞马上的少年，眼看那墨色发带覆在他眼上，风扬起发带尾梢，拂过他鬓角，竟觉得像是自己在与他耳鬓厮磨一般……

心怦怦直跳，姜稚衣摸了摸突然发烫的耳根，压下这不合时宜的念头。

起点处铜锣一敲，黑亮的宝马踏着碎雪轻驰而出。

马上的少年反手取箭，搭箭上弓，轻轻一拉弦，长指懒懒地一松。

箭轻若无骨般飞射而出，抵达箭靶，又嘣一下狠狠入木三分，正中靶心！

人群中一阵倒抽冷气声，众人齐齐从长凳上站起，如见神祇般扯着脖子望出去。

姜稚衣也是激越万分，一起身，双手合十一拍。

啪的一声响，一群公子哥儿扭过头，满眼惊讶地盯住了她。

是没有给死对头鼓掌的道理。

姜稚衣合十的双手摊开来，低头朝手心呵了呵热气："可真是叫他瞎猫碰着了死耗子……"

众人很想附和郡主一句，也很想给冻着手的郡主送件披氅，然而场中这等奇观，不容错过一刻，犹豫之后，大家伙儿又转头看向了元策。

眼看跑马道上，那宝马不费吹灰之力飞跃过路障，马上的少年干净利落地又是一箭。

比之钟伯勇的青筋暴起、屏息凝神，此刻马上的人更像在玩什么无趣的游戏，每一箭皆是懒洋洋地信手一扬，偏偏每一箭又都牢牢钉进了靶心。

"这发带是不是透光能看到啊？"人群中有人难以置信道。

姜稚衣不满地蹙眉："本郡主怎可能用那等粗制滥造的发带！"

众人立马怯怯地闭上了嘴。

钟伯勇僵在终点处，遥望着那张气定神闲的脸，垂在身侧的手慢慢攥紧成拳。

眨几次眼的工夫，有人实在不信邪，飞奔上前，拖走一个箭靶，将靶子挪到了元策已然路过的位置。

"你——"姜稚衣雪白的食指直直一抬，蓦地指向那动手脚的人。

周围的众人一愣，再次朝她看来。

姜稚衣生气地把食指一弯，缓缓垂了下来："干得漂亮！"

这一招确实"漂亮"，这箭靶都在人后了，开弓没有回头箭，无论如何都会少一箭的成绩！

眼看冯教头压根儿不管，姜稚衣着急地跺了跺脚，刚想给元策发个暗号，下一瞬，马上的少年一扯嘴角，手中长弓一转，忽然一个后仰下腰，扬手倒射出一箭。

嘣的一声响，再次命中红心！

十箭十环！

众人呼吸一窒，大张着嘴，吃了满嘴的冷风，眼看那宝马稳稳跃过终点线，元策直起腰一勒缰绳，打马回身，一把扯下发带，回头朝人群中哪个方向一笑。

姜稚衣悬在嗓子眼的心在他越线的一刻瞬间平稳落地，又在他看过来的这一刹那倏地提了起来。

隔着雪后湿冷的空气，隔着热闹的人群，两道视线轻轻撞上。

姜稚衣不知怎的，一紧张，慌乱地移开眼去。

目光闪烁间一低头，看见他指尖把玩着那根发带，心怦怦跳，如雷震响。

直到下一位考生上场，众人仍沉浸在方才如见天人的震撼里，久久回不过神来。

也不能怪他们没见过世面，在这书院里安逸久了，总以为天字斋的考校便是骑射一道的"天"，顶天也不过就是钟伯勇这样的十箭十环，哪里知道原来天外有天。

当然，更多的震撼在于，他们仰望的"这片天"，居然是沈元策。

虽然过去的半年时间，边关传来的战报一次次震动长安，但是他们作为沈元策的昔日同窗，对沈元策的印象始终停留在他偷鸡摸狗、翻墙逃学、翻开书就睡得不省人事，课上练习博戏、掷骰子、出言顶撞气晕教书先生……

他们这些人好歹父母在京，犯浑太过是会被家法伺候的。可当年沈元策的父亲远在河西，继母又是温温柔柔地从无半句骂声，要说犯浑，沈元策认第二，谁敢认第一？

所以不论外边怎么说，说沈元策在军中历练三年，可谓脱胎换骨、凤凰涅槃，说将门果真无犬子，他们这些昔日的同窗也觉得耳听为虚。

玄策军本就是全大烨最强的兵，有这些兵在，出谋划策靠军师，动刀动枪靠肉盾，想必随便一个将军都能打胜仗，只不过是时间问题，看看沈元策不也花了整整三年，走了许多弯路，差点把老爹的基业毁了吗？

——在这场骑射考校之前，他们是这么以为的。

众人默默地想着，渐渐回过神，后知后觉感到不妙。

平常钟伯勇一个人炫技也就算了，如今钟伯勇一炫，沈元策技高一筹再炫，钟伯勇若是不服输又……

这不是神仙打架，凡人遭殃吗？！

好不容易骑术箭术进步了点，还想着拿个能看的成绩回家得些嘉奖，如今一看榜一、榜二，他们那本就微弱到需要很仔细才能发现的进步还有用武之地吗？

在座的众人一个个忧心起自己的前程，除了情绪波动太大累了的姜稚衣。

兴奋劲儿一过，眼看接连上场的几人没一个有看头，元策又坐得离她十万八千里远，姜稚衣无趣地掩袖打了个哈欠，头一歪，靠着谷雨闭目养起神来。

养着养着，便昏昏然睡了过去。

不知多久之后，沉沉的睡梦里听见一道熟悉的声音："送她回府睡去。"

迷糊间感觉胳膊被人拎了起来，姜稚衣与困意急急一阵缠斗，挣扎着睁开眼。

抬起头，发现偌大一个校场空空荡荡，众学生和教头都已不在，元策站在长凳前睨着她头顶心，一副觉得她不省心的模样。

姜稚衣清醒过来，眨了眨眼："我不回府！"

元策道："刚才你也看到了这书院里都是些什么人，还想待在这儿？"

"我管他们是什么人，有你不就行了吗？"姜稚衣哼哼着被谷雨扶起身来，"你这人变脸变得真快，不想让我在这儿，那你刚才冲我笑什么？"

元策眉梢一挑："难道我不是被你卖力的表演逗笑的？"

姜稚衣不甘地瞪他一眼："都忙成那样了还分神听我表演，你就是很喜欢我陪着你！"

"区区听声辨位，战场上瞬息万变，比这忙千百倍。"

鸭子死了都没有他嘴巴硬。

姜稚衣道："反正我不走，第一次看你射箭，我还没看过瘾呢！"

"第一次看？"

"对啊，以前在弓射场上你不都装成三脚猫吗？那些怎能算数。"

元策轻轻眨了眨眼。

自然，有一个在边关手握重兵的父亲，兄长如同质子一般留在长安，越不学无术便越让人心安，越不易遭人嫉恨。

满长安的人都以为三年过去，当年那个纨绔吃了苦头学好了，长大了，却不知纨绔从来不是纨绔，纨绔也已没有机会再长大。

不过看样子，当年兄长瞒了所有人，却独独对心上人坦诚了。

"发什么呆？"姜稚衣白生生的手在他眼睛下晃了晃，"我说错什么了吗？"

"没有。"元策回过神来。

"那还赶我走吗？"见他不说话，姜稚衣乘胜追击，"不说别的，你也不能过河拆桥，若今日没有我的发带，你怎么赢下钟伯勇？好歹我也是你的小福星呢。"

"那我若还你这恩情，你就肯走了？"

怎么这么执着呢！姜稚衣不高兴地撇撇嘴："你先还了再说。"

"行，想怎么还？"

这突然一问，姜稚衣一时也没想到什么好主意，往四下看了看，灵光一现，一指不远处的箭靶："不然你教我射箭？"

"这可不是一日能还的恩情。"

元策上下打量她两眼，补充道："恐怕一年都很难。"

"让你教我射箭，又没说一定要教会！我就想试试那种嗖一下就射中了的感觉，不行吗？"

元策沉默着看了她一会儿，转身朝跑马道走去，随手拎起一个箭靶，一把扯下上头凌乱的箭，将靶子摆在空地上，看了眼她的距离，又挪近了一半。

姜稚衣一阵哑然。

看她一脸仿佛被羞辱的气哼哼的表情，元策转过头唇角一弯，挑了把轻弓回来，拿谷雨的帕子擦了擦弓面，递到她左掌心："还愣着干什么，小福星？"

姜稚衣接过弓，嘴里碎碎念："你也不要看不起人，'术业有专攻'，武艺我是一窍不通，但写诗肯定比你强……"

谷雨见两人这是要大干一场，说要去望风，退去了远处。

元策等人站好，指了指她的靴子："双脚开立，与肩同宽。"

又点了点她的肩："肩膀放平。"

"这么麻烦。"

"那还要不要嗖一下就射中的感觉了？"

"要要要！"

元策给人调整完了姿势，低头拿起一支箭，穿插进她指间。

"等等……"看着指间的箭尾，姜稚衣恍然想起什么，"我看他们刚才都戴了玉扳指，我没有戴，会不会很痛啊？"

元策垂眼看了看那如葱根般白皙、毫无瑕疵的手指："会。"

"就没有不痛，又可以把箭射出去的办法吗？"

元策闭了闭眼抬起自己的手："那我痛，行了吗？"

"那我也不能让你……"

话音未落，头顶有阴影覆下，温热的胸膛从身后靠过来，她拉弦的手忽然被人握了过去，持弓的那只手也被拢进了一只宽大的手掌里。

像有一簇火苗直蹿天灵盖，姜稚衣呼吸一窒，猛地住了嘴，整个人又像那天被他揽进怀里那般成了木头。

感觉到身前的人突然僵硬，元策把着她的手微微一顿。

他只是被她烦得没了耐性。

空阔的校场，两块木头齐齐陷入静止。只有风感觉不到沉默的气息，依然若无其事地阵阵拂过，吹动两人的衣袂，纠缠在一起。

元策缓缓垂下眼，顺着怀里的人光滑饱满的额头往下看，看见她弯弯的长睫，玲珑挺翘的鼻尖。

元策移开目光，喉结轻轻滚动了下："我不会痛。"

"哦哦。"姜稚衣飞快地点了点头，发丝轻擦过他下颔。

"别乱动。"

"哦。"姜稚衣眨了眨眼，以极其微小的幅度，轻轻摩挲了下满是细汗的手。

元策的注意力也回到手上，把着她的手扣好了弦。

姜稚衣颤动着眼睫，目视着前方的箭靶："这么着，能、能射中靶心吗？"

"当然。"元策下颌下压，视线专注地看回箭靶，慢慢拉动弓弦。

弓渐成满月，姜稚衣也分不清是这弓更紧绷，还是她更紧张，一个姿势僵得久了，脚底传来麻意，感觉有点头昏眼花。

临到拉满弦那一刻，姜稚衣忽然回过头："等……"

柔软的唇瓣擦过下颌，元策手一脱力，箭镞早一瞬直射而出。

利箭破空，嗖的一声响，射中了靶后那棵树。

满树的积雪被一箭震落，大风扬起，漫天碎雪纷飞于校场上空，像春日提前来临，飘起一场雪白的杏花雨。

姜稚衣浑身的血液在一刹那凝固，又在下一刹那如同百川过境，疯狂奔涌。

对上元策震惊的眼神，回想起方才那一刻发生了什么，姜稚衣看着他，慢慢抬手碰了碰自己的唇。

元策眼睫一扇，松开了怀里的人。

姜稚衣也立马退开一步。

碎雪落在两人的乌发上，姜稚衣闪动着目光，扭头望向空空的箭靶，没话找话："不、不是说能射中吗？"

"风太大了。"元策说完，撂下长弓，转身大步走出了校场。

"风太大了。"中午，静谧宽敞的马车内，姜稚衣托腮坐在几案前，一面笑，一面不知第几遍重复这句话。

谷雨看着她面前这一桌子玉盘珍馐："郡主，您快用膳吧，这菜都要冷了。"

天崇书院不统一放饭，毕竟这些世家公子用膳如同吃席，又各有喜好，所以一概是各人的家仆送来家里准备的膳食。

元策离开校场后，姜稚衣混混沌沌地在那儿游荡了许久，也忘了上午还有第二堂课，等她回过神，就已经到了中午散学的时辰。小满也给她送来了午膳。

姜稚衣"哦"了声，夹起一筷子冬笋片儿，咀嚼后咽下，又托起腮来，细细品味着，露出一笑："风太大了。"

算了，一顿不吃也不会怎么样，谷雨放弃了。

"您若不吃了便敕漱口吧，"谷雨给她递上一盏清茶。

姜稚衣无可无不可的，捏起茶盏漱了漱口，片刻后搁下："风……"

谷雨接话："太大了！"

姜稚衣回过神，瞥去一眼："你懂我在说什么？"

谷雨摇摇头，方才她为了替两人望风站得远，根本不知道郡主那边发生了什么。直到郡主开始漫无目的地独自在校场游荡，这句"风太大了"便一直萦绕在她的耳畔。

姜稚衣饶有兴致地问："你说，一个骑射时蒙着眼都能百发百中的人，好好地站着，眼也睁着，一箭射出去却脱靶了，这说明什么？"

谷雨恍然大悟："说明——风太大了？"

姜稚衣一下子收起笑容："算了，不同你说了，我回学堂去。"

"郡主，这还未到下午的课时呢！"

"我去看看阿策哥哥用膳了没！"

姜稚衣提袍走下马车，往天字斋去，一进学堂，见里头倒有几位公子哥儿聚在一起闲聊，但元策却不在。

听见动静，几人赶紧拱手向她行了个礼。

姜稚衣朝他们随意地点了下头，走向后排，临要回到自己的座席，瞄见元策书案上的镇尺压着一张白宣，上头题了一行诗句。

她往前看，众人书案上都有这么一张白宣，像是上堂课教书先生留下的习题。

有的人已经密密麻麻地往下续写了几行，有的便与元策一样一片空白。

她就说，论写诗，他肯定比不过她。

姜稚衣歪过头看了眼那行诗，想了想，挽起袖子。

准备在他书案前坐下时，她又谨慎地抬头看了眼前边。

暂时没人朝这边看。

姜稚衣坐下来，快快地提起书案上的笔，蘸了墨挥毫而下。

一句诗写成，正思索下一句，忽然听见一道男声在一窗之隔外响起："元策，跟我们讲讲战场上的事呗，那北羯人是不是都长得青面獠牙的……"

姜稚衣连忙搁下笔，匆匆回到自己的书案。

刚一落座，那群人便簇拥着元策进了门。

才一场考校的工夫，这些人变脸变得真快……

姜稚衣念头一转，隔着珠帘朝元策望去，见他不知同他们说了句什么，打发了人，而后朝后排走来。

一路目不斜视，也不往她这儿看一眼。

姜稚衣在心底冷哼了声，见他走到书案前，还未坐下，似乎便察觉到案上的东西被人动过，垂下眼看去。

元策站在书案前，视线从被动过的镇尺移向那张白宣，与那白纸黑字一阵静默地对视过后，终于缓缓偏头，朝隔壁的珠帘望去。

对上了一双狡黠含笑、早就等在那里的水杏眼。

"元策！"突然有人喊着他的名字走上前来。

元策手一抬，飞快地一抓镇尺，遮住了那张白宣。

他抬起头，眼前却徐徐地浮现出今晨雪后的校场——

射偏的箭矢。

漫天纷飞如杏花的碎雪。

擦过下颌的柔软。

每一幕，都像在呼应镇尺下的那两行诗——

　　二月东风吹杏雨，动我春心向衣衣。

当夜戌时，沈府东院。

青松捧着一身干净的燕居服站在浴房门外，等到手酸得快捧不住，还没等到公子出来。

与从前的大公子不同，如今的公子自小在边关长大，没过过什么精细日子，到了这繁华的长安城也不习惯让人伺候沐浴更衣，回回都是自己一人，且回回沐浴极快。

快到青松觉得，如若沐浴时突然有战角吹响，公子能一眨眼便披衣提剑上阵。

然而今夜，从书院回来后，公子已在浴房里待了三刻钟之久。

原本公子都打算好了，既然去了天崇书院，便住在那里的学舍，只在旬假日回府。可惜人算不如天算，天算不如郡主算，郡主这穷追不舍地一来，学舍就不宜住了。

万一郡主也跟着搬进去，岂不反倒给了她一座近水楼台，日也纠缠，夜也纠缠，没完没了了。

又等了片刻，青松忍不住侧耳听了听浴房内的动静。

好一会儿没听见加水的声儿了，水也该凉了……

"公子，"青松小心翼翼地里道，"万事总有解决的办法，您千万别想不开啊！

"小人觉着，若实在拖延不了日子，躲不过这催婚……反正郡主如今对您的身份暂时没有疑虑，不如您找个合适的时机，说点让人好接受的理由，与郡主断了这关系？

"您看，您不喜欢郡主，郡主喜欢的也不是您，依小人之见，大公子若在天有灵，肯定既不愿看您受折磨，也不愿看郡主活在谎言里，拥有虚假的幸福。

"与其这样，长痛不如短痛，大公子想必宁愿您替他做个始乱终弃的恶人……"

啪的一声响，隔扇被人一把拉开，青松蓦地抬起头。

面前的人分明只穿了一身中衣，却像已披甲戴盔，站在那里，一身的肃寒杀气。

元策道："兄长想必也不愿看到他的贴身仆从话太密，叨叨个没完，你说——该怎么办？"

青松立马闭起嘴巴，二话不说，低头奉上衣物。

他不也是好心出谋划策嘛，这才说了几句，郡主话密起来可比他说的多多了。

做人这么难，他叫啥"青松"呀，改名叫"陈重"吧！

元策接过长袍，三两下穿戴完毕，顺手拎起方才换下的衣物塞给他。

青松老实接过，刚一转身，有什么丝滑之物忽然从手心滑落。

一转头，看见一条墨色发带悠悠地飘了下去，青松慌忙地伸手去捞，却有一只手比他更快，将半空中的发带一把攥进掌心。

"公子恕罪，小人这就将这发带拿去浆洗……"青松连忙伸手去接。

等了半天却没等到东西。

一抬眼，看见元策正一动不动地垂着眼睑，有些僵硬地盯着掌心的发带。

青松刚想问这发带怎么了，定睛一看，发现公子修长的中指上赫然有一道豁口，本是细小的伤痕，因被水泡胀，此刻瞧着有点瘆人。

"公子，您的手怎么伤了？！"

元策的目光缓缓地从发带移向手指上那道弓弦所伤的口子。

上一次因拉弦脱手被伤到是什么时候，七岁？还是八岁？

"无事。"元策垂下手往外走去，走出几步忽然一顿，背着身沉默片刻，回过头来，"你刚才说什么？"

"小人问您的手怎……"

"上一句。"

"嗯——公子恕罪？"

"再上一句。"

青松翻着白眼想了半天："哦，小人说长痛不如短痛，大公子想必宁愿您替他做个始乱终弃的恶人……"

"你当她是能甘心被始乱终弃的人？"

半天过去了，才思敏捷如公子，不会是想了这么久，才想到拿什么话撑他吧……

青松一愣，然后轻轻地"哦"了一声。

好吧，要找到一个郡主能接受的理由与她断绝关系，的确不容易。

再说公子今日在书院大展身手，连那群世家子弟都被迷得五迷三道的，更不必说郡主。眼下郡主爱意正农，也不是分开的好时机。

想到这里，青松突然福至心灵般"咦"了一声："小人想到一个好主意！您说……若不能对郡主始乱终弃，是不是可以让郡主对您始乱终弃呢？"

一刻钟后，书房内，元策看着面前一摞半人高的画卷，费解地抱起臂，一抬眼皮："这就是你说的好主意？"

面前这摞画卷是天崇书院所有世家公子的画像，每一幅都批注了各人的身份和性格，擅长及不擅长什么，与兄长的亲疏等。

他以兄长的身份周旋在这长安城，自然了解过兄长所有的人际关系，除朝中官吏外，也包括这些接下来要同处一个屋檐下的少年郎。

青松方才吭哧吭哧抱来这摞画卷，说主意就在这里。

"是呀，小人觉着您也不必再费心赶郡主走了，这书院既是个挑战，也是个机遇——您看这书院里不光有您，还有别的世家公子，如今郡主与您同处一个屋檐下，也与他们同处一个屋檐下，说不定日久生情，郡主便对谁移情别恋，对您始乱终弃了呢？"

元策指着那摞画卷，不可思议地一笑："这里还有能让她移情别恋，对我始乱终弃的人？"

"呃……您别生气，准确地说，是对大公子始乱终弃。对您都没有'始'，哪儿来的'弃'？"

元策无话可说。

青松继续道："至于这些世家公子，您忘啦，郡主之前不是收了他们好些人的生辰贺礼吗？郡主对他们，起码不会像对那个大表哥一样讨厌吧！

"当然了，若您总像今日这般出风头，郡主的眼里是很难容得下别人，不如您之后稍微收收敛敛锋芒，让着点他们，衬托一下他们？"

"就这些人，我让他们一只手……"元策举起左手后一顿，又加上右手，"两只，也很难衬托得了。"

青松翻了翻画像，拎起一幅摊开来："那不从武艺上说，论相貌呢，此人长得很是标致，或有机会博取郡主芳心？"

元策瞥了眼，摇头："今日见过本尊，远不如画像，差点没认出来。"

"居然有这等事！穆将军周查得太不小心了，这不是害您露马脚吗……"青松继续转头挑拣，过了会儿又拎起一幅，"那这个，瞧着气质很是乖巧，郡主常在您这儿吃瘪，也许会觉得乖巧听话的不错？"

元策面无表情："能问出'北羯人是不是都长得青面獠牙'的，一看脑子就不行。"

"那是不行。脑子不能不行，脑子不行怎么配得上郡主……"青松点点头，再接再厉继续挑，突然眼睛一亮，"这个脑子好！是书院里难得的文采斐然之人，郡主说话一套一套的，也许能与他聊到一处去？"

元策道："卖弄文采，掉书袋之徒，不被她甩眼刀子就不错了。"

"这个……"

"身上熏的香一丈之外便可闻到，她受不了。"

"这……"

"日日流连勾栏瓦舍，与她表哥一路货色。"

……

烛火摇晃，青松眼前渐渐现出重影，揉揉挑花了的眼，朝最后一卷未摊开的画像伸出手去。

"行了，"元策捏了捏眉心，"带上你的馊主意回你的后罩房去。"

翌日晌午，天崇书院门前，谷雨扶着一身男装的姜稚衣下了马车。

侯府离书院着实路远，昨日郡主为了赶进学的时辰已是起了个大早，今日实在困得起不来。谷雨便劝她反正人就在那儿，又不会跑了，不如到晌午再来，刚好还能给沈少将军送一顿温情脉脉的午膳。

郡主听了，夸赞她会来事儿，放心地一觉睡到日上三竿，养足了精神，神清气爽地带上食盒便来了。

谷雨一只手拎着食盒，另一只手挽着姜稚衣，陪她往里走："奴婢已经给青松送过消息，叫他今日不必来送饭，沈少将军这会儿肯定正饿着肚子等您呢。"

"那咱们走快些！"姜稚衣心心念念着那人，笑着快步走进天字斋，却一眼看到最后一排空空荡荡。

放眼望去，整间学堂此刻只有一人，是坐在她前座的那位公子。

似是余光瞥见她进门，那人从书卷里抬起头来，目光落在她脸上，朝她微微颔了下首，便又低下头去看书了。

思忖着该如何不经意地问起元策的去向，姜稚衣回到自己的座席坐下，与谷雨对视了一眼，用好奇的语气道："刚到散学的时辰，怎的人这么快就走空了？"

果不其然，前座那人又像昨日那样并不回头，却主动为她解了惑："今日先生提早了一刻钟放课。"

姜稚衣感慨："这些人家里送饭的仆役倒来得挺快。"

前座人继续温温和和地接话："怕饿着主子挨板子，通常都是早到一刻的。"

"那若是家里仆役没到的，此刻会去哪里？"

"这便是各人的自由了。"

三问三答过后，姜稚衣陷入了沉默。

又不能太过明目张胆，怕是也问不出什么了，要不便等一等吧。

姜稚衣想着，无趣地托起腮，瞥瞥前座这道十分有书卷气的背影："你怎的不去用午膳？"

"今日是舍妹来送饭，她脚程慢上一些，我在这里等她。"

看看人家，知道妹妹要来送饭，便会安安静静地等在此处，再瞧瞧她家那个！

姜稚衣瞥瞥右手边的空席，在心底轻哼了声，再转过脸，看见一道头戴帷帽的纤瘦身影拎着食盒走进了学堂。

"阿兄，我半路遇上一突发恶疾的老人，将人送去医馆耽搁了时辰，你是不是饿坏了？"少女揭开帷帽的轻纱走上前来。

几乎是第一眼，姜稚衣便认出了来人——是宝嘉阿姊酒楼开张那日，曾与她有一面之缘的那位裴相之女，裴雪青。

这么说，坐在她前座的这位竟是相国之子。

裴相家的嫡长子，不好好去研习"四书五经"，竟在这等无所成就的书院混日子？

疑惑一闪而过，裴雪青已迈着碎步走到自家兄长跟前，似才发现珠帘后还坐了个人，慌忙向姜稚衣福了福身。

姜稚衣朝她点了下头，听前座兄妹俩说起体己话，随手拿起谷雨刚斟的暖胃茶喝了一口。

再抬起眼时，发现裴雪青一面与兄长说着话，一面悄悄地往元策的座席瞟了过去。

姜稚衣跟着她的视线往右手边望去。

裴雪青注意到她的眼神，飞快地低下了头。

"阿兄慢慢吃着，我先去净个手……"片刻后，裴雪青小声同兄长告辞，又向姜稚衣福身行了个礼，撂下帷帽的轻纱，转身匆匆往外走去。

姜稚衣捏着茶盏蹙了蹙眉。

她记得，这个裴雪青上回便在酒楼听见了她和阿策哥哥的私情，后来在宝嘉阿姊的宴席上，一直对她多有窥视。

裴雪青方才望向阿策哥哥座席的那一眼，也透着说不出地古怪。

那个眼神，就像她偷看阿策哥哥座席时一样……

姜稚衣有一种不太舒服的直觉，她有点坐不下去了。

看了眼手边特意准备的食盒，姜稚衣想了想，起身走出了学堂。

跨过门槛，朝四下一望，恰见长廊尽头处，帽纱飘逸的少女和元策相对而立，正你来我往地说着什么话。

果然被她猜中了……

阿策哥哥回京这么久，何曾将眼睛放在别的女子身上过，又何曾与别的女子站这么近说过话？

姜稚衣胸口一堵，闷着气走上前去。

那头元策敏锐地察觉到有人靠近，冲身后的穆新鸿使了个眼色，朝她看来一眼。

看了一眼过后，又像被面前裴雪青说的话拉回了注意力。

"雪青略通医术，可为将军包扎一下……"

姜稚衣压根儿没听清包扎什么，两只耳朵全拿来听那一句"雪青"了。

在嫡亲兄长面前都只是自称"我"，在外男面前竟自称闺名？

她都没当面对阿策哥哥这么自称过呢！

姜稚衣颤抖着深吸一口气，快步走到裴雪青身后，带着磨刀霍霍的架势冲元策狠狠一扬下巴："稚衣也略通医术，还是稚衣来为将军包扎吧！"

穆新鸿一激灵，提刀上前，护住了元策受伤的手。

第五章

吃醋

这气势汹汹的一句包扎，怕不是下一刻便要"包"住少将军的手给他"扎"上一刀……

眼看少将军垂在身侧的手一顿，面前这位裴姑娘帽纱下的脸似乎也白了一些，廊中的气氛瞬间紧张起来。

穆新鸿上次见到这么剑拔弩张的场面，还是在战场上一挑十二的时候。

听见身后逼近的声音，裴雪青侧身避让到一旁，低下头去，帽纱后的那双眼不安地垂下。

姜稚衣瞪了眼牢牢护在元策身前的穆新鸿。

穆新鸿计上心头，回头给了元策一个"您自求多福"的眼神，走上为计地默默退回了元策身后。

姜稚衣靴尖一抬走上前，站到了裴雪青方才踩的那块砖上，直视着元策，下巴轻轻一点："沈少将军意下如何？"

元策看着对面的人，似有若无地轻叹一声："多谢姜小公子与裴姑娘关心，一点小伤，沈某自会处理，不劳烦二位。"

姜稚衣冷下脸，上下打量起来："我道沈少将军不吃午膳是去做什么了……"

穆新鸿刚想说是因为他来汇报军务，少将军才——

姜稚衣道："原是去练习端水啦？"

元策噎住。

"倒是练得颇有成效，这水端得真平。"姜稚衣板着脸看着他，"不过我这人生平最讨厌别人端水，本郡主现在——命令你来劳烦我。"

姜稚衣一字一句地说完，一把拽过元策的手，当着一旁两人的面，就这么拉上人走了。

眼睁睁看少将军一路毫无还手之力地被拽远，穆新鸿目瞪口呆地感慨了句"力气真大"，才想起身边还有人在，连忙朝裴雪青拱了拱手，歉然道："裴姑娘，失礼了，告辞。"

裴雪青轻颤着眼睫点了下头，注视着长廊那头渐行渐远的少男少女，闪烁的目光一点点黯了下去。

长廊尽头，姜稚衣拽着人风风火火地走过拐角，一看四下是片杳无人迹的小竹林，松了手转过身去。

温软的触感消失在指尖，元策低头摩挲了下空荡荡的手。

再抬起眼，姜稚衣已是一副兴师问罪的模样："说吧，你与这裴姑娘怎么回事？"

元策轻挑了下眉："我以为你会先问，我伤着哪儿了。"

"哦，"她给忘了，"你、你伤着哪儿了？"

"你刚才拽着的地方。"

"啊？"姜稚衣脸色一变，立马拎起他的手，见他中指第二指节上有一道渗着血的伤口，惊得"呀"了一声。

他的手太大了，她方才其实只拽到他三根手指，好像刚巧就抓在这道口子上……这得多疼呀！

"你怎么不早跟我说？！"

"郡主有令，臣哪敢不从？"

"我不也是一时情急才那么说……"姜稚衣快快地拉过他的手，朝前方一座八角凉亭走去，这回小心地避开了他的伤口，"快过来，我看看。"

元策被她拉进凉亭，又被摁着肩膀在长凳上坐下。

姜稚衣坐在他旁边，揪着他的手指左看右看，忧心忡忡："瞧着好像有点要渗血的样子，是不是方才被我抓的？"

一抬头，却见元策随意地摊着手，事不关己，高高挂起似的盯着她头顶心，看也没看那根手指一眼。

"怎么，你跟你这根手指是不亲吗？"姜稚衣满眼诧异，"这都渗血了，你不疼？"

元策像听见什么好笑的事："这点口子，三岁就——"

"嗯？"姜稚衣一愣，"什么三岁？"

元策目光轻闪了下："我说过去三年受的伤多了，这也至于疼？"

"你不疼，我心疼！"姜稚衣拿起随身的锦帕轻轻压了压渗血的口子，忍不住"疼"得抽了口冷气。

元策懒懒地靠着凉亭的柱子，弯了弯唇："不必如此以身相代，你若受这伤，也不会疼，早就晕过去了。"

姜稚衣瞪他一眼，继续低下头去："这么细的口子，又怪深的，你是被什么伤到——"

话说到一半，姜稚衣蓦地一顿，脑海里忽然闪过她的唇擦过他下颌，他脱手射出的那一箭。

像弓弦发出嗡的一声轻振，两人齐齐一滞，沉默地对望后，飞快地各朝一边转过头去。

森冷的空气里陡然升腾起一股热意。

姜稚衣红着脸盯住了自己的靴尖："那个，再小的伤也是伤，要不还是包扎一下？"

元策目视竹林："随你。"

"我这锦帕内衬是干净的，就是需要撕一下，我撕不动……"姜稚衣垂着眼将帕子递过去。

元策错着目光接过，撕了条布条下来，继续望着竹林那头的风景，把锦帕递回给她。

姜稚衣慢吞吞地将布条一圈圈缠上他的手指。

伤口看不见了，脸上的热也终于慢慢被压了下来。

捏着布条剩下的两头，姜稚衣思考着比画了几下，打了个结："好了，你看看。"

元策回过头来，目光一顿。

姜稚衣眼睛一眨："怎、怎么了？"

一根手指被裹得如两根粗，还带着一个两丈之外便能看见的外翻蝴蝶结，她还问怎么了？

"这就是你说的——略通医术？"

"包扎不就是包好然后扎起来，我哪里做得不对？这么嫌弃，那你让略通医术的裴姑娘帮你好了！"

姜稚衣不高兴地撇撇嘴，才想起这事差点被他躲了过去："你还没说呢，你跟那裴姑娘到底怎么回事，她为何会与你说上话，还这么关心你？"

不过是走廊里碰上，她打了声招呼，他抬手作揖，便叫人看到了这道口子。

元策据实答。

"那她为何在你面前自称闺名呢？"

"这很不寻常？"元策眨了眨眼，"我近来在长安偶遇的年轻贵女一多半都这样。"

行啊，要不是他今日说漏嘴，她都不知道这长安城里还有千千万万个裴雪青！

姜稚衣起身跺了跺脚："这些在你面前自称闺名的姑娘，以后都不许再跟她们讲话，不然不给你好果子吃！"

用完饭的学生开始陆续往学堂走，两人不宜在大庭广众之下并肩同行，姜稚衣让元策在凉亭等谷雨送食盒过去，将午膳吃了再回来，自己先一步回了天字斋。

晌午过后便是下午的第一堂课，堂中本是一片昏昏欲睡的气氛，教书先生进来的时候，姜稚衣发现前排打瞌睡的世家公子们一下清醒了一半。

满头华发的老先生走到讲坛上，一拍镇尺，剩下那一半也醒了。

姜稚衣记得，昨日下午那位年轻先生的课，满堂的人几乎都是睡过去的。看眼下这位老先生一副刚正不阿的模样，想来同冯教头一样，是个让人闻风丧胆的角色。

不过姜稚衣无甚可怕的，坐在末排座席，时不时看一眼右手边的元策，仍自顾自想着心事。

是她错以为他还是当初那个在外讨人嫌的纨绔，忘了他如今有多风光，该成了京城贵女圈中炙手可热的香饽饽。

她如今无名无分，实则也怪不得那些贵女向他示好，要不干脆回头摆桌宴席，把这香饽饽已'名花有主'的消息暗示给她们？

讲坛上，先生开始讲课，姜稚衣偶尔听上一耳朵，更多时候在专心想着她的宴席该如何操办。

不知过去多久，忽然听见一声"姜小公子"。

姜稚衣眼皮一抬，对上了讲坛上老先生望过来的犀利目光。

"这一问，请你来作答吧。"

姜稚衣一愣，看见前排有人窸窸窣窣回过头来，似乎也很惊讶老先生竟然会点她的名。

一愣之后，姜稚衣明白了为何这位先生方才进门之时有那般威力。

不惧权贵的大儒，是连皇伯伯都吃不消的。

姜稚衣张了张嘴——问题是什么来着？

虽看穿她根本没听讲，老先生并未驳她的面子，又提了一嘴："若你是朝中臣子，当此时，是主战，还是主和？"

原来是二选一，那便随意蒙一个就是了。

姜稚衣刚要开口——

"理由是什么？"

姜稚衣轻轻闭了闭眼。

她倒不像这堂中的公子们惧怕挨手板，料定这老先生也不可能罚她，只是当着这么多纨绔的面，她若比他们还一问三不知，未免也太丢脸了。

这事要传出去，别说宴席不必摆了，她看她日后婚席也不必摆了！

这一辈子都别出去见人了！

姜稚衣抬袖掩了下额头，往右手边悄悄递去眼神。

恰见元策搁下笔，将书案上写了字的白宣扯下，在掌心叠了起来。

"先生请容我想想。"姜稚衣拖延着时间，盼着这字条快些扔过来。正是紧张之际，余光忽然瞥见前方有什么一闪。

姜稚衣转过脸，看见前座人状似无意地举高了手中的书卷。

书卷空白处赫然写了几个大字。

姜稚衣一眼扫过去，如蒙大赦："我主和。"

右手边，元策将要掷出的字条被握回了手心，他顺着姜稚衣的视线往斜前方看去。

姜稚衣清了清嗓，回想着那几个大字的提醒，继续道："西北两族联合发动战事，若迎战，我军必大损。纵观前朝，陆时卿陆中书大人便曾在吐蕃与南诏两族联合起战之时，有过不战而屈人之兵的先例，若和谈可击破并瓦解西北两族之联盟，又何必有此一战？"

老先生捋了捋长须，尚算满意地点点头："此问并无定论，主战或主和不过各抒己见，姜小公子由此想到前朝吐蕃与南诏之战，也算切题。行了，今日的课便上到这里。"

姜稚衣捡回了面子，松了口气。

老先生一出学堂，前排的世家公子齐齐转过头来："姜小公子真是博古通今，令我等佩服不已！"

"我若有姜小公子一半引经据典之能，也不会总挨手板了！"

可都闭嘴吧！真正博古通今、引经据典的人，在她前面。

姜稚衣冲众人比了个"打住"的手势，向前座尴尬地看去一眼。

裴子宋似有所觉，半转过头来，朝她压低声道："这是姜小公子应得的夸赞，我不过写了几个词提醒，若姜小公子不通晓这段史实，不可能看明白。若不是真心主和，也不可能答得上来。"

这话倒也不是没有道理。

不愧是相国之子，夸人也夸得分寸有度，让人听着不至于尴尬，不像那群言过其实的马屁精。

姜稚衣缓缓点了点头，认可了自己肚子里的墨水。

"这是自然，以和为贵嘛！"主和这事自然是毫无疑问的，若是打起仗来，阿策哥哥不就又要去边关受苦，与她分隔两地了吗？

姜稚衣笑盈盈地说完，感觉到右手边一道目光落在自己脸上，偏过头去，朝元策会心一笑，轻轻眨了下右眼。

元策看了眼侃侃而谈的裴子宋，面无表情地撇开头，在无人看见的角落，将那张写有"主战"二字的字条撕成了两半。

翌日一早，姜稚衣贪睡了半个时辰，到天崇书院时，上午第一堂课已经过半。

听说今日这第一堂课又是昨日那老先生讲授，姜稚衣立马打消了中途进学堂的念头。

这等资历老又性情刚直的大儒，昨日既能当堂点她的名，今日见她迟到，当众训斥她几句也不是没可能。

想想自父母亲不在以后，别说挨训，这近十年她连句重话都没听过，姜稚衣干脆在马车里小憩至第一堂课结束，等到课间歇息的时辰才进学堂。

一走进天字斋，却发现里头只有七零八落几名学生，元策也不在席上。

姜稚衣在书案前坐下，看向前座的裴子宋。

有了昨日的"舞弊"之交，她也不再装模作样问谷雨了，直截了当朝前问："这些人都去哪儿了？"

裴子宋从书卷里抬起头，答道："今日第二堂课打马球，钟小伯爷和沈小将军各组了一支马球队，他们都去换行头了。"

"那岂不是又……"能看到阿策哥哥马上的英姿了！

姜稚衣兴高采烈到一半，一个急转弯："又有热闹看了。"

裴子宋笑而不语。

看着那道有问必答，无问又不多嘴的背影，姜稚衣很是满意，想起什么，给一旁的谷雨使个眼色。

谷雨心领神会，拿起今早准备的一只礼匣走上前去。

郡主不爱欠人情，每逢受人恩惠，必要赏赐些什么。昨日得这位裴公子相助，之后也要继续仰仗他盯沈少将军在书院的动向，此时送上一份礼再合适不过。

谷雨走到裴子宋书案前，说明来意，双手呈上礼匣："微微薄礼，请裴公子笑纳。"

裴子宋面露诧异之色，起身回头朝姜稚衣作了一揖："同窗之间本该互帮互助，举手之劳，何足挂齿。裴某无功，不敢受禄。"

姜稚衣最烦这些推礼的说辞，她库房里多的是落了灰的古董与奇珍异宝，吩咐管事挑份礼物不过一句话的事，与人叽叽歪歪反倒多费口舌。

"给你就是给你了，你自己打开看看，若不要，随便转送哪个同窗。"姜稚衣随意地一挥手。

察觉到姜稚衣的不悦，裴子宋揭开了匣盖，这一看倒是愣了愣："这是前朝陆中书为官时用的砚台，当世只存此一方——姜小公子怎知我是陆中书的追慕者？"

"你昨日不是引用了陆中书的事迹，这很难猜？"

裴子宋眼底微亮，当即更为郑重地向她作了一揖："既是陆中书的宝砚，不可流落凡尘，子宋便冒昧收下了。"

虽是谦逊守礼的读书人，毕竟还未及冠，自有少年人的真性情在，见到心爱之物想必也管不了相国老爹的谆谆教诲了。

裴子宋爱不释手地捧着那方砚台，好一会儿才合拢礼匣，轻笑一声："有了这方砚台，子宋日后多用它写些姜小公子想看的字。"

也不必如此乌鸦嘴！

她来这书院是会情郎的，不是以文会友的，可不想再被先生提问一次了！

姜稚衣轻轻地竖掌，一本正经地板起脸："此等课堂'舞弊'之事，想必陆中书不会愿意看到，你还是拿它做正经功课去吧。"

看出姜稚衣掩饰的尴尬，裴子宋颔首一笑："姜小公子教训的是，是子宋狭隘了。"

几丈之遥的地方，一身马球服的人静立在窗外，看里头颇为志趣相投的两人你一句我一句，眉梢冷冷地一挑。

开头还是"裴某"，说着说着就成"子宋"了，这情谊来得还真够快的。

说什么不准他同那些自称闺名的贵女说话，倒是只许州官放火，不许百姓点灯。

元策瞟了眼丝毫未发现他的姜稚衣，单手一拎球杖，沉着脸转身朝马球场去了。

两刻钟后，马球场边。

姜稚衣带着谷雨在观赛的高台落座，目光切切地向场上搜寻而去。

今日两支马球队各有十人，一队穿绯，一队穿青。这马球赛的规矩，便是各队儿郎人手一柄球杖，在驰骋间以球杖击球，击入对方球门一次算一筹，最终筹数多的一方为胜。

姜稚衣视线飞快一掠，一眼找到了场上那道鹤立鸡群的身影——

少年穿一身绯色窄袖长袍，系绯色额带，蹬乌皮马靴，于马背之上一只手执缰，另一只手持一柄乌木金纹球杖，正面朝中线，静静等待对面的另一队准备就绪。

姜稚衣定了定心。方才她在学堂里等了半天，才听说阿策哥哥已经来马球场了，便坐着步舆紧赶慢赶过来，幸好不曾落下开场。

不过仔细一看，阿策哥哥今日拉着脸，眉眼尤其锋利，似乎心情不佳。

难道是以为她没来给他助威，不高兴了？

这次不比上回的骑射考校，高台与马球场隔着一段很远的距离，任元策再如何为她分神，都听不见她的声儿了。

姜稚衣想朝场上挥挥手，叫元策看见她来了，别臭着脸了，开心开心，却碍于高台上还坐了其他不上场的同窗和地、玄、黄三斋的小公子们，只好作罢。

场上另一边，钟伯勇与己方九名队友调整好阵形，做完最后的战略部署，拨转马头回身，朝发令员抬了下手。

发令员将一颗拳头大小、涂金绘彩的马球放在了中线处。

铜锣一敲，穿绯、青两色的少年郎扬鞭而出，满场的骏马瞬间自两边飞驰向中线。

一阵眼花缭乱之后，两匹马很快杀出重围。

只见元策和钟伯勇在中线错身而过，两柄球杖齐齐一挥。

姜稚衣目光紧盯着场上，眼看那球被其中一柄球杖的弯月头一挑，下一瞬，一绯衣儿郎接过了元策挥去的球。

姜稚衣心下一喜，盯着那球在一柄柄球杖的接力之下迅速靠近了青队球门。

元策与他身下的马宛若游龙般穿梭其间，到了最后一程，扬臂一挥。

球高高飞起，直射球门，准确投入！

绯队拔得头筹！

唱筹员一举红旗，高台之上一阵欢呼，姜稚衣双手一合，被一旁的谷雨眼疾手快地捂在了掌心。

要鼓的掌化作一声叹息，姜稚衣压下澎湃的心潮，收敛了眉梢的喜色。

的确也不能高兴得太早。这个钟伯勇自上次骑射考校输给阿策哥哥后，便想方设法要找回场子。听裴子宋说，今日这马球赛就是钟伯勇向阿策哥哥下的战帖，绯队那边其实都是钟伯勇挑剩的人，虽起始拿下头筹，最终胜负尚未可知。

姜稚衣不敢掉以轻心地观望着，却很快发现，这担心似乎有些多余。

因为——根本没人追得上元策的马。

虽然绯队整体实力较弱，可只需队友稍一辅助传球，不论那球滚向场上何处，元策的马皆可风驰电掣般抵达。

待青衣儿郎转头去拦，已见尘土飞扬，只能吃着一嘴马蹄溅起的飞沙。

就算是追得上风，都追不上元策。

如此，一眨眼的工夫，绯队便又进了一球。

青队接连失利两球，气势明显弱下去一截。

第三球，元策带了两个队友乘胜追击，左右突围，所向披靡，青队儿郎非但不敢拦截，甚至开始惊慌躲闪——

虽然钟伯勇今日带了股不甘的狠劲儿，但是元策似乎更不好惹，上回骑射还扯着嘴角笑笑，在这球场上却是从头到尾冷着一张脸，知道的晓得他是在打马球，不知道的还以为在打人呢！

这个钟伯勇，肯定又惹阿策哥哥不高兴了……

也好，这次叫他输个彻底，知道下回不要再惹不该惹的人！

满场只见元策额带飘扬，一次次挥动球杖，钟伯勇甚至连靠近绯队球门的机会都没捞着，脸色已是难看至极。

球一发发投入，高台之上传来一阵又一阵惊喜地欢呼，唯独姜稚衣，却还要装作对她"死对头"进球根本不屑一顾的模样，每每欲要为阿策哥哥鼓掌都被谷雨努力按下，忍到最后，手都快抽筋了。

眼看场上绯队旗帜飘展，想来胜局已定，姜稚衣一颗无处宣泄的心着实憋得慌，便稍稍将目光移出了球场，想着缓上一缓。

这一移，发现裴子宋不知何时也来到了高台，此刻就坐在她隔壁安静地观赛。

姜稚衣这才想起来问他："你怎的没去跟他们打马球？"

裴子宋转过脸："我不擅此道，人数够了，便不去凑这热闹了。"

今日没上场的确实都是些文弱的公子，有几个在上次的骑射考校中便落马丢过丑。

不过裴子宋的骑射成绩似乎是尚可的。

姜稚衣记得，当时他在阿策哥哥后两位上场，骑术谈不上精专，但胜在身板修长挺拔，姿态俊逸，自有一派文人风骨，虽只射出一箭，却也有九环，可见并非全然不会骑射，只是不擅，便只在有把握的范围内行事。

姜稚衣点了点头，道出了昨日便有的疑问："在这书院学武尚可，学文却实难有进益，你既不擅武艺，为何不去好好考科举？"

她父亲与裴相当初是同年科举登第，对裴相的才学一直赞叹有加，故而她自小便知道裴相是个十分了不起的人物，如今看裴相的嫡长子跟一群纨绔混日子，真是有些惋惜。

不料裴子宋忽然一笑："去过了，登第之后才来的这里。"

姜稚衣一惊："既然登第了，为何不入仕？"

"我朝有律，父子不可同朝同时同地为官，家父在京，我若入仕，必然要被外放去远乡。"

"文官都有被外放的一环，这有什么大不了的？"

"家母身子不好，不知还有多少光景可相伴，我想着，为国为民，大有人在，不缺我一个，母亲却只有我这么一个儿子，为社稷抛弃至亲，实非我愿。"

姜稚衣目光轻轻一闪，看着他坚定的眼神，眸色黯淡下来。

裴子宋转头看见她的神色，突然意识到自己说错话了——

如今的圣上当年还只是端王之时，这位永盈郡主的父亲作为端王的嫡表兄弟，正是端王一派的谋臣。

十年前，端王在河东一带替先帝镇守边关，突闻身在长安城的皇弟发动了宫变。端王急急从河东赶回，半路却遭遇叛军拦截。

郡主的父亲为拱卫端王顺利回京，以文官之身带领地方军应战，战至手下无一兵一卒，最终一人守一城，以身殉城，只给妻女匆匆留下一封二十一字血书，说"今为社稷死，死得其所，含笑九泉，勿惋勿叹，善自珍重"。

后来端王杀回京城登基为帝，成了如今的圣上，感念郡主父亲恩义，追封其为"宁国公"，其女也就破格成了郡主。

今日他在这里轻飘飘地说一句"为社稷抛弃至亲，实非我愿"，怕是无意间戳到了郡主的痛处。

姜稚衣静静地看着裴子宋，许久没有说话。

马球场上，眼看元策身下的马缓缓停了下来，居然让钟伯勇就这么从他眼前带着球过去了，一众绯衣儿郎都疑惑地顺着元策的视线望向高台。

却因太远，望了半天，也不确定元策看的是哪里。

高台之上，裴子宋正要向姜稚衣致歉，嘴一张，忽见谷雨扯了扯姜稚衣的衣袖："郡主！"

姜稚衣向谷雨所指的方向望去，发现元策一勒缰绳，把球杖一抛，翻身下了马。

"元策，你去哪儿？"

"钟小伯爷技高一筹，沈某甘拜下风。"元策留下这么一句，大步流星下了场。

姜稚衣大惊："怎么了这是？"

谷雨也不知道，方才沈少将军还很是意气风发，在马上一番又一番炫技般连击，突然一下便像是兴致全无，不想打了。

"方才奴婢看见钟小伯爷一直跟绯队的人使眼色，沈少将军的队友会不会是钟小伯爷派去的内应，所以惹得沈少将军不快？"

"还有这等事？"姜稚衣顾不得许多，匆匆走下高台，朝元策离开的方向追了上去。

眼看前方的绯衣少年步子迈得极大，根本追不上，她只得压低声喊："阿策哥哥！"

元策却走得更快了。

姜稚衣只好碎步跑起来，一路跑得气喘吁吁，上气不接下气："阿策哥哥你、你等等我！我快、快喘不上气了！"

元策终于一脚站住，却仍是没有回身。

姜稚衣快步走到人身后，喘着气道："阿策哥哥，那、那钟伯勇是不是使诈了？居然想用这种龌龊的手段赢你，真是太过分了，你队里可是有很多他的人……"

"一打十九，我也不会输。"元策忽然转过头来打断了她。

果真如此，都到了一打十九的地步……这个钟伯勇简直欺人太甚！

姜稚衣飞快摇头，眼神坚毅："阿策哥哥绝不是孤身一人一打十九，我永远与阿策哥哥同在！"

"是吗？"元策一抬眼皮，冷笑了声，"那你的永远还挺短暂。"

被这突如其来的冷声一戗，姜稚衣人一蒙，到嘴边的甜言蜜语蓦地刹住："你说什么？"

见他不语，想起他赛前便摆了一张臭脸，姜稚衣看着他眨了眨眼，恍然一指身后："你是不是以为我今日没来给你助威？我是迟了一堂课，可我赶上开球了，方才一直坐在那上头，你没瞧见吗？"

元策顺着她着急的手势往那座高台望去。

是啊，瞧见了，瞧见尊贵无比、从来只用下巴尖看人的郡主，今日却在那高台之上与人四目相对了一眼万年之久，那双亮晶晶的眼出神般对着人一眨一眨……

纵使真如青松所说，她与这么多年轻公子同处一个屋檐下，难保不会对谁日久生情，这一日，未免来得太迅雷不及掩耳了些。

若今日在场上打马球的不是他，而是兄长，她也是这般视兄长于无物，自顾自与旁人眉来眼去？

元策眯起眼轻哼了声。

姜稚衣道："观赛席很多人都看到我了，你若不信，我把人一个个叫过来……"

"不必，知道了。"元策掉头继续往前走去。

姜稚衣再次匆匆跟上去，一路穿堂过廊，几次想张口说话都被他拉大距离甩远，费劲地跟了半天，累得腿都快断了，干脆不奉陪了，狠狠一跺脚停了下来。

元策脚步一顿，回过头，看向她耷拉的眉眼。

"都知道错怪我了，还冲我摆脸色，你……"姜稚衣不高兴地说到一半，忽见元策耳朵一动，下一瞬，一只温热的手掌一把捂上了她一张一合的唇瓣。

姜稚衣整个人随着这只手的力道跟跄朝后退去，被带着一旋身转过一个拐角，脚跟连带后背倏地抵上一面灰墙。

元策眼睫下扫，一只手捂着她的唇，另一只手比了个"嘘"的手势。

姜稚衣紧张得一激灵，抿紧了唇，安静地竖起耳朵。

片刻后，听见几道凌乱的脚步声嗒嗒靠近。

紧接着，一道气急败坏的男声在拐角后面的长廊响起："人呢？！"

另一道年轻的男声跟着道："瞧着是往这儿来的，伯勇消消气，咱们分头找找！"

"消气？他拿着胜我十一筹的成绩，说我'技高一筹'，他'甘拜下风'，这不摆明了是在羞辱我？"钟伯勇咬牙切齿，"今日我若咽下这口气，我就不姓钟！"

纷乱的脚步很快四散开去找人了。

看着眼前这位"目标人物"与自己近至呼吸相闻的距离，听着那些随时可能找过来的脚步声，姜稚衣一颗心七上八下地狂跳，气息渐渐重了起来。

湿热喷薄在掌心，窸窸窣窣从手指尖一直麻到心脏。元策手指稍稍蜷了蜷，视线从远处收回，低下头去，看见身前的人脸颊红红地抬起两根手指，捏紧了自己的鼻尖。

元策面露不解之色。

姜稚衣用眼神说着"来不及解释了"，使劲捏着两指，满眼警惕。

一直等到几道脚步声渐渐远去，再听不见一丝动静，姜稚衣飞快地松开自己的鼻尖，大口大口喘起气来。

元策手一松放开了人。

"可憋坏我了……"姜稚衣喘了好一会儿才说出话来，"你看你，怎么忘了我还有鼻子？"

"什么？"

"那话本里不是说，武人耳力非凡，可听见附近的呼吸声？"

元策有些无语："话本里说的是我这种武人，那帮废物听不到。"

姜稚衣一愣："那你方才一直捂着我嘴做什么？我又不会傻到这种时候出声。"

元策轻轻握掌成拳，转过头去："忘了。"

姜稚衣探出脑袋朝身后看了看，回想起方才钟伯勇理直气壮的骂声。要不是因为这人耍阴招，她和阿策哥哥今日也不会闹得不开心。

姜稚衣冷哼一声："这个钟伯勇，哪儿来的脸再找你比试，看他上次骑射考校虽挑衅于你，倒还算光明磊落，今日居然用上了下三烂的手段……我得好好教训他去！"

"你拿什么教训？用你的小细胳膊、小细腿？"

姜稚衣回过头来："当然是用我的嘴，我可以去皇伯伯那儿告状呀！"

"康乐伯这些年虽很少再上前线，早年也是立过赫赫战功之人，你的皇伯伯会为你的一句话，拿有功之臣的儿子如何？"

"那起码也可罚他在家闭门自省十天半个月，你在书院不就能清净好一阵了？"

"不用，"元策抬起眼，望向钟伯勇刚刚落过脚的那道长廊，一扯嘴角，"我要的就是他来招惹我。"

"不要再拿那些过家家的玩意儿去招惹沈元策了！"

入夜二更天，康乐伯府，康乐伯重重地一砸拐杖，指指面前的儿子："听见没有？！"

钟伯勇站在书案前不服气地昂头："他打断了阿弟的腿，阿弟又一直支支吾吾不肯说是为何挨的打，我替阿弟找个场子怎么了？！"

"那你这场子找回来了吗？"

钟伯勇一噎。今日晌午他找到沈元策，质问他为何不比了，结果沈元策轻飘飘地说了句："让了你三个内应也就得了两筹，我不如拿自己的左手同右手比。"

"我怎么会生出你这么个蠢儿子！"康乐伯恨恨地摇了摇头，"被打的又不只你阿弟一人，一看便是一群儿郎的小打小闹，有什么好叫你如此意难平？"

"阿弟都断了一条腿也叫小打小闹，那在您眼里什么才叫大事？"

"自然是钟氏全家上下的性命！你姑姑那儿子不还被打断了两条腿？这就说明你阿弟并非招惹沈元策的罪魁祸首，你如今这么一闹，才真要被他记上一笔！"

钟伯勇不可思议地笑起来："我还真不懂了，阿爹早年立过的战功难道不比他一个初出茅庐的小子高？就说阿爹这条跛腿，都是圣上一再惋惜的……沈节使已经不在，如今河西节度使之位空悬，说明圣上也信不过沈元策，他值得您这样害怕？"

康乐伯闭起眼，长长地深吸一口气："这段日子，你姑姑被永盈郡主软禁在府，不停派人传信给我，让我去向圣上求情，你可知我为何坐视不管？"

"为何？"

"因为圣恩不是取之不尽、用之不竭的活水，若提早散尽，万一将来有一日需要靠它保命，便无从依仗了……"康乐伯睁开眼，眼底眸光一沉，"不要再在外张口闭口提我过去的战功和我这条跛腿，沈元策在京的这段日子，给我低调行事，最好低到他看不见你！若还有今日这样的事，你就给我老实待在家里，别想再踏出府门一步！"

同一时刻，沈府书房外。

穆新鸿叩了三下门，听见里头传来一声"进"，推门看到元策执了卷兵书在灯下读，眼底闪过一丝讶异。

世间用兵打仗的将军大致分两种，一种是理论起家，一种是实战起家，大公子属前者，从前在京装着纨绔样，私下其实一直在书房里研读这些兵书，而少将军却与大公子正好相反——少将军几乎是在实战里长大的。

当初为防被人发现这张与沈家"独子"一模一样的脸，少将军幼时常年待在一座暗无天日的宅子里。

那座宅子与其说是家，不如说是一个练武场，装着世间所有的兵器和一切练兵手段。沈节使无法常常看着少将军，便派亲信在那里训练儿子。

从会走路起，少将军十八般武艺一样样学过来，一样样从磕磕绊绊到驾轻就熟。再后来，等少将军长大一些，有些能耐了，便被沈节使领进了军中。

在军队里，有那么一类人本就驻扎在最神秘的角落，从不公开露面，那便是"斥候"。

他们穿梭在前线刺探敌情，风餐露宿，与马为伴，渴了喝雨水，累了睡树枝，当危险靠近，还要有逃出生天的本事。

一个优秀的斥候所具备的实战经验和本领，有时不亚于一个指挥作战的将军。

穆新鸿认识元策的时候，惊异于一个十岁出头的少年郎，竟然是玄策军中最精锐的斥候。

就是这段斥候岁月，让少将军走遍了河西每一片沙漠和绿洲，每一处山川和丘陵，将每一座冰川、每一道溪流都铭记于心。

过去这三年，沈节使和二公子先后身死，少将军十八年来所学的一切终于成就了那一场震惊四海的胜仗。

穆新鸿当时就在想，是不是沈节使早猜到会有这么一日，所以早早做了准备，甚至连这两个儿子一个叫沈元策，一个叫元策，都是为了让弟弟提早习惯成为哥哥的影子。

……

穆新鸿出了会儿神，再看向此刻读着兵书的元策，疑惑道："少将军怎么看起这些来了？这些对您也没什么用了。"

元策头也不抬，语气淡淡道："看看兄长以前都在读什么。"

也是，十几年不曾谋面，相逢不久便阴阳相隔的兄弟，注定只有一人可以活在光下。如今大公子的一切都在被慢慢抹去，也只能靠这些遗物来证明故人存在过的痕迹。

穆新鸿叹了口气，想着二公子，问起正事："少将军，今日马球赛上，您可探出了钟伯勇与那些同窗的关系虚实？"

元策目光一顿，从书卷旦抬起头来。

穆新鸿默默朝他看了过云。

少将军此去天崇书院，自然不是没事找事，逃避永盈郡主的催婚不过是顺带，更重要的是借此深入到那些世家公子之中。

今日这马球赛是团队作战，正是最好判断那些世家公子之间关系的契机，少将军之所以应战"陪玩"也是因为这个。

"一半。"半晌过去，元策吐出两个字。

"啊？"

元策揉了揉眉心："有点事，只打了一半。"

穆新鸿观察着他疲惫的神色，连忙劝慰："哦，是不是郡主半途又跟您闹脾气了？没事，也不急于一时，下次还有机……"

"不是她。"

"那这书院里还有谁这么了不得，能给您使绊子？"

"不是她闹脾气。"元策皱紧眉头，闭上了眼。

穆新鸿好像懂了，又好像没懂，但左右是不敢说话了。

静谧的书房里唯余更漏点滴之声，不知过去多久，元策睁开眼来，突然问："若一个人分身乏术，两件事，做了一头，难顾另一头，该当如何？"

"那自然是有所取舍，先去做更重要的那件事了！"

元策缓缓点了点头，看向书案边那一卷前日晚上不曾被青松摊开的画卷。

他知道，那一卷是裴子宋的画像。

盯着看了许久，元策再次开口："你说，若她或许并非我兄长不可，也可能有朝一日对他人心生好感，我是否该替兄长鸣不平？"

穆新鸿一愣，才明白原来这两问还是在说郡主，仔细想了想道："您替大公子不值倒也正常，不过毕竟大公子已经不在了，卑职觉着若真有这么一日，由着郡主去，也算是替大公子好聚好散了。"

"好、聚、好、散。"元策一字一顿地念着这四个字，点了点头。

笃笃笃，三声叩门响动，青松的声音在书房门外响起："公子，郡主漏夜过来了，说您今日心情不好，她过来陪陪您。"

元策目光轻轻一闪，攥着书卷的手微微握紧。

穆新鸿赶紧朝外道："这大冷天的赶快请进……"

"等等。"元策突然出声打断了他，眉头一点点拧了起来。

他在京的日子过一天少一天，今日却为替兄长鸣不平而忘了正事，这样的失误不可再有第二次。

既然最终都要替兄长好聚好散，这不平也无甚可鸣……

倒不如，盼着这一天来得更早一些。

沉默半晌，元策松开眉头，脸上已无半点犹豫，偏头望向窗外道："不必请进来了，跟她说我乏了，已经睡了。"

隆冬的风呼呼吹了整夜，一夜过后，长安街头枯枝落叶成堆，满城萧瑟。

阴日太阳迟迟未出，天刚擦亮的时辰，大街上人迹寥寥，辘辘行驶的马车内，姜稚衣哈欠一个接着一个。

昨日散学时见阿策哥哥心情似乎仍不好，她回府后思来想去坐不住，叫厨房炖了些顺气安神的补汤，去了一趟沈府。

不料炖完时辰有些晚了，阿策哥哥已经睡下，这就跑了个空。

打道回府之后，她便嘱咐谷雨和小满第二天说什么都得将她从床榻上拉起来，再不可迟到，令阿策哥哥心寒。

这一早上，姜稚衣与困意斗争良久，在心里默念了一百八十遍"阿策哥哥在等我"，终于打着哈欠爬了起来，眯着眼穿戴洗漱完毕，上了马车。

马车一路缓缓朝城东南驶去，在天崇书院门前停稳，姜稚衣睁着一双困得泪光滢滢的眼走了进去。

此刻时辰还早，只有几名住在学舍的公子到了学堂，连天字斋最品学兼优的相国之子都还没来。

进了学堂，见元策还没到，姜稚衣吩咐谷雨悄悄将一份热腾腾的汤搁在他书案底下，随后在自己座席前落座，支着额角补起眠来。

日头渐渐攀升，一点点钻出厚重的云层。金光透过窗格斑斑驳驳落在书案上，烘得人浑身暖融融的，越发瞌睡。

姜稚衣在闭目养神间听见一道道细碎的脚步声、说话声、哈欠声，高低起伏，时远时近。像是学生们陆陆续续进来，同她一样困意滔天地落了座。

隐隐将要沉入睡梦之时，堂中突然激起啪的一声镇尺拍案的清响。

姜稚衣人一颤，蓦地睁开眼来，一抬头，看见教书先生不知何时已站在讲坛上，正提醒在座众人打起精神，准备开课。

一转头，右手边的座席却还空着。

姜稚衣朝谷雨使眼色：人呢？

谷雨用口型说：还没来。

教书先生在讲坛上说起今日上午两堂课的安排，眼看元策迟迟没到，姜稚衣蹙了蹙眉，正要叫谷雨出去打听打听可是发生了什么事，忽见窗前走过一道颀长的身影——

元策踩着开课的时刻进了学堂。

姜稚衣松了口气，一路目送他在隔壁落座，小声叫了他一声，指指他书案底下。

元策没转头看她，但垂了下眼，应当发现了那个食盒，只是看了一眼过后却又很快目视前方，并未去揭。

可能他以为是在课堂上不方便吃的东西。

姜稚衣叹了口气，可惜她今日起了这么个大早，他却来晚了，两人一句话都没能说上，连她准备的汤也要白费了。

姜稚衣看了眼讲坛上的教书先生。今日这堂是音律课，先生瞧着慈眉善目的，应当不是块"硬骨头"。

想着，姜稚衣扯过了手边的白宣，提笔写下一行小字：

食盒里是甜梨汤，可当茶水饮，不必顾忌。

写完后，叠成小小的一张，交给谷雨。

谷雨心领神会接过，趁着教书先生低头的一刻，将字条往右手边丢了过去。

一道蜿蜒的抛物线划过，字条无声地落在了元策脚边。

向来对周边动静十分敏锐的人却像完全没注意到，一动不动地望着讲坛，连眼都没眨一下。

等了半天，姜稚衣只好再扯过一张白宣，重新写了一次，朝谷雨扬扬下巴，示意她往案上丢。

谷雨点点头，再次丢出字条，这回丢上了元策案头一角。

但似是太过靠近边角，右手边的人仍旧毫无所觉。

姜稚衣耐着性子第三次扯过白宣，这字条这么难丢，若好不容易丢中，只写一句话未免太不划算，便又往下碎碎念般加了几行：

我昨夜去府上找过你，青松可有告诉你？

方才你来之前，先生说今日音律课两人一组，用各人所擅长的乐器合奏他新谱的曲。抽签时你动个手脚，我们一起琴瑟和鸣！

叠好字条，想着约莫是谷雨和阿策哥哥缘分不够，这第三次姜稚衣决定自己来，眯起一只眼瞄准了半天，朝元策用力一丢。

字条不偏不倚砸着了他的手背！

姜稚衣一喜。一丈开外，元策沉沉地吐出一口气，低下头去，单手捋开字条扫了一眼。

见他朝自己看过来，姜稚衣立马使了一个眼色。

元策缓缓移开眼，望向讲坛上那只签筒，皱了皱眉。

见他应当明白了，姜稚衣心下大定，转回头来，刚好听见讲坛上先生说："都上来抽签吧。"

谷雨撩开珠帘，替姜稚衣走上前去。

"古有俞伯牙、钟子期高山流水遇知音，以乐会友素是人生一大乐事，世间乐器各有不同音色，任意两耆和鸣，又能碰撞出千变万化的音律之美。诸位今日不论抽到与哪位同窗合奏，皆是天赐的缘分，或许今日过后，这天字斋也可出一对当世的俞伯牙与钟子期。"先生在讲坛上笑眯眯地捋着胡子，自觉这堂课是一绝妙的创举。

姜稚衣也在底下笑盈盈的，觉得这先生简直是天崇书院里最体贴入微的一个。

正想着，谷雨拿了签条回来，压低声道："奴婢方才偷偷给沈少将军看过签号了。"

姜稚衣给她一个赞赏的眼神，望着簇拥在讲坛那头的众人，过了会儿，看见元策从人群里走了回来。

签抽得差不多了，满堂的人交头接耳，彼此对着签号，问着谁是一号，谁是二号。

等前排众人凑对凑得差不多，陆续带上各人的乐器结伴走出学堂去寻清静之地，姜稚衣看了眼右手边的元策，清清嗓子，状似随意道："谁是九号？"

正笃定地等着回应，前座忽然响起一句："我是。"

姜稚衣看着转过头来的裴子宋一愣："我说的是九。"

裴子宋垂眼看了看手中的签条，将签号那面转给她看。

赫然就是一个"玖"字。

姜稚衣飞快地转头看向右侧，恰见元策拿着签条独自往外走去。

"阿——沈元策！"姜稚衣脱口而出喊住了人。

裴子宋看了看姜稚衣，又看了看元策站定的背影："若姜小公子心中已有想要合奏的人选，我可与他交换签条。"

姜稚衣看了眼裴子宋，正犹豫，那头元策背着身说了句"不必"，头也不回地出了学堂。

幽静的长廊里，谷雨默不作声跟在姜稚衣和裴子宋身后，嗅到了一股山雨欲来的气息。

是沈少将军抽签时没做戍手脚，又不想暴露与郡主的关系，所以才不和裴公子交换签条吗？

可沈少将军说的那句"不必"分明一样会叫裴公子看出端倪，既然这签条换与不换都是同样的结果，沈少将军为何要将郡主推给裴公子？

再回想郡主方才的三张字条，那前两张沈少将军究竟是真没看到，还是装没看到……似乎也可疑了起来。

她都能想到不对劲，郡主肯定也想到了，谷雨望着连背影都很不高兴的郡主，心底隐隐有些担忧。

"郡主若不想上这堂课了，咱们回去休息吧？"

裴子宋闻言停下脚步，看向姜稚衣："姜小公子如果累了，裴某一人也可……"

"谁说我不想？我想得很！"姜稚衣绷着脸冷哼一声，"方才不过是看那沈元策拿了样我没见过的乐器，想问他要来玩玩，谁知他这般小气……我又不是没带乐器，那先生不是说了吗，世间任意两种乐器都可碰撞出千变万化的音律之美，哪里就非他的不可了！"

裴子宋回想着，似乎并未看见元策带任何乐器，不过仍是点了点头："既然如此，裴某知道有个能坐的僻静处，姜小公子随我来吧。"

"好。"姜稚衣一扬下巴，跟裴子宋朝前走去。

走过拐角，一眼看见一片熟悉的竹林和一座八角凉亭。

是那日她当着裴雪青的面拉走元策，后来为他包扎受伤的手的地方。

见姜稚衣忽然停住，裴子宋回头看过来："怎么了？"

"无事，"姜稚衣靴尖一抬，先一步走进凉亭，"确实是个演奏的好地方。"

一旁的竹林深处有人听见动静，走出来一看："是子宋兄与姜小公子。"

裴子宋朝来人作了一揖："文泽兄怎一人在此？"

"我抽到与沈小将军一组，但他人不见了，我便落了单……我、我实则仰慕姜小公子的——"对面人往八角凉亭看了一眼，看见姜稚衣带的乐器是埙，"埙艺已久，若子宋兄愿意，不知可否将你的签条相让与我？"

想起方才学堂里的事，裴子宋这回没有询问姜稚衣，直言道："既抽到同组便是缘分，缘分并非物件，哪里有让来让去的道理呢？"

姜稚衣眼睫一颤，坐在凉亭中抿了抿唇。

"文泽兄要不还是再去找找沈小将军吧。"裴子宋又朝人作了一揖，这次是送客的意思了。

对面人不好意思地红着脸告辞，离开了竹林。

裴子宋走进凉亭，将手中那把七弦琴搁在石桌上，看向兴致不高的姜稚衣："说起来，方才我就想问了，姜小公子怎会带埙来？"

比起风靡于文人雅士、窈窕淑女之间的琴，这埙吹奏起来音色悲凄哀婉，不太像一个贵女会特意去学的乐器。

姜稚衣随意答："家母从前喜欢吹埙，我也跟着学过一二，弹琴手多痛，我受不得那个。"

"原是如此。"裴子宋一笑，在石凳上坐下，"那姜小公子便吹埙，这痛手的事就交给我好了。"

姜稚衣一抬眼，耳边恍惚飘过几日之前，校场箭靶前的两道声音——

"就没有不痛，又可以把箭射出去的办法吗？"

"那我痛，行了吗？"

姜稚衣眸色微微一黯，出神片刻过后，坐到裴子宋对面，让谷雨为两人翻开乐谱，双手执起埙："开始吧，这合奏，我要拿第一。"

"好。"

婉转的埙声和着琴声悠悠地飘荡开去，飘出八角凉亭，一路绵绵不绝地飘向远方。

远处高树上，一身玄衣的少年屈了条腿坐在树梢头，静静望着凉亭那头琴瑟和鸣的两人。

日光投落时，两人眼底也会闪烁起光芒。

风扬起时，两人翻飞的衣袂也会彼此靠近缠绕。

这日光，这风，对谁都没有不同。

元策将指间那片薄薄的树叶横放着压进嘴里，轻轻吹起乐声来。

这便是他唯一会吹奏的乐器。

是他日复一日穿梭在刀光剑影之中的那些年里，偶尔偷得片刻喘息，坐在枝头上唯一的乐趣。

远处的埙声和琴声忽然一停，像是两人合奏出了差错，那道清泉般的女声叮叮咚咚地响起，不知在数落着对面人什么。

果然如她所说，有她在，肯定是热热闹闹的。

她既然在哪里都可有她的热闹，他便也无甚可替兄长不放心的。

至于他自己……

他要走的路太窄，本就容不下她如此聒噪地同行。

一上午过去，先生考校全组，听到姜稚衣和裴子宋这里时大赞"如听仙乐耳暂明"，夸两人之默契如"山鸣谷应，风起水涌"，好一个珠联璧合。

埙与琴的合奏本就少闻，这埙哀婉的音色又恰与先生所谱"俞伯牙悼钟子期"的曲子意境相合，如此一来，姜稚衣和裴子宋便当之无愧得了第一。

一群世家公子拍马屁的拍马屁，眼馋的眼馋，道裴子宋真是八辈子修来的运气，居然得了与郡主同奏的机会，看先生眯缝着眼笑成那样儿，就差直说两人郎才女貌，可堪为配了。

郡主进书院这事本就古怪，这阵子一直有人猜测郡主其实是来相看夫婿的，所以大家一个个起早贪黑，日日不落地到课，想着说不准这运气便落在了自己头上。

如今一看，要说这书院里谁能入郡主的眼，果真也就只有裴子宋了——出身相府，年少登科却无心利禄放弃仕途，来了这书院也不恃才傲物，待人和善又处世低调，瞧着确实挺合郡主的脾气。

晌午，一群人在座席上头碰头谈论着这事，有人突然"咦"了一声："该不会郡主本就是冲着裴子宋来的吧？不然这么多人，今日怎么就刚好抽中了才学人品最优的那一个？"

有人紧接着回忆道："你这么一说，我想起来了，抽签的时候裴子宋好像本来不是抽到这一根，是沈元策晃了把签筒……"

"你的意思是郡主想和裴子宋一组，沈元策帮了她一把？沈元策和郡主是能这么帮忙的关系吗？"

"就是，那怎么可能！你没见最近沈元策出风头的时候郡主都在不爽吗……"一群人说着说着打消了这个猜想。

这听起来确实是一个不可能的猜想，如果姜稚衣和他们一样不知内情的话。

一门之隔外，姜稚衣站在门边，眼睫颤动着深吸一口气，默了默，冷下脸掉头招呼谷雨："不读了，回府。"

数九寒冬，到了一年之中最冷的三九天，天崇书院的公子们清早越发起不来，发现郡主连着几日没在书院出现，到课的人更是稀稀拉拉地少了下去。

这日午后天晴，胜业坊公主府暖阁内，宝嘉瞧着懒懒倚在美人榻上的人，稀奇道："今儿晌午在我那酒楼碰上几位公子，问我近日可曾见过你，你怎的不去书院了……我还说这天寒地冻的，咱们小永盈哪里舍得叫风吹着她的脸，我可没机会见。谁知刚说完，你就跑我这儿来了。"

姜稚衣握了卷闲书，有一眼没一眼地瞧着，张口咬住谷雨递到她嘴边的果脯，慢悠悠地嚼完咽下，又喝了口清茶润润："他们倒是胆大，逃课逃到公主的酒楼来了。"

"那倒不是，听他们说，今儿好像是书院的旬假日。"

姜稚衣执卷的手一顿，在宝嘉递来疑问的眼神时，垂下头"哦"了一声。

宝嘉觑了眼她突然垮下的脸："这大冷天的，你能从你那金屋移驾出来，必是无事不登三宝殿。碰上什么事了？说吧。"

"倒也……不是什么大事，"姜稚衣清清嗓子，搁下书卷，从榻上直起些身来，"是这样的，阿姊，我有一位闺中姊妹——"

"嗯？"宝嘉眨眨眼，"除了我，这长安城还有人当得起你的闺中姊妹？"

姜稚衣轻咳一声："我新交的。"

"哦，"宝嘉轻轻一甩纱袖，端起茶盏抿了一口茶，"所以是你这闺中姊妹碰上了什么事？"

"对，起因是，她有一位暗中来往三载之久的情郎——"

扑哧一声，宝嘉一口茶呛进喉咙，掩着嘴咳嗽起来，侍候在旁的翠眉连忙去拍她的背给她顺气。

姜稚衣住了嘴看她。

"无事，"宝嘉咳过一阵，拿帕子擦擦唇角，"就是都三年了，比我想得久了些。"

"出于某些不得已的缘由，他们二人分隔两地许久，近来才重逢，实则真正来往的日子倒也不算太多。"

宝嘉似是压了惊，点点头："那久别重逢，应是人间喜事，这是怎的了？"

"原是喜事来着，可前几日，那情郎也不知怎的，突然便不怎么情愿搭理我那姊妹了。不光如此，那日有一桩事，我那姊妹本想与他一道做，他却故意将这机会给了别的公子……"

"这可是有些过分了！"

姜稚衣叹了口气："是啊，虽说只是一件极小的事，可以小见大，不就等同将她这个人推给了旁的男子吗？我那姊妹一句话没留便走了，本想着她生气了，那情郎过后总该来解释解释，偏是没有。我那姊妹这回也赌了气，不愿再主动去找他，这便一连过了好几日……"

宝嘉恍然大悟："所以你是因为这事才不去书院了呀？"

"可不是吗？你说今日是他们的旬假日，他闲着都不来……"姜稚衣话说到一半，被谷雨扯了一把衣袖，闭上嘴一看，宝嘉和翠眉笑着对视了一眼。

一阵脸热上涌，姜稚衣两条腿一晃下了榻，趿上鞋就走："算了算了，不同你们说了，没劲儿死了，我回府去了！"

"哎，别呀别呀！"宝嘉快快地起身拦下了人，"上回酒楼开张那日听你大表哥说起你与沈元策，我便猜到不是空穴来风了。我还没怪你有了情郎三年多都不与我说，你倒先气急败坏上了？"

姜稚衣回过头撇撇嘴："我也猜阿姊肯定猜到了，这不是不知如何开口说这种事，才无中生有一番。阿姊看破不说破就是了，何必戳穿我！"

"好好，小祖宗，都是阿姊的错。"宝嘉朝一旁招招手，翠眉连忙递上一盏茶，"来，喝口茶消消气，别急着走。不就是个情郎嘛，世间情郎千千万，没了咱就挨个换。阿姊今日拿多年的'珍藏'招待你，咱好好快活快活！"

万家灯火时，公主府一片灯红酒绿，笙歌绕梁。

琉璃瓦下，开阔的暖阁里地龙烧得温暖如春，上首高台摆满佳肴美馔，琼浆玉液。姜稚衣倚着凭几，手执一只小巧的白玉荷叶杯，眼神痴迷地望着底下。

暖阁中央，两名风姿翩翩、身轻如燕的少年正和着乐声舞剑，剑花挽得人眼花缭乱，银辉闪烁间忽有一人剑锋一侧，使出一记铿锵有力的点刺。

"好！"姜稚衣遥遥一举杯，酡红的脸转向一旁的宝嘉："不愧是阿姊的多年'珍藏'。"

"这还只是舞剑，后头还有弋射的、摔跤的，十几号人排着队呢，叫他们轮番上来给你表演，你挑些顺眼的带回去。若都喜欢，便都带走。"

姜稚衣醺醺然摆摆手："我就看看，不夺阿姊所爱……"

宝嘉摇头："这些不过是请来宴饮时助兴的，可不是我的面首，全为着你喜欢。"

"哦，我想起来了，阿姊是喜欢那等一身白衣，飘飘若仙，身上有药香味的！"姜稚衣两眼弯弯，"既如此，那我便挑挑看……"

清乐一曲接着一曲，少年们轮番上阵博两位主子的欢心，上场摔跤的两个甚至撩起袖子露了臂膀，露出白皙精壮的肌肉。

姜稚衣起先还不敢正眼看，拼命拿手挡着，被宝嘉笑话了几句，说不过露了两条胳膊也值得害羞？便哼哼着垂下了手。

这一看，还真看入了迷，姜稚衣酣畅地饮着清酒，脸上醉态越来越浓，眼底笑意也越来越深。

"好，再来！

"快哉，妙哉！

"你们这臂膀这般结实，是如何练成的呀？"

——元策匆匆赶到时，看见的就是这一幕。

一路快马，疾步入里，却看到公主府家仆口中"出事了"的郡主正如痴如醉，一脸娇憨地盯着两名男子赤膊打架。

准确地说，不止两名。候场在旁的还有一群少年郎，个个身姿颀长挺拔，一身玄衣，乌发高束。

若不看脸，险些以为他不止一个兄长，还有这么多孪生兄弟。

元策一脚站定在门槛前，低头看了看自己这身在此间"泯然众人"的打扮，又看了看专心致志观赛，丝毫未发现他来的姜稚衣，最后望向宝嘉。

"公主。"翠眉弯身小声提醒。

宝嘉才注意到来人，惊讶地看向披霜带雪、一身寒气的元策："来得这么快呢！"

"是呀是呀，"姜稚衣笑吟吟地指着那摔跤的圆台，与宝嘉共鸣道，"这一招，真是来得又快又漂亮！"

元策心情复杂地站在原地。

宝嘉掩嘴笑着，拍拍姜稚衣的手背，朝远处一指："不是，你瞧瞧，谁来了？"

"嗯？"姜稚衣顺讶宝嘉所指的方向望去，睁大了些蒙眬的眼，"呀，又来了个新的！这个是擅长什么的？"

"这就是公主深夜派家仆急急到臣府上——所说的大事？"元策从牙缝里挤出一句话。

"怎么不是呢？"宝嘉理直气壮地一指姜稚衣，"你瞧，都认不出沈少将军你了，可不是出了大事吗？"

姜稚衣迷迷瞪瞪地眯起眼，费劲地瞧着元策："什么将军？这来的是个将军？将军我喜欢呀，让他来给我耍枪吧！"

元策默了默，掉头就走。

"沈少将军请留步——"宝嘉手一抬，挥手让满场的乐声停下，一屋子的乐手与少年郎整整齐齐一停，垂首陆续退了下去。

姜稚衣一愣："怎么都走了……接着奏乐，接着演呀！"

"一会儿有你看的，且等等。"宝嘉回头安抚了人，端着手走到元策身后，瞧着他的背影道："沈少将军说这不叫大事，那你原本以为我这坐拥三百侍卫，象征皇威的公主府能叫郡主出什么大事呢？"

元策背着身没有说话。

"沈少将军用兵如神，看来也逃不脱这世间最难破的阳谋呀。"宝嘉轻叹，一笑，"郡主的婢女已被我赶回府去，郡主今夜独自留宿此处，不会有人照顾。沈少将军要走要留，请便吧。"

宝嘉说着，带上翠眉跨出暖阁，回头看向面沉如水的元策："对了，这——也是个阳谋。"

姜稚衣低头斟了杯酒的工夫，屋里的人已走了个空。

"怎么阿姊也走了？"姜稚衣迷茫地抬起眼，看了看四下，望向元策僵硬不动的背影："那你自己一个人要一边奏乐一边耍枪吗？"

元策闭上眼，眉心紧紧皱起。

等了半天也没等到回应，姜稚衣不高兴地一搁酒盏："你这人怎么如此无礼，本郡主同你说话呢，转过身来！"

元策靴尖一转回过身，目光沉沉："郡主看了一晚上了，还没看够吗？"

"这才哪儿到哪儿呀？"姜稚衣一扬下巴，"怎么，你如此推托，是不愿给我献艺吗？"

元策转过头去没答。

"那阿姊叫你来做什么？尔若不愿便走吧，本郡主不喜勉强。"姜稚衣嘀咕着叹了口气，看了眼如避瘟疫般站在远处的元策，又看了看这满屋子人走茶凉，意兴阑珊地拎着酒壶起身，一步一歪走下高台，"没人陪我，我自己玩……"

话音未落，脚下一绊，姜稚衣一声惊呼面朝地上栽去。

余光里一道黑影一个箭步蓦然闪身上前，电光石火间，一只有力的臂膀揽上她的后腰，姜稚衣死死闭着眼栽到了底。

一道男子的闷哼声响起。

姜稚衣吓得一颗心怦怦直跳，却迟迟没觉着疼，睁开一道眼缝，惊异地看了看手中一滴酒未洒的酒壶，又看了看身下这张眉头紧蹙的脸，缓缓眨了眨眼："咦，你长得——好像我一个哥哥！"

"我不是你哥哥。"元策忍耐着深吸一口气，"你是我祖宗。"

元策一口气叹出，闭了闭眼，再睁开时，却见这醉鬼根本没听他说话，自顾自趴在他身上，一双湿意蒙眬的醉眼一点点描摹过他的眉、他的眼、他的鼻梁、他的唇。

光看不够，看着看着，还不相信似的张着唇瓣，怔怔地抬起一根食指，轻点他眉心，顺着他的鼻梁骨慢慢往下滑去。

"做什么？"元策皱眉，捏住那根食指。

"我在看你呀。"姜稚衣自由的那只手搁下酒壶，支在他肩头托起腮，头一歪，满眼的疑惑和惊诧，"真的太像了，你是我阿策哥哥的孪生兄弟吗？"

可不是吗？

"难为你们长得这么像，你是不是宝嘉阿姊特意寻来，为我疗愈心伤的？"

"刚才那些——还没疗愈够？"元策冷着声乜斜她一眼。

"他们不如你像。"姜稚衣歪头打量着人，看了会儿又叹了口气，"可惜你与他再像，终究也不是他……"

元策眼睫一扇，握着她食指的手微微一松。

"算了，你也不必煞费苦心来哄骗我了。"姜稚衣惋惜地摇了摇头，"我喜欢的，并非阿策哥哥的皮囊，而是他的灵魂，他的心。这世间只有一个阿策哥哥，就算你们长得一模一样，我也不会喜欢上他的替身。"

元策冷下脸："那你还不从我这个替身身上起来？"

"这么凶做什么，谁稀罕你似的……"姜稚衣冷哼着一抬下巴，扭头看了一眼，不舒服地动了动，"你搂这么紧，我怎么起？"

元策眼皮一跳，揽在人后腰的手蓦地一松。

姜稚衣气哼哼地一撑他肩膀，干脆利落地踩着人爬了起来。

"嗞——"元策闭上眼，握拳轻压在额前缓了缓，等那一片轻飘飘的裙裾从他脸上扫过，方才睁开眼皮。

姜稚衣一弯身，拿无名指钩起那个酒壶，毫不留恋地走开了，晃晃悠悠踩着台阶回到高台，身子一歪倚上凭几，斜拿着酒壶仰起头。

清冽的酒入喉，空阔的暖阁里响起一声心满意足的喟叹。

正喝得尽兴，元策起身上前，一把夺过了她的酒壶。

"你干什么？！"姜稚衣大惊着伸手来抢。

元策手绕过背，将酒壶掩到了身后。

伸手抢了几次都没抢着，姜稚衣眉眼一耷拉，撒泼似的蹬了蹬腿："曲儿不让听，表演不让看，酒也不让人喝……我的命怎么这么苦呀！"

元策岿然不动，居高临下睨着她。

见他毫无松动之意，姜稚衣委屈巴巴地抱着膝埋下头去，不说话了。

"赶紧睡觉去。"元策垂眼看着她头顶心，忽然听见一声熟悉的啜泣。

这也能哭？

元策手一僵，见她真是一声又一声抽泣上了，沉默片刻皱起眉，执壶的手递上前去："最后一口。"

"不要了！"姜稚衣一把推开他递来的酒壶，侧头靠着膝盖，眼泪啪嗒啪嗒珍珠似的往下掉，"反正阿策哥哥也不要我了……"

真是逮着个词儿就能造出个句子来。

元策道："这跟他要不要你有什么关系？"

"没关系，没关系的，"姜稚衣蹭了蹭自己的膝头，自我安慰似的道，"又不是第一次被人抛弃了……"

元策盘膝在她跟前坐下，一把搁下酒壶："所以——在阿策哥哥之前，还有别的哥哥？"

"哥哥？我没有哥哥，我爹我娘只生了我一个。"

"还挺会答。"元策哼笑了一声，"那还有谁抛弃你？"

姜稚衣垂着眼撇撇嘴，声音闷闷的："就是我爹和我娘呀……"

元策笑意一收。

"怎么，你居然不知道我爹是谁吗？"姜稚衣抬眼看向他错愕的脸，歪了歪头，"我爹可是大名鼎鼎的宁国公！"

元策点头："我知道。"

"不，你不知道……"姜稚衣抵着膝盖摇了摇头，自说自话着回想起什么，"我小的时候，我爹可疼我了，我的名字就是我爹取的。我爹说我出生那天，他第一眼看到我，我就裹在软软的襁褓里，那襁褓上系了根带子，打着一个蝴蝶形的结，就像一件小小的衣裳，所以我就叫稚衣了。"

"然后呢？"

"然后……"姜稚衣头昏昏沉沉的，晃了晃脑袋，继续回想着道，"然后我六岁的时候，我爹要跟着皇伯伯去河东，我舍不得他，问他要去多久，他说年关的时候他就回来了，他会从外面给我带很多好吃的、好玩的，让我在家乖乖等他……"

"我就在家一天天掰着手指数着日子等，还没数到年关，有一天，我娘突然告诉我，爹爹回来了。我好高兴好高兴地跑出去，却看到了我爹的棺椁……"

元策搭在膝上的手一紧，盯住了她忽然一黯的眼睛。

"我娘说，我爹是个大英雄，可是做了英雄，就不能做我爹爹了……"姜稚衣抬起头，认真地看着他，"你说我爹是不是很过分？那皇位谁来坐，有什么要紧的，他为什么要去做人家的英雄，不做我爹爹？"

不等元策答，姜稚衣重新抱膝低下头去，压低了声："我好讨厌、讨厌那些打仗抢皇位的人，如果他们不打仗，就不需要有什么英雄了……"

元策垂下眼睑，看了眼指尖薄薄的茧。

"我爹下葬那天我一直哭，一直哭，我娘却一滴眼泪也没有掉，我问她为什么不伤心，她说她也不知道……但我爹下葬以后，我每晚都会听见我娘吹埙，她说埙声可以召唤故人的亡魂，她每晚都可以看见爹爹。我也跟着她学，可我怎么吹都看不见……

"我以为是我吹得不够好，就每天学，每天学，学着学着到了年关。除夕那天外面好热闹，可是我想起爹爹没有守信，对着一大桌子的年夜饭，一口也吃不下去……我娘倒是吃了满满一碗。吃完之后，她说她累了，想去歇着了，让我自己乖乖把饭吃好……

"我一个人坐在饭堂，看着婢女把桌上的菜热了一遍又一遍。不知到了什么时辰，我终于有点饿了，就夹了一只饺饵吃，这个时候，家里的嬷嬷突然急匆匆地跑过来告诉我，我娘服毒自尽了……"

元策蓦然抬眼。

对面的人却像在说一件遥远又平静的事，脸上并无他意想中的伤心。

"看到我娘安安静静躺在那里，我突然知道我爹下葬那天我娘为什么不伤心了，我好像也不会伤心了。我娘下葬的时候，他们都说我好可怜，可我一滴眼泪都没有掉……"

姜稚衣说到这里一抬眼，看见元策拧起的眉头，不高兴地觑了他一眼："你怎么也像他们一样看着我？我不可怜的，我没了爹没了娘，可我当上了郡主呀！他们越是那么看我，我就越要吃最好的、穿最好的、用最好的，让他们都敬着我、哄着我……你看，现在他们没人觉得我可怜了！"

"不过……如果我爹和我娘回来的话，我就不当这个郡主了……"姜稚衣出神着假设了一番，兀自点了点头，很快又叹了口气，"可是为什么我爹选皇伯伯，不选我；我娘选我爹，也不选我？为什么我总是被抛弃的那一个？"

元策抬起手——

"我以为阿策哥哥会选我的，"姜稚衣轻轻打了个酒嗝，"现在阿策哥哥好像也不要我了……"

元策将要落下的手掌僵在她发顶，手指一根根慢慢屈起，握成拳收了回来。

姜稚衣说了半天，像是说累了，唉声叹气地枕着自己的臂弯，缓缓闭上了眼睛。

温暖静谧的暖阁里很快响起一声又一声绵长的呼吸。

元策盘膝坐在那里，静静望了会儿面前安睡的人，瞥开眼，拿起手边的酒壶，仰头将剩下的酒一饮而尽。

辛辣的酒入喉，元策皱了皱眉，看向面前蜷缩成小小一团的人。

"他没有不要你。

"不要你的只是个——"与你本无瓜葛的混账而已。

宝嘉沐浴洗漱完，想着来暖阁看一眼的时候，正好瞧见元策将睡着的人从高台上打横抱了起来。

元策迈着无声的步子走下台阶，朝宝嘉递去一个疑问的眼神。

翠眉立马伸手比了个"请"的手势，示意寝间在那头，让他跟着自己来。

元策抱着人往外走去，踮上翠眉的脚步。

出了暖阁，迎面忽然吹来一阵穿堂风。

翠眉一惊，刚想起什么，回头看见元策一侧身，已将怀里的人牢牢拢进了自己的披氅。

宝嘉在后头一笑，跟了上去。

一路穿过廊子，进了寝间，元策俯身将人平放上床榻，转身看向宝嘉，压低声道："梳洗之事臣多有不便，还是劳烦公主的婢女来吧。"

宝嘉给翠眉使个眼色，示意她去给姜稚衣褪外衣。

元策转过头背过身去。

床榻上，姜稚衣被人一动忽然醒转过来，迷糊着睁开眼，偏头望向榻边，对着宝嘉眨了眨眼："阿姊？"

宝嘉笑着在榻沿坐下，垂眼瞧她："怎么你阿策哥哥抱你时，你就睡得安安稳稳，翠眉一来伺候你便醒了？"

"阿策哥哥来了吗？"姜稚衣迷茫地朝四下看去。

元策的身影恰好被跟前的一主一仆挡住，他也没有转身过来的意思。

"你骗我，他哪里来了？"姜稚衣撇着嘴吸吸鼻子，"他好几天不理我了，他已经抛弃我了……"

"说什么傻话？"宝嘉轻笑一声，转头看向那道僵硬沉默的背影，"阿姊今晚帮你看过了，他呀——抛不下你了。"

第六章

舍不得

日上三竿，晴光透进窗格，将一夜浑梦的人从沉睡中照醒。

姜稚衣不大舒服地蹙着眉头睁开眼，缓缓偏头，看见翠眉快步迎了上来："郡主醒了，可有哪里不适？"

"有些头疼……"姜稚衣有气无力地扶上额角。

"想是昨日醉酒所致，奴婢伺候您洗漱完，喝些养神汤。"

姜稚衣被扶着坐起来，由翠眉伺候着洗漱。喝过一盏浓浓的热汤，她稍微舒畅了些，问起来："宝嘉阿姊呢？"

"公主出府去了，说您只习惯奴婢伺候，便让奴婢留在这里。"

姜稚衣点了点头。

当年皇伯伯还是端王的时候，她常跟着爹爹去端王府做客，爹爹与皇伯伯在书房议事，她便与王府里的哥哥姐姐们玩。

后来她成了郡主，那些哥哥姐姐也成了皇子公主，这么多年下来，大家成家的成家，变了的变了，皆彼此疏远了，只有宝嘉阿姊年至二十二还未出嫁，与她也还像儿时那般亲厚。翠眉身为宝嘉阿姊身边的老人，对她的习惯和脾性自然了解。

姜稚衣也当翠眉是身边人，又问："我有些记不清了，昨夜府上可是来过什么客人？"

翠眉笑起来："公主说若您忘了便忘了，也没发生什么要紧事，倒是她留了三条锦囊妙计给您，说可解您的心事。"

姜稚衣眨眨眼，接过三只神神秘秘的锦囊，照翠眉所说，先解开了正红色的那只。

一张字条掉出来，是宝嘉阿姊的字迹：

> 暗通款曲，必无所进益，欲要情郎成新郎，化暗为明、公之于众为上计。

姜稚衣看了眼笑眯眯的翠眉，轻咳一声，收起字条，又解开了第二只青绿色的。

阿姊为妹妹出此妙计，望你投桃报李，帮阿姊一忙。阿姊对你口中那位裴家公子颇感兴趣，请你代为打听，这裴家公子可有婚配？若没有，属意什么样的女子？切记须妹妹亲口问他，不可假手于人，阿姊放心不下。

　　"一共也就三条妙计，怎丞有一条是请我帮忙的？"姜稚衣一愣，她昨日不过说起与裴子宋合奏的事，阿姊光听说人家琴艺不错，便动了……那种念头？

　　"那相国之子可不能给阿姊当面首，阿姊这……"

　　"想是公主胡闹惯了。郡主既与裴公子说得上话，便帮着问两句，问时不必提公主名号，免得吓着了人。至于裴公子有无心思，便随缘吧。"

　　"那好吧。"姜稚衣这就要去解开第三只桃粉色的锦囊，却被翠眉虚虚一按："公主说，等前两只锦囊的事办完了，您再打开这第三只，否则恐怕好事不成。"

　　翌日清早，姜稚衣坐在梳妆台前，对着宝嘉给的两张字条，陷入了新一天的沉思。

　　昨日她醉后头疼，从公主府离开后便没有去别处，回府歇了一日，思忖该如何去办前两只锦囊里的事。

　　毕竟宝嘉阿姊说了，只有办完事才能看第三只锦囊。

　　她跟阿策哥哥的事倒是能等，反正也等好几日了，不差这一天。

　　可是，她的好奇心不能等了！

　　已经忍了一日，她现在必须马上知道，这第三只锦囊里到底写了什么！

　　要将她与阿策哥哥的关系公之于众，总要有"众"在，又刚好得帮阿姊打听裴子宋的婚配，想来想去，最一举两得的办法便是去一趟书院。

　　姜稚衣拿定了主意，摸摸头顶的步摇，朝身后的人吩咐："拆了，换男子发髻，今日去书院。"

　　谷雨道："嗯？可奴婢听说今日书院不在学堂开课，公子们都去城郊狩猎了。您若过去，颠簸受冻不说，野外都是脏兮兮的泥巴地，狩猎之事也怪血腥的呢。"

　　姜稚衣皱眉掩了掩鼻，好像已经闻到那些腥气："怎的书院还有狩猎的事？"

　　"听说这冬季狩猎是'军礼'，也属六艺之中'礼'的一环。"

　　"那书院何时再开课？"

　　"狩猎要两天一夜，最快也得后日。若有些娇气的公子累了要歇歇，就说不好何时了。"

　　那她如何能等，再等下去，那第三只锦囊都要被她的眼睛剜破了……

　　姜稚衣闭了闭眼，下了决心："算了，不入虎穴，焉得虎子，狩猎就狩猎，还有本郡主拿不下的事？"

一个时辰后，城郊。

姜稚衣被谷雨扶着走下马车，抬手挡了挡刺眼的日头，眺望面前一眼看不到头的营寨。

有那些世家公子在，这营寨倒不算简陋，搭建于青山绿水环绕之地，围栏高深坚固，内里行走之处皆铺设毡毯，一顶顶六边形的营帐帷布厚实，装饰富丽，帐顶赤旗招展，每顶营帐之间都隔开了一段保持私密的距离。

今日天晴，有日头照着的地方也不太冷，算得上天公作美。

姜稚衣抬起靴尖往里走去。协办此狩猎赛事的礼部官员立马挂着笑脸迎出来，说她临时过来，来不及现搭她的营帐，不过原也多搭了几顶以备不时之需，请她将就入里。

姜稚衣不打算在这儿过夜，也就白日坐坐，便不挑剔了，一面往里走一面朝四下看了看，没见到那些公子哥儿的身影。

"人都做什么去了？"

官员殷勤地答："刚结束祭礼，这会儿暂时无事，有的公子先出去熟悉地形了，有的在帐子里头歇息。"

姜稚衣点点头，朝那一扇扇紧闭的帐门看去："这帐子是照什么分配的？"

"生怕公子们为着风水吵起来，是提前抽签决定的。"

"那裴子宋裴公子的帐子在哪儿？"

"您随我来。"

姜稚衣跟着这官员一路走到了一顶挂着"裴"字木牌的营帐门前。

她想好了，第二只锦囊里的事比第一只容易做，便先帮宝嘉阿姊把话问了。裴子宋不是那等热衷于武事的人，想必不会积极出去熟悉地形，倒是阿策哥哥此刻多半不在营中。

而且，她一时也有些不知该如何面对他……

这些天她一开始是很生他的气，可前天夜里她隐约记得他来过，好像在她摔倒的时候给他当了"人肉垫背"。这会儿说原谅他了吧，又还生气；说生气吧，又总觉得前天夜里他似乎照顾了她很久……

姜稚衣这一恍神的工夫，官员已替她将裴子宋叫了出来。

"多日不见，姜小公子可还安康？"裴子宋朝她有礼地作了一揖，也没问她这几日为何没去书院。

"安着安着。"姜稚衣随意摆摆手，让那官员退了下去，朝四周一看，见附近无人，开门见山道，"我来是想问你件事。"

"姜小公子请讲。"

"是这样，"姜稚衣一开口，想起翠眉让她先别提宝嘉的名号，"我有一位闺中姊妹，她托我问问你——"

"嗯？"

看着对面的人澄澈干净的眼神，姜稚衣一时有些不太好意思，清清嗓子道："就是，那个……不知裴公子可已有婚配？"

一帐之隔的不远处，元策拎着弓掀开帐门出来，一下听见这道刻意压低的女声。

这含羞带怯的用词，还有他再熟悉不过的语气，几乎不必听完一整句话，便已知道是谁。

元策一脚站定，头稍稍一歪，朝斜前方望去。

只见对话的男主人公目光一闪，耳根微红地摇了摇头，略有些磕巴地说："不、不曾。"

紧接着，背对着他这边的少女长长地"哦"了一声，又问："那你属意什么样的女子？"

男主人公耳朵更红了："我尚未及冠，还不曾考虑婚配之事。"

少女不满地"啧"了一声，步步紧逼般追问："那你现在考虑考虑？"

"我，"男主人公被问得没法，憋了半天憋出一句，"我或许属意安静些的……"

"这样啊……"少女发出一声失望的叹息。

元策拎着弓抱起臂来。

那头望风的谷雨双眼到处瞄着，瞄到元策这里，突然惊恐地扯了把姜稚衣的衣角。

姜稚衣顺着她所指的方向回过头去，对上了元策杀人不用刀的眼神。

眨了下眼的工夫，元策已经冷着脸一转身，大步往营寨外走去。

姜稚衣一愣，看了眼身后的裴子宋，缓缓回过味来。

"沈元策！"姜稚衣拔步就追，走了两步，想起裴子宋还在原地，连忙回头解释了句："真是我闺中姊妹问的，不是我无中生有啊，你千万别误会！"

裴子宋迟疑地眨眨眼，点了点头，目送着姜稚衣急急朝元策离开的方向跑了过去。

另一头，悄然掀开已久的帐门也合拢了起来。

营帐内，钟伯勇朝身后好友道："沈元策出去看地形了，咱们也走？"

卓宽不紧不慢坐着饮下一口茶："看不看地形都一样，他有那等骑射的功夫，你要在狩猎赛上赢他，根本是无稽之谈。"

钟伯勇恨恨地一甩手，在几案边坐了下来："我爹又不让我主动挑事，这狩猎是我近日唯一能与他一较高下的赛事了。"

"他打断你阿弟的腿是暗夜行凶，你又何必非在这儿光明正大地计较？"

"你又有什么好主意了？"钟伯勇眼睛一亮。

卓家祖上因战功封侯，爵位传到卓宽他爹这里却是从文了，文官的儿子，脑子就是比他这武夫好使。

上回打马球赛时，也是卓宽给他出主意，说可以在沈元策的队伍里安插内应。

卓宽道："上回打马球赛时我尚不确定，方才都这么明显了，你还没瞧出来？"

"瞧出什么？"钟伯勇光盯着沈元策那把弓的样式看了。

"郡主和沈元策恐怕不是死对头，而是——"卓宽附到钟伯勇耳边小声说了一句。

钟伯勇一惊："你的意思是？"

"说不定你阿弟就是知道得太多了，才会被他们——"

回忆着阿弟当时支支吾吾不肯说原因的样子，再联想阿弟出事那日，确实曾去过贵女云集的那间酒楼，钟伯勇气得涨红了脸，慢慢握紧了拳头。

"岂有此理，此仇不报，我枉为人兄！你快说说，可想到了什么治他们的办法？"

卓宽悠悠地晃着茶盏："你阿弟吃了一记哑巴亏，你便叫他们也吃上一记。你动不了沈元策，难道还动不了一个丫头片子？"

营寨深处，姜稚衣坐在一顶单人营帐中，经过一段漫长的回想，双手啪地一合十："明白了，这下全明白了！"

"您明白什么了？"谷雨在旁给她斟了盏热茶。

姜稚衣接过茶细细品味了一番。

方才她与裴子宋说的话，一定是令阿策哥哥误会了，可惜他着实走得太快，她没能追上去解释，便只好先找了顶空帐子落脚。

坐下歇了会儿，一回想，却觉得阿策哥哥方才冷漠的眼神她好像在哪儿见过。

再记起上回打马球赛时，他突然撂挑子下场的那一刻，她似乎也在与裴子宋说话。在那之后，他就开始不搭理她……

这一串联，不就全对上了？

"想不到，"姜稚衣"啧啧"摇头，"阿策哥哥竟在意我至此，连我与别的男子多说两句话都受不了……

"不过，我有什么不高兴的都是直接同他讲的，他为何不与我说呢？只要他与我说，别说一个裴子宋，就是十个裴宋子、宋子裴、宋裴子围着我转，我也不会正眼瞧他们一眼呀！

"唉，瞧这事闹得！"

姜稚衣碎碎念着，连日以来的阴霾一扫而空，过了会儿，突然兴致勃勃地一搁茶盏："谷雨，寻匹好马来，咱们也出去熟悉地形去！"

"啊？可您会骑马吗？"

话音刚落，迎面一道劲风袭来，嗖的一声响，一支轻箭穿过留了道缝的帐门，射在了两人侧后方的柱子上。

一主一仆吓了一跳，齐齐惊颤着回过头去，看见那箭矢上钉了一张字条。

谷雨道："咦？难道是沈少将军……"

"快取下来看看！"

谷雨踮起脚轻轻拔下箭，取下字条摊开给姜稚衣看，见其上画了幅简易的地形示意图，圈出了东营门附近的一片小树林，附加两个简单的字：

等你。

一刻钟后，姜稚衣走东营门匆匆出了营寨，边走边低头打量着手中的字条。

是阿策哥哥的字迹，也是阿策哥哥会绘制的地形图。这是终于知道不将心事闷在心里，要来向她讨说法了……

一路走出老远，看着姜稚衣欢欣雀跃的神色，谷雨忍不住小声嘟囔："沈少将军也真是的，一不高兴都不管您累不累了，约在那么远的地方，还是马车过不了的路！"

这段路对于武人来讲不过轻轻松松，但对姜稚衣而言，平日是绝走不动的。

不过此刻姜稚衣心情大好，也未责怪这些，专心致志顺着图上的路线走去。

眼看终于到了入林的岔路，姜稚衣站在道口朝林中一望，看见约莫十丈远处一棵树后的一片玄色衣角，心下一定，给谷雨使了个眼色。

谷雨点点头，把守在道口，像往常一样给两人望起了风。

姜稚衣收起字条往前走去，看着那道抱着臂的背影，悄悄放轻了脚步。

她压着走了几步，发现脚下铺满了一踩一脆响的落叶，又默默打消了给人惊喜的念头。以阿策哥哥的耳力，恐怕在她入林那刻便已听到了。

姜稚衣自讨没趣地摸摸鼻子，照平常的步幅朝前走去，走了几步，看着那道一动不动的身影，忽然感觉哪里不对劲。

她都走这么近了，怎么还一点反应都没有？

姜稚衣犹疑着放慢了步子，这一觉得不对劲，脑海里一下便掠过了更多古怪之处。

阿策哥哥若是在生气，怎会说出"等你"这样平常都不讲的甜言蜜语？可若是没有生气，明知她这两条腿不是用来走路的，怎舍得让她走这么大老远？

姜稚衣猛地站住，看着那道至今仍未回头的背影，眼睫一颤，背脊飕飕一阵发凉，一转身就要往回走。

脚下那块草皮却突然被什么力道诡异地一扯，姜稚衣转身到一半被带得一个趔趄，脚下一步踏空！

"啊！"下一瞬，整个人失重坠落，狠狠跌了下去。

脚踝传来一阵剧痛，姜稚衣摔在泥地里，连声痛都没力气呼，眼前已冒起点点黑星，人往边上一倒，就这么晕了过去。

像做了个一脚踏空，不停往下坠落的梦，黑暗之中，姜稚衣感觉自己的灵魂仿佛飘在半空，始终落不着地，无所依归。

浑身酸痛无比，尤其脚踝好像被拧断了一样，她想哭，但身体轻飘飘的，连眼泪都像悬浮着流不下来。

就这样一直坠啊坠，飘啊飘，不知过去多久，四周忽然涌来一阵浪潮般的喧哗声。

吵嚷之中，身体落进一个坚实的怀抱。

有人在她耳边喊她的名字。

姜稚衣挣扎着，迷蒙地睁开眼，看见一道模糊的身影。慢慢地，眼底雾气退散，视线里出现了一双熟悉的眼睛。

像抓住了救命稻草，姜稚衣攥住眼前那片衣襟，一刹那泪如雨下："你怎么才来啊……"

四面接连响起倒抽冷气的声音。

元策单膝支地，将人横放在腿上，像是松了口气："摔着哪儿了？"

姜稚衣一边哭一边抽噎："脚、脚好痛……"

"磕着脑袋没？"

"好、好像没有……"

元策放下心来，直起腰，将人一把打横抱了起来。

四面无数道呆滞的目光紧随两人而动。

姜稚衣这才察觉不对，一双蒙眬的泪眼转了个向，发现她还在小树林的捕兽坑边，周围围了一大圈的世家公子。

一阵热意瞬间上涌，姜稚衣呼吸一闭，倏地一转头，飞快将脸埋进了元策怀里。

四面又有无数道抽气之声响起。

元策抱着人快步往林外走去，将呆若木鸡的众人甩在了身后。

"阿策哥哥，我们是不是……被发现了？"姜稚衣挂着泪悄悄抬起一丝眼皮，朝上看去。

元策脚下步子不停，低头看了眼怀里的小泥人："你还有工夫管这些？"

姜稚衣才想起脚踝还在痛，这一用心感受，眼泪又止不住掉下来。实在是受不住了，她牢牢揪着他衣襟，颤抖着深吸一口气："阿策哥哥，要不、要不你像上次在军营一样，把我打晕吧……我的脚真的好痛……"

元策皱眉："我现在哪儿有手？"

"你、你就先把我放在路边，反正我已经脏了，没关系的，现在最重要的就是让我晕过去，不要再痛了……"

元策没有说话，继续疾步往营寨走着。

"快点呀！"姜稚衣掉着眼泪催促。

元策道："不行。"

"怎么不行？上次你不是手一抬，一下就把我劈晕了吗？"

"上次是上次。"

"那现在有什么不一样嘛！"

元策闭了闭眼，一下停住脚："现在舍不得了，行了吗？"

这话脱口而出，怀里的人泪珠子在长睫上一悬，一愣之后，原本苍白的脸颊浮起淡淡绯色，四目相对时像被他的目光烫着，闪动着眸光飞快地一偏头，又将脸埋了起来。

肩襟处簌簌地一痒，抵靠在他肩头的脑袋微微一颤，一道短促的气音喷薄而出——"嘻"。

元策站在原地，看着那颗沾满泥灰的脑袋，匪夷所思地眨了两下眼。

肩头又传来一阵震颤——"嘻嘻"。

但凡换个人，已经被他掼到地上去了。

元策忍耐着歪过头看她："不痛了？那你自己走回去。"

"好痛好痛……"姜稚衣立马敛起喜色，抬眼瞄了瞄他，眉头拧成个痛苦的"川"字，"好痛啊！"

元策沉下脸，抱着人继续朝前走去。

迎面谷雨呼哧带喘地跑过来，连声敬称都忘了道，急急问："郡主怎么样了！"

元策面无表情："能笑了。"

"啊？"

方才郡主入林后，突然有只手从她背后绕上前，拿湿帕捂住了她的口鼻，她连挣扎都来不及，一下子便软了身子倒下去，失去了神志。

再醒过来时，发现自己背靠树干坐在地上，四下空无一人。她慌里慌张地到处喊，到处找，找到了捕兽坑底的郡主，连忙跑去附近求救，好在及时遇到了沈少将军。

当时也顾不上多想，当着一大群公子的面，她一张口便直奔沈少将军，可以说是完全无视了那群郡主的仰慕者。

眼下扭头去看林中那群公子哥儿——有的本就抱着脑袋，直呼"不可能"的也抱着脑袋，坐在坑边冷静咬着树叶的也抱着脑袋……

谷雨默默回过头来，匆忙小跑着跟上走出老远的元策。

回到营寨，元策抱着人进了帐子，将偷笑了一路的人平放上床榻，转到榻尾，控制着角度和力道轻而快地摘下她的靴子。

姜稚衣还没来得及注意到摩擦的疼痛，靴子已经落了地。紧接着脚底一凉，两只鞋袜也被齐齐褪下。

"哎，"姜稚衣不安地支肘撑起上半身，"要不让人去请我的女医士……"

"躺好。"元策冷声吐出两个字。

姜稚衣平躺回去，歪头瞧着他落在她脚上的眼神，没伤的左脚脚趾忍不住一根根蜷起。

元策停下打量，缓缓偏头看了眼床头，再回过头时，本无任何多余遐思的目光也是一顿。

眼前两只光致致的赤足欺霜赛雪般白，足踝修长小巧，脚趾圆润，那传闻浴后要涂润甲露的指甲修剪得干净漂亮，泛着粉莹莹的光泽。

元策默了默，移开眼去："尽快处理能少疼十天半个月，你自己选。"

姜稚衣从小到大的小病小痛都是上回那位黄老先生看，至于小磕小碰则有另一名女医士专门贴身验伤。这还是头一次把脚交给男子。

自然，交给营寨里的男医士，还不如交给元策。

"行，那你来吧……"姜稚衣壮烈赴死般闭起了眼。

元策不再同她磨蹭，说了句"痛就喊"，指腹按压向她微肿的脚踝，由轻到重一下下加力。

"啊——疼疼——"加力到第四下时，姜稚衣痛呼出声。

元策停手，又握住她整只脚，上下左右慢慢绕过一圈。

"啊——"转到斜上方时，姜稚衣又叫起来。

"我的脚是不是断了，我今生还能再站起来吗？"姜稚衣抽痛着，望着头顶床帐，绝望地流下两行清泪。

"断了你就问不出这句话了。"

"那我为什么会这么痛？好像痛得都要裂开了！"

"因为'崴'已经是你命里不能承受的事了。"

他的温柔是豆腐渣做的，一碰就碎吗？

姜稚衣哭丧着脸看他："我是因为谁才受伤的，你就不能说点好听的话吗？"

元策眼皮一抬。

方才一路上谷雨已将来龙去脉说给他听，叙说时语气里也隐隐带着埋怨。

自然，若不是他方才掉头走人，也不会让有心人钻了这个空子。

元策皱了皱眉，朝身后的谷雨摊开手，接过冰囊，一只手握着姜稚衣的脚，另一只手握着冰囊敷了上去。

姜稚衣一口冷气抽到底，苦兮兮地抽着气，拿手盖住了脸。

元策道："挡什么？"

谁愿意给心上人看到自己龇牙咧嘴的狼狈样呀，姜稚衣哼哼唧唧："不想看见你不行吗？"

"不丑。"

姜稚衣倏地挪开一道指缝，露出一只眼来瞅他："真的吗？"想了想又问，"只是不丑吗？"

"那美若天仙，行了吗？"

姜稚衣冷哼一声："你把'那'和'行了吗'去掉！"

元策道："美若天仙。"

"谁美若天仙？"

"你。"

"我是谁？"

他是为分散她注意力才陪着她聊些有的没的，她还得寸进尺了。

元策克制着按压冰囊的力道，换了左手来，免得右手忍不住下重手，然后一字一顿地念出她的全名。

"可是你以前不是这样叫我的……"

元策顿住。

"你以前怎么叫我的，你忘了吗？"

不需要记得，她不都把答案写进诗里了吗？元策闭上眼缓了缓，吐出一个字："衣。"

片刻后，又吐出一个："衣。"

"我名字是烫你嘴呀！"姜稚衣不高兴地撇撇嘴，"那你说，谁的衣衣？"

"你想是谁的就是谁的。"

"我当然想是你的！"

元策瞥开眼去，沉默半晌，听到身后又传来痛苦的抽气声，望着头顶帐布深吸一口气："行，我的。"

"好，接下来，你把上边的话全都连起来说一遍。"

"差不多得了？"元策回过头来。

姜稚衣掩面长叹一声："想听句好听的话都要自己造句，一个字一个字掰碎了喂到人家嘴边，人家也不肯说……我这哪里是脚凉，分明是心凉。"

元策张了张嘴，又闭上，扭头往身后看了眼。

谷雨憨笑着听了半天戏，连忙收敛了脸上的表情，看见姜稚衣使来的眼色，主动退远了去，到面盆架前一面绞起帕子，一面背着身竖着耳朵听。

等了半天，终于听见屋里响起一句忍无可忍、咬牙切齿，仿佛被刀架在脖子上的——

"我的——衣——衣——美若天仙。"

话音刚落，天光一亮，有人突然掀开了帐门。

元策闭紧了嘴，僵着脖颈慢慢偏过头去。

掀门进来的男子一下站住脚，在帐门边迟疑地眨了下眼，朝床榻那头轻轻地"啊"了声："看样子——好像不需要我了？"

姜稚衣嘴角刚扬向耳根，蓦地收住笑，转头看见来了名陌生男子，立马朝榻里侧挪了挪。

元策也一把摞下了床帐。

帐门边，一身翩翩白衣、玉簪束发的男子颔首以示歉意，后撤一步："救人心切，打扰二位，在下这便告辞。"

"等等，"元策皱眉叫住了人，"来都来了，诊个脉吧。"

姜稚衣疑惑："是认识的医士？"

元策点了下头。方才谷雨过来求救，一开口就是"郡主掉进捕兽坑里昏迷不醒"，这摔昏可轻可重，自然要第一时间请来值得信重的医士，他在赶去小树林之前就已派人快马加鞭去玄策营接人。

这位便是此前养了高石这个"活死人"半年，一路将他护送进京的，玄策军里最好的军医，李答风。

玄策军中，无数曾经徘徊于鬼门关前的将士都被李答风拉回来过，包括元策自己。

要说他信得过的医士，世间只此一个。

李答风颔首上前："在下李答风，是玄策军中军医，郡主若有所避讳，在下可以悬丝替您诊脉。"

悬丝诊脉是后宫贵人才有的规矩，她还不至于。既是元策请来的军医，她便将手伸了出来，扬扬下巴："就这么诊吧。"

李答风搭上三指，过了会儿问："郡主近日可曾饮酒？"

姜稚衣本是摆着郡主架子端正地躺着，听见这话惊讶地转过脸来："这也能诊出来？"

"心绪波动之时不宜饮酒，易伤肝伤脾，郡主今后还需注意。此外血瘀之症也不轻，除了脚，郡主还摔着了哪里？"

姜稚衣活动了下身子，摇摇头："没有了。"

"回头宜请女医士再为您贴身仔细检查一番，若无别处瘀伤，这血瘀便是崴脚之故，请少将军之后每日为您用药按摩即可。"

元策轻咳一声。

李答风看了元策一眼："当然，别人也可以。"

"别人我可不放心。"姜稚衣抿唇一笑，见这医士年纪轻轻，医术却很是了得，又十分会说话，便多看了两眼，这一看，忽然奇怪地眯起眼来，"我怎么觉着——你有些眼熟？"

李答风道："在下是长安人士，家父曾在宫中太医署任职，七八年前离京，郡主当年或许曾见过在下。"

元策瞥了眼姜稚衣："记性还挺好。"

看着这眼神，姜稚衣这回当即便懂了："那不能，除了你们少将军，我可记不了谁这么久！"

元策微抬着下颌转过头去。

"而且我怎么觉得，我好像前两天刚见过你呢？"姜稚衣撩开一角床帐，往外打量。

感觉到元策不悦的眼神，李答风颔首便要告辞。

"我想起来了！"姜稚衣忽然地从榻上坐了起来，被元策扶了一把，指着李答风道，"你这军医怎么和宝嘉阿姊的面首长得这么像？"

李答风愣住。

元策轻轻一挑眉："你那日找的那些人不也都同我挺像，都是两只眼睛一个鼻子？"

她就说他那天来过！

但姜稚衣此刻顾不得自己的事，凑到元策耳边小声耳语："那不一样！若只是一个像便算了，我看宝嘉阿姊所有的面首都与他有几分相像，要是将那些面首的鼻子、眼睛、嘴巴、耳朵一样样分开来，拼凑一番，可能便是他这张脸……"

元策看了眼告辞到一半僵住的李答风，朝姜稚衣道："你这么说，他听得见。"

"哦，是吗？"姜稚衣清清嗓子，大气地摆了摆手，微微一笑："李军医不必太过放在心上，或许只是个巧合。"

李答风点了下头："若无要事，在下便告退了。"

元策刚好有几句话要问李答风，跟着起身走了出去，让谷雨过来照看一会儿姜稚衣。

姜稚衣由谷雨伺候着擦干净头面，换了外衣，沉浸在这一惊天大秘密里出了好一会儿神，想着宝嘉阿姊，忽然记起——

裴子宋的婚配问完了，她与阿策哥哥的关系好像也算误打误撞公之于众了，她岂不是可以打开第三只锦囊了？

冰敷过后，脚踝处疼痛暂时有所缓解，姜稚衣有了些精神气，朝谷雨招招手："快，我的妙计呢？"

谷雨一愣之后反应过来，从袖中掏出了那只桃粉色的锦囊。

姜稚衣快快解开绳带，捋开字条一看，盯着上头那行话，读一个字瞪大一点眼。

谷雨凑过来："怎的了郡主，这第三条妙计写了什么？"

姜稚衣一把收拢字条，明知谷雨不识字，还是没来由地一慌，对着虚空木然地眨了两下眼，轻轻吞咽了下："没，没什么。"

帐门外，元策问完了话，闲着打量起李答风这张脸，高鼻梁，桃花眼，浓眉，薄唇。

"七年前在长安留了什么风流债？"元策轻轻"啧"了声。

"你还是先管好自己的风流债吧。"李答风朝他身后抬抬下巴，幸灾乐祸般一笑，拎着药箱转身走远了。

元策站在原地眉梢一扬，回头看向帐子。

连"我的衣衣"都开口叫过了，这债还有什么难还的？

想着，元策掀开帐门，靴尖一抬走进帐中，正好迎面碰上谷雨端着水盆出来。

帐子里只剩两人，元策看了眼躺回榻上的姜稚衣，走上前去。

姜稚衣双手交叠在身前，端庄地平躺着，忐忑地深呼吸一口气。

元策走到榻边，准备给她上药，在榻沿坐下后，先看了眼她的脚踝："还疼不疼？"

姜稚衣目光闪烁着眨了眨眼："还、还疼。"

"还疼？"元策蹙起眉，伸手就要去捞她的脚。

姜稚衣却一把拉住了他的袖口："不过我倒是知道有个办法可以止疼……"

"嗯？"

姜稚衣朝他招招手："你附耳过来。"

想起她方才跟他咬耳朵的模样，元策道："现在又没别人。"

"你过来就是了！"姜稚衣不耐烦地催促。

元策默了默，俯下些身去。一只雪白的手忽然一抬，一把攥住他衣襟，下一瞬，他整个人毫无防备地倾身而下。

身下人仰头凑上来，温软的唇瓣轻轻贴上他唇角。

元策撑在榻上的那只手蓦然紧握成拳，盯着眼前那片被风吹起的帐纱，一瞬僵在了原地。

柔软如蜻蜓点水般，一触即离。

余光里，那娇艳饱满、泛着盈盈水光的唇瓣紧张地轻颤了下，张了张道："这样就不疼了……"

姜稚衣小声说完，缓缓松开他衣襟，做贼一般放轻呼吸，别开头去。

迟来的热意像浪潮凶猛一涌，脸颊被烧得热烘烘的，不光热，身体里还激荡起一股奇怪的躁意，让人突然很想出去吹吹冷风。

姜稚衣以极小的幅度一口口慢慢地呼吸着，纾解着这股躁动，感觉周围安静得仿若只有她一人的气息，悄悄把头扭回去一些斜眼看去——

元策还保持着俯身的姿势一动没动，撑在榻沿的手攥成拳，手背青筋凸起，一双眼紧盯着她身后的帐纱，仿佛要在上头剜出个窟窿。

忽然噼啪一声炭盆火星炸开的轻响，像一道惊雷打在头顶，元策蓦然站起，一闪身后撤。

两步的工夫，人已退离她床榻一丈之远。

……这怎么好像还把人养生气了？

宝嘉阿姊的锦囊里明明说"色"字头上一把刀，"忍"字头上也有一把刀，没有一个正常男子可以同时扛过两把刀，只要她亲上去，他肯定会亲回来的。

姜稚衣抬起眼，见他神情犹在梦中，不知盯着她哪里在看，犹豫着支肘撑坐起来，张了张唇。

元策眼睫随她半张的唇一动，又是半步后撤，一转身疾步朝外走去，一把掀开帐门，正碰上打水回来的谷雨。

"沈少将军这是要去哪儿，郡主这么快就上完药了吗？"谷雨疑惑地往里看去。

元策一下站住脚。

"没，还没上呢！"姜稚衣答着谷雨，声儿却冲着那道落荒而逃般的背影。

"那奴婢也不会上伤药……"谷雨瞅了瞅又要甩手走人的元策，"害郡主的人也还没揪出来，沈少将军这一走，恐怕……"

元策闭上眼，在冷洌的寒风中晾了片刻，长长呼出一口气，转身又走回了帐中。

姜稚衣冲谷雨眨了下眼以示赞赏，目光追随着元策一路往里，弯了弯唇刚要开口，却见他这回改成了背对向她，在榻尾坐下后，三下五除二地拧开了药罐。

带茧的指腹蘸了清凉油润的药膏，涂抹在脚踝的肿起处，轻轻绕着圈打起转来。

下手极快，像有些不耐烦，但真正落到她脚踝又很轻，像很怕弄疼她。

娇嫩的肌肤被粗糙的茧摩擦过，姜稚衣忍不住缩了缩脚。

元策动作一顿，回过头，扫来一眼。

"痒——"

"忍着。"元策蹙眉扭过头，握着她的脚扯回去，继续上药。

姜稚衣冲着他背影轻哼了声，低声嘀咕："得了便宜还卖乖……"

元策当没听懂，捞过一卷细布："给你裹好伤，派人护送你回去。"

姜稚衣想跟他唱反调，一张嘴又冷静下来。

狩猎的确太过血腥，她怕自己委实承受不来，再说脚都这样了，他若是出去狩猎了，她一点行动力都没有，待在刚出过事的地方也害怕。

姜稚衣道："好吧，那今日这事——"

方才回营路上，她本想将那张伪造他字迹的字条给他看，却没找到，回想了下，之前她好像是将字条捏在手里的，掉入捕兽坑的时候恐怕早就飘落，被对方捡去销毁了。

字条没了，帐子里那支箭也不见了，迷晕谷雨的，很可能是狩猎时可涂在箭矢上，以防凶猛野兽袭击的药，每顶帐子都有配备，也无特殊指向。

想来对方既然敢对她这郡主下毒手，便是确保不会留下证据，又认定她不可能将自己与阿策哥哥私会之事宣扬开去，所以只能吃个哑巴亏。

"谁做的，我心里有数。"元策答。

"你可是找到了什么别的证据？"

虽说想想也知道嫌疑最大的是谁，但此事显然并非一人可为，定还有同伙。而且与上回那些被元策打断腿的小公子不同，这些书院里的世家公子都是将来要继承家里爵位的嫡长子，若无由头便随意动手，容易招惹麻烦。

"不需要证据。"元策撑膝起身，捻了捻指腹上残留的药膏，"对外就称今日是失足落坑，其余事不必操心，回府睡一觉——"

姜稚衣望向他轻扯的嘴角，感觉帐子里凉飕飕的，无端起了一阵寒意。

元策道："醒来的时候，就都结束了。"

狩猎场距离玄策营不远，姜稚衣被几个玄策军的士兵护送回了城，回府后，冰敷和药膏的效用渐渐消退，脚踝又开始隐隐作痛。

她受不住疼，也顾不上去想元策到底要做什么了，请女医士验过伤，确认并无别处摔伤，便喝下安神止疼的汤药合上了眼，临睡前嘱咐谷雨若有什么消息随时叫醒她。

这一觉睡得沉，许是今日太过一波三折，姜稚衣浑梦一个接着一个，越陷越深，怎么都醒不来，一直睡到夜深，隐约被窸窸窣窣的说话声吵醒。

她疲惫地睁开眼皮，视线从蒙眬到逐渐清晰，看见寝间门边两名婢女背对着她，头碰着头在小声争执着什么。

"吵什么？"姜稚衣有气无力地问了一句。

谷雨和小满吃惊地住嘴，回过头去。

"郡主醒了，"小满目光轻闪着迎上前来，"脚还疼吗？"

"能不疼吗……"姜稚衣稍稍动了下睡麻的脚，"你俩刚才争什么呢？"

小满看了眼边上的谷雨，谷雨往更边上看了眼，瞥见温在小火炉上的汤药："哦，就是刚好到了该喝汤药的时辰，奴婢们在争要不要叫醒您。"

"那你俩就没想过这一争，叫不叫我都醒了？"姜稚衣觑了眼两人。

两人摸摸鼻子，上前来伺候她漱口、喝汤药。

姜稚衣被扶着坐起来，思绪从浑梦里抽离，想起睡前牵肠挂肚的事，立马问："狩猎场那边有什么消息没？"

"没有。"谷雨和小满异口同声。

姜稚衣看了看答得斩钉截铁的两人，皱了皱眉，望了眼窗外漆黑的天色："现在什么时辰了？"

"酉时。"

"戌时。"

"嗯？"

两人神色紧张，对视一眼。

姜稚衣瞟瞟她们："刚才还挺默契呢，这下怎么的了？"

小满道："不是说好了，往前说一个时辰吗？"

谷雨道："那是上个时辰商量的了，现在自然变成往前说两个时辰了呀！"

"你俩当我是聋儿，还是瞎呢？"

"郡主恕罪，奴婢们不是有意瞒您……"

"到底什么时辰了？"

"已是亥时了，郡主。"

"还瞒我什么了？"姜稚衣板着脸凶起来。

谷雨紧张地吞咽了下："奴婢们得到消息，说是下午狩猎赛上一群世家公子你追我赶互不相让，为着抢猎物发生了意外，钟小伯爷的箭不小心射到了卓小侯爷的马，那马受了惊疯跑，卓小侯爷在马上被甩下半个身子，头撞上路边石头，当场便不省人事了，一大群医官全都赶了过去。到了晚上，人是救醒了，卓小侯爷却好像成了、成了傻子，一个人也不认得了，也听不懂话，只一个劲儿咿咿呀呀地哭闹，形容得很是可怕……"

姜稚衣毛骨悚然地打了个寒噤。

卓小侯爷，说的应当是宣德侯之子卓宽。宣德侯年轻时膝下一直无所出，传闻有什么隐疾，后来医好了，到了老年才终于得这一子。老来得子，又是唯一血脉，可以说是爱之如命。

钟伯勇这一箭，使卓宽变成了这副模样，若医治不好，宣德侯恐怕是要和钟伯勇，不，是要和钟家没完了。

钟伯勇，卓宽，难道是……？

姜稚衣还没来得及细捋，又想到不对劲之处："不是，那这也是钟家和卓家的事，你俩为何要瞒我？"

两人脑袋低垂下去，战战兢兢道："是、是因为还听说，卓小侯爷挂在那马上，本是要连人带马冲下悬崖，连性命都不保了，多亏沈少将军及时赶到拉住了马，但沈少将军为了牵制那马，在地上被拖行了好长一段路……当时的伤势瞧着比卓小侯爷还可怕，浑身都是血……"

姜稚衣脸色一白，一口气堵在胸口缓不上来，像今早脚踝剧痛那一瞬一样，眼前有点点星子蔓延开来。

"郡主！"谷雨和小满慌忙扑上前去。

与此同时，后窗一开一合，一道熟悉的黑影一跃而入："慢点晕。"

姜稚衣人都快倒在榻上了，被谷雨和小满一左一右扶住，抬眼看见来人，从晕厥的边缘强行清醒过来，胸间堵住的地方一通，长长地深吸进一口气。

谷雨和小满齐齐一惊，惊愕地瞪大了眼，眼看着理应养伤在床的人突然从天而降，没事人似的信步朝里走来。

"讲消息就讲消息，不必讲得如此生动，不知道你们家郡主多能晕？"元策凉凉地瞟了眼两名婢女，"下去吧。"

两人踌躇着看向姜稚衣："可是郡主还好吗？"

姜稚衣愣愣地打量着眼前并没有缺胳膊少腿的人，压了压惊，对两人抬了下手："我可以了。"

两人一步三回头地退了下去。

元策在她床榻边的脚踏坐下，稍稍活动了下胳膊。

姜稚衣忙低头去看他，一迭声地问："伤着哪里了？不是说流了好多血，受了伤怎么还过来？"

"怎么还过来？"元策回头觑她一眼，"晚来一步你都晕了。得了便宜还卖乖。"

"那你伤着什么地方了？我看看。"姜稚衣试图去扒拉他后领襟。

"不在这儿。"元策避开身子叹了口气，知道来了自然逃不过这一环，起身干脆拉起了右手袖口。

手肘上下一片都缠了细布，包扎过后看不见具体伤势，但想想他上次碰上小伤根本都懒得处理，现在裹得如此严实，隔着细布都闻得着血腥气，肯定是天大的伤了。

姜稚衣红着眼拉过他的手上看下看，想碰又不敢碰，含着哭腔碎碎念："你能不能有点分寸？手肘这么要紧的地方，还是右手，若有什么好歹，还怎么拿得了长枪！"

"你会这么想，宣德侯自然也会这么想。"元策一笑。

姜稚衣止住哭腔抬起头来。

"今日这猎物本是钟伯勇与我之争，就算那一箭是钟伯勇射出的，宣德侯难免也要将矛头分我一半。但若我为救他儿子同样成了受害者，宣德侯的矛头便只会对准钟家。要借刀杀人，这刀自然要够锋利，够准。"

所以她方才没有想错，今日对她下毒手的人，除了钟伯勇，另一个就是卓宽。

那么所谓钟伯勇"不小心"射中了卓宽的马，恐怕便不是他自己不小心，甚至卓宽的头撞上石头，可能也不是巧合……

姜稚衣一愣，反应过来："那就算是这样，你也不能拿自己的命去搏呀！"

看着眼前受了伤还在笑的人，姜稚衣气不打一处来，她看他就是个疯子，之前在战场上拿自己当饵去诱敌，现在设局报复人家也不惜赔上自己！

姜稚衣都不想问他疼不疼了，问了他又会说一句"这也至于疼"。

元策收回手，轻轻拉下袖口："看着唬人的伤而已。一个钟家，还不至于。"

事已至此，多说无用，姜稚衣看了看他那裹了伤的手肘，又看了看自己裹了伤的脚踝，叹了口气，不知是在安慰谁："好吧，就当你是为了与我更般配些。"

元策不知是气是笑地哽住。

姜稚衣缓了缓神，问道："不过，那个卓宽真的变成……痴儿了吗？"

元策歪了歪头："他不是很会动脑子出主意吗？"

听这意思，想来是医不好的了。

"那是不是稍微有点过了……"

"捧着碰着本就看各人运气，你运气好只崴到脚，若运气不好磕着头也可能变成这样。还他一报，何过之有？"

想象着自己变成傻子的样子，姜稚衣倒抽起一口凉气，捧住了脸："我可不会变成这样！"

想了想又问："万一我变成这样怎么办，你会照顾我一辈子吗？"

不等元策答，姜稚衣又自顾自摇了摇头："算了，真磕成了傻子，这么丢脸的事，最好没有人知道，若谁知道了，也定灭了他的口。我也不要你照顾，找个没人认识我的地方了此残生吧……"

元策没在永恩侯府久留。他本不该来这一趟，既然对外造了伤势不轻的声势，理当避免在外留下行踪，之所以还是漏夜来了，全因知道这位祖宗一听说消息怕是坐着轮椅也要赶去沈府，这便上门给她看一眼。

看也看过了，顺手给她换了一次药，元策悄无声息回到沈府，暗夜里一路来无影，去无踪，就像从未踏出过东院一般。

姜稚衣知道眼下当以大局为重，也担心元策来回奔波加重伤势，既有女医士随侍左右，便不必他再上门照料，过后几日，只同他书信往来。

每日入夜写上一封信，讲讲白日发生的事，翌日一早差人送过去。她晓得他伤了右手，也不要他回信，让人问过青松，知道他每封都读了，便很是高兴。

如此各养各伤地过了十日，一个震动朝野的消息在京中炸开了锅——

宣德侯因爱子伤重，告假十日未上朝，一朝重回金銮殿，竟是为上书状告康乐伯贪污军饷之罪，称愿以卓家爵位担保，所述罪状句句属实，绝无虚构。

圣上看过状书之后勃然大怒，下令三司核实严查，康乐伯被当场革职，钟家男丁一夕之间尽数锒铛入狱。

如今外头人人感慨，都说钟伯勇自恃武艺高强，一瓶子不满半瓶子晃荡，造下此般大孽，钟家有此子，实乃家门不幸。不过也是恶人自有天收，否则这无知小儿惹上的人又怎会刚巧手握着钟家的罪证。

姜稚衣听说这个消息的时候正在给元策写信，别人不知道是谁在背后操纵这些事，她知道，她想问问他，这真的只是个巧合吗？

如果宣德侯状告康乐伯贪污军饷也是他报复的一环，那从她意外出事到他出手不过短短半日，他如何能在半日之内查到扳倒钟家的罪证，并巧设此局？

既然不可能，便是他在此之前就已在着手查探钟家。

在她看不见的地方，他在做些什么，又为何要做这些？

疑问一茬接着一茬，落笔之时又想到如今钟、卓两家正处于风口浪尖，案子未定，决不可令阿策哥哥卷入其中，书信中提及此事未免太过危险，还是留到当面再讲，继续说今日吃了什么好了。

三日后清早，沈府东院书房。

穆新鸿站在书案前，喜气洋洋地向元策回报："三司查到的贪污数额已达百万两，康乐伯因跛脚从前线退居幕后，这些年的不甘怕是全拿来贪银钱了，这日积月累的数额如此庞大，不出意外，死罪已定。"

元策脸上却无太多喜色，看着手里的书信神色淡淡道："案子是三司查，罪如何定得看圣上，不宜高兴过早。"

穆新鸿颔首应是，恢复了肃穆的神情。

此前他们养了高石这个活死人半年，钓出的幕后黑手便是康乐伯。原来康乐伯早年在前线打仗之时曾有恩于高石，高石不惜背叛玄策军与大公子也要效忠康乐伯，便是为了还恩。

但康乐伯身居官场多年，既犯下通敌这样的大罪，又岂会傻乎乎地留下罪证，少将军又未正式授官，没法接近这老狐狸，便当机立断进了天崇书院，打算从钟伯勇入手探探钟家的底。

后来查到钟家与卓家的关系，发现钟、卓两家儿子私下交好，两位父亲也有利益往来，便找到了突破口。

只是原本卓家并非少将军的目标，在少将军的计划里，打算用利益分化钟、卓两家，结果那日郡主出了事，卓小侯爷自己找上门来，这便一石二鸟一块儿收拾了。

如今一切都顺着少将军的计划在发展，不过越是这种关头，确实越要小心谨慎，不可轻敌。穆新鸿觉得少将军此言有理，严肃地想到这里，一抬头，却见方才叫他不要高兴的人嘴角微弯，自己还挺高兴。

他就说，至亲之仇眼见就要得报，谁能不欢喜？

穆新鸿酝酿了句应景的话出来："总之，如今暗害大公子的凶手已在牢狱之中，也可告慰大公子在天之灵了！"

元策笑意蓦然一收，从信笺里抬起一丝眼皮来。

穆新鸿一愣。这话也不能说？他说错啥了？犹疑着仔细看了眼元策指尖捏着的那封信笺——

彩色的花笺，绘了漂亮的花，撒了金灿灿的粉，闻着还有香喷喷的味儿，一看便知出自谁人之手。

"哦……"穆新鸿才发现自己应错景了，尴尬地干笑了声，"您是在高兴这信里的东西呢。"

元策沉着脸一抬眼皮："看到些蠢事罢了。"

穆新鸿轻咳一声，想起前几日青松偷偷叹着气跟他说，公子最近每日看郡主的来信都会笑，不知大公子在天上看了作何感想……

"没事，少将军，这笑就跟打喷嚏一样都是人之常情，谁忍得住啊，咱想笑就笑，不必理会他人目光！"

元策缓缓抬起一根食指，指着他，往右一划。

穆新鸿顺着那根手指转过头，看见是送客的方向，摸着后脑勺退了出去。

房门一开一合，书房里归于寂静，元策垂下眼，目光重新落回手里的信笺上。

　　阿策哥哥亲启，转眼已见字如面近半月，何时能真正见上面呢？听青松说你的手肘已拆去细布，我的脚也好得差不离了，今日医士让我下地走走试试，我走了两步，确实不疼了，只是我好像不太会走路了。虎虎在旁边看着我，我走一小步，它就跟着蹿一大截，回头冲我喵喵喵，你说它一个四条腿的，走得比我这两条腿的快有什么好骄傲的？明日它休想再吃我的鱼。

元策目光下扫，从被穆新鸿打断的这句继续读下去。

　　对了，宝嘉阿姊今日来府上了，前阵子她来看我的时候我都喝了药睡着，今日总算与她说上了话。她说要是早知道我会出这等事，便不让我帮她去打听裴子宋的婚配了。现在你知道了吧，可不是我对裴子宋有非分之想。今日我顺带也问了宝嘉阿姊，她和李答风可是旧识。我想来想去都觉得不对劲，宝嘉阿姊的酒楼开张在李答风进京之后不久，刚好叫"风徐来"，其中一定有鬼。但宝嘉阿姊不愿跟我讲，还说小孩子不要管大人的事。你回头跟你的军医打听打听，看能不能套出些话来，我可实在太好奇了！
　　不过今日还收到一则坏消息，舅舅的家书里说，他那边修渠工事未完，至今没能启程回京，恐怕赶不上除夕了，那我们岂不是要晚些才能说亲了，唉……不过看信中意思，舅舅只是赶不上除夕，年后应当会尽快回来。你也不必担心，你如今建了功立了业，本就已可与我匹配，眼下外边都在传我们的事，就算为着我的声誉，舅舅也定会认下你这个外甥女婿。熬了三年多，终于要守得云开见月明了，我都快开心得睡不着觉了。你呢，开不开心？

元策捏在信笺上的手攥了攥，眼神微微黯了下去。
　　恰在此刻，一阵辘辘辘的车轮声响起，伴随着一道不高兴的女声靠近了书房："本郡主都坐着轮椅来了，你家公子再忙，怎可能不见我？你让他当面与我说这话！"
　　话音落下不久，房门被敲响，青松站在门外颤颤巍巍道："公、公子，永盈郡主来了。"
　　元策低头看了眼手里的信笺，默了默，叠拢了收进旁边一只檀木匣子里，道了声"进"。

房门打开，两名健仆抬着轮椅过了门槛，半月未见的人穿了身鹅黄搭青绿的袄裙，发间簪一支流苏垂坠的金步摇，额间珍珠花钿闪着莹润的光，一进门便像将这死气沉沉的屋子染上了春色。

"听说有人忙得没空见我。"姜稚衣端着手坐在轮椅上一扬下巴，睨着书案那头。明明坐着矮人一截，气势却分毫不减。

元策目光在她身上一落，然后看向她身后的青松："你都没来与我通禀，我何时说过不见？"

姜稚衣一愣，一旁的谷雨生气地朝青松发话："你怎么回事，还假传你家公子的令？"

青松冒着冷汗低着头不敢说话，他只是觉着这样下去大事不妙，公子好像真的要和郡主好上了，所以擅作主张……

"下去吧。"元策没为难他。

青松松了口气，忙不迭告罪退了出去。

姜稚衣本想再说几句，想着半月未与阿策哥哥见面，不想在下人身上浪费时间，便让谷雨快快推着轮椅送她上前。

元策道："腿还没好，瞎折腾什么？"

"你没看我今日的信吗？医士说我可以下地了，别走太多路就行。我给你走两步。"姜稚衣说着就要起身展示一番。

"不用，去那儿坐着我看看。"元策朝谷雨使了个眼色。

姜稚衣被推去罗汉榻那头，坐上榻脱了鞋袜。

"半月没见，第一面还是来看我的脚，我的脚比脸好看吗？"姜稚衣嘟囔着把脚踢过去，"喏，看看看，看个够！"

元策人往后一仰，一把抓住那只直冲他面门的白生生的脚，单膝跪在榻边，垂眼看了看已不见瘀青之色的脚踝，拿拇指指腹轻按过她的关节筋骨，抬起眼皮，将这只脚一把推了回去。

姜稚衣一声低呼，不可思议地盯着他这粗暴的动作："你之前可不是这样对我的！"

元策撑膝起身："因为现在已经好了。"

姜稚衣气鼓鼓地把脚递给谷雨，让她给自己穿上鞋袜，冲他冷哼："那我还有别处受新伤了呢！"

元策眉梢一扬，心道她要来上一句她的心刚刚受伤了，却见她突然一摊手，递来十根手指，每根指头上都散布了新的旧的血点，有的已结了暗色的痂，有的还殷红着。

元策目光一顿："做什么去了？"

姜稚衣神神秘秘地一弯唇角，从袖中掏出一只香囊："给你做香囊去了呀！"

元策看向那只玄色底绣金线虎纹的男式香囊，眼神一闪。

"本想在信里跟你说我每日扎到了几次手，想想说了便没惊喜了，我是不是很能忍？"姜稚衣得意地笑着，笑完又叹了口气，心疼地吹了吹自己的指头，"这绣活实在太难了，要不是为了你，我一辈子都不会碰的……"

元策拧眉看她："我要香囊干什么？"

"这可不是一只普通的香囊，我以前给你的那块玉不是被你摔碎了吗，碎了也不吉利了，不好再用了。最近动不了腿躺着无趣，我便动动手做样新的信物给你。旧的不去，新的不来，这样也好，就当是三年后新的开始。"姜稚衣将香囊递过来，催促他接过，"快收好了，这回不许弄坏了！"

元策垂下眼睑，看着那只香囊，还有那只伤痕累累的手，垂在身侧的手轻轻攥紧，冷不丁突然想起她今日那封信中最后一句问话——

"你呢，开不开心？"

如果一个人的喜怒哀乐都是偷来的，也许他的开心也是迟早要还回去的东西。

这些日子，当他拿起那些信，会短暂地忘记兄长，却又总会在放下信之后更长久的时间里，一次又一次梦见兄长的脸。

耳边清亮的女声还在嘀嘀咕咕："本来我也不知道绣什么纹好，看到虎虎在我旁边上蹿下跳，我就绣了虎纹。你以后当了我的郡马，也像虎虎一样只围着我转就好了！

"虽然这虎纹着实复杂了些，不过这世上就没有我姜稚衣办不到的事，是不是绣得还不错？

"我还在香囊内衬绣了我的名字呢……"

元策抬起眼，看着眼前这张天真烂漫的笑靥，忽然第一次想知道，倘若她发现这不是新的开始，而是错误的、不该发生的取而代之，她仍会像现在这样对他笑，还是会吓得转身就跑。

送完定情信物，姜稚衣回府又歇了几日，医士再来触诊的时候，说她这脚已不必顾忌，可像从前那样行动自如了。

这人平常天冷的时候本也爱懒在宅子里，可自己不想出去和没法出去却是两回事，连着禁足了大半个月，一得到医士的准话，姜稚衣一刻等不及地派人去沈府送了信，让元策陪她上街出游去。

半个时辰后，姜稚衣第一次青天白日在侯府正门看见了光明正大来找她的元策。

望着这感人肺腑的一幕，姜稚衣近乡情怯般在门槛前停住脚，攥在手心的锦帕忍不住挪向了眼角。

元策翻身下马的动作一顿。

姜稚衣拿着帕子揩揩眼角，朝他抬了下手："想到往后都不必再偷鸡摸狗了，一时有些喜极而泣。"

不过是外边的事态已无可挽回，走旁门也于事无补，便没有多此一举。

元策抬眼瞥了瞥她："那你先在这儿泣会儿，我打马去转一圈再来？"

"不泣了不泣了，这便出发！"姜稚衣匆匆收起喜泪，搭着婢女的手走上前去，提着裙摆踩上轿凳坐进马车，一抬头，见元策还杵在原地不动，"怎么了，上来呀！"

元策皱眉看着面前这辆花里胡哨、丁零当啷的马车："非要坐你这招摇过市的马车？"

"你的马车太小，坐在里头行动不开，我这辆里头还有榻呢。"

"大白天要什么榻？"

她只是为了形容马车之大罢了，咬文嚼字个什么劲儿："那你陪人逛街要什么嘴？"

元策无言以对。

"你是没坐过这么高的马车吗？我教你，你就踩那个轿凳，垫一脚就可以上……"

元策长腿一跨，一脚登上马车，弯腰进去："当我是你？"

姜稚衣觑了眼他，头探出窗外朝婢女们道："今日都不必跟来了，我与郡马要去把臂同游，不想有人打扰，你们将郡马的宝贝坐骑照顾好就行。"

马车辘辘驶出崇仁坊。年关将至，朝堂之上各部各司为钟家惊天动地的贪污案忙得晕头转向，气氛低迷紧张，却不碍着老百姓们欢欢喜喜过大年，早早张罗起除夕的行头。

大好晴日，长安城中大街小巷到处张灯结彩，各家各户高挂起红灯笼、红络子，西市行肆铺坊生意兴隆到掌柜们合不拢嘴，街边卖货郎的小摊前人潮往来不绝。

到了马车无法通行的路段，元策先一步下去，摊开手回头接人。

车夫刚要去摆轿凳，便见郡马一把将郡主竖着抱了下来，郡主在郡马手里轻得像一片叶子似的，一眨眼便稳稳当当落了地。

姜稚衣站在人群中理了理头顶的帷帽："这帷帽你没给我戴好，怎么是歪的？"

要早说陪人逛街就是给人当奴役，何至于放着一堆事不做来这一趟。元策皱眉："爱戴不戴。"

姜稚衣往四下一看，瞧见街边一小摊上的布衣妇人，摘下帷帽递过去："送你了！"

妇人一愣，接过满是金穗子的帷帽："多谢贵人，多谢贵人！"

"那我便不戴了，若一会儿满街的男子都看我，你别吃醋就行。"

姜稚衣挽过元策的臂弯往前走去，却很快发现，不光满街的男子，满街的男女老少都在往他们这边瞧，看那惊讶的样子，好像还认出了元策。

……她忘了自己挽着的，是两个月前刚轰动全城打马游街过的人了。

街边小吃摊上的吃客们三五一桌地窸窸窣窣议论着什么，姜稚衣耳力不够，压低声问元策："他们在说什么？"

虽然听不清，但是不难猜到，肯定有人认出了她——当初那位茶楼之上趾高气扬挑衅纠缠，被冷漠的将军一句"请问姑娘是"一击毙命的贵女。

很显然，在这段京城贵女和战神将军的风流韵事里，她是那个并不讨喜的反面角色。

元策侧耳听了听，低头看了眼姜稚衣。

姜稚衣一看他这眼神就知道自己猜得没错，脸一点点涨红起来，恨不能找个地缝钻进去："都怪你，当初装什么不认识我，脸都给人踩地上去了……我以后再也不上街来了……"

元策慢慢抽出了自己被她挽着的手臂。

姜稚衣使劲把他的手掰扯回来："他们本就觉得是我纠缠你了，你还这样，我岂不是……"

话音未落，挣扎的手忽然被人握住，姜稚衣蓦地一低头，看见他的长指轻轻穿插过她的五指，牢牢扣住了她的手。

四面一阵惊叹之声响起。元策回头扫向那群吃客，众人吓得一激灵，连忙闭上嘴巴低下头去。

元策道："这样能把郡主丢掉的脸捡起来了吗？"

姜稚衣低头看着两人十指相扣的手，心怦怦跳着，抬起眼来："你怎知有情人要这样牵手？"

元策朝前一抬下巴。

姜稚衣顺着他下巴所指的方向望去，看见前路一家三口有说有笑，年轻的爹爹肩上扛着闺女，手中牵着妻子。

"好吧，只要你今日在街上一刻也不松开这手，本郡主就勉强原谅你当初不认识我之过。"姜稚衣笑吟吟地拉着人朝前走去。

走出一程，那些看热闹的目光落远了，姜稚衣专心逛起街来，看见斜对面有个糖人摊子，正准备问元策想不想吃，目光转过去，忽然注意到糖人摊边上一道亭亭玉立的身影——

少女站在摊前，却不看糖人，一双眼定定望着她和元策，不知已经看了多久。

是上次书院一别，快有一月未见的裴雪青。

姜稚衣顺着裴雪青的视线，低头看向元策牵着自己的手。

"有人在看我们。"姜稚衣收了笑嘀咕。

"知道。"

也是，以他的敏锐，肯定比她更早发现。姜稚衣不高兴地撇撇嘴："都知道我们什么关系了，她怎么还这么看你？"

"我哪知道。"元策一扬眉。

姜稚衣又往裴雪青那儿看去一眼，发现她这次不避不让，或者是在出神，仍旧一动不动盯着他们交握的手。

"我要吃糖人儿！"姜稚衣一抬下巴。

元策往裴雪青所在的糖人摊望去，又看了眼旁边的祖宗，叹着气牵着人走向斜对面。

眼看两人走来，裴雪青才如梦初醒般收回目光，匆匆去撂帷帽的帽纱。

"不必遮了，大老远便看见裴姑娘你了。"姜稚衣笑着同她打招呼。

裴雪青撂帽纱的手顿住，朝两人福身各行了一礼："郡主，沈少将军。"

姜稚衣向小摊后的卖货郎扬扬下巴："买糖人儿。"

"好嘞，"货郎忙活着手艺功夫，一指裴雪青，"给这位先来的姑娘做完便给您做，二位客官一人挑选个式样吧！"

"和这位姑娘一样要那小兔子的，一个就成，我们二人分着吃。"姜稚衣看一眼元策。

元策递去一个糖人儿的银钱。

"好嘞，吃了我这糖人儿，保证二位甜甜蜜蜜，恩爱不移！"

裴雪青眼睫一颤，静静垂下眼去。

姜稚衣看了眼她提在手里的药包："裴姑娘这是为令堂抓药来的？"

"不是家母，是家兄的。"

"裴公子怎的了？"

元策轻咳一声。

姜稚衣回头看他，小声道："关心下同窗罢了。"

元策道："嗓子痒罢了。"

"家兄偶感风寒，并无大碍，多谢郡主关心。"裴雪青挤出个笑来，轻吸一口气，像不愿再在这里待下去，突然匆匆告辞，"郡主与沈少将军慢逛，雪青先回府去了。"

"姑娘您这糖人儿还没好呢！"货郎喊住了人。

"我家中有些急事，等不了了，反正都是一样的式样，不如就给这位姑娘吧。"裴雪青绕过摊子，低着头疾步往外走去。

"您这银钱我都收了，那您拿包现成的糖走，这是牛乳糖，可不会亏着您呢！"货郎一只手做糖人儿，另一只手拎起一只油纸包，朝走远的人伸长了手递去。

裴雪青一下站住脚。

见她刚好停在元策侧后方，姜稚衣轻撞了下元策的胳膊。

元策接过货郎手里的油纸包，转身递向裴雪青。

余光里看见那只拎着油纸包的手，裴雪青像怔住了一般，在原地背着身沉默许久，白着脸缓缓回过头来，抬眼看向元策。

那双抬起的眼眼眶微红，眼底湿润。

元策不明所以地一顿。

"我从小便不能喝牛乳，一喝就起疹子，喘不上气……"裴雪青看着他，重重地一字字说。

"她从小便不能喝牛乳，一喝就起疹子，喘不上气……"半个时辰后，辘辘行驶的马车内，姜稚衣眉头紧蹙，"那糖是货郎的，可以跟货郎说，她为何要看着你说？"

元策背靠车壁："你问我，我问谁去？"

"我不问你，我问谁去？"姜稚衣转过头瞪他一眼，"你给我说清楚了，你可是知道那裴姑娘不能喝牛乳，也不能吃牛乳糖？"

"我要是知道还递给她？"

"那她为何一副觉得你应该知道此事的模样？"

元策眯了眯眼："你确定？"

"什么叫我确定？"姜稚衣气笑，"你从前和这裴姑娘是否相识，知不知道她这些私事，你自己不确定？"

他倒是想确定。

"我自然确定，但是——"元策不紧不慢地兜着圈子，试探着看了看姜稚衣，"在你看来，她觉得我应该知道此事？"

"是呀，不然她怎么好像受了天大的委屈，像被你欺负了似的。我们姑娘家的感觉决不会错！"

元策抱臂看向窗外，皱起眉来。

倘若真像姜稚衣所说，兄长本应该知道裴雪青如此私密之事，那兄长与这裴雪青是什么关系？

既然已与姜稚衣私订终身，又为何同裴雪青有如此私交？

"我在问你话，你还想上心事了？"姜稚衣气得涨红了脸，轻砸了下他的肩，"你给我老实交代，当年除了与我，你可是还和别的姑娘有什么私情，到处拈花惹草？"

"没有。"元策回过眼来。

"那你发誓给我听！"

元策默了默，竖起三指："我沈——"

"嗯？"

算了，他现在对兄长的为人已经不太有信心了。

元策道："我元策指天发誓——"

"怎么还省个姓呢！"姜稚衣板起脸，"你是不是故意把誓发到叫'元策'的人身上去？"

"姓氏代表家族，不宜随意拿来起誓，舍姓取名也是一样的。"

"好吧，元策就元策，那你发吧。"

元策再次竖起三指："我元策指天发誓，此生从未到处拈花惹草，从未与别的女子有过任何私情。"

"与除了姜稚衣以外的女子。"姜稚衣提醒。

元策道："从未与除了姜稚衣以外的女子有过任何私情。"

"顺带多说两句，"姜稚衣快快思索一番，"说你日后也只心悦我一人，此生我若不离，你必不弃。"

元策搁下手，不可思议地一笑："发誓还有顺带的？"

"怎么没有，"姜稚衣一指车顶外的天，"那老天多忙啊，哪儿有空一次又一次在这儿听你发誓，发都发了，一次发完岂不省事？"

老天是省事了，他是摊上事了。

"怎么，如今你我二人的关系都已是满城皆知了，难道你还打算抛弃我不成？"

元策想了想，懒懒地靠着车壁，再次竖起三指："我沈元策指天发誓，此生只心悦姜稚衣一人，她若不离——"

"等等，"姜稚衣笑盈盈地听到一半打断他，疑惑道，"怎么这回又加上姓了？"

元策斜眼睨她："那你想要沈元策，还是元策？"

姜稚衣莫名其妙："不是你自己说起誓不宜牵连家族吗？就只要元策好了呀。"

"哦，是吗？"元策别过头去。

姜稚衣倾身向前，盯住他可疑的唇角："你笑什么？"

"没什么。"

"那这誓还发不发了？你要不发，我现在就离，你也弃了算了！"姜稚衣撇撇嘴。

元策轻叹一口气，第四次竖起三指，直起身看向姜稚衣："我元策指天发誓，此生只心悦姜稚衣一人，她若不离，我必不弃，若违此誓——"

　　姜稚衣上前一把捂住他的嘴。

　　"好了，"姜稚衣满意地一笑，"看到你的诚意就行了，才不舍得让你天打五雷轰呢！"

　　元策垂眼拿开她的手，握在掌心："不生气了？"

　　"嗯，相信你和裴姑娘没什么了。"

　　元策点点头，偏头望向窗外湛蓝的天。

　　她是信了，他倒有些不信了。

　　这个裴雪青的确古怪，兄长若真是拈了花又惹了草，总不能花与草都要……元策摩挲着掌心那只手，眯着眼想。

第七章

修罗场

三日后除夕，姜稚衣一大清早便被院子里熙熙攘攘的笑闹声吵醒。

瑶光阁里当差的下人都知郡主冬日惧冷贪睡，初醒时尤其不喜吵闹，清早洒扫从来都是轻手轻脚的，只除了一年到头的这一日。

辞旧迎新的日子，大家都憋不住喜气，全院上下大到屋瓦、小到犄角旮旯都得扫除，还要贴窗花、挂桃符，早些时候有一年他们一边忙活一边说笑，不小心吵醒了郡主，却没想到郡主起身后非但不生气，还说除夕就是要热热闹闹的，今日谁最热闹，谁得的压祟钱便最多。

他们私下彼此一打听，才晓得郡主的母亲就是在正旦凌晨故去的，想来除夕到正旦这两日多给郡主些热闹喜气，可令她少记起伤心往事。

打那之后，每年这一日，大家便都肆无忌惮地叽叽喳喳。

姜稚衣在笑闹声中起身，看着满院的喜庆，可惜着舅舅今年这一趟差事出得不巧，赶不回来过年，惊蛰也不能陪在她身边。

前些天郑县传来了惊蛰的近况，说她伤势好转许多，虽还不能下地走动，但在榻上活动已是无碍了。

另还有一桩喜事，听说惊蛰与那医馆里一位学徒看对了眼，竟都不必她派去的婢女时时贴身照顾，常由那学徒代劳了。

姜稚衣派人提前送了压祟钱过去，连那学徒的份儿一道给了。结果那学徒不收，说怕惊蛰以为自己瞧中了她的家世。

姜稚衣听说消息乐了好一阵，盘算着等惊蛰好全便给两人做媒，到时她与阿策哥哥应当也定下了亲事，便是双喜临门。

心里想着这些，忽见谷雨匆匆进来回报："郡主，小佛堂那边出了点岔子，护卫发现夫人乔装改扮成仆妇想混出府去，不知要做什么。"

姜稚衣正想和和美美的事呢，被这一打岔，登时兴致全无，蹙了蹙眉："现下人呢？"

"郡主放心，护卫已将夫人送回小佛堂了，只是夫人这会儿一直在骂，这大过年的……"

想也知道她这舅母骂起人来多难听。好好的逢年过节的日子，真是乌烟瘴气。

姜稚衣烦不胜烦地叹了口气，决定去料理料理这事，拢上斗篷出了院子，坐上步舆往北面小佛堂去。

到了院外，还未进门，便听到一阵咬牙切齿的痛骂："这小白眼儿狼，害我们母子分离两月之久，连除夕都不让我们见面，还叫侯爷也回不成京……自己死了爹死了娘，便看不得人家一家团圆！

"阿兄下狱也定是被她所害……我现下出不去，你想办法去康乐伯府传信，告诉阿兄是这丫头要搞垮我母家，故意设计陷害他……"

"舅母拜了两月菩萨，怎的菩萨没教您，凡事别把自己想得太要紧？"姜稚衣一脚跨进了佛堂。

钟氏打了个哆嗦，坐在蒲团上回过头去一惊，踉跄着撑地爬起。

一旁的通房姜室立马去扶地。

"你——"钟氏跌撞着走上前来，被护卫隔在姜稚衣身前一丈之外，"我要见侯爷，我要见我儿子，我要见康乐伯！"

"舅母想见的人倒不少，可惜他们未必想见您。"姜稚衣看着她，面露同情之色，"您为大表哥深谋远虑，精心筹划，大表哥当初病愈之后去的第一个地方却是燕春楼，半步也不曾踏进这佛堂。您心心念念着让康乐伯为您去圣上跟前求情，可康乐伯听说您被关禁闭，明哲保身还来不及。我是没爹没娘，但您的一家团圆，看着也不过如此呢。"

"你、你不必在这里逞口舌！不过是你拦了我送去康乐伯府的信，拦着你大表哥不让他来见我……"

钟氏说到这里，想起什么痛心疾首的事，颤抖着拿手指着她："你个小白眼儿狼，才与那沈元策好上几日，居然支使他打断你大表哥的腿……这么多年，你大表哥与你在同个屋檐下长大，待你掏心掏肺，竟还比不上一个外人与你两月的情分！"

姜稚衣眨了眨眼："我与沈少将军何等情分，舅母三年前不就知道了吗？"

"什么三年前？"钟氏一愣，"我知道什么……"

一愣之后，又像是反应过来："你竟三年前便与那沈元策苟且？！好啊，等我告诉你舅父，看他怎么打断那沈元策……"

"舅母这出戏倒是演得不错，"姜稚衣赞赏地上下打量着人，"您三年前偷偷给我与沈少将军使的那些绊子，我可都记着，您大可去同舅父说，到时我们对质一番，看舅父是觉得我这外甥女出格，还是您这夫人恶毒。"

钟氏愣在原地半晌："我三年前给你使什么绊子？你休要在这里血口喷人！"

大过年的，姜稚衣也懒得再与她理论下去，叹着气道："随您怎么说吧，今日来这趟，一是同舅母拜个早年；二是提醒舅母，您喊破天也无用，这佛堂，您是出不去的，不如省点力气少骂两句，还能在菩萨跟前积点德。"

被钟氏闹过一场，姜稚衣无端端吃了一肚子气，用午膳的胃口都没了。

其实原本除夕这等日子，让他们母子团圆也无妨，毕竟她与阿策哥哥都快说亲了，这对母子也生不出什么幺蛾子了。

可偏偏眼下钟家的贪污案还在受审中，钟氏人虽蠢笨，却知道她与阿策哥哥许多事，若往外头一通攀咬，非说她与阿策哥哥联手害的钟家，岂不叫她瞎猫碰上死耗子说中了——

上回她已问过阿策哥哥，为何提前查探钟家的罪证，阿策哥哥说，是因为她这舅母待她恶毒，他捏着钟家的把柄，以备不时之需。

钟氏虽无实证，但有些刺耳的话传出去容易左右人心，她不能让阿策哥哥被宣德侯怀疑，所以在钟家的案子有定论之前，必须看住钟氏。

姜稚衣没用几口午膳，到了傍晚，干脆提早些时辰去了公主府找宝嘉阿姊。

这除夕夜，她往年或在宫里吃宴席，或在侯府与舅父和方家人一道吃年夜饭，可今年涉及数百万两的贪污案一出，皇伯伯为做出节省开支的表率取消了除夕宫宴，舅父又不在，她便找自立门户的宝嘉阿姊过年去。

进了公主府，宝嘉一见着她便调侃："算着这可是你最后一年与我一道吃年夜饭了？"

姜稚衣一愣，还没懂这话什么意思，一旁的翠眉笑着附和："可不是，等嫁了人，自然要在夫家过这团圆夜了。"

姜稚衣脚一跺，在宝嘉旁边坐下："我这才进门呢，又拿我打趣……阿姊若这么舍不得我，找我夫家的军医做驸马不就行了，到时我们四人一起团圆！"

宝嘉噎了下，转向翠眉："瞧瞧这过河拆桥的主，给她出完妙计就这般嘴脸了，还拿她阿姊说笑上了。"

"奴婢倒觉着这提议很是不错呢。"

宝嘉觑了眼翠眉，又问姜稚衣："怎的你阿策哥哥知道你今夜一人，也不陪你？"

"他家中有母亲，虽是继母，没有生恩也有养恩，都三年不见了，这种日子怎能不着家？再说军营的将士跟着他背井离乡来了长安，也该犒劳犒劳，他这一晚上已有两顿年夜饭要吃了。是我跟他说，我今夜有你作陪，让他自去忙的。"姜稚衣拿捏着将军夫人的范儿款款作答。

宝嘉若有所思地点点头："这么说……他晚上还要去军营？"

"是呀，我们约好了，等我与阿姊散席之后给他去信，到时守岁可以一道……"姜稚衣说到这里一顿，回过神，"阿姊这是想套我话，看李军医今夜在哪儿吧？"

宝嘉笑而不语，喝了口茶。

姜稚衣叹息一声："我这儿都给阿姊揭干净了，却不知阿姊一点内情。真没意思，这团圆饭吃的哪里是团圆，分明是人心隔肚皮！"

"不是我不与你讲，是早都过去了，你不也知道那姓李的离京七年了吗？还能有什么？"

"那他当初为何抛弃阿姊离京？"

"谁说留下的人一定是被抛弃的？不是他弃我，是我弃他。"宝嘉笑着站起身来，"不知你来得这般早，还未来得及梳妆，你在这里与翠眉聊会儿天，晚些一道吃过年夜饭，带你放灯去。"

宝嘉说着便去梳妆了。姜稚衣托着腮看向翠眉："翠眉，你不会也不与我讲吧？你瞧阿姊留下的话，她叫我与你聊会儿天，便是她不想讲，让你讲，你应当听得懂吧？"

翠眉失笑："公主与李先生当初是如何不欢而散的，奴婢也不知详情，不过李先生离京并非自己选择，是不得已才跟着获罪流放的父亲去边关的。"

姜稚衣一惊："获罪？获什么罪？"

"您若想听，这还要说到一件旧事。"

"我当然想听，你快别卖关子了。"

翠眉应声答："那是郡主出生之前的事了，先帝在位时崇信道教，那时有一名号叫'见微天师'的道长，年纪轻轻却极擅占卜、观星象，据传有预言未来之能，虽不知是否当真预言得准，但先帝是颇为信重他的，郡主可曾听说过此人？"

姜稚衣点点头。

当初钟氏还信口雌黄，骗她说那下蛊的香囊是个平安符，为见微天师所赠，可笑的是钟氏不知道，这位见微天师刚巧今年与皇伯伯请辞，已去云游四海了，如今根本没人请得到他的符。

"你继续说，这位天师怎的了？"

"大约二十年前，这位天师夜观星象，观出一大凶异象，预言这年将有双生妖星临世，来日恐动摇国统，危及皇权，所以那一年，从京畿到边地，所有出生的双生婴孩皆被先帝秘密下令处死了……"

姜稚衣背脊升腾起一股寒意，牢牢捧住了手里的热茶，像被吓呆了："这么多婴孩，才出生，根本什么错也没有，就这样尽数都被杀死在襁褓里了吗？"

"也非尽数，这令既然要层层下达，总有风声漏出去，李先生的父亲当年在太医署任职，便曾发善心，悄悄保下一名官吏家中新诞的一对女婴。八年前，这桩旧事被李太医官场上的对头揭破，李太医便被革职，判处了三年流放之刑。"

"那当年那对女婴呢？如今应已长大成人，难道要处死不成？"

"那对女婴当年没活过一岁便双双因病夭折，倒不知若她们还在会如何。不过当今圣上不大信重那些道术，登基后也并未重用天师，只是因李太医忤逆先帝，犯下欺君之罪才惩处他。那对女婴就算还在，女儿身上不了官场，想来不至于要处死。如今这日子太太平平的，不会再有这样的事，郡主放宽心。"

姜稚衣喝茶压着惊，早被吓得忘记关心情情爱爱的风月之事，也忘了问，为何流放只判处三年，李答风却整整七年没有回京了。

深夜，京郊玄策营。

一玄一白两道身影并肩站在高耸的哨塔之上，衣袂在风中猎猎翻飞，沉默间碰了下手里的酒坛子。

李答风饮下一口酒，掀袍坐下，长叹一声："有家室的人，大过年的，在这儿跟我喝什么闷酒？"

元策单手扣着酒坛垂眼睨他："哪儿来的家室？"

"知道意思就行，你一武人，还与我一文人咬文嚼字？"

元策眺望着长安城的方向："那你去问问你那位公主为何这个时辰了还不放人？"

"原是没等到人家姊妹散席。"李答风轻笑一声，"那贵人享乐可说不好时辰，通宵达旦也是寻常事——还有，公主就是公主，什么我那位？"

"不是你自己欠下的风流债？"

"又来套话，"李答风觑了眼他，"你最近怎么老关心这事？"

元策饮下一口酒："你当我想？有人让我跟你打听。"

"你家那位郡主真是好奇心不浅。"李答风"啧啧"摇头，"你要有这闲心，不如去操心操心你阿兄的风流债，那位裴姑娘的事查得如何了？"

元策摇头。三日前他便派人盯紧了裴家的动静，假如裴雪青当真与兄长有什么过往，回去后若察觉到他的异常，也许去打听兄长这三年间的事。

但这三日盯下来，丝毫动静没有。

这位裴姑娘常年在家侍奉生病的母亲，经验已丰富到可算半个医士，出门也是去医馆，并无异样踪迹，府内也没有信件传出。裴相同样一切如常。

如此一来，倒疑心是姜稚衣那双"善妒"的眼睛将那日的事情看复杂了。毕竟，兄长理应也不是会脚踏两只船的人。

风中响起一道似有若无的叹息。

"没查到就没查到，叹什么气？"李答风笑着抬头看他一眼，"这么希望你兄长是个恶人？"

元策斜眼看他："我在叹，处理这些姑娘家的事比打仗还麻烦。"

"这倒是实话。"李答风赞同地点点头，忽见远处空中飘来一对火光幽微的孔明灯，"这都是今晚看到的第几只了？今晚这风怎么老往这儿吹。"

元策也有点烦这玩意儿，灯油燃尽便要往下掉，方才就有一只孔明灯挂在营地树上，险些着起火来，看这两只的走向，也要落进营地叫人收拾。

眼看那一对孔明灯烛火已燃尽，越飘越近，越飘越低，正巧飘过哨塔，元策干脆伸手一捞，截了下来。

李答风道："你这可就有些不厚道了，万一你这一截，人家许的愿灵验不了呢？"

"反正都是要掉地上的，有什么差别？"

"那既然到了你手里也算是缘分，看看人家许了什么愿，说不定能帮着实现。"

"这么有善心，做什么医士，去做菩萨。"元策刚要将手里的灯罩揉成一团扔掉，忽然看见个"李"字，一顿，看了眼李答风，将灯罩展了开来。

其上赫然七个龙飞凤舞的大字："李答风孤独终老"。

两人缓缓对视了一眼，一阵静默过后，元策道："李菩萨这么有善心，你帮着实现？"

李答风转过头去："你截得对。"

说着又转回头来，看向另一只熄灭的孔明灯。

元策显然也猜到了另一只出自谁人之手，搁下李答风那只，默了默，犹豫着慢慢展开了另一只。

一个"沈"字先映入眼帘。

紧接着，熟悉的娟秀字迹一个字一个字露出来——

"沈元策、姜稚衣白头偕老，生死不渝"。

果然是沈元策。

当然是沈元策。

这万家灯火之中，全长安城人的姓名都可能出现在这孔明灯上，唯独不可能会有"元策"这个名字。

半个时辰后，元策回大帐换下了一身酒气的外袍，穿着干净的行头出来时，瞧见穆新鸿与一群士兵正围在篝火旁喝着酒有说有笑。

"来信没？"元策走到几人身后问了句。

一群醉意酩酊的士兵惊得一回头，笑嘻嘻的脸立马严肃起来："少将军说的是什么信报？"

穆新鸿笑着将几人紧绷的肩膀一把摁下去："别慌别慌，少将军跟我一样想媳妇儿了而已！"

元策飞去一个眼刀子。

"少将军，郡主今夜怕是忙得想不起您了，您要实在没事做就去歇着吧！"穆新鸿大着舌头嘿嘿笑。

几两酒喝成这样？

"戎马倥偬的沈少将军也有这么清闲的时候。"一道隔岸观火的看戏声悠悠响起。

元策偏过头，看见李答风独自坐在远处另一堆篝火旁，那回春妙手捏了根树枝，正在拨弄篝火——准确地说，是篝火里一堆已经烧得没样儿的破灯纸。

"救死扶伤的李军医也吃饱了挺撑的。"元策闲闲地抱起臂来看他。

"怎么是吃饱了撑的？这写了全名全姓的灯既不可再用，又不可胡乱丢弃，自然烧了最妥当。"

"是烧了最妥当，还是有些人担心这灯上的愿望应验？"

李答风不置可否地一笑，眼尾轻扬："许这么恶毒的愿容易遭反噬，烧了是为灯主人好。"

元策走过去，在篝火边坐了下来。

李答风朝身后另一只孔明灯一抬下巴："闲着也是闲着，不如你也烧了。"

元策回过头，看了眼姜稚衣的那张灯纸，没有说话。

"人家许的愿可是'生死不渝'，是无论他生、他死都不变的情意，倘若应验，我看孤独终老的人就是你了。"李答风拿树枝挑起灯纸，笑着递给他。

元策面无表情地转回脸，下颌紧绷成一线，没有去接。

李答风干脆将树枝往前一丢，连带灯纸一道丢进了篝火堆里："你若不拦，也算你亲手烧的。"

火焰熊熊燃烧，洁白的灯纸迅速焦黑卷边，元策伸出去的手一顿，张开的五指僵在半空，眼看着灯纸一点点烧成灰烬，关于灯主人和她心上人的美好愿望一个字一个字消失。

元策僵在半空的手慢慢攥紧。

李答风快意地朗声大笑起来。

恰在此时，一道清亮的女声在身后响起："烧什么呢笑得这么开心？"

元策背脊一僵。

两人一齐回过头去，第一眼看见两袭与这泥巴地格格不入的鲜丽裙摆，抬眼向上，再见两道亭亭袅袅的婀娜身影。

意识到这两道疑惑的目光是从一览无余的高处落下，几乎是同一时刻，元策和李答风一并站起，肩碰肩靠拢，齐心挡住了篝火。

元策一脚踢出，将那未烧尽的灯架推进火里，靴尖顺势踹向李答风的脚后跟："问你呢，烧什么呢笑得这么开心？"

李答风哑然。

姜稚衣和宝嘉从单纯的好奇到满腹狐疑。

"你们在做什么坏事吗？"姜稚衣背着手歪过头，往两人身后瞅去。

"郡主多虑了——"李答风拱手朝姜稚衣行了个礼，"并非我们，是少将军命在下动的手。"

"李军医睁着眼也能说瞎话，"元策哼笑了声，"怎么只向郡主行礼，看不见公主在旁？"

李答风颔首躬身，转向宝嘉。

"不必，"宝嘉笑盈盈的，看也没看李答风一眼，"也不是谁人的礼，本公主都受的。"

姜稚衣瞟瞟李答风，又瞟瞟宝嘉，感觉到一种尴尬的气氛悄然蔓延。

眼看远处一堆篝火边上的士兵不知何时已肃然起立，姜稚衣端着手转向众人，清清嗓子："诸位将士不必多礼，我与公主此番前来是为犒劳诸位，给你们带来些下酒的消夜，长夜守岁，莫饿着肚子。"

话音刚落，一行十数名穿着体面的仆人端着一盆盆鸡鸭鱼肉的大菜，架着一只只烤全羊进了营地。

"沈某代军中将士谢过公主、郡主体恤。"元策向两人一拱手，朝那些士兵打了个手势，示意众人各吃各的去。

打过官腔，眼看众人全被那些山珍海味吸引，三五成群地兴冲冲围了过去，无人再看这边，姜稚衣上前一把挽过元策的臂弯："想我没？"

元策缓缓偏头，看了眼一旁互不相视，各朝一边的李答风和宝嘉，又看了眼远处背对这里的士兵们。

姜稚衣自顾自接着说下去："本来放完灯就要让你来接我回府守岁的，但我想看看你们军营里头是怎么过年的，就拉着宝嘉阿姊过来了，我们今晚就在这儿守岁吧！"

元策看着她这一身雪白的、毛茸茸的银狐斗篷："在这儿不脏？不冷？"

姜稚衣自然更喜欢干净暖和的家里，只是她与阿策哥哥已是可以坐在一张榻上守岁的关系，宝嘉阿姊与李军医却连个面都不肯见，为着投桃报李，给宝嘉阿姊和李军医创造重归于好的机会，她只能装着任性非要过来了。

"有你在哪里都是干干净净、暖暖和和的。"姜稚衣笑得两眼弯弯。

元策轻咳一声，拉过她的手往大帐走去。

姜稚衣被他拽得一个踉跄："你这么急做什么？！"

"你以为他们真在专心吃东西？"

"啊？"姜稚衣回头朝那群士兵看去，一个个演得倒是挺像，"他们在偷听我们说话？"

"跟我来京的都是玄策军最精锐的士兵，你这个声量，不需要偷着就能听见。"

姜稚衣脸热地加快了脚步："你们军营真危险……"

四人前后脚进了元策的主帐，在重新布置过的长案边坐下，仆人将主子们单独的消夜送了进来。

烧鹿筋、酒煎羊、洗手蟹、罗汉虾、水晶鱼脍、鸳鸯炸肚、五珍脍、三脆羹……都是风徐来的菜品，一碟碟精致的菜上了桌，挤得整张桌案满满当当，正中腾出一片空地，摆了一只热腾腾的咕噜噜沸着奶白色羊汤的暖锅。

离吃完年夜饭也有两个多时辰了，这会儿刚好有些饿，眼看旁边的宝嘉是不打算说话了，姜稚衣便代为做主，招呼对面的元策和李答风："都动筷吧！"

元策和姜稚衣先执起筷来。

一旁的仆人瞧着暖锅里汤水已沸，给几位主子下起薄薄的肉片。

姜稚衣瞥过去一眼，盯住了仆人的筷子："这是什么肉？"

"回郡主话，是牛肉，上好的牛里脊。"

李答风看了右手边的元策一眼。

元策微不可察地摇了下头。

下一瞬，对面的姜稚衣摆了摆手："撤了换别的，沈少将军不吃牛肉。"

元策筷子一顿，蓦地抬起眼来。

李答风也是目光一闪，朝姜稚衣看去。

看对面两人齐齐怔住的模样，姜稚衣眨了眨眼："怎的了，是李军医喜欢吃牛肉吗？那要不拿两个锅子来吧。"

李答风摇头："不，不是。"

不是他喜欢吃牛肉，而是元策确实不吃牛肉。

可不吃牛肉的人是元策，不是沈元策。

元策迟疑地握着一双空筷子："我——不吃牛肉？"

姜稚衣一愣："不是吗？我记错了吗？"

元策眯起眼盯住了她："我为何不吃牛肉？"

姜稚衣眨着眼回想片刻，却奇怪地没想起来："你好像没同我说过原因，我也不记得了……但我记得你很讨厌牛肉的味道，不是吗？"

是，他讨厌牛肉的味道，因为军中有种救治濒死伤患的特殊医术，要剖开活生生的牛，将濒死之人塞入牛腹，令其在热乎的牛血里浸泡一场，便有机会起死回生。

当年有次受重伤，他也曾进过牛腹。

若是如今的他，过后或许不会留下什么忌讳，但当时实在年少，打那以后，他便不可再忍受牛肉的味道，每每入口便欲作呕。

但这是他的忌口，不是兄长的忌口，在视牛羊肉为珍馐美馔的长安贵族宴席上，他这两月已忍着吃下不少牛肉，习惯了之后也不是难事。

方才李答风听说是牛肉，看了他一眼，他也并未打算让对面这一位公主和一位郡主看出异样。虽非要紧之事，少一事与兄长不同总是更为妥帖。

可是——姜稚衣怎么知道的？

她既然这么说，便是兄长与她提过。但兄长在京时根本也不知道他这弟弟的忌口。

"一个个怎么了这是？"宝嘉莫名其妙地瞥瞥对面的两个男人，"姑娘家好心好意记着你的忌口，就算记错了，也不必如此拆台吧？"

元策回过神看了眼姜稚衣："知道你是好意，但我并非不吃牛肉。"

"哦，那可能真是我记错了。"确实想不起他不吃牛肉的理由，姜稚衣也糊涂了，"小事一桩，我现在重新记好就是了！"

吃过消夜，已临近子时，姜稚衣漱过清口茶，眼看宝嘉微醺着坐在案边，懒懒地支着额不愿动弹的模样，灵光一闪，说要出去散步消食，让李答风代为照顾宝嘉，拉走了元策。

元策看出姜稚衣的意思，配合地将帐子留给了两人，跟她走了出去。本想让她换顶帐子待，她却说想散步消食是真，这便带她出了营地。

回想着方才席间的事，元策仍未想通姜稚衣的"记错"到底是巧合，还是其中有什么异常。

正皱眉思索着，忽然感觉小指被人钩了钩："这么冷的天，我都为了跟你牵手没带袖炉，你不牵着我吗？"

元策把她的手拢进掌心："都跟你说换顶帐子待就是了。"

"你这人真没意趣，都来了山野，鞋也踩脏了，不换点美景看岂不吃亏？"姜稚衣一面走着，一面仰头望向头顶，这一带不像城中灯火璀璨，可清晰地看见天上的银河，满天星斗像会流淌的珍珠。

"美景？"元策望向头顶十数年不变的无聊星光，四下隐藏着豺狼虎豹的荒山野岭，脚下的落叶和泥巴地。也是，对他而言看腻了的东西，也许是她这闺阁贵女难得的奇遇，"这里没什么好看的，河西的山野比这儿强上千百倍。"

"那我跟你去河西呀！"姜稚衣脱口而出。

元策呼吸微微一窒，偏过头："边关不是玩闹之地。"

"可是等我们成亲之后，我便要嫁鸡随鸡，嫁狗随狗的。"

她倒是挺会比喻。

"难道你就没想过这事吗？"姜稚衣晃着他的手，歪头看他。

元策避开她赤诚滚烫的眼光："走一步看一步吧。"

姜稚衣不高兴地停下来："这都要到新岁了，你还在走一步看一步，我舅父都走一步近一步了呢！"

元策脚步一顿，面向她："那你想……"

话音未落，忽然惊起噼里啪啦一阵炸响。

姜稚衣吓得一声惊叫，一脑袋扎进元策怀里。

元策飞快地一抬手，捂住了怀里人的耳朵，看了眼远处，低头在她耳边道："是爆竹，新岁到了。"

姜稚衣从他怀里愣愣地露出一双眼来，松了口气，笑着搂住他的腰，人靠着他，眼望着营地那头载歌载舞闹腾着的人群。

等这一阵热闹的爆竹声过去，姜稚衣仰起头来："你方才问我什么？"

元策刚想松手，却发现她一双耳朵冻得像冰，便将手留在了她耳朵边上，叹了口气："我说，那你想怎么样？"

姜稚衣听过欢欢喜喜的爆竹声，已然全忘了方才的计较，抱着他狡黠地眨了眨眼："我想——想让你亲我一下。"

元策摩挲她耳朵的手一顿，僵在了原地。

"你不亲我，那就我亲你，反正都是一样的，"姜稚衣仰头望着他，"你自己选吧！"

元策目光闪烁着，垂眼看向那一张一合的唇瓣，一瞬过后，又移开眼别过了头。

"好吧，那我亲你就是了！"姜稚衣哼哼着，费劲地踮起脚来，环住他腰的那双手往上挪，够到他的脖颈。

感觉到那双手在努力地压低他的脖颈，努力地拉近两人的距离，努力地迫使他低下头配合她，元策脏腑间像有一股野蛮的力道在横冲直撞，试图冲破那些牢固的枷锁、关卡、屏障。

"你低一下头呀！"

元策抬起手，摁住了她圈在他脖颈的手。

姜稚衣耷拉下眉眼，松开了他，蹙着眉头抿了抿唇，这回是真的生气了。

"我亲你，你还不愿意了，我是有多勉强你……"姜稚衣撇撇嘴，一转身朝营地走去。

刚走两步，手腕忽然被人一拉，姜稚衣整个人顺着这股力道旋身而回。不等站稳，一只宽大的手托住她后脑勺，方才怎么也不肯弯折的脖颈低垂下来。

元策低下头，吻住了她的唇角。

眼前是她因错愕而瞪大的双眼，透过这双澄澈的眼，好像又看见今夜那洁白无瑕的灯纸在大火里熊熊燃烧的画面，那些肮脏的灰烬像在逼迫他承认——

是，他就是不希望她的心愿成真，他就是一个喜欢上了自己兄长心上人的、想要取而代之的、十恶不赦的罪人。

寒月当空，冷风呼啸着拂过枯败的枝丫，吹上人的面颊，姜稚衣却感觉不到丝毫的凉意。

被元策一路牵着手往营地走，脸颊的热迟迟消散不去，交握的手心里不知是谁沁出了汗，姜稚衣悄悄往身边瞄了眼，见元策沉默地目视着前方，不知在想什么，小声道："阿策哥哥，你也很热吗？"

元策偏转过头，看了她一眼："自己出的汗，少赖给别人。"

姜稚衣一噎，回过眼哀叹了声："那是只有我一个人心头热乎乎的吗？"又好奇地瞅了瞅他，"你亲我的时候不会有心跳很快、浑身发热的感觉吗？"

元策张了张嘴想让她安静一点，对上她认真的眼神，眯了眯眼："我会不会，你不知道？"

"我怎么会知道？"

"难道我以前——"元策试探着盯住了她的眼睛，"没亲过你？"

姜稚衣一愣："难道你以前亲过我吗？"

"我这不是在问你？"

"没有……"姜稚衣回想着眨了眨眼，"吧？"

"有就是有，没有就是没有，什么叫'没有吧'？"

"不是，那有没有你不知道吗？怎么说得好像你失忆了似的！"

算了，看她这反应，应当是没有过了，想是彼时两人尚且年少，兄长又克己守礼，不像他——

温软的触感像又回到唇边，元策闭上眼，喉结轻轻滚动了下。

再睁开时，一转头，却见姜稚衣自顾自陷入了沉思，好像还在琢磨这事。

"随便问问，看你记不记得我们以前的事罢了。"元策找补了一句。

"可我怎么真的有点记不清了？"姜稚衣蹙眉回忆起来，"其实好像是亲过的，你记不记得，那是仲春二月，草长莺飞，雪白的杏花缀满枝头……"

元策表情一僵。

"我的纸鸢不小心挂上了树枝头，你站在我身后，帮我摘下了纸鸢，然后我一回头，你一低头，我们就——"

"说这没用的干什么？"元策脚步一顿，沉下脸来。

姜稚衣从回忆里抽离出来，看见他不悦的神色，莫名其妙："那不是你先问我的吗？"

"我问你，你就答有还是没有，谁让你像讲话本一样讲给我听？"元策松开她的手，默了默，别过头扯了扯衣襟。

还记不清了，这叫记不清？讲得绘声绘色的，他都跟亲眼看着了似的。

"我就是奇怪，我只记到这里，后来你是怎么亲的我，你亲我的时候是什么感觉，我都想不起来了……你还记得吗？"

"你要什么感觉，我现在陪你回忆回忆？"元策回过头，垂眼看向她微张的唇瓣。

姜稚衣疑惑地眨了眨眼，看清他视线落在哪里，笑着上前环住他的腰："太久之前的事了，记不清了也不怪我，别生气嘛。那你再亲我一下，这次多亲一会儿，我肯定不会忘了！"

看着她闭起眼凑上来的脸，天真的，毫不设防的，全心信任的——

元策垂在身侧的手握紧又松开，松开又握紧，最后抬起来，捏着她下巴轻轻推开她的脸："太晚了，明早还要去祭拜你母亲，先送你回府去。"

姜稚衣没想到元策会记着这件事，更没想到不必她说，他便决定正旦陪她去陵园。她还以为今年没有舅父，她便是一个人了。

她抿唇笑着，挽着元策的臂弯跟着他上了回城的马车。

回到崇仁坊，姜稚衣与他约定好翌日出发的时辰，同他在府门前别过。

翌日清早，元策提早半个时辰起身，穿戴洗漱完毕，正准备去永恩侯府接人，刚跨出房门，忽见青松疾步穿过廊子，向他回报："公子，府上来客人了，是裴家那位千金。"

元策眉头一皱："走的什么门？"

青松一愣："自然是走的正门，说是来拜年的。"

不是走偏门的关系就行。

青松道："这会儿夫人正在正堂待客，裴姑娘有意见您，夫人知您今早要去陪郡主，本想替您推拒，但看裴姑娘态度很是坚决，不知您方不方便过去一趟。"

该来的总要来，到底是兄长留下的第二笔情债，还是哪路刺探他身份的牛鬼蛇神，也好见个分晓。

"你派人去趟永恩侯府，跟郡主说我迟到一步。"元策指了下青松，朝外走去，没走两步，迎面沈家继夫人领着裴雪青进了院子。

远远地，继母冲他递来一个眼神，摇了摇头，似在示意拦不住。

青松惊讶地望向低垂着眼，朝此处慢行而来的裴雪青。这位裴家千金瞧着柔柔弱弱，温和娴静，没想到竟还有如此柔中带刚的做派。

青松想着，赶紧低下头去元策身后站着。

裴雪青走到元策跟前，朝他福身行了个礼："清早过来，冒昧打扰，雪青有几句话要与沈少将军说，说完便走，不会耽搁沈少将军太久。"

元策朝书房伸手一引："裴姑娘请。"

书房里，裴雪青坐在下首玫瑰椅上，婉拒了青松奉上的茶，看向坐在对面书案后的元策："沈少将军能否请他们暂且回避片刻？"

元策搁在膝上的手摩挲了下，朝青松点了下头。

青松颔首退了下去，替两人合拢了书房门。

寂静无声的书房内，火星噼啪作响，裴雪青看着脚边的炭炉出了会儿神，轻声道："你冬日不畏冷，如今书房里时时备着炭炉，是为了郡主吧。"

元策摩挲的手指微微一顿。

"字画，屏风，博古架上的东西，也都变了……"裴雪青抬起眼，打量过整间书房，又转回头来，看向始终未开口的元策，"你不必紧张，我今日过来并非兴师问罪，只是想要回我的东西。你既已决定与郡主结为连理，可否将当年我给你的信物交还与我？"

元策面色未改，掩在书案下的手却慢慢攥了起来。

"我记得……"裴雪青的手指向博古架，"原本在那个瓷瓶里，不过瓷瓶好像新换了一只，是郡主看见里面的玉佩不高兴，叫你扔了吗？"

元策顺着她所指的方向慢慢偏转过头，望向了那个新瓷瓶——因那个装着玉佩的旧瓷瓶被他摔碎，令姜稚衣耿耿于怀良久，说博古架上空缺一块便会记起伤心之事，非让他换一个摆件，所以替换上去的新瓷瓶。

像是听见一个始料未及的开场白，元策对着那个新瓷瓶眨了眨眼："你说——什么？"

裴雪青观察着元策的神情变化，一分一毫都看在眼里。片刻后，她哽咽着道："你不记得了吗？这块玉佩的另一半。"

元策转回脸来，看见裴雪青高举的手一松，指间荡着一枚玉佩——

雪青色流苏作配，莹润的白玉上赫然镂刻着一个"非"字。

脑海里一刹那闪过姜稚衣那枚"衣"字佩的式样，元策霍然抬首。

裴雪青看着手中那块玉佩，深吸一口气："这玉佩本是一个'裴'字，一分为二之后，月牙形那半给了你，剩下这半留在我这里。你说，等你可以明媒正娶我之时，才敢将它们合二为一……"

裴雪青再次看向元策："那另外半块，现在在哪里？"

元策僵坐在书案后，定定地望着她手里的玉佩，半晌过去，缓缓拿起手边那只檀木盒子，迟疑着取出了里面那枚摔碎过后又被勉强修补好的"衣"字佩："你说的是……这块玉佩？"

话音刚落，一阵吵嚷声响起，青松在外着急忙慌地喊着"您不能进去"，但于事无补，下一瞬，房门被人气势汹汹地一把推开。

姜稚衣一脚跨进书房，一眼看见相对而坐的两人，带着"果真如此"的决然点了点头："好，很好！这就是你迟到一步的理由吗？"

元策和裴雪青一人捏着一块玉佩，转头看了过去。

姜稚衣刚要继续发话，目光掠过裴雪青指间的玉佩，眼神一晃而过，眼花了似的又晃回来，定睛再看了一遍，随即怔怔地眨了眨眼，看向此刻元策手中的那一枚。

姜稚衣左看一眼，右看一眼，隔空将两枚玉佩来回看了三遍："什么意思……这玉佩怎么有两块，这是什么意思？"

元策低下头去，看着手里的玉佩。

他也还在思考，这是什么意思？

姜稚衣震惊地瞪大了眼，快步走上前来，一把夺过了元策的"衣"字佩，走到裴雪青跟前比对着。

两块玉佩完美无缺地合成了一个"裴"字。

姜稚衣满眼惊诧地扭过头，不可思议地盯住了元策："……你这是一样信物两用，到我这儿是个'衣'字，到她那儿就是'裴'字了？！你还说你与她没有关系，你还说你没有拈花惹草！"

元策哑口无言。

裴雪青眼睫一颤："郡主这话是什么意思？"

姜稚衣紧紧攥着那块破损的"衣"字佩："这是我给他的定情信物，裴姑娘觉得这是什么意思？"

裴雪青脸色一白，像证实了什么猜测一般，眼底打转已久的泪从眼眶汹涌地滚落下来，目光呆滞着喃喃道："是这样，果真是这样……"

姜稚衣本是怒从中来，还没到想哭的环节，看见裴雪青先哭了，没忍住，颤抖着一眨眼睫："沈元策，你这人怎么这样啊……"

元策还在脑海里飞快捋着事情的前因后果，一抬头，看见两张泪眼婆娑、梨花带雨的脸朝自己转过来。

似见此生从未见之震撼场面，元策抬起两只手，左右手同时犹豫着往下压了压："二位，要不先冷静一下，听我说？"

姜稚衣道："你叫我怎么冷静！"

裴雪青道："不必了……"

两人一个声声抽泣，一个静默流泪，眼见着哭得更凶了。

元策闭上眼，在一室的水漫金山之中，额角青筋突突直跳。

比一个姑娘在跟前哭更可怕的，是两个。

比两个姑娘在跟前哭更可怕的是，这两个在哭的姑娘都觉得他是负心汉。

比两个姑娘都觉得他是负心汉更可怕的是，他其实一个也没负。

元策十万分地确信，比起天子的审视、政敌的试探、仇人的虎视眈眈——此时此刻，才是他入京以来遭遇的最大危机。

兄长若在天有知，该显显灵给他一个解释了。

漫长的等待过去，什么也没发生，除了事态听起来变得更加严峻。

佛不度众生，唯有自度。

元策睁开眼，看了眼哭天抹泪的姜稚衣，转向裴雪青："裴姑娘——"

"你居然先哄她！"姜稚衣拿手指着他，气得胸脯一起一伏，浑身打战，看起来哭得快厥过去了。

"我不是。"元策叹着气走上前，拉过姜稚衣的手腕，再次看向裴雪青。

不等他开口，裴雪青已经明了般看着他点了点头，低头揩了揩泪，攥着那块"非"字佩转过身，匆匆出了书房。

元策闭了闭眼，面向姜稚衣："我指天发誓，没做过对不住你的事。"

姜稚衣抽噎着仰头看他："人证物证俱在，你还要狡辩什么？发誓也不管用了！"

元策拿起那枚"衣"字佩："这枚玉佩，你说是你给我的，她说……"

"我不听！"姜稚衣牢牢地捂住耳朵，"上次就是说着说着给你蒙混过关了，我再也不相信你的鬼话了！"

元策扭过头，揉了揉眉心。

身后的人声泪俱下："你为什么非要挑今天这个日子让我知道这些糟心事？

"我本来就很不喜欢今天……

"以后每年今天我又要更加伤心，我是与这日子有什么仇、什么怨……"

元策脑仁嗡嗡作响，回过头，将人一把竖着抱起来，抱上书案："你先安静一会儿，让我好好想想这事行吗？"

姜稚衣一个趔趄扶住案沿，抬眼才发现自己此刻与他差不多高了，怒目直视着他的眼睛，狠狠瞪他："不行！

"你自己做错了事，还要让我安静？天王老子来了也没有这么霸道的道理！

"你若嫌我烦，你出去呀 去追你的裴姑娘，她多安静啊，被你负心了也不说一句骂你的话……

"我就是这么一个话很多的人，你不是早就知道了吗，现在来嫌我——"

元策头一低，堵上了那一张一合的唇瓣。

姜稚衣话说到一半，惊愕地睁大了眼。

轰的一下一团火烧起，从脸颊一路烧到耳根，姜稚衣张了张唇，害怕地嘤咛出声，连忙往后躲去。

元策深入的动作一顿，缓缓松开她的唇，垂下眼，看着她唇瓣上的涔涔水光，轻轻吞咽了下，闭起眼，额头抵着她的额头："小祖宗，求你，安静一会儿。"

额头相抵的距离里，元策闭着眼，不可抑制地喷薄出滚烫的呼吸。

耳边是安静了，心里的声音却更吵了。

他只是看着她叨叨不停的嘴，烦躁到了极点才堵上去，自己也不知怎的，方才那一刻仿佛拥有狩猎的本能，根本没想好要怎么做，就已经做了吓到她的事情。

如果她没有害怕地往后躲去，他可能都忘了他的初衷只是想让她安静。

也不知这会儿安静成这样，是不是吓傻了。

想到这里，元策因躁动而混乱的五感恢复敏锐，突然察觉不对，蓦地一睁眼，抬起头，眼前安静到不对劲的人直直朝他倒下来。

元策手一伸一把接住了人，惊愣地低下头去："姜稚衣？"

怀里的人脸颊潮红，紧闭着双眼没有回应。

伸手探过她鼻息、颈脉、额头，元策转头向外喊："青松——"

"在、在在……"

"叫李答风来，快！"

三刻钟后，西厢房内，元策坐在榻沿，紧盯着李答风的神色："什么情况？"

李答风松开切脉的手，上前翻开姜稚衣的眼皮看了眼："她晕过去之前发生了什么？"

元策看了他一眼。

李答风道："你当我是大罗神仙，切个脉就什么都知道，不结合前情怎么诊断？"

"吵了一架。"

"吵着吵着晕过去的？"

"也不是。"

"那是？"

元策眼看着李答风，张了张嘴又闭上，转过头去，目光落在姜稚衣红得异常的唇上，飞快地收回视线。

李答风抬了下手："明白了，医者救人心无杂念，下次有话直说。"

元策皱眉催促："所以到底有事没事？"

"晕过去这事，是没事，情绪波动太大，一时供血不足，稍后自会醒转。"

"你的意思是什么有事？"

"我方才切脉，发觉她血瘀之症并未根除，你确定她上回除了脚踝没有摔到别处？"

"女医士给她贴身验过伤，总不会有错。"

李答风给姜稚衣重新切了一次脉："那就只有一种可能，在上回之前，她身上就留有未痊愈的旧伤，所以从表象上已看不出。"

元策蹙起眉，看向榻上人："严不严重？能不能判断血瘀在何处？"

"比之上次，血瘀之症已有所减轻，应当是她医治脚伤时喝的汤药顺带起了效用。但位置光靠诊脉不好说，我需要她近一年间的医案。"

元策招来青松，让他立马去侯府取，回过头问："那眼下能做什么？"

"我的建议是，如果等人醒来你们还要接着吵，不如先点上一炷安神香，让她将昨夜缺的觉补上，否则体力不支，很可能再晕一次。"

在他弄清楚今日这事的真相之前，再吵也是百口莫辩，不光姜稚衣，他可能也要气血逆流。元策毫不犹豫地点上了安神香。

在榻边坐了片刻，等姜稚衣沉沉睡去，他起身退出厢房，回到书房合上门，重新拿起那枚"衣"字佩，开始从头梳理这件事。

同一枚玉佩，主人只可能有一个，两人之中总会有一人在说谎。

如果说谎的人是裴雪青，那另一半玉佩作何解释？裴雪青又怎么会清楚地知道这枚玉佩藏在兄长书房何处？那是连青松都不知道的地方，甚至姜稚衣当时会抓住这枚玉佩不放，也是一个意外。

可如果说谎的人是姜稚衣……他与她朝夕相处日久，不可能一点破绽都没发现。她是真情还是假意，他亦自认能够分辨。

那么是否有两个人都没有说谎的可能？

元策坐在书案前反复推敲，不知到了什么时辰，忽然听见一阵叩门声。

穆新鸿走进书房，递上一张字条："少将军，裴姑娘送来的，说您若看得懂上面的话，她在汀兰水榭等您，会一直等到天黑，您任何方便的时候过去都行。"

像是预感到什么，元策盯着那张字条，难得现出一丝犹豫，默了默才接过来，缓缓展开，其上并无称呼，只有两行简单的诗句——

君埋泉下泥销骨　我寄人间雪满头。

半个时辰后，汀兰水榭。

元策在岸边下马，抬眼望向水中央。

八角形的水榭，三面环水，一面衔接一条木桥，水榭八面皆是窗棂细密的落地长窗，是个适合交谈私密之事的地方。

元策在岸边驻足片刻，走上木桥，一步步朝开了一道门的水榭走去。

水榭里，凭栏静坐的少女听见脚步声，转过头，从美人靠上慢慢起身，朝他望了过来。

隔着一条长长的木桥，他隐约看见对面人瞬间黯下去的眼神。

她在这里等他，却希望他看不懂那两行诗，希望他不要来。

元策走过木桥，走进水榭，看见她定定地看着他，却又好像不是在看他，而是透过他在看另一个人。

裴雪青出神着缓步走上前来，到他跟前，仰起头看着他的眉眼，抬起一只手，隔着一段距离，在虚空里一笔一画轻轻描绘他脸的轮廓，湿润着眼一笑："你不是他，对不对？"

元策沉默良久，有些艰难地点了下头。

"他是不是已经……"裴雪青深吸一口气，"已经不在了？"

更久的死寂之后，元策再次点了下头。

裴雪青紧紧闭上眼，颤抖着压下一阵心悸，难忍地背过身去。

她以为这些天的辗转反侧已经让她做足了准备，她以为她迫切想要得到答案的心情已经胜过她对这个答案的恐惧，可当这一刻真的来临，她为接受它所做的一切努力，好像都白费了。

她明明已经追着这个答案，奔走两月之久……

自他回京后迟迟没来与她碰头，这两个月，她从大门不出，二门不迈，到频频出席王公贵族们的宴席，都是为了找机会见他。

可每一次在人群中看到他，却都发现他目之所及根本没有她，连一次眼神的交会也不曾给她。不像从前，不管她的目光等在多远的角落，他的眼睛总能找到她。

起始她以为他有什么苦衷。毕竟他一贯擅长伪装，明明胸怀大志却装得吊儿郎当，明明日日挑灯夜读却装得一无所长。

想他如今为形势所迫不得不崭露头角，一个手握重兵的将军如何能与相国之女结为连理？这是帝王心中的大忌。他比从前更小心谨慎也是应当的。

她想她就耐心地等，等他觉得时机合适，总会来与她解释。

可她安静地等着，却等到那一日在酒楼听说他与永盈郡主私会之事，等到那一日在书院亲眼看到他与郡主亲密无间的样子，等到她就站在他面前，而他用那样陌生的眼神看着她，仿佛第一次见到她……

她可以理解他如今无心儿女情长，却不相信他会与另一个姑娘儿女情长，且还是在未与她做个了断的情形下。

她向阿兄旁敲侧击地打听书院里的事，打听有关他的一切，在他看不见她，或者视而不见她的地方悄悄关注着他，越看越觉得，他好像变了个人。

的确，大家都说他变了，一个少年人，先经历丧父之痛，又独自挑重担，三年间几经生死大难，若性情毫无变化，反而成了怪事。没有人觉得他变了有什么不对，再不着调的纨绔，经历了这些也是会长大的。

却只有她知道，他本就不是纨绔，她清楚他真实的面目，她总觉得他有哪里真的不一样了。

所以当那天，他向她递来一包能要她性命的糖，她在伤心、委屈，甚至萌生出恨意之后，突然想到了另一种可能——

他递来那包糖时的神情，好像当真不知道这会要了她的命。就像这段日子他看向她的每一个眼神，也是真的全然不认识她。

"不认识她……"

她默念着这四个字，恍惚间，突然想起当年出征前夜，他来见她最后一面。

那一夜，他看起来前所未有的心事重重，几次欲言又止，最终却只是留下那么一句话："若来日再见，你发现我与你相见不相识，就当我们从未相识。不要再找我，也别再等我。"

彼时前线战事吃紧，她以为他担心自己无法活着回来，才说这样的胡话。

可时隔三年重新回想，联想他回京之后对她的态度……若他担心自己战死沙场，那也应当是无法再与她相见，为何会有"相见不相识"的说法？

那一晚，他想说又不能说的到底是什么？

她开始胡思乱想，想起越来越多的往事。

想起他与她在汀兰水榭谈天说地之时，曾说自己经常做一个奇怪的梦，梦到自己在边关的泥里雨里挨打，梦里他爹像训练死士一样训练他，让他与玄策军最强的战士厮杀，当他被打倒时，不能喊痛，得在最快的时间里爬起来还手，否则头顶的刀便真的会落下……

他说可他又觉得，那个小少年只是和他长得一模一样，却并不是他，他能感觉到他的痛苦，也能感觉到对方与他有不同的性情和想法。

于是她突然有了一个非常、非常可怕的猜想——

倘若这世上真有一个和他长得一模一样的人，以他的身份回到了京城，当那个人发现那枚被悉心藏起的"衣"字佩，比起裴雪青的"裴"，他更可能联想到的是姜稚衣的"衣"，不是吗？

思虑几天几夜之后，她焦躁难安地叩开了沈府的门，坚决地一定要见到他。

她想这个猜想如此荒诞，应当只是万中无一的可能，期望着他今日可以像个负心汉一样彻底地回绝她。

可是他没有。

今日在沈府的一切，全都印证了她的猜想。

缓了许久，裴雪青抬起眼，望向西北的方向，哽咽着轻声问："他走的时候……疼吗？"

元策眉头皱起，垂在身侧的手轻轻攥成拳，没有作答。

"是……什么时候的事？是不是今年五月里……"

元策目光一闪："你……知道？"

裴雪青背着身眨了眨眼，眼泪大颗大颗淌落。

她不知道，当时不知道，只是有天夜里忽然心悸惊醒，无端落下泪来。后来边关传来消息，说玄策军那支主力军大败，几乎全军覆没，所幸援军及时赶到救回了少将军，她以为她那一夜只是感应到了他的难过。

"也许是冥冥之中自有感应……"裴雪青出了会儿神，回过头去，"就像他说，他很早就梦到过你，但他是不是其实在出征前夜才知道你的存在？"

元策点了下头。

裴雪青不再说话，好像想知道的已全都问完了。

元策的拳僵握了许久："对不住，我——没有救到他。

"还有回京以后，我不知道——"

裴雪青像哭着又像笑着，摇了摇头："不是你的错，若不是这样，我可能还要被蒙在鼓里更久，我早一些知道他的去处，这世上就多一个人念着他，不是吗？"

裴雪青低下头收拾好眼泪，长出一口气："你放心，我与他的事连家父与家兄都不知晓，今日这些话只会留在这座水榭里。今后无论你用他的身份做什么，都不必顾忌我，我也不会与任何人说。"

元策抬起眼来。

"他生时为质，做不了自己，走后至少要留得安宁。我保护不了他，至少现在可以保护一下他的家人。"

元策道："多谢。"

裴雪青挤出个笑来："也不是白白替你保守秘密的，我想请你帮我一个忙。"

"你说。"

裴雪青指了下他的来路："你回去时，沿着这条木桥慢一些走，我最后把你当成他一次，就当他今日在这里同我告别了，可以吗？"

元策默了默，点头："好。"

裴雪青将眼底模糊视线的泪擦掉，静静地目送他转身，看他走上木桥，迈出第一步，第二步，第三步，慢慢地一步步越走越远，一直走到木桥的尽头。

她微笑着扬起手臂，朝那道即将消失的背影用力挥了挥，眨眨眼，眨下滚烫的热泪来。

午后，沈府东院书房。元策仰头靠着椅背疲惫地揉了揉眉心，因裴雪青那几个提问，从汀兰水榭回来后，他脑海里就一直反复回闪与兄长有关的画面。

他从记事起就知道兄长的存在，而兄长却直到出征前夕才知道他。三年前，兄长初到河西，仿若不敢相信自己当真有一个孪生弟弟。相逢那日，他们在弱水河畔遥遥对望，兄长看见他摘下那张属于斥候的面具，露出与自己一模一样的脸，眼神里满是震惊和诧异。

后来兄长在明带兵打仗，他在暗处一面继续刺探前线敌情，一面辅佐兄长制定战略，战鼓停歇的间隙，他们在无人处对谈、下棋、切磋、过招，明明相逢不久，却好像已经相识十数年。

自然，他们也常在行军用兵的策略上产生分歧。兄长温和保守，而他冒险激进。灯火阑珊处，兄长叹他不惜自身，他说他从小学到的便是如果不能每一次都以命相搏，那么这条命留下来也无用。

兄长却说，那是因为父亲想要他做沈家、做玄策军中最锋利的刀，可他不希望自己的弟弟成为一把刀，希望他做一个活生生的、能够被珍重的人。

兄长说，哪怕他只比他早出生一刻，也是他的兄长，长兄如父，他必须听他的话。

记忆里的画面一幕幕闪过，最后浮现在眼前的，是五月里那个雨夜。

那一战之前，他与兄长已有多日未见，前线战事紧锣密鼓，他们不得不分头行动，奔走在各自的战场。分别的前一夜，他向兄长提出了一个大胆的计划——这一战，由他代替兄长披甲上阵。久战兵钝，他们已无精力再消耗下去，他想以身为饵，歼灭北羯最难缠的那支骑兵队，一次扭转战局。

兄长毫不犹豫地回绝了他，他们在分歧中不欢而散。再次相遇，是他冒着大雨千里奔赴战场，在尸山血海里亲手找到兄长的尸首。

那个雨夜，他失去了兄长，也失去了做一个活生生的、被珍重的人的资格。

当他再次决定以身为饵，他已是玄策军说一不二的少将军，再无人与他并肩而立，对他说："不许。"

……

元策慢慢睁开眼，长出一口气，低下头再次看向书案上那枚玉佩。

这样的兄长，这样一个连兄长身后事都要守护的姑娘，已没有任何理由怀疑其中掺了假。这枚玉佩的主人就是裴雪青。

那么假的那个只能是姜稚衣。

可为何姜稚衣发自肺腑地认定自己三年前拿着这枚玉佩与兄长私订了终身，还苦苦等候他三年之久？

发自肺腑地认定……

元策反复咀嚼着这几个字，忽然听见一阵急促的叩门声，穆新鸿着急忙慌地进了书房："少将军，出大事了！"

元策抬起眼来："她醒了？"

今日离府去水榭之前，他曾嘱托他们务必稳住姜稚衣，倘若姜稚衣中途醒来，就算说他死了，都别说他去见裴雪青了。

"不，不是，是李先生发现，郡主两月前的医案上曾记载，那次在城郊遭遇山贼之后，郡主不光受了皮外伤，还在后脑勺磕了一个包，李先生判断郡主的血瘀之症就来自这里。"

元策脸色严肃起来。

"您先别着急担心郡主，"穆新鸿连忙打断元策，"卑职与李先生方才商讨，您现在要担心的，可能是自己。"

"什么意思？"

"李先生说郡主所伤之处并非要害，两月来也没有任何不适，这血瘀对郡主的身体并无实质损伤。倒是李先生今日查阅了大量典籍，发现在过往此类病例当中，磕到此处的伤者有许多会患上失忆之症，晕厥过后有的想不起自己是谁，也不记得自己的家人；有的则是记忆颠三倒四，将一些梦到的事，胡思乱想出来的事当成真事，醒来以后胡言乱语……

"卑职与李先生说了郡主遭遇山贼当日在军营醒来后的状况，再联想裴姑娘今日这一出，李先生目前怀疑，不，应当说基本断定——郡主与大公子所谓的私情，根本就是郡主伤到脑袋以后产生的臆想！"

元策从座椅上慢慢起身。

一旁的青松代替情绪不显于脸的公子震惊地瞪大了双眼。

上一次主仆三人在这间书房里如此僵硬，还是得知姜稚衣与沈元策有私情的时候。

但凡这间书房有自己的想法，这时候可能也哽住了，不知道自己为什么要承受这么多事情。

元策一动不动站在座椅前，低头看了眼书案上的玉佩，又抬头看了眼西厢房姜稚衣所在的方向。

虽然此事听来荒诞离奇，可如此一来，一切的确都对上了。

姜稚衣和兄长的关系是假的，却因臆想将它当成了真的，所以在他面前，她的喜怒哀乐全都发自肺腑，出自真心，看不出一丝一毫的破绽。

而姜稚衣从对他颐指气使，到忽然一口一个"阿策哥哥"，也正是从那日被山贼吓晕之后开始的。所以她那天不是单纯的被吓晕，而是伤到了脑袋。

只是营中军医不便上手贴身验伤，光凭把脉又没有李答风这般能耐，不曾发现。

姜稚衣如今身边的婢女又刚好是今年新来的，对她三年前的旧事一无所知，这便将她所说的一切误以为真。

所有人都陪姜稚衣进入了一个根本不存在的故事，包括他。

元策缓缓抬起眼皮，慢声道："所以——她和兄长根本不是什么相好，她只是摔坏了脑袋？"

"是啊少将军！这事闹的．真是害人……""不浅"两个字还没出口，穆新鸿一抬头，忽见元策的嘴角一点点弯了起来。

穆新鸿着急地提醒："少将军可是还未想到此事的要害？郡主这血瘀或迟或早总有一日会消，等她醒过神来会如何看待您这段时日的所作所为？她很可能就猜到您不是大公子了！"

"她只是摔坏了脑袋，"元策坐回座椅，靠着椅背点了点头，好像并没有看见穆新鸿的满头大汗，轻轻摩挲了下扶手，弯唇一笑，"她只是摔坏了脑袋——"

穆新鸿迟疑着扭头看向青松："是我说得不够清楚吗？你听懂了吗？"

青松紧张得两股战战："听懂了，以郡主和皇家的关系，肯定不会站在公子这边，到时候将公子一告发，咱们就全完了……"

对啊，可不就是这个理吗？穆新鸿恨恨地一拍大腿，又看回元策。

却见元策依然笑而不语，那张脸上阴霾全扫，前所未有地如沐春风，春风得意，得意忘形。

穆新鸿和青松缓缓对视了一眼——少将军（公子）的脑袋恐怕也坏了。

黄昏时分，西厢房内。元策坐在榻沿，垂眼看着床榻上安睡的人。

安神香已经熄了一响，过不了多久，人就该醒了。

李答风的判断应当不会有错了，眼下只剩最后一个疑问不解——既然她这错误的认知是因记忆颠三倒四，那么那些记忆是从哪里来的？

元策眯了眯眼，盘算着该如何弄清楚这件事。

歇了一天的觉，榻上的人已养回了白里透红的脸色，乌黑的长睫静静覆盖在眼下，只是眉头依然微蹙，嘴角也耷拉着，好像还在生他的气。

元策伸出手去，拿拇指指腹强行抚平了那眉心。

眉下那双眼睛轻颤着睁了开来。

四目相对，元策落在人眉心的手一顿，对上姜稚衣尚未转醒的懵懂眼神，见她迷茫得仿佛不知身在何方，心生警惕。

李答风说她的血瘀之症已比之前有所缓解，这就难怪她最近会因记不清从前的事而自我怀疑，该不会今日这一情绪波动气血上涌，便恢复如初了吧？

元策试探着盯着她道："醒了？"

下一瞬，一只白生生的手掌慢慢抬高，利落地一挥，啪的一声拍开了他落在她脸颊边的手。

元策犹疑地看了眼自己被打了一巴掌的手，回过头，再看姜稚衣一双眼怒意正盛，像在看什么十恶不赦的负心汉，别开头轻笑出声。

姜稚衣愣愣地眨了眨眼："你还笑？我都被你气晕了，你还有脸笑？！"

元策背过身，像许久没有如此快意过，笑得双肩打战。

姜稚衣又愣又疑，气不打一处来，从床榻上坐了起来："沈元策，你别太过分了！"

元策收起笑，回过头去："怎么连名带姓地叫了？"

"因为我在生气啊！"

"叫声别的。"

"什么别的？"

元策抬抬下巴："四个字的。"

姜稚衣一愣，反应过来四个字是什么，气笑了："我都被你气晕了，我有嘴叫，你有脸听吗？！"

"你是被我气晕的？"元策一挑眉梢。

"不是吗？"

"你再好好想想。"

姜稚衣沉默不语，不自觉抿起唇轻舔了一下，脸颊可疑地红起来，拉高被衾往床角缩去："你——你解释不出来，就用嘴给我下迷药！"

元策别开头又是一笑。

"你到底在笑什么？你再不解释，我现在就走！"姜稚衣生气地掀开被衾就要下榻。

元策一把拦下了人："不是我不解释，是我确实解释不出来。今日那裴家姑娘突然上门，说你给我的玉佩是她的，还给我看了她的另一半玉佩，我还想问你这是怎么回事？"

"又来倒打一耙了是吧？"姜稚衣拿手指着他，"我告诉你，这回门儿都没有，天王老子来了也不是我的错，那玉佩我三年前就给了你，我怎么知道为何会突然多出另一半？"

"那我这三年远在河西，我又怎么知道？"

两人无声对峙僵持着，叩门声突然响起："公子，裴府来了位嬷嬷，说是裴姑娘的乳母，想与您和郡主说几句话，可要请进来？"

姜稚衣一愣。

元策眼底也闪过一丝意外之色，琢磨了下裴雪青今日在水榭的那番话，默了默，道了声"进"。

一位四十来岁的嬷嬷谦恭有礼地进了门，走到榻前，向两人各行了一礼："天色已晚，冒昧打搅郡主与沈少将军，老奴此番前来，是有些事想同郡主与沈少将军解释。

"我家姑娘近来得了罕见的臆病，因沈少将军与姑娘意外亡故的意中人有几分相像，姑娘打心底里不愿相信已与意中人天人永隔，便臆想着沈少将军就是那个人，以为自己与沈少将军有什么旧情，这才屡次打扰到沈少将军，令郡主心生误会。"

姜稚衣惊得瞪大了眼："竟有这样的事？"她怔怔地品了品这话，又看向元策："所以你是真的不知道……"

元策看了那嬷嬷一眼。

裴雪青并未与他商量此事，应是回府之后细想，猜到他会在姜稚衣这里遇到麻烦，担心因她今日这一闹而暴露他的身份，便请信重的乳母过来编造了个半真半假的说辞。

对上那嬷嬷暗示的眼神，元策朝姜稚衣点点头："是，我不知道。"

"那、那玉佩是怎么回事？"

那嬷嬷额首答："我家姑娘或许在哪里看见过郡主那枚玉佩，这便叫人打了相似的另一块。"

元策迅速接上话："我修补那玉时曾叫匠人看过，可能是那时泄露了出去。"

姜稚衣千想万想，也没想到这事会是这么个缘由，回忆着抒了好一会儿，想起裴雪青现出异常正是在她的玉佩摔碎不久之后，时间确实对得上。

再看这位乳母，眼见得礼数周到，举止得体，定是相府里德高望重的人物，也不像为着这种事扯谎的人。再说，谁会骗人家说自己得了臆病？

姜稚衣道："原来是这样……"

"我家姑娘身在病中，自己也不知为何做出有违常理之事，还请郡主勿怪。姑娘今日回府突发高烧，无法亲自前来，老奴代我家姑娘向郡主与沈少将军赔个不是。"嬷嬷说着弯下身去。

姜稚衣回过神，连忙抬手请起："既是误会一场，讲清楚了便好了，不怪罪她。倒是裴姑娘如今这状况，可请医士看过？"

"郡主放心，想来今日闹过一场，姑娘应当也醒神了。"

姜稚衣回想起今日在书房里与裴雪青的几番对话。

"可我今日好像对她说了些重话，"姜稚衣看向元策，小声道，"是不是我把人气病了？早知道我光骂你就好了……"

元策一噎。

"郡主不必多虑，这人心里头装着事，久不发泄容易憋出病来，您今日点醒了姑娘，姑娘如此高烧一场，兴许反倒是好事。"

"我知与至亲至爱天人永隔是何等打击，她定是实在太不好过才会得这样的病……"姜稚衣出神地碎碎念着，想起什么，问元策："李军医医术高超，要不请李军医过去看看？"

元策看向嬷嬷。

"多谢郡主美意，此事不宜宣扬开去，便不再请旁的医士了。郡主与沈少将军若能帮我家姑娘保守这个秘密，老奴感激不尽……"

"这说的什么话，不必你说，自然要保密。"姜稚衣想了想，"既然如此，回头你家姑娘若愿意见我，我去拜会她。我与她有些相似的经历，兴许可开解开解她。"

"多谢郡主，那老奴这便回去照顾我家姑娘了。"嬷嬷与元策对了个眼神，退了出去。

厢房里只剩两人，姜稚衣细想着裴雪青的经历，也忘了生元策的气，自顾自喃喃着："怎么会有这样的事……"

"行了，别想了。"元策打断了她。

姜稚衣抬起头来："你这人怎么如此无情？"

"我无情？"

"这即便只是个故事也叫人触动，何况是发生在你我眼前的事，你怎么一点也不在意？喜欢一个人，喜欢到在他亡故之后，仍臆想着与他在一起，得是多深的感情才会如此，这不叫人感怀吗？"

不过是一些谎话，元策正要打消她多余的感想，忽然一顿："喜欢一个人，喜欢到臆想着与他在一起？"

"是啊，裴姑娘不就是这样吗？"

裴姑娘是不是这样，他不知道。

但姜姑娘看起来好像很理解这种事。

穆新鸿的声音忽然在耳边重新响起——郡主与大公子所谓的私情，根本就是郡主伤到脑袋以后产生的臆想！

无论如何，臆想的产生总有个缘由，记忆可以颠倒，但不能凭空冒出来，她心底既然有一个如此详尽的故事……

"你若是喜欢一个人，也会这么臆想？"元策盯住了她。

姜稚衣莫名其妙地看着他。

"我喜欢的人不就在我眼前，虽然今天刚吵了一架……"姜稚衣冷哼了声，"但是我用得着臆想吗？"

"那若是你喜欢的人并不喜欢你，甚至另有心悦之人，而他对你的态度十分恶劣，你可会生出臆想？"

"不喜欢我就算了，还有人敢对我态度恶劣？"姜稚衣蹙了蹙眉，"你这假设根本就不成立！"

怎么不成立？兄长从前便是这样对她的。

照兄长真正的性情，也许过去并非刻意得罪她，只是为扮作纨绔，在外行事不得不出格。

但姜稚衣并不知情，假若她其实喜欢兄长，臆想出一个——他与她在外故意扮作死对头，实则与她相好的故事做做白日梦，岂不合情合理？

且她还不光臆想两人是相好，甚至都臆想到了兄长亲她这一步……

什么仲春二月草长莺飞，什么纸鸢挂在树上，什么一个回头一个低头……简直目不忍视。

"姜稚衣，想得还挺美？"元策眯起眼，抱着臂凉凉地看着她，"你的美梦从今天开始，到头了。"

姜稚衣被这阴恻恻的目光打得头皮发麻，一头雾水了半天，蒙蒙地看着他："你在说什么……"

元策斜眼看着她。

她也有如此丈二和尚摸不着头脑的日子。当初满嘴叽里咕噜全是他听不懂的话，他无数次想问"你在说什么"的时候，可曾有人想过他？

姜稚衣惊疑不定地看着他中邪了一般的神色，伸手上前来摸他额头："你这胡言乱语的，不会也得病了吧？"

温软的手抚上额头，元策顺着这熨帖的触感闭上眼，头靠上床柱，长出一口气。

他是快病了。

陪自己的"寡嫂"折腾了这么久，日也操劳，夜也操劳，白天扮演兄长，夜里被兄长约去梦里谈话。

想把她赶跑，兄长说长兄如父，长嫂如母，不要伤害她。

那不赶就不赶吧，可人非草木，与她朝夕相处之时动了不该动的念头，兄长又说长兄如父，长嫂如母，为兄很是心痛。

好一个长嫂如母，好一场无妄之灾。

姜稚衣随着他往后靠的动作跟过去，手心手背来回探着他额头："好像是有点烫，是不是发烧了？"

元策靠着床柱抬起一丝眼皮，刚想说没有，一垂眼，见她为探他额头爬出了被衾，此刻跪坐在榻上，身体微微前倾，单薄的中衣衣襟松散，露出鹅黄色心衣的一角。

雪白的柔软从漏缝溢出，元策目光一顿，话到嘴边忘了答。

"哎……怎么突然更烫了！"姜稚衣摸着他的额头大惊。

元策飞快地移开眼，抬手扣住她手腕，顺势将人往后轻轻一推，把人推正回去："回你的被窝去。"

姜稚衣一个跟跄撑住床榻，皱起眉头："我这不是关心你吗？"

元策别过头，余光瞟见她一动没动，像在气她一番关心换来他的冷脸："先顾好你自己，天冷不知道？"

姜稚衣"哦"了声，钻回被窝拉起被衾："那你不舒服要请医士呀。"

"知道。"

想想今日之事他同样蒙在鼓里，与她大吵一架必定也是身心俱疲，姜稚衣心软下来："好了好了，反正今日是个误会，我也不同你吵了，就跟你和好吧。"

元策半背着身，回头看她一眼："睡了一天不饿？"

"饿——"姜稚衣答到一半一惊，向窗外张望，"等等，我都睡一天了，那陵园那边……"

"让婢女替你过去了。"

今晨姜稚衣醒得早，想着坐等也无事，便来找元策接头，结果到沈府附近恰好碰上来报信的沈家下人，说公子要迟到一刻。她往前一望，发现裴家女眷的马车停在沈府门前，便怒气腾腾地冲了进来。

后来她在书房晕过去，元策看她今日不宜再出行，吩咐谷雨和小满将祭品带去陵园，算是替姜稚衣祭拜过母亲。

姜稚衣看着外边擦黑的天色，面露懊恼之色："我这一觉怎么睡了这么久？"

"放心，你母亲怪不了你。"要怪也是怪下狠手给她点了一整天安神香的人。

元策从床榻上起身，到茶桌边倒了盏凉茶喝："你那两个婢女脚程慢，不知几时才回，我让人拿晚膳进来，你就在这里吃。"

"那你会陪我用晚膳吗？"姜稚衣眨着眼问。

元策看了眼窗外，从一刻钟前起，穆新鸿就一直在廊子里来回踱步，似乎对他们随时会败露的前程大业很是忧心忡忡，也对他这位流连香闺的少将军十分痛心疾首。

"我一个人可吃不下饭，一定要有人陪我才行！"见他不语，姜稚衣又补了句。

窗里窗外，元策与穆新鸿的视线隔空相遇，穆新鸿目光灼灼，求神拜佛般双手合十，无声地催促他快快去商议正事——再不想办法就完了！

元策张口："陪，怎么不陪？"

穆新鸿一拍脑门。

得了，完，怎么能不完？

戌时末，书房里，穆新鸿和李答风在罗汉榻上一人一边对坐着，下起了今夜的第十九盘棋，他从来没见过能吃这么久的晚膳。

这晚膳吃的，是去地里拔冬笋了呢，还是去河里摸鲤鱼了呢？

要像在边关时，这么多时辰，少将军二十顿晚膳都吃完了。

有这工夫，还可以射两百支箭，跑三十圈马，排演十场军阵……

穆新鸿对着面前这一团乱的棋局，落一子看一眼窗外。

侍候在旁的青松也愁得晚膳都没吃下，一面为着裴姑娘和大公子的事大受打击——之前说郡主和大公子有私情，他好歹还晓得这两人相识，那裴姑娘和大公子，他甚至压根儿不晓得他们何时说过话！一面又担忧如今的公子身份暴露——有句话怎么说来着，牡丹花下死，做鬼也风流，公子甘愿死在郡主手上，倒是做鬼也风流了，他却既没得风流，也保不住小命了！

青松和穆新鸿焦心不已之际，廊下脚步声响起，元策一把推开了书房的门。

穆新鸿屁股燎了火似的飞快离榻起身。

"少将军，您可算来了！郡主回去了吗？"穆新鸿瞅了眼窗外，见郡主的两名贴身婢女到了，却正往浴房的方向去，瞪目道，"郡主今晚还要留宿？"

"我留的，"元策坐上座椅，"怎么了？"

"少将军，眼下正事要紧，不可在儿女情长之事上耽搁啊！"穆新鸿上前去关拢了窗，指了下气定神闲喝着茶的李答风，"李先生说，郡主这血瘀经上次用药之后便在慢慢消散，如今几时会彻底消除是没有定数的，说不定郡主一觉醒来，突然便记忆清明了……"

"所以，把人留在这里不是最安全吗？"

穆新鸿一愣。

元策看向李答风。

李答风道："又要拉我做有悖医德之事？"

"她这状况，若不用药尽快消除血瘀，可会对身体有损伤？"

"不会，别再磕着碰着第二次就行。"

"那今日你就当什么也没查到，交还侯府医案之时，说她一切如常，身体无碍即可。"

李答风叹了口气。

穆新鸿一看元策有所打算，立马重振旗鼓："李先生，麻烦您了！"

李答风道："习惯了。"

他养了半年的活死人，这位杀神说杀就杀，几息就给人断了气。那些入了军营刑房的犯人，这位杀神打到快断气了就送给他医，等他医好接着打到快断气——为医者，摊上这么一位少将军，实乃不幸。

元策吩咐完李答风，一指穆新鸿："你去探探永恩侯到哪里了，派人尽快护送回京。"

"得令！"

"你，"元策一指青松，"跟夫人打听清楚三书六聘的章程，请夫人在最短的时间内安排妥当。"

"好嘞！"

青松和穆新鸿嘴比脑子快，应完一愣神，缓缓抬头看向元策："您这是要？"

元策道："不是说等她醒过神来，会去跟她的皇伯伯告发我吗？"

既然握着沈家最大的秘密，就别出沈家的门了。

在她醒过神之前把该办的事办了，看看到时候，是她木已成舟的夫婿重要，还是她的皇伯伯重要。

从热雾腾腾的浴房出来，姜稚衣涂过润肤露和润甲露，一身香气萦绕地回到西厢房，刚一进门，就见元策也已沐浴完毕，穿了身随意的燕居服坐在榻沿等着她。

谷雨和小满对视一眼，齐齐捂起嘴偷笑出声。

不愧是小吵怡情，今日的沈少将军简直热情得像换了个人，先是方才用完晚膳主动留宿郡主，又是如此急不可耐一刻也不愿与郡主分开。

姜稚衣也觉得意外，歪了歪头看他："你怎么又过来了？"

"不欢迎？"元策眉梢一扬。

"就是看你今天怪怪的……"姜稚衣回忆起方才用膳时，他又是给她夹菜，又是给她剥虾，上回陪她逛街，分明还不稀罕做这些下人的活计呢，"你是不是其实还做了什么对不住我的事？或者——有求于我？"

元策看了她一会儿，瞥开眼吩咐两名婢女："下去吧。"

谷雨和小满十分乖巧地退了出去，替两人合拢了房门。

姜稚衣古怪地皱皱眉头，拿手指了指他，笃定道："你有事，你肯定有什么事。"

"站那么远做什么？"元策侧了下头，"过来。"

姜稚衣穿着一身单薄的寝衣走上前去，刚要在榻沿落座，见他一抬下巴："坐这儿。"

姜稚衣顺着他下颌所指的方向低头一看，看见他的膝盖，迟疑地抬起眼来："哪、哪儿？"

"就是你想的。"

"我没想啊！"

"那我想了，行吗？"

姜稚衣眼珠子转向一旁，目光闪烁："你想——什么了？"

元策懒得再动嘴，握过她的手腕往怀里一拉。

姜稚衣像朵轻飘飘的云，软绵绵地落到他腿上，半身不稳人一歪，一把搂住了他的脖子。

四目咫尺相对，姜稚衣呼吸一紧，脸热地稍稍松了松手，往后退了些。

元策一只手按在她腰后，把人揽回来，另一只手抬起，将她松掉的手臂圈回他的脖子。

姜稚衣呼吸彻底屏住，牢牢盯住了他。

"以前这么坐过吗？"元策问。

"怎、怎么又问以前？"姜稚衣瞅瞅他，回想了下，"我记不清了！"

很好，看来还没臆想到这一步。

走了这么久的歧路，今日他就替兄长挡了这朵聒噪的小桃花，还兄长在天上的清净安宁。在夜长梦多之前，把沈家未来最大的威胁提早收入囊中，以绝后患。

"你今天到底……"

"你不是问，我是不是有求于你？"

姜稚衣气哼哼地别开头去："我就知道，无事不登三宝殿，你今天就是要求我办事！"

"是，"元策点点头，"我想跟你求个亲。"

姜稚衣因这石破天惊的消息愣神，鼻子、眼睛、眉毛的神情全暂停，对着虚空缓缓眨了眨眼，犹疑着回过头去，像是不敢相信自己的耳朵："你说什么？"

"我说——我想跟你求个亲。"元策放慢语速重复了一遍。

仿佛除夕夜的爆竹突然炸在耳边，姜稚衣脑袋里噼啪作响，看着他磕磕巴巴地说："求、求亲是说——"

元策抬起头，回看着她的眼睛："是说，你姜稚衣，要不要嫁我元策为妻？"

第八章

定亲

元策问完后便耐心等着她作答，不再说话。

厢房里静得落针可闻，脚边的炭炉熏得人晕乎乎的像醉了酒，姜稚衣与他对视着，人是安静地没动，心却跳得像是要蹦出嗓子眼去。

这些日子分明是她一直将亲事挂在嘴边，可眼下侧坐在他怀里，反过来听他亲口问她，竟慌乱得头脑发热，说不出话来。

明明三年前也私订过终身了，怎么似乎没有如此深刻的印象……

到嘴边的"要"字呼之欲出，临到出口关头，姜稚衣紧张地吞咽了下，微微瞥开眼定了定神。

片刻后，她端起架子回过头，扬扬下巴："答复你之前，我要先向你提问——你是只有求亲这日才对我如此体贴关照，还是今后日日都会待我好？"

元策眼底浮起笑意："你想日日，那便日日。"

"我当然想要你日日待我像今日这般热情了……"

元策一扯嘴角："这可说不准，天长日久，或许……你哪天突然就不想了。"

"别拿你那小人之心度本郡主之腹，我才不是那等见异思迁的人！只要你日日待我好，我岂会对你生厌？"

"是吗？"元策紧盯住她的眼睛，"这可是你自己说的。"

"是我说的，怎么，你也想让我发个誓？"

"也不是不行。"

姜稚衣十分干脆地松开圈着他脖颈的手，学他上回起誓那样三指指天："我姜稚衣指天发誓，只要今后阿策哥哥日日待我好，我也必与阿策哥哥恩爱如初，决不厌弃他，若有违此誓……"

"若有违此誓，"元策突然打断了她，慢悠悠道，"就绑了你的手脚，半步也别想逃。"

姜稚衣眨了眨眼："不是都说天打雷劈吗？"

"我要那个做什么？"

姜稚衣抿唇一笑："舍不得就说舍不得嘛！绑我手脚，你也不可能舍得……"

"那你这是嫁，还是不嫁？"

姜稚衣笑着重新将手搂上他的脖颈，凑上前去，在他脸颊上飞快地亲了一下："嫁！这就嫁！"

元策一愣，偏过头，见姜稚衣已经红着脸把脑袋埋进他颈窝。他抬起手，掌缘轻轻摩挲了下她发顶，唇角一点点弯起来。

翌日清晨，姜稚衣从震天响的唢呐声中苏醒过来，一睁眼，一看身下这张榻，立马披头散发坐了起来："呀，完了完了，来不及了！"

不远处正在备茶的谷雨和小满一愣，连忙上前："郡主，什么来不及了？"

"你俩怎么回事？什么时辰了，外边唢呐都吹半天了，怎的还不叫我起身换喜服！"姜稚衣匆匆掀开被衾就要下榻。

谷雨和小满一呆，站在原地对视了一眼。

谷雨道："唢、唢呐？"

小满道："喜、喜服？"

姜稚衣也一愣，看了眼窗外的冬日艳阳天，又看了眼这间虽然放了许多她惯用的摆设物件，却并不是她寝间的厢房，面露迟疑之色，昏昏然道："今儿个是什么日子……"

"跟你求亲的第二日。"元策一脚跨进厢房，眼神惊异地上下打量着她，没想到看见个比他还急的，"喜衣还没做上，这就听着唢呐声了？"

姜稚衣悬在榻沿的一双腿一僵，终于回过神来，脚趾一根根尴尬地蜷起。

都怪昨晚睡前想了太多成亲的事，与他聊着，说她的喜服要几十个绣娘绣上百天，凤冠霞帔得是大烨朝除皇后以外最尊贵的规格，又说迎亲的日子得挑在不冷不热的好时节……

元策一句句应着，一直应到她说累了睡过去。

这一睡就梦到了迎亲的日子，听着外边爆竹唢呐齐鸣，锣鼓喧天，而她竟在榻上睡过了头，这可不得着急吗？！

姜稚衣默不作声看着元策，两条腿怎么下来的怎么回去，回到榻上一背身侧躺下，缓缓拉起被衾，蒙住了头脸。

元策无声地笑着，走上前在榻沿坐下，把她的被衾拉下一截。

"没睡醒呢，别吵我！"姜稚衣拿手盖住脸。

元策挑了挑眉："昨天发的誓，这么快就忘了？"

"你今日对我哪里好了？一早就来驳我的面子，我烦你也是应当的！"

"我是来问你，早膳就在这儿用，还是去饭堂？"

姜稚衣一愣，偏过头来："去饭堂不就被你母亲看……"

"就是她让我问你的。"

姜稚衣虽已来过沈府多次，却从未出过东院。最初元策是为稳住大局不得不认下这段关系，便让继母装聋作哑，不必理会东院的动静。如今要说亲了，继母说她再不出面实在失礼，回头也会令永恩侯不快。

姜稚衣反应过来如今已是此一时，彼一时，眨眨眼问："所以是你母亲想见我？"

"想见就见，不想见不必勉强。"

"有什么勉强的，那就去饭堂吃。"姜稚衣大场面见得多了，岂会在这等小事上畏怯，起身让两名婢女快快伺候她梳洗。

元策倚在窗边等她穿衣、梳头、点妆，等到一阵奔命般的脚步声响起，青松踉跄着扶住门框："公子，大事不好了！永恩侯来了！"

姜稚衣蓦地转过头，惊讶道："舅父到京了？"

元策还没得到穆新鸿传回的消息，也有些意外："所以大事是什么？"

"是永恩侯脸黑得像要杀人，一进府二话没说只问您在哪里，这会儿马上就要杀到……"

"沈元策呢！把那小子给我叫出来！"一道低沉的中年男声逼近而来。

姜稚衣飞快地起身，元策手一伸没拉住人，眼睁睁看着她欢欢喜喜探身出了厢房："舅父！"

长廊下，风尘仆仆的永恩侯脚步一顿，惊疑地往这边望来，瞪大了一双圆眼——

数月不见的外甥女，依旧打扮得漂漂亮亮、光鲜亮丽，却在这一大清早理应刚睡醒的时辰，出现在别人家的府邸，身后正站着传闻中那个就快与他外甥女喜结连理，而他毫不知情的、未来的外甥女婿。

他初次听闻此事，还是在回京途中的某个驿站里，一名从京城往外地去的官员看见他，向他道喜，说恭喜恭喜，沈少将军与郡主真是郎才女貌，天作之合。

赶回长安之前，他是千百个不相信自己不过出了趟差，怎么一向眼高于顶、这两年给她挑了几十门亲事都看不上的外甥女突然就有了天作之合。

甚至方才回到侯府发现姜稚衣不在，瑶光阁的下人说郡主昨夜并未归宿，他仍旧抱着一丝希望，觉得孩子可能是去陵园祭拜母亲，没赶回来便宿在了外边，也说不定是回来后心情不佳，便去公主府找她宝嘉阿姊谈心了。直到此刻，他亲眼看见了这一幕。

永恩侯一只手按在心口，另一只手托住后腰："哎哟哟……"

跟在后头的侯府护卫急忙扶住人："侯爷！"

"舅父！"姜稚衣脸色一变飞奔上前，搀住了永恩侯的另一边胳膊，"怎么了舅父？！"

永恩侯缓过这一阵眼前发黑，满头虚汗地抬起眼，看见元策走到他跟前，不紧不慢地朝他拱手行了一礼："元策在此，见过永恩侯。"

不紧不慢？他还敢不紧不慢？

在此，他还敢在此？

永恩侯伸出一根手指，颤抖着指了指他，转向挽着他胳膊的姜稚衣："衣衣，是不是这小子把你掳到这里来的？"

姜稚衣后知后觉，方才她喜极忘形冲出去之时，元策为何要拦她一把了。

她和舅舅是久别重逢了，她的未来夫婿可能要久别于人世了。

姜稚衣慌忙摆手："不是不是，舅父，是我自己过来的。"

"哎哟哟……"永恩侯顶着个大肚腩往后倒去，眼前更黑了。

"舅父，您别误会，我与阿策哥哥——"

永恩侯眼一瞪，身子直了回来："阿什么？什么哥哥？"

"我与沈少将军，"姜稚衣抚着他后背给他顺气，"我们并非胡来，是正经准备议亲的，就等着您回——"

永恩侯一竖掌："不必议了，这门亲事，我不同意！"

半个时辰后，姜稚衣坐在瑶光阁暖阁下首，两根手指不安地对绞着，绞几圈看一眼上首的舅父。

该解释的，她方才一路上都已经解释了，说她没有与阿策哥哥同宿一屋，阿策哥哥也早已不是原先那个吊儿郎当的纨绔，如今建了功立了业，已是国之栋梁，待她更是一心一意，见她受人欺负，便为她出头，不管她多么挑剔，他都愿接受。

总之，说了一路阿策哥哥的好，说了他们多么情投意合，口都说渴了，舅父却始终没有好脸色，反倒从一开始的激愤变成了现在这副更为头疼的模样。

永恩侯闭着眼，手扶着额头，半响没有说话，再开口长叹了一声："他若还是原先那个纨绔，只要你们情投意合，舅父也不是不能答应这门亲事。"

姜稚衣抬起眼来："舅父这是说的什么话？他若真是个纨绔，我可瞧不上他！"

"可他这么能干，能长久地陪你留在长安吗？来日他回河西，你是想与夫婿分隔两地，还是跟着他去受苦？"

"沈节使生前治理河西有方，姑臧城的繁华如今可与江南扬州齐名呢，没有您想的那么苦……"

"那不提这个，你可是忘了你阿娘？打仗是多凶险的事，他一个出生入死的将军，你是想步你阿娘的后尘吗？"

姜稚衣低下头去："他武艺高强，不会的……"

"那就当他有金刚不坏之身，他若如此百战百胜，你可知你皇伯伯如何看他？沈节使还在时，他是沈节使留在京中的质子，将来你与他有了孩子，你们的孩子能留在你们身边吗？"

"舅父，这个、这个我还没想呢……"

"你没想，舅父替你想过了，这绝不是一桩好姻缘！"永恩侯摆摆手，"你与他不过有两月的交情，也没什么非他不嫁的情意，趁如今尚且抽得了身，早点了断了吧！"

话音刚落，谷雨心惊胆战地进来："侯爷，郡主，沈少将军来府上了，说是请见侯爷……"

"来做什么？给我外甥女灌了迷魂汤药不够，还来给我灌？"永恩侯眉头一皱，"不见，把人轰出去！"

"舅父！"姜稚衣着急地跺跺脚，张张嘴又闭上，欲言又止了半天，深吸一口气。

事已至此，只能兵行险招了。

"舅父，"姜稚衣诚恳地看着他，"若是只有两月的交情，的确抽得了身，但倘若我说，其实我与他……三年前就已经好上了……"

永恩侯瞳孔剧烈地颤动，颤巍巍地转过头来。

"您会不会考虑一下？"

永恩侯缓缓抬起手掌，止住了得令出去的谷雨，轻轻呼吸吐纳："不必轰出去了，把人请进来吧。"

姜稚衣面上一喜。

"本侯考虑一下，打断他哪条腿。"

"啊？？"

撂下话，永恩侯带上护卫气势汹汹地出了瑶光阁。

到了正堂，见那宽肩窄腰的高挑少年一身玄袍负手立于堂中，正随意扫视着屋内陈设，跟进了自个儿家似的一样自在——这一副祸水皮囊，历经沙场脱胎换骨，又添身人中龙凤的气度，难怪将他外甥女迷得五迷三道……

永恩侯阴沉着脸上下打量着人，看了眼元策身边另一位身着白袍的文气青年，冷哼一声："沈少将军这是自知于礼法有亏，说不动这门亲事，带着说客上门来了？"

元策回过身，瞟了眼那群压阵镇场的侯府护卫，朝永恩侯拱手行了一礼，一指李答风："这位是我玄策军中医士，擅治跌打损伤，来给侯爷看诊。"

永恩侯一愣，一双怒目微微一闪："看、看诊？"

"我观侯爷方才后倒之时头冒虚汗，护卫一直用力支撑着您的腰背，看来并非急火攻心之症，应是前不久筋骨受了伤。"

一个来揍人，一个来看诊。这是一拳头打在棉花上，有劲儿也使不上。

永恩侯瞪了半天眼，尴尬地振了振袖，撇开头去："沈少将军眼力不错，不过大可不必劳烦，本侯伤势已经大好！"

"那您提早近一个月启程回京，若不是半途旧伤复发，何至于今日才到？"

照姜稚衣此前所说，她这舅父是因修渠工事耽搁赶不回来过年，但据穆新鸿方才送来的信报看，南面的工事年前早已暂停，永恩侯启程的日子实则并不晚。那封寄给姜稚衣说回不来的家书，其实是在半途的驿站送出的。

"你……"年轻人说证就是直，台阶都不递一个，永恩侯一时挂不住脸，"你告诉衣衣了？"

"侯爷不是不想让她操心吗？"

永恩侯松了口气，又觉得在元策跟前突然矮了一头，腰杆子直了直："小丫头跟我亲，知道了一准儿哭哭啼啼，难缠磨人得很。"

元策弯唇一笑："我明白。"

这哭哭啼啼难缠磨人的事也让他明白了？

永恩侯狐疑又震惊地看着他。

元策道："她方才不忘情急之下没注意，您这伤若不早些治好，过后难保不被她发现。"

永恩侯默了默，看了李答风一眼。

元策伸手朝上首座椅一引："侯爷，请吧。"

永恩侯悻悻地走到上首，一落座忽地一顿，缓缓抬起头来。

不是，这是在侯府，还是在沈家？

翌日一早，侯府正院，永恩侯趴在榻上，嗷嗷痛呼着，承受了未来的外甥女婿送来的第二次关心。

他这腰背是在下渠的时候被修渠的巨石意外砸伤，当时两眼一黑便晕了过去，所幸运气不错，没伤及要害。

昨日这位李军医看诊时便给他的腰背做过一次按摩，他当场痛呼呼得尊严全无，像被人拿捏住了命脉，再摆不出为人舅父的架子。过了一夜，好不容易心态平复一些，一大清早，这"回春圣手"又上门来了。

按摩结束，李答风颔首言退，临走时交代："侯爷这伤曾及肺腑，比起筋骨，内伤更应着紧养护，往后要注意保暖，少受凉伤风。"

永恩侯龇牙咧嘴地趴着，抬了下手，示意明白了。等人走了，活动着舒爽不少的筋骨，披衣起身。

刚穿戴完毕，忽见一名瑶光阁的婢女匆匆进来："侯爷，不好了，郡主病倒了！"

瑶光阁寝间，永恩侯坐在榻沿，眼看着一张小脸透白、嘴唇毫无血色、双眼紧闭的人，大惊着问："怎么回事，昨夜睡前不还好好的吗？医士呢，请来瞧过没有？"

一旁的谷雨点点头："瞧过了，说郡主这是'气病'，气虚、气滞、气——气逆，气陷交加……"

永恩侯大睁起眼："这么多病？"

"总的来说，就是气堵着了，力便没了，整个人血气亏空，虚弱无比……"

"那、那这是因何引起，如何治？开了方子没有？"

"医士说，用药治标不治本，开了也无用……"

"胡说八道！不就是补气养血，喂上十支十年老参，我看还能不好？"

谷雨惊愕地摆手："这、这恐怕使不得啊侯爷！"

"喀喀……"榻上人咳嗽两声，睁开一道眼缝，有气无力地抬起一只手来："舅父……"

永恩侯连忙握住她的手："舅父在，舅父在。"

姜稚衣气若游丝地摇了摇头："你不要怪罪医士，这都是稚衣的命……"

"怎么就是命了呢？这点小病，调理调理不就好了？"

"不，舅父，"姜稚衣深吸一口气，"您不知道，我本也不是非嫁沈少将军不可，全因年前拿着我与他的八字去合了一卦，合出他是我命里的吉星，天定的贵人，若离了他，我就会这样慢慢虚弱下去……"

永恩侯嘴角微抽："当真？"

"侯爷，千真万确！"谷雨忙从屉柜里取出一张红纸，递给永恩侯。

好大一个"吉"字映入眼帘，通篇将男方的功德吹得天上有地下无。

永恩侯捏着批命纸瞅瞅姜稚衣："这该不是你花银子买来糊弄舅父的吧？"

可不是花了好几两吗？

"怎么会呢，我的八字舅父再清楚不过，这上头沈少将军的八字也是我昨夜——"连夜问来的呢。

"昨夜怎么着？"

"昨夜稚衣就觉着命里的贵人离我越来越远，身上的气力仿佛在一点点流失……果不其然，今早我便成了这副模样……"姜稚衣苦兮兮地攥住永恩侯的袖口，"舅父，这可如何是好？"

永恩侯笑眯眯地叠拢了批命纸："如何是好？来得正好！舅父这就拿着你们

的八字再去问一卦，看你这命数如何破解。"

眼看着人头也不回地走了，姜稚衣一骨碌从榻上爬了起来，擦掉脸上、唇上敷的粉，重重地叹了口气，一拍被褥。

谷雨道："郡主，奴婢就说这招行不通，侯爷又不傻！"

"我当然知道舅父不傻，"姜稚衣撇撇嘴，"那我都这么死马当活马医了，舅父也该看出我的决心，依着我了呀！"

"这下侯爷去合八字，万一合出来不好，岂不更……"

"少乌鸦嘴，"姜稚衣打断了谷雨，"我与阿策哥哥定是三生石上刻下的天作之合！"

一个时辰后，太清观。

永恩侯坐在道观小室内，静等着对面的道长批命。

如今两个小辈一个也无退缩之意，既然刚好拿到了八字，遇事不决，便问问天意。这太清观的张道长是见微天师的亲传弟子，见微天师当年受皇家信重，掌预言之能，其弟子在长安贵族当中也颇有威望，他便特意来了这里。

"张道长，如何？"永恩侯神情紧张地问。

"福主是要问女命，还是身命？"

"女命。"

张道长放下红纸："这并非女福主命里原定的姻缘。"

"果真如此？"永恩侯皱眉点点头，"我就说这段姻缘不好……那她命里的正缘在哪里，何时能来？"

"女福主命定的姻缘远在极西之地。"

永恩侯吃了一惊："极西之地？"

"照卦象上看，女福主若随缘远嫁，此生再无缘回到故土。"

"极西之地……回不到故土……那说的可是西逻一族？这怎么可能！"永恩侯头一晕，扶住了额角。

衣衣决不可能瞧上那蛮荒之地的人，也决不可能忍受在蛮荒之地过活的日子，若说这一远嫁，此生都无缘再回到故土，难道是……和亲？

可早在先帝在位时，大华朝便已将一位和亲公主送去西面，在这段姻亲的联结下，两邦和平交好了十几年，不曾动过一兵一卒，如今好端端的，怎可能突然再送去一位？就算要送，又怎可能轮到外姓郡主？

"信与不信，皆看福主。"张道长颔首一笑。

永恩侯回过神来："我并非质疑道长，只是此事太过出乎意料……道长，这正缘决不可成，可有法子避开？"

张道长笑着一指面前的八字帖："法子不就在福主眼前了吗？"

"您的意思是——"永恩侯错愕地看着他。

"这虽本非女福主命定的姻缘，然宿世轮回，由因生果，女福主今生巧得机缘，若可把握此机缘，便可避开原定的正缘。"

同一时刻，沈府东院。

青松捏着一封批命书，面色凝重地进了书房："公子，昨夜郡主与您交换了庚帖，夫人今日便去合了您二人的八字……"

元策从书案间抬起头："她是拿去哄她舅父的，你们也闲着无聊？"

"这怎么是无聊呢？您与郡主既然要说亲，合婚帖上照规矩本也是要卜过八字的。"青松将那批命书递上前来。

"公子，您得有个准备，合出来结果不大好，夫人问了男命，说这姻缘克您，是——大凶之兆。"

元策像是毫不意外地抬起眼皮："她克我这事，你们第一天知道？"

"这卦上的大凶之兆可不是平日挂在嘴边的玩笑，这是要命的事！"

公子与大公子虽为孪生，却因差了些时辰落地，两人出生的时刻刚巧被分在了两个不同的时辰。

因产婆剪断脐带是在公子落地之后，为更接近生产结束的时辰，明面上沈家独子的生辰八字，其实是按晚出生一步的公子来算的。

所以，如今拿出去的八字并非大公子的，而正是公子的。那么郡主克公子就是板上钉钉的事。

元策看也没看那批命书一眼。

这些道士，二十年前批他祸国之命，如今批他大凶之命，一纸批命书，便妄图掌握乾坤，定他生死。

"我的命，还轮不着他们定。"元策一扯嘴角，"这姻缘，我非要不可。"

从太清观出来，永恩侯像一脚踩在棉絮上，魂不守舍地上了回城的马车。

他在马车里思来想去，总觉得不可能。

先帝在位时，之所以将一位宗室女封为公主送去西逻和亲，是因当年西逻与北羯夹击着大烨的西北，两族时时袭扰大烨边境，以致大烨边境线上大小战事常年不断，面对双重的军事重压，只能采取怀柔政策。

但如今，沈元策历时三年带兵重创北羯，离经叛道到将北羯王族的祖坟都给烧了，北面的威胁已经不复存在。

既然没有腹背受敌的危机，西逻与大烨的姻亲也还稳固地维持着，哪儿来的道理再派一位和亲公主去西逻呢？

这和亲之说未免太过荒唐……

什么宿世，什么今生，怕不是故弄玄虚？

永恩侯在马车里摇了摇头，还是觉得不可信，一路皱眉深思着回城去。到了城门外，忽然听见外头一阵骚动，马车突然停了下来。

"怎么回事？"永恩侯移开车窗朝外望去，见城门口一群金吾卫正在清道，让所有的行人和马车通通靠边，不知有什么要紧人物要进城或者出城。

一名金吾卫远远瞧见永恩侯府的马车，匆匆上前，朝永恩侯行了个礼："侯爷，劳您在城门口稍候，西逻使团此刻正要出城返西。"

正月时节，与大烨交好的各邦使节陆续进京朝贡，西逻人自然也在其中。听说此行西逻王有个儿子也亲自来了长安，说要趁此机会好好领略中原文化。就在今日，宫里还在设宴款待那位西逻王子，许多王公贵族都列席其中。

永恩侯惊讶道："西逻使团才来几日，今日这宫宴都没结束，怎么这就回去了？"

"回侯爷的话，西逻王后突然病危，八百里急报刚刚送进宫中，西逻王子不得不提前返西了。"

像一道惊雷劈下，永恩侯一阵头晕眼花地扶住了窗沿。

当今的西逻王后，正是十几年前大烨送去的和亲公主。

如今两邦关系稳固，原本的确不必再派一位公主过去和亲，但若是上一任和亲公主突然亡故……

前脚刚卜的卦，后脚便出了这样的消息，当真是命数，还是有人刻意设计？

该不会是沈元策得知西逻王后病危的消息，提早买通了太清观的道长来哄骗他，好让他点头答应跟沈家的亲事吧？

毕竟衣衣若嫁去西逻这等蛮荒之地，此生可能有去无回，嫁给沈元策都成了上乘之选！

"那急报是什么时辰送到长安的？"永恩侯向金吾卫确认道。

"约莫三刻钟前。"

永恩侯的脸登时煞白。

三刻钟前，他早已从太清观离开。也就是说，张道长批命时，那八百里急报根本不曾抵达长安，在那之前，全长安无人会知道西逻王后病危的消息，不光沈元策，任何人都不可能买通道长。

难道大烨当真要再送出一位和亲公主，难道这苦命之事当真会落到他家稚衣头上？

若没有这卦象，这么多宗室女，怎么想这事也不可能轮到一位外姓郡主。

可这卦象偏偏说的就是他家稚衣。

马车靠边让道，永恩侯揣着颗七上八下的心，惊疑不定地坐在车内。

直到嗒嗒马蹄声震响，一队身着西域服饰的人马从城中飞驰而出，如狂风过境般疾行向西。

永恩侯迎着飞沙走石探出窗外，眯缝着眼望向马上那位西逻王子牛高马大，虎背熊腰，仿佛一条腿就能把他家稚衣压成肉泥的模样——

"快！"永恩侯颤抖着深深提起一口气，抬手按住心口，朝门外车夫道，"快去沈府！"

沈府东院，穆新鸿向元策回报完西逻来的急报，紧皱着眉头道："西逻王后病危，这姻亲虽不至于立马破裂，但为防西面异动，您必然要比计划的时间提早离开长安了。

"眼下钟家的贪污案如何判处还在争论之中，看来是有人想要保下钟家，在朝堂上推波助澜。恐怕当真如您所料，圣上不会判处康乐伯死罪，咱们要为大公子报仇还得另寻他法……

"郡主这隐患又随时可能要了沈家上下，还有玄策军这么多弟兄的性命，现如今永恩侯不肯松口应下您与郡主的亲事，您这八字合得也不顺利……"

因西逻突如其来的变故，这一桩桩事变得越发紧迫，穆新鸿一个头两个大，甚至想问出一句，当真只有迎娶郡主这一条路吗？杀是杀不得……实在不行，你俩能私奔不？

元策双手交握，搁在书案上，摩挲着指腹静坐了会儿："把合好的八字改写成吉婚，拿给我。"

虽然少将军不信这些，但是郡主如今视少将军若宝，倘若知道这姻缘克少将军，很可能自己就先不肯嫁了，这八字合出来的结果自然需要令她安心。

穆新鸿立马去办，片刻后，拿了一封新的批命书回来。

元策接过来收入衣襟，起身走出府门，掀袍上马，朝永恩侯府扬鞭而去。

打马至半途，迎面正遇上侯府的马车紧赶慢赶着驶来。

狭路相逢，元策一勒缰绳，对面马车也"吁"地停下。

车夫回头朝里说了句什么，永恩侯移门探身出来。

元策翻身下马上前，开门见山："侯爷，我想与您谈谈——"

永恩侯一竖掌："不必谈了，这门亲事，我同意了！"

两刻钟后，瑶光阁，永恩侯领着元策到了姜稚衣寝间门口，见隔扇合拢着，抬手叩了叩门。

很快有人轻手轻脚移开门，里头的谷雨一看门外两人，意外道："侯爷，沈少将军。"

永恩侯道："衣衣呢，还躺在床上装病？"

"已经没在装……"谷雨一顿，"本来也没在装的。侯爷，郡主昨夜为亲事辗转反侧，一夜无眠，的确没歇好，这会儿真的在午睡呢。"

谷雨立马让开门，请两人进去。

两人跨过门槛，同时放轻了步子。永恩侯压着靴尖看了眼元策，朝他瞥去个尚算满意的眼神。

走到榻边，发现姜稚衣当真睡熟了，不过眉头紧锁，看来睡梦中也还在操心亲事，不如叫醒了，让她听过好消息再睡。

永恩侯弯下腰，轻轻拍了拍她的肩头："衣衣？"

姜稚衣像吓了一跳，人微微一颤，缓缓睁开眼皮，第一眼看见近处的舅父，第二眼看见稍远一些的元策，目光一动，吓到了似的，一下子从榻上爬起来往后缩去，一把拉高了被衾。

元策上前的脚步一顿。

永恩侯也是一顿，愣愣地回头看了看元策，又看回姜稚衣："怎么了，衣衣？"

姜稚衣怔怔地望着元策，歪着头像在辨认什么，目光越来越震惊，蓦地拿手一指他："舅父，他怎么在我的寝间？！"

元策眼睛一眯，盯住了她惊异而警惕的眼神。

永恩侯道："舅父带他过来的，舅父同意你们的亲事了，让他来与你报个喜。"

"亲事？"姜稚衣半张着嘴，愣着神看了永恩侯好一会儿，又看向元策，低声喃喃道，"亲事……"

元策垂在身侧的手轻轻攥成拳，僵持片刻，试探着抬起靴尖，慢慢走上前去。他走到榻沿，俯下身凑近了些看她："睡糊涂了？"

姜稚衣迟钝着，低下头晃了晃昏沉的脑袋，像从什么遥远的、支离破碎的记忆里抽离出来，重新抬起眼，定定地看着近在咫尺的脸，眼底的陌生感渐渐如潮水般退去："阿策哥哥？"

元策攥起的拳头一点点松开，直起身来，抬手扯了下衣襟："嗯。"

"怎么了这是？睡得连口口声声非他不嫁的夫婿都不认得了？"永恩侯发笑。

姜稚衣对着元策眨了眨眼，回想起来，她方才好像做了一个梦，梦里她与阿策哥哥因为一只蛐蛐结下梁子，恨透了彼此，根本没有丝毫你侬我侬的情意，梦里那种讨厌他，也被他讨厌的感觉实在太真实了，真实到她差点分不清梦境和现实……

下一瞬，姜稚衣眼眶一红，带着哭腔扑上前来："吓死我了！"

腰上一紧，元策低头看了眼牢牢抱住他的姜稚衣，又看了眼被挤撞开去，傻在一旁的永恩侯。

"怎么了？"元策轻咳一声，看着永恩侯，慢慢抬高手，抚了抚怀里人的发顶。

姜稚衣声泪俱下，旁若无"舅"地哭诉："我做了个噩梦，梦到你一点也不喜欢我，好讨厌我……你对我好凶，一看见我就没好话，你说我脾气这么大，肯定一辈子都嫁不出去！"

过分了，兄长。演纨绔就演纨绔，也不必演得这么像，对姑娘家说这么不中听的话。

元策刚要开口，瞥见一旁的永恩侯悻悻的眼神，张开的嘴一顿。

永恩侯一脸"女大不中留"的表情，叹息着恨恨地甩袖离去。

寝间只剩两人，元策揽过姜稚衣的背脊轻轻拍了拍："这不就要嫁出去了？"

姜稚衣泪眼蒙眬地抬起眼来："可是那个梦好真实，我都差点以为梦里才是真的呢……"

看来她的记忆当真在渐渐摆正，在这个危险的节骨眼，渐渐摆正。

元策垂下眼睑，看着那双纯澈的眼睛，冷不丁地，穆新鸿提醒的声音又响在耳边。

看了她好一会儿，元策在榻沿坐下，拿指腹擦掉她脸颊的泪，默了默，说道："梦都是相反的，我在你梦里多讨厌你，你醒来时，我便多心悦你。"

姜稚衣一愣，实在是第一次听他说这么好听的话，眼睛都亮了："当真？"

"当真。"

姜稚衣破涕为笑："那你梦里对我这么凶，其实一定好喜欢好喜欢我！"

"行了，一个梦而已，别想了，你舅父都走了。"

一看旁边舅父早已不在，姜稚衣才回过神似的，惊讶道："舅父怎么忽然肯答应我们了？"

元策摇头。他只知永恩侯在此之前去了一趟太清观，看样子，这段姻缘里的女命不错。

这些道士倒还不算一无是处，省去他诸多口舌。

元策一抬眼皮："可能合完八字，我真是你命里的吉星，天定的贵人。"

"我就说我们是天造地设的一对！"姜稚衣笑着搂过他的脖颈，"还好舅父松口快，没耽搁太久。那你赶紧请媒人和主婚人来提亲下聘，喜服也做起来，我们是不是还能赶在你去河西之前完婚？"

"来不及了，我要回河西了。"

"什么？"姜稚衣笑容一僵，"什么时候要回，怎么这么突然？"

"西逻王后病危，一会儿圣上应该会召我入宫。"

姜稚衣脸色一变："不会又要打仗了吧……"

"我去河西，就是为了不打仗。"

姜稚衣明白了。他是要坐镇河西，威慑西面，这样即便姻亲破裂，西逻也不敢轻举妄动。

元策道："有我在，姑臧城固若金汤，无人敢犯。"

"我知道你不会有事，可我……"姜稚衣耷拉着眉眼叹气，"我舍不得你……"

"我说这话，不是为了让你知道，我不会有事。"

姜稚衣抬起眼来。

"是为了让你跟我去河西，"元策弯唇一笑，"我的未婚妻。"

午后，皇宫。

重檐庑殿顶之上，琉璃碧瓦在斜阳里折射出庄严的辉光，汉白玉石阶之下，应召入宫的少年臣子长身而立，张开双臂，由例行排查兵械的内侍轻轻拍打过肩袖、腰背、靴筒。

片刻后，内侍直起身，微微笑着伸手朝上一引，捏着细声细气的腔调道："沈小将军，请吧。"

元策抬靴往上，一步步跨过石阶，走进宫廊。

幽静的长廊里飘浮着宫廷御用龙涎香的味道，一路穿过廊子，越往深处，香气越重。

转过一个拐角，再前行一段，内殿漆金的朱门映入眼帘。

"陛下，沈小将军到了。"

金龙盘踞的宝座上，一身黄袍的天子抬起眼来。

元策跨过高槛，抬头对上这道高高在上的威严目光。

四十许年岁的天子眼神清明，见少年如此不避不让直视而来，眼底锐利的审视一晃而过。

目光相接，一触即分，元策垂落眼皮，颔首行礼："微臣，参见陛下。"

兴武帝也收起审视的目光："不必多礼了，上前来吧，赐座。"

"初入内殿，第一眼便敢直视圣上之人倒是少见，不愧为将门虎子。"龙座左下首，声音雄浑的中年男子突然笑着感慨。

元策在龙座右下首落座，抬眼看向对面这位难得一见的河东节度使："范节使过奖。"

兴武帝看了眼座下一左一右两人，接过内侍奉上的茶，低头喝了一口，忽然听见范德年叹了声气。

"范节使此叹何故啊？"兴武帝搁下茶盏看过来。

范德年惋惜地摇了摇头："臣只是想起，昔日坐在这处，与陛下和臣共议外邦事务的人还是沈节使，一晃眼，已是物是人非……"

兴武帝笑着看看元策："朕倒觉着也不算物是人非，坐在你对面的，来日不也是沈节使？"

范德年默然，大剌剌的姿态稍稍收敛了些，再次看向元策时，撇着八字须轻轻笑了笑："陛下如此一说，臣倒很是好奇，这来日的沈节使对西逻王后病危一事有何看法？"

元策道："承蒙陛下抬爱，微臣资历尚浅，不敢以此高位自居。"

兴武帝摆摆手："范节使既然问了，你便说说看。"

"依微臣所见，德清公主嫁去西逻十数年，诞下三女，但膝下并无可继承王位的子嗣，若就此一病不起，西逻与大烨的姻亲就断了。西逻王也已年迈，如今西逻的政权渐渐落到两位庶出的王子手中，两位王子一位亲中原，一位远中原，今后西逻对大烨是亲是远，便看这两位王子谁最终继承大权。"

兴武帝："你的意思是，西逻是否会向大烨开战取决于西逻王室的内争，我大烨只有坐着等他们争出个结果来？"

"微臣并非此意。"元策摇了摇头，"微臣以为，只要微臣在河西一日，无论哪位王子继承大权，西逻都不敢主动向大烨开战。"

斟茶的内侍手一抖，茶水四溅而出。

这初生牛犊不怕虎的少年郎，不就差直说西逻开不开战取决于他了？

掷地有声的话音回荡在高旷的殿顶，空阔的大殿内，空气凝固般死寂，死寂之下，又像盛了一锅煮沸的水。

范德年眯起眼盯住了元策。

兴武帝眉毛一挑，也再次将审视的目光投向元策。

元策平静地目视前方，接受着两人的打量。

河西与河东，素来是天子要平衡的两方地方势力。当初河西兵强马壮，胜过河东，兄长担心招惹河东嫉恨，也为免得引起天子过分忌惮，在京时一直韬光养晦。

然而兄长的死，却证明藏拙无用。

过去三年，河西失去节度使，战力大损，而河东边境安宁，始终休养生息。如今河东的势头反压过河西，天子需要一位新的河西节度使稳固朝廷、河东、河西的三角关系。

但一个十九岁的少年人能否胜此大任，天子也心有疑虑。这便是这段时日，他未被正式授予实职，只能从书院迁回扳倒钟家的缘由。

若不能令天子确信，唯有他才可与西逻匹敌，才可与河东抗衡，他非但无法为兄长报仇雪恨，还很可能有来无回，永远被困在这座四方城里，令河西落入他人之手。

沉默良久，兴武帝点了点头："好，你既有如此胆气，这便回河西坐镇，即日起，河西军务交由你处理，河西节度使之职继续由副使暂代，你在旁跟从学习，勿令朕失望！"

范德年的眼神冷了下去。

元策起身叩首："微臣领命。"稍一停顿后道，"陛下，在此之前，微臣有一不情之请。"

"你说。"

"微臣在京尚有一桩事要办，陛下可否容微臣晚几日启程？"

恰在此刻，一位内侍匆匆步入殿内，附到兴武帝耳边轻声道："陛下，永盈郡主来了。"

兴武帝瞥了眼底下的元策，朝内侍点了点头。

一旁的范德年冲元策冷笑了声："听闻沈小将军在书院时，与康乐伯之子钟伯勇关系匪浅，可是留下来关心钟家这贪污案是何结果？"

元策抬起眼来。

兴武帝挑高了眉看向元策："是吗？"

"当然不是！"一道清亮的女声在殿门外响起，"范伯伯回京过年也好些天了，怎么没听说我与沈少将军的亲事？"

姜稚衣跨过殿门，由内侍引着款款走上前来，向上首福身行礼："稚衣见过皇伯伯。"

兴武帝收起严肃的神情，露出慈父一般的笑来："你这丫头都多久没来看朕了？难得来一趟，还是冲着你未来的夫婿来的？"

姜稚衣笑盈盈地朝上道："还是皇伯伯消息灵通。皇伯伯向来关心稚衣的亲事，前两年也替稚衣挑选过好些人家，如今稚衣的亲事有了着落，舅父嘱咐稚衣进宫与皇伯伯说明此事。"

"所以他留下来是为了与你定亲？"

"正是呢，皇伯伯，我可不许他没与我定亲便走了。"姜稚衣笑着与一旁的元策对视了一眼。

"可你挑的这夫婿着实能干，如今就要远赴河西，替皇伯伯办差去了。你这亲事来得及定，婚期却要被皇伯伯耽搁了。"

姜稚衣叹了口气，蹙眉道："稚衣在殿门外都听着了，皇伯伯，我这好不容易瞧上个郎君，您却这样差使走了……"

"那如何是好？皇伯伯总不能为了你，将有用武之地的将军强留在京？"

"那皇伯伯，我想同沈少将军一起去河西，行不行？"

元策偏头看向姜稚衣。

姜稚衣回看他一眼。

方才元策提议她与他一起去河西，舅父思量过后准许了，但他说此事理应得到皇伯伯的首肯。

这事如果由元策开口，难免叫皇伯伯怀疑，他带着未婚妻离京，是想免于将来子嗣留京为质，如果由她开口，便能叫皇伯伯对他此举少些猜疑。

"胡闹！"兴武帝面露肃色，轻斥一声，"你从小生在长安，长在长安，去河西住能习惯吗？长安到河西那么长一段路，你怕是半途就受不得苦跑回来了！"

"那稚衣总要试试，若半途受不得，我就传信给皇伯伯，皇伯伯到时再派人接我回京来。但我眼下当真不想与沈少将军分开……我保证，这一路定不耽误行程，皇伯伯定个期日，您说二月到河西，稚衣决不拖累沈少将军三月到！"

兴武帝侧目看着她，还是没松口。

"皇伯伯，阿爹阿娘走后，稚衣在侯府寄人篱下十年，好不容易要有一个自己的家了，您不能这么拆散我们……"姜稚衣嗔怪着撇撇嘴。

兴武帝神色稍稍松动了些。

"要不然、要不然您就换个人去河西？"姜稚衣突然转向范德年："范伯伯，您这么厉害，心中鸿鹄之志定不止于河东，要么河东、河西都归您管，您替我未婚夫去河西吧！"

范德年目露惶恐，立马起身，拱手向上："郡主戏言，陛下切勿当真。"

元策忍着笑意看了眼姜稚衣。

姜稚衣扬扬下巴，在心底冷哼一声。

这个范德年不是爱挑是非吗？她也挑一个给他看看。

兴武帝抬手虚虚按下范德年，冲姜稚衣长叹一声："你瞧瞧，皇伯伯议事议得好端端的，你来这一趟，鸡飞狗跳！"

"皇伯伯只要答应了稚衣，这鸡就不飞了，狗也不跳了！"

兴武帝思虑片刻，挥了挥手："罢了罢了，就依你吧。"

从内殿离开，姜稚衣与元策并肩往外走去。

等引路的内侍退下，到了无人的宫道，元策抬手捏过姜稚衣下巴，刮目相看般打量着她："谁教你的扮猪吃老虎？"

"嗯嗯？"姜稚衣往后避去，挥开他的手，"我这点着妆呢，你快松手！"

元策放开了人。

"这么简单的事，还用得着谁教吗？我好歹也是从小见识过宫里那些明争暗

250

斗的。"姜稚衣扬扬下巴，"还有我祖母，定安大长公主，封号当得起'定安'，那可是当年从后宫走上过前堂的。虽然祖母故去得早，我都不记得她长什么样了，但是我应当还流着她聪明的血。"

"那你有这能耐，来日我若得罪了你，你也这么扮猪吃我？"元策睨了睨她。

"你别得罪我不就行了？"姜稚衣奇怪地看看他，"担心什么呢，做坏事啦？"

元策眉梢一扬："当然没有。"

入夜，永恩侯府书房。元策与永恩侯对坐着下过一盘棋，永恩侯收起玉子，打开了话匣子："今日是我让衣衣去宫里的。"

"她与我说了，"元策点头，"多谢侯爷考虑周详。"

"既然要做一家人了，你的事便是衣衣的事，你要带衣衣去河西，我不反对，但圣上那一关，衣衣去过，比你去过省力。"

他本是千不该万不该同意稚衣如此仓促地去河西的，但想到太清观算出来的那一卦——

如今两个孩子只是定亲，来不及完婚，如果分隔两地，说不定未来会生出什么变数。眼下西逻局势未明，稚衣若能暂且去天高皇帝远的地方避一避，就算之后西逻的使节再次来京来娶大烨公主，西逻人也好，圣上也好，都看不见稚衣，这和亲之事也就落不到他们家了。

那卦象既然说沈元策能改稚衣的命，让稚衣待在沈元策身边，想来才是明智之举。

所幸对圣上而言，他家稚衣父母双亡，家中在朝已无权柄，比起那些势力盘根错节的文官武将世家与宗家结亲，这么一位空有头衔的郡主嫁给一位手握重兵的将军更加令人心安，所以圣上也乐见其成。

"自然，我这么做也有我的私心，"永恩侯目光沉沉地看向元策，"我替你着想，也是望你之后这一路上时时刻刻照顾好衣衣，到了河西以后，定要叫她过得像在长安一样，别叫她受一丁点委屈。"

元策点头："此事不必侯爷叮嘱，她吃穿住行的习惯，我都有数。"

"这孩子吃穿住行上的确挑剔，但你别觉着是她不懂事。"永恩侯叹息一声，"当初她阿爹为大义舍小家，我那妹妹追随夫君，弃她于不顾，我这做舅父的也觉得愧对于她，这些年就一直宠着她惯着她，便将她养得如此娇气了。

"这些年，她在这郡主之位上过得如此精贵、恣意，其实又何尝不是在安慰自己？想她没了阿爹阿娘，但她有了这些东西，就没那么可怜了。"

元策点头："我知道。"

永恩宽心一笑："看来她跟你说过不少事了，她今日能那般抱着你哭，我这做舅父的也很是欣慰。"

元策疑惑地抬起头来，这一句倒是没听懂。

"你看她在你跟前，和在外边是一个模样吗？"

元策摇头。

"那就对了，别看她这些年在外脾气傲，跟朵天山雪莲似的不爱跟人搭腔说话，儿时家里发生变故之前，这孩子就是个小话痨，活泼得很，喜欢谁就黏着谁，跟在人家屁股后边一个劲儿喊着哥哥姐姐，若是不高兴了受委屈了，就变成个哭得稀里哗啦的小哭包……她在你面前可是如此？"

元策眨了眨眼："有过之而无不及。"

"这些年她得圣宠，京中许多人谄媚讨好于她，她不喜欢那些虚情假意，也懒得一个个去分辨谁是真谁是假，便很少再与人交际，在外一律摆着生人勿近的模样，也就只有在我这舅父，还有她宝嘉阿姊跟前还像儿时那样有哭有笑。如今她在你面前能够找回小时候的真性情，在外边也连带着活络了些，我自然觉得欣慰。"

元策眼睫一扇。

可惜……这份真性情不知还能维持多久。

"舅父！"正是两人沉默之际，一道怨怪的女声在书房门外响起，姜稚衣跺了跺脚走进来，"您怎么把我底儿都揭了呀！"

永恩侯抬起头来："你这孩子，偷听大人墙脚！"

姜稚衣走上前去："那您不是在与我未婚夫说话吗？"

"舅父说这些，无非盼着他往后多懂你一些，谅解你一些。"永恩侯一只手拉过姜稚衣，另一只手朝元策招了招。

元策迟疑着摊开手，接了永恩侯递过来的——姜稚衣的手。

"从今日起，我将衣衣交给你，望你心无杂念，真心实意地好好待她。"

元策喉结微动，僵硬地摊着手顿住。

姜稚衣瞅瞅元策："舅父，你这阵仗，害得人都紧张了。不用舅父说，阿策哥哥对我当然是心无杂念，真心实意的！是吧？"

对上姜稚衣真挚的、全心信任的眼神，元策目光闪烁了下，缓缓屈起手指，虚握住她的手，轻轻"嗯"了一声。

入了正月，天气一日日暖和起来。接连放晴的日子里，永恩侯府与沈府喜气洋洋操办着两家孩子定亲的事宜。

悲欢不相通的侯府佛堂内，钟氏听着外边热热闹闹，一日提亲，一日下聘，朝廷却在此刻宣判康乐伯罪名属实，念在其往日为国立过汗马功劳，免除死罪，判处钟家满门女眷就地遣散，男丁流放千里。

娘家彻底失势，从此再无依仗，钟氏的心凉到了谷底，骂也骂不动了，成日瞪着一双空洞无神的眼睛，歪歪斜斜地躺在蒲团上，放弃了挣扎。

钟家定罪的那日，姜稚衣去佛堂看过钟氏一次，见她这副模样，很难说清是什么感想。

要说同情，是没有的，任说开心，也谈不上。

她与舅母和大表哥的恩怨到这儿也算落幕了，可舅父与妻儿的日子却要继续过下去。

舅父为了她这外甥女，与妻儿如此撕破脸面，等她走后，这侯府不知是什么样的光景，舅父不知能不能过得顺心。

这么一想，临到与舅父分别的日子，难免有些忧心和不舍。

启程去河西的这日，正好是上元佳节。

上元节前夜，永恩侯与两个小辈感慨着怎么不多留一日，一家人还能一起看场灯会。姜稚衣也有点遗憾，但见元策没接话，看来不能耽搁下去了，只好作罢。

上元节清晨，永恩侯府门前，姜稚衣站在马车边上与舅父互道着叮嘱的话，说完一句又想起一句，轿凳踩上去又下来，踩上去又下来。

"行了行了，舅父在这长安城能出什么岔子，你顾好自己就行，天黑前赶不到驿站就得露宿了，快上去吧！"永恩侯摆摆手催促。

姜稚衣第八遍踩上轿凳，回头道："那我真的走了。"

"赶紧的，"永恩侯看向一旁等了半天的元策，"给她抱上去！"

"哎，别动粗，我自己上、自己上！"姜稚衣让谷雨搀着，终于弯身钻进了马车。

她此行尽量从简，随身只带一名婢女，马车这些天特意改造过，去掉了无用的装饰减轻重量，方便赶路，行李也已由驿夫及早送达驿站。

如此一天走两驿左右的路程，不出意外便会夜夜宿在驿站，等她去往下一个驿站，她的行李也往下送，一站站安排妥当。

马车辘辘朝前行驶而去，姜稚衣趴在车窗，与舅父挥了一路的手，直到看不见人了还在往后瞅。

元策打马在她窗边，垂眼瞧着她："这么舍不得，那别跟我走了？"

姜稚衣趴在窗沿抬起头："舍不得舅父是人之常情，跟你走是我的决定，这又没有冲突。再说你与我接下来一路有的是时候相处，长路漫漫，说不定都要相看两相厌呢，这几眼就别跟舅父抢了吧？"

"相看两相厌？到手的馎馎就不香了是吧？"元策哼笑了声。

姜稚衣歪了歪头："你要拿饽饽自喻，那我也没办法！"

元策屈起食指，指关节轻轻顶上她额头，把人摁回去："风大，进去。"

"好吧，那你也别冻着，冷了与我说，我给你递袖炉和热茶出来。"姜稚衣坐回到马车里，接过谷雨奉上的热茶喝。

等马车驶出崇仁坊，一路驶到城门附近，忽然听见窗外传来一道低沉浑厚的男声："沈小将军，这么巧？你也是今日离京。"

姜稚衣听出了这个声音，是河东节度使范德年。

上元时节，年关进京的外邦使团和各地节度使陆续回返，看来范德年也要回河东去了。

思量间，窗外元策和范德年不知说了什么，范德年遗憾道："可惜我要往东，沈小将军要往西，往后一路注定背道而驰啊……不如今日出京畿之前，你我最后同行一段？"

姜稚衣蹙了蹙眉，想起范德年上回在皇伯伯跟前挑是非，似乎知道阿策哥哥对钟家做下的事，不管他是为何如此提议，肯定不怀好意。

可她这郡主在那些世家公子贵女之间可以大杀四方，对上这样拥兵自重的大人物却没法直接甩脸色。

姜稚衣想了想，移开车窗探头出去："阿策哥哥。"

元策将视线从范德年身上收回，转过头来。

姜稚衣拿帕子揩了揩并未湿润的眼角："阿策哥哥，这就要出城了，我突然有点舍不得，你陪我上城楼最后看一眼长安城好不好？"

元策眉梢一扬，看回范德年："看来这最后一段路也与范节使无缘了。"

范德年坐在马上挎着腰刀，笑着看了眼姜稚衣："郡主从未离过京，有些不舍也可以理解，想看一眼便看吧，我在城楼下等等二位便是。"

姜稚衣走下马车，端着手朝城楼走去。

这城楼建于长安城的外郭城墙之上，本是闲人不可踏足的禁地，守值的禁军见了姜稚衣出示的御令，这才放了行。

"这令牌出了长安城便不管用了，最后一次也算物尽其用了！"姜稚衣带着元策走上登城阶道，在他耳边悄声道，"等会儿就让楼下等着的那个知道，我看一眼长安城要多久！"

元策侧目看她："你好像很不喜欢人家？"

的确，抛开范德年对元策的挑衅不说，姜稚衣对这位范伯伯本也不太喜欢。

当年拱卫皇伯伯登基的那一战，范德年和她阿爹一样功不可没，只是她阿爹以身殉城，范德年锋镝余生，之后便一路高升为河东节度使。

范家一人得道，鸡犬升天，范德年的妹妹本是皇伯伯的侧妃，后来成了贵妃，开始与皇后呛声。范贵妃的儿子，也就是当朝二皇子同样气焰嚣张起来，常年与性格文弱的太子针锋相对。

她当年在皇伯伯的端王府玩，皇后与太子待她都不错，她自然不喜范家人。

姜稚衣压低声与元策咬耳朵："因为我不喜欢他外甥，就是二皇子。"

元策若有所思地点点头："你舅父跟我说，你小时候喜欢谁就黏着谁叫哥哥，你不喜欢二皇子，那喜欢的是哪位哥哥？太子？"

姜稚衣一阵语塞。她就说舅父不该把她的底儿都给揭了。

"怎么可能，太子长我快一岁，当时哪里玩得到一处去，只不过太子对我们这些弟弟妹妹都很好罢了。"

"那往下排，三皇子早年夭折，五皇子比你小上几岁，与你玩得到一处去的，看来是四皇子。"

这么聪明别打仗了，去考科举吧！

姜稚衣气哼哼地说："都是过去的事了，我与四皇子好多年不说话了！"

"连话都不说了？"元策点头，"闹成这样，看来有过真感情。"

"你有完没完啦！"姜稚衣瞪他一眼，"我人都跟你去河西了，你还在这儿计较陈芝麻烂谷子的事！"

元策轻哼了声，没接话。

说话间已登上城楼，站在两丈高的城墙之上，整座四方城一览无余，一座坊接一座坊鳞次栉比，大街小巷车水马龙，行人如织。

本是为了避开范德年才上来的，来了之后还真生出离别前看最后一眼的伤情来。

姜稚衣感怀地俯瞰着这座待了十七年的都城，回头问他："你是不是没登过城楼？"

"当然。"元策一挑眉，"不出意外的话，手握重兵的节度使有生之年都不会登上这里。"

"那意外是什么？"

自然是有一日，节度使带兵打进长安城。

元策弯唇："是你。"

姜稚衣笑着眺望远方："不过我也只能带你看看外城，宫城的城墙是连我也上不去的。"

是啊，外郭城墙高两丈，宫城城墙高三丈有余，即使站在这里，也窥不见那座巍巍深宫的全貌。

那座生杀予夺，唯其所欲的宫殿，被层层护卫在长安城最难攻破的北部正中央。

元策极目远眺那座深宫，眯起眼，好像看见无数铁骑飞驰过长安城的街道，踏入宫门，宫墙坍塌，砖石碎裂，宫殿陷入熊熊大火，转瞬间，一切灰飞烟灭。

"你看，那是舅父在的崇仁坊——"姜稚衣突然挽过元策的臂弯。

眼前猩红的画面骤然退去，元策目光一顿，顺着姜稚衣所指的方向望去。

"那是你母亲在的永兴坊，那是宝嘉阿姊在的胜业坊，那是我七岁以前的家，那是我们一起逛过的西市……"

元策一个个看过去，身侧握紧的拳头慢慢松开。

"不知下次回来会是什么样的光景了，"姜稚衣感慨，"今夜长安城举办灯会，会特别热闹，可惜看不到了。明年今日你一定要陪我凑这热闹！"

元策眨了眨眼，没有作答。

耳边喋喋不休的女声还在为错失灯会而遗憾着，一个劲儿说着原本今夜该有怎样的盛况。

元策垂下眼睑，望向城楼底下："好了，范节使已经被你气走了，下去吧。"

出了城门，姜稚衣的马车与城外的玄策军会合。

穆新鸿已经带着玄策军的大部队先行一步，元策只点了十数个精锐和李答风跟他们同行。

出城之后走官道，路上不算颠簸，姜稚衣在马车里坐累了便躺下，躺累了又坐起来看看闲书，或者与窗外的元策聊闲话，到了用饭的时辰，便将提前备好的膳食用马车里的小火炉热一热。不过元策不与她同食，跟士兵们在外吃干粮。

坐了一天马车，虽未曾风餐露宿，但身子骨还是有点乏了。

入夜时分，队伍抵达驿站，姜稚衣被元策竖着抱下马车，终于伸展开身体，在驿站门外活动起筋骨。

驿丞连忙迎出来接驾："郡主，沈少将军，您二位与将士们的晚膳都已备好，今夜上元佳节，大家快些进来吃元宵吧！"

驿站本也为过路官员免费提供食宿，不过姜稚衣此行毕竟算是私事，所以已经给沿途各个驿站提前拨下银钱。

这驿站仍在京畿附近，因靠近天子脚下，修建得十分阔气，正值上元节，门前和院里都挂了红彤彤的灯笼。

姜稚衣和元策一同入里，刚走进院子，忽然听见一道熟悉的女声："真是叫我好等！"

姜稚衣一愣，抬起眼，看见本该在几十里之外的宝嘉阿姊穿着一身飒爽骑装走上前来。

"阿姊怎么在这里！"姜稚衣惊讶道。

"这不是没来得及与你道别，想着过来陪你过个上元佳节？"

如果姜稚衣没记错的话，她们姊妹两昨日应当刚用过一顿盛宴，道过整整两个时辰的别。

姜稚衣缓缓回头，看了眼身后的李答风，轻咳一声："哦，是呢，我这一路念着未与阿姊道别，实在遗憾……"

"遗憾不知道走快些？我骑马早一个时辰便到了。"

"那真是辛苦阿姊在这里守株待兔了！"

宝嘉一转身往里走去："二房等你。"

姜稚衣回过头："那李军匠也跟我们一起去上房用晚膳吧？"

李答风看了眼宝嘉的背影，拱手道："多谢郡主相邀，我与士兵们去偏房即可。"

姜稚衣轻轻撞了下元策的胳膊，小声道："你的军令如山呢？"

元策瞟瞟李答风："军令。"

李答风一哽。

元策在原地思索片刻，面向姜稚衣："既然公主来了，今夜你与公主同住上房。我用过晚膳出去一趟，你早点歇息，不必等我。"

"大晚上出去做什么？"姜稚衣失望地耷拉下眉眼，"我本还想着夜里不赶路，我们好歹可以在驿站做做花灯过上元节呢……"

"我提前去看看明日要走的路，你与公主一道过。"元策给李答风递去一个眼神："我不在驿站时，你多看顾着些这里。"

李答风看着他眼底的严肃之色，点了点头："放心去吧。"

子时过半，夜凉如水。

驿站百里之外，远离上元节灯火的荒郊野地，一群手脚戴镣铐的流放犯在囚衣外披着薄被，背靠树干，合眼歇着觉。

不远处篝火堆边，押送流放犯的几个衙役碰了下手里的酒坛子，仰头大口喝着酒："上元佳节，人家都在城里热闹，就咱哥几个命苦，还在这儿押这劳什子人犯……"

"可不是，你说圣上也真是，这钟家贪了这么多银钱，一刀宰了得了，流放什么嘛，劳民伤财……"

"嘘——小点声，听说这康乐伯背后有大人物在，就是因为这样才免了死刑，说不准流放完还能东山再起。都小心点说话，别得罪了人！"

几个衙役唠着嗑喝着酒，喝到快四更天，一个个接连歪倒在了篝火边。

钟伯勇听着耳边的声儿突然没了，奇怪地睁开眼来，一看篝火堆边上不省人事的衙役们，拿手肘撞了撞身边的人："爹、爹……"

康乐伯惊醒过来。

"爹，这些衙役好像倒得不对劲啊，是不是酒里被人下了药，范伯伯派人来救我们了？"

康乐伯目光陡然一沉，瞌睡瞬间跑了个空，直起腰背来，警惕地望向四下。

"你范伯伯愿意保住我们的命已是仁至义尽，这里离京城不到二百里，他决不可能冒此大险……"钟伯勇听着这话，禁不住打了个激灵。

从入狱到流放，遭受过非人的折磨，他总算明白他爹当初给他的警告——为何不可去招惹沈元策。

去年五月，沈元策在河西遭逢生死大难，玄策军一支主力军全军覆没，原来都是他爹的手笔。

他爹因贪污军饷，早年间被范德年逮住把柄，自此便替范家做事。

他爹做着范德年手里的棋子，已将沈家得罪了个透。他当初竟还为着阿弟的一条腿，不怕死地去挑衅沈元策……

可惜这一切都明白得太晚了。如今除了苟且偷生，留住这条命，来日再寻机会报复回去，别无他法。

可是此刻，这些衙役实在安静得太诡异了……

钟伯勇毛骨悚然地瞪大了眼："如果给酒里下药的人不是来救我们的，那就……"

"是来杀你们的。"一道含笑的年轻男声蓦地在背后响起。

康乐伯和钟伯勇猛然回过头去。

浓黑的夜色里，一身玄衣的少年把着腰间的剑，踩着碎石长草一步步走上前来，一步步被篝火照亮颀长的身形轮廓，照亮那张剑眉星目、棱角分明的脸。

元策道："好久不见，钟小伯爷。"

钟伯勇一个哆嗦想爬起来，却因脚上的镣铐打架，跟跄着一屁股坐到地上，只能狼狈地往后爬去。

其余几个钟家的儿子也陆续醒转，看见这一幕，齐齐跟见了鬼似的连滚带爬。

"沈元策，"康乐伯从地上站起来，站到儿子们跟前，抬高戴着镣铐的手，试图安抚住元策，"我知你对我恨之入骨，但你真正的敌人并非我，你放过我们，我可以告诉你，这一切的主谋是——"

"是想要削弱河西势力的河东，是想要拥立二皇子为储的范德年，是想要登上大统的二皇子。"元策抱着剑停住脚步，"这些我已经知道了，康乐伯还有别的筹码来换你们这么多条命吗？"

康乐伯脸色一白，喘着气道："我手中还捏着范德年与外族勾结的证据……"

"范德年要是这么蠢，河东节度使怎么不是你？我们的圣上要是看证据，你为何还能站在这里？"

康乐伯深吸一口气："你、你有什么要求，你可以提……就是要我从此做牛做马给你卖命，我也绝无二话！"

"这个主意听起来倒是挺有诚意，"元策一扯嘴角，"可惜我不缺牛，也不缺马，只想送你下地狱。"

盯着元策眼底一闪而过的杀意，康乐伯自知已无说服他的可能，紧张地吞咽着，弯下身去，从靴子里拔出一把匕首。

元策轻笑一声，拔剑出鞘，剑锋一横。

康乐伯握着匕首上挡，还未碰到剑锋，元策忽然鬼魅般一闪身越过了他。

康乐伯大惊回头，声嘶力竭："不！"

手起剑落，剑锋一抹，一带而过。几个公子哥儿捂着血涌如注的脖子，大睁着眼软着身子倒下去。几条年轻的生命瞬间没了声息。

"沈元策！正月十五燃灯供佛，人在做，佛在看，你不得好死——"镣铐丁零当啷作响，康乐伯嘶喊着，血红着眼攥紧匕首冲上前来。

元策将手中剑反手往后一郑，传来咻的一声入肉的响动，一剑穿心。

一身囚衣的人瞪着眼缓缓跪倒下去。

元策回过身，握住剑柄，拔剑而出。

血溅三尺，不远处噼啪燃烧的篝火一闪一闪，照见垂落的剑尖滴滴答答淌下的浓稠汁液。

风一吹，浓重的血腥气在这暗黑的荒野弥漫开来。

元策抬起手屈起食指，用指关节擦掉脸颊上的血，睨向脚下没了动静的人："你也知道今夜是正月十五。

"那还赶着这日子流放到我跟前。

"害我未婚妻都没看到灯。"

上元节翌日，清晨，一封加急信报自百里之外送达皇宫内殿。

兴武帝坐在案前垂目一看，冷笑一声。

"陛下，"一旁的内侍斟着茶问，"发生何事了？"

兴武帝捏起信报一角，朝边上一丢。

内侍低头看了眼，大惊：'哟，钟家满门男丁流放途中逃逸，好大的本事！"

兴武帝侧目看他："是钟家本事大，还是沈家的小子本事大？"

内侍沉吟片刻："这生不见人，是逃逸；死不见尸，也可以是逃逸……若是后者，看来钟家这案子果真是沈小将军的手笔？"

"依你看，他为何如此？"

"康乐伯所贪并非河西的军饷，恐怕沈小将军不会为此大动干戈，莫非是为着去年五月沈家兵败那一战……难道康乐伯曾从中作梗？"

"若真如此，何止一个康乐伯，"兴武帝指指河东的方向，"都是朕的'好'臣子啊！"

"这样看来，沈小将军虽胆大妄为，但也算替陛下分忧了，眼下不到与河东撕破脸面的时机，陛下拿沈小将军这把刀去迎那河东的剑，实是英明之至！"内侍溜须拍马安抚着天子的怒意。

"只是看如今的沈小将军，论智谋可四两拨千斤；论行军打仗之能，后生可畏；论心性，狠辣果决，恐怕当年在京之时也未必当真那般不着调……这样一把刀，不知是否会太过锋利，伤到执刀的陛下呢？"

兴武帝接过内侍奉上的茶，低下头，轻轻吹散氤氲的热雾："既是一把刀，朕要他指东，他便得指东；朕要他归鞘，他也得归鞘。"

同一时刻，驿站上房，姜稚衣被晨光刺醒，困倦地眯着眼转过头，看见身侧半边床榻空荡荡，奇怪地伸手探过去，摸到冰冷的被褥。

"阿姊？"姜稚衣醒了醒神，从榻上坐了起来。

驿站只有一间上房，昨夜她与宝嘉阿姊同睡一榻，一道合的眼，睡到半夜醒来却发现身旁没了人。她问谷雨："阿姊呢？"谷雨答："公主说睡不着，出去吹吹风。"

因白日赶路太累，她当时实在困得很，也没多想便很快又睡了过去。

可眼下阿姊还是不在，摸着被褥都没有余温，像吹风吹得压根儿没回来过。

"谷雨？"姜稚衣朝外喊道。

房门被人从外推开，熟悉的乌皮靴跨过了门槛。

"醒了？"元策穿了件清爽的翻领袍走上前来。

"阿策哥哥，你看见宝嘉阿姊了吗？"

元策在榻沿坐下，回想了下。

一夜来去一百多里，杀完人又做了毁尸灭迹的表面功夫，他刚回驿站，方才进院的时候正好看见李答风从偏房出来，转身合门的动作十分之轻，像不想吵醒里头的什么人。

"可能看见了。"

"什么叫可能？"

"就是——"元策斟酌着道，"看见了李答风。"

姜稚衣从他不方便说的神色里揣摩出了答案。

"我就说这正月十五晚上的风那么冷，能吹吗？原来吹的是李答风！"姜稚衣满眼惊讶，想这两人昨日傍晚还连同桌用膳都不愿呢，到了夜里都能同榻而眠了，宝嘉阿姊可真厉害。

她想到这里又叹了口气，自怜地抱起肩臂："那我昨夜原来是一个人睡的？我居然在这荒郊野岭的驿站孤零零地一个人睡了一夜……"

元策道："过都过完了，还能怎么着？"

姜稚衣一把搂上他的脖颈："那我以后也学他们，我也要跟你睡！"

元策垂眼，动作一顿，挑眉："算了吧，小孩子学什么大人。"

"什么小孩子大人的，这话宝嘉阿姊能说，你怎么能？你才长我几岁！"

"但我长你见识。"元策拿指关节敲敲她额头。

姜稚衣皱皱鼻子躲开，又想起什么，眼睛一亮凑过去："对了，昨夜你不在，我……"

"嗯？"

姜稚衣说到一半顿住，往他脖子上嗅了嗅："你身上怎么好像……"

元策后仰着躲开她的鼻子。

姜稚衣追上前去，扒拉着他的衣襟，一路从他脖颈往上嗅，嗅到发根："好像有股血腥味儿？"

元策方才只来得及冲了澡，还未沐发。

"鼻子这么灵？"元策弯唇，"昨夜出门打了只野兔，今日烤野兔给你吃。"

"所以这是……兔子血的味道？"

元策点头："方才要说什么？"

要说，昨夜他不在，她和宝嘉阿姊一起做花灯，宝嘉阿姊做了一只狐狸灯，她做了一只——姜稚衣缓缓偏过头，看向挂在窗沿的那只兔子灯。

"算了，没什么。"

已到了启程赶路的时辰，元策见姜稚衣还犯困，连人带衾将她抱了出去。

屋外待命的玄策军面着壁眼观鼻，鼻观心，姜稚衣缩在"蚕蛹"里被抱进马车，在榻上接着补眠。

临到队伍出发，宝嘉也没出现，听说是睡得起不来。李答风便暂时逗留在了驿站，说等接应宝嘉的人马到了，再赶上去与元策会合。

再次踏上西行的路，姜稚衣渐渐习惯了这样的日子。白日坐一天马车，夜里在驿站落脚，如此按部就班，顺顺当当走了半个月，到了二月惊蛰时节，雨水多了起来。

起初只是下了几场淅淅沥沥的小雨，穿件蓑衣打马并不耽搁行路，后来有天晚上下了一夜雨，道路泥泞到马车无法通行的地步，只得在驿站等了半日，等路面干巴一些才启程。

姜稚衣当时还感慨好在这事出在启程之前，否则就连落脚的地方都没了，半个月后的这天便碰上了倒霉事。

午后一场暴雨下过，不光马车难行，马跑起来也疲软，姜稚衣人在打瞌睡，被元策叫醒，迷糊着听他说了一堆话，还没听懂，兜头一件厚实的斗篷罩下，人便被拉了出去。

接着就见元策站在马车边一掀袍角，弯下身去，拿背脊对着她："上来。"

姜稚衣看了眼陷进坑洼地的车辘辘，连忙趴到他背上。

阴沉沉的天，风中飘着细而密的雨丝，姜稚衣接过谷雨递来的伞，刚捏稳伞柄，元策便背着她拐进了山里，身后谷雨和众士兵一个也没跟上来。

姜稚衣才反应过来，元策方才是说，今夜将士们原地露宿扎营，他带着她翻山徒步去驿站。

……翻山？

冷风一吹，姜稚衣醒过了神，低下头去讶异道："你要背着我翻过这座山？"

元策脚下步子不停，一步步踩着泥水往山上走去："不然你也露宿？"

"可是、可是也不至于翻山吧？"

"不抄近道，走一夜也到不了。"

姜稚衣一只手搂着他脖子，另一只手抬起伞檐，看了眼这座高得望不见顶的山，再看脚下这湿滑泥泞的路："你能行吗？"

"摔不了你。"元策一只手托着她的腿弯，另一只手偶尔抓一把沿路的树干借力上坡，看着倒是轻轻松松，但要这样翻过一座山，一会儿还有下坡路……而且，雨势好像也在变大。

姜稚衣担忧道："要不还是露宿吧，我也不是不行……"

"伞往后点，"元策压根儿没理会她的提议，"挡我视线了。"

姜稚衣忙将伞往后挪，却发现这样一来，她后背被挡严实了，元策却完全暴露在了雨里。

"你的蓑衣呢？"姜稚衣突然问。

"湿了，穿着怎么背你？"

"这伞真会挡你视线？还是你不想我淋着雨？"姜稚衣狐疑道。

"你淋着雨染上风寒，折腾的是谁？"

"那你淋着雨不会染上风寒吗？"

"这点雨也叫雨？"

好吧，这乍暖还寒时节的风雨天，若淋上一场她估计是扛不住的，姜稚衣只好不逞能了，牢牢给自己撑好了伞，每走过一段，便拿帕子给元策擦擦脸颊和脖颈的雨珠子。

山路漫漫，眼看他满面雨水，袍角和靴子全被泥水浸透，而她在他背上始终干干净净，未染一点尘埃。

临近二更天，两人终于抵达驿站。

驿站上房，姜稚衣摘掉斗篷一身干爽，也不必着急沐浴，洗过脚，换过松快的趿鞋，坐在炭炉边喝起了姜汤。

里间浴房响着哗啦啦的水声，听得姜稚衣莫名有些紧张。

这驿站已在靠西地带，设施不如京畿完备，偏房里连像样的浴房都没有，方才元策要去收拾一身的狼藉，她便推着他进了她的浴房。

里边的浴桶是她这一路用过来，今日暴雨前才由驿夫送达驿站的。浴桶这等贴身之物，往日从没有人与她共用过。

一想到这里，姜稚衣捡热得身体里的寒气都被驱散了。

不知过了多久，水声慢慢由重转轻，最后只剩下窸窸窣窣的穿衣动静。

片刻后，元策换了身干净的燕居服，从浴房走了出来，一见姜稚衣捧着汤碗目光闪烁的模样："你在做甚？"

见他好像十分随意自在，完全没有多余的杂念，姜稚衣打量着他："你——洗得还好吗？"

"什么？"

"就是我的那些物件，你用得可还称手？"

"你就——"非要问个明白？心里是一个字也藏不住？

元策定定地看了她一会儿，喉结滚动了下，撇开头去："太香了。"

姜稚衣轻咳一声，也瞥开了眼。

一阵沉默过后——

"我——"

"你——"

姜稚衣眨了眨眼："你先兑。"

"浴桶被我用脏了，你今晚别洗了，就这么睡吧。"

"你沐个浴能有多脏？"姜稚衣一愣，"你背我来驿站，不就为了让我能沐好浴睡好觉吗？我一定要沐浴过……"

"没有什么一定要，"元策一字一句地打断她，"睡觉。"

姜稚衣还想挣扎，叩门声突然响起："少将军，有您的信报。"

元策指了下榻，让她躺上去睡，转身出了房门。

报信的士兵跟着元策走出一段路，远离了姜稚衣所在的上房，压低声道："少将军，京城来报，郡主身边有名叫惊蛰的旧时婢女，三月前为山贼所伤，这些日子一直在郑县休养，前两天伤好回了京城，得知您与郡主的事，正快马加鞭朝这边赶过来。"

元策蓦地抬起眼皮来。

"您看要不要……"士兵抬起手刀，虚虚地抹了下脖子。

风急雨骤的天，天边翻滚的浓云间有白光一闪，一道闪电破空。

元策垂在身侧的手缓缓摩挲了下，朝士兵点了下头。

士兵得令颔首，匆匆步入风雨之中。

元策沉默着站在廊子里，忽听一道惊雷响在头顶。

随之而来的是一声女子的惊叫。

元策疾步走回上房，推开门，一眼看见姜稚衣捂着耳朵蜷缩在床角，一副吓破了胆的模样。

姜稚衣抬起头，一看见他便扑了上来。

"打雷罢了。"元策在榻沿坐下，把人揽进怀里。

"什么叫打雷罢了……这惊蛰时节的雷最可怕了！"姜稚衣惊魂未定地搂着他的腰，"什么信报这么重要，还要出去听，把我一个人留在这陌生的房里……"

元策轻轻吞咽了下："没什么。"

姜稚衣碎碎念起来："这屋里火烛就这么一支，以前这时节打雷的时候，惊蛰都会在寝间榻边给我点满灯树。"

元策眼睫一扇："惊蛰？"

"对呀，你不记得了吗？就是从小跟着我的那个婢女，不过她之前为保护我受了重伤，我也好久没见她了……"姜稚衣想到哪儿说到哪儿，"本以为等她伤好能给她主持婚事呢，这下再见不知要何时了。"

"她对你——很好？"

"当然啦，就像你今天对我一样好，她可是这样对我好了十年呢。"

元策搁在姜稚衣背脊上的手微微一僵。

"怎么了？"姜稚衣抬头看他。

元策眨了眨眼："那如果有一天，我跟她一起掉入河中，而你只能救一个人，你救谁？"

姜稚衣一愣："你在说什么胡话？你俩都会凫水，我又不会，我应该在岸上给你们鼓劲吧！"

第九章

你选我一次

这人怎么回事，上回计较她小时候喊那些皇子表兄"哥哥"也就算了，这回还计较她与婢女感情深厚？

姜稚衣不明所以地看着元策，见他不知在斟酌着什么，片刻后突然起身，说他再出去一趟。

风雨大作的天，还有什么比一个担惊受怕的她更重要？

姜稚衣想生气，又想他今日背着她翻山越岭只为她有个好觉，如若没有要紧事，也不可能让她一个人待在这简陋的驿站卧房里。可她不过提了一嘴惊蛰，这是叫他醍醐灌顶了什么？

姜稚衣不解地坐在榻上，还没思索出结果，又一道闪电划破夜空，眼看整间屋子一瞬被照得惨白，她心肝一颤，立马钻进被窝里去"掩耳盗铃"了。

不知一个人瑟缩了多久，房门一开一合，熟悉的皂荚香靠近。

"你再走远点，回来就给我收尸好了！"姜稚衣蒙着头闷声闷气。

元策拉下她的被衾，让她露出脑袋来："你又没做坏事，这天雷还能劈着你？"

"我看会劈着你！"姜稚衣转过头来冷哼。

元策叹了口气："所以这不是不做坏事了吗？"

"什么？"姜稚衣愣愣地看着他。

明知威胁靠近，却要他坐着等死，元策闭了闭眼："姜稚衣，你真是我命里的劫。"

"什么呀，你真去挨雷劫了？"姜稚衣从被窝里伸出手来，摸他额头，"怎么又开始说我听不懂的话了？"

"听不懂就睡觉。"

姜稚衣不满地蹙了蹙眉："胡言乱语几句就想蒙混过关？你不在的时候，我听了两道雷，两道！"

"那怎么着，"元策睨她一眼，"我现在上天去给你算账？"

"那倒不必，我给你两个提示吧。"姜稚衣扬扬下巴，"第一，你今晚不能再出这个房门了。"

自然，她的婢女不在，他今晚注定要给她做婢男，元策点头。

"第二，我要你今晚——正式给我侍寝！"

元策迟疑着靠着床柱低下头去："多正式？"

"就不像以前你坐着，我躺着那样，要两个人一起躺着，抱着睡上一整夜。"

那真是好生正式。

姜稚衣将枕头往外推过去一些，给他腾出半边榻，掀开被衾："快点，我都困了，别磨蹭了！"

元策沉默片刻，和衣上了榻。

姜稚衣一撒被衾，被衾铺开，盖牢了两人。她满意地搭上他的肩膀，手摸到他外袍："你不脱外衣吗？"

元策低头看了眼她身上单薄的寝衣："我也跟你一样穿这么点？"

"不然不难受吗？要睡一整夜呢。"

"不然才难受，要睡一整夜呢。"

见姜稚衣还想叽叽什么，元策把人一把拉过来揽进怀里，闭上眼："睡觉。"

姜稚衣枕着他的臂弯侧转过身，抿唇一笑："终于不用再羡慕宝嘉阿姊他们了。"

"是吗？"元策闭着眼轻哼一声，"我还挺羡慕的。"

"你还在羡慕什么？"姜稚衣抬眼看他。

元策垂下眼去，透过幽微烛火看见她微张的唇瓣，张了张嘴又闭上。

姜稚衣眯起眼看他："你是不是想亲——"

话音未落，又是轰隆一道惊雷，烛火被漏进窗缝的风吹熄，屋里陡然陷入一片漆黑。

姜稚衣一激灵，抱紧元策的腰。

柔软严丝合缝地推挤上来，没了斗篷和外衣，比跋山涉水一路贴在后背的触感更为汹涌。元策缓缓提起一口气，偏头望向窗外，这会儿真有想上天算个账的意思了。

"我去……"

"你去……"

一个低头，一个抬头，不知分寸的黑暗里，唇瓣相擦而过。两人齐齐住了嘴，蓦地屏住了呼吸，任窗外风雨飘摇，春雷阵阵，也一动未敢再动。

漫长的沉默间，不知谁的鼻息喷薄而出，热意窸窸窣窣，又麻又痒，像春潮带雨，下进人心里。

元策慢慢地，试探着把头低了下去。

感觉到唇瓣被轻轻含了含，姜稚衣微微一颤，攥紧了他腰间的革带，人却没往后退。

像是拿到了她的通关文牒，那条湿热的游鱼又像上次一样滑了进来。

元策低着头一点点扫过她唇齿，一寸寸细细探索过去。

姜稚衣攥着他革带的手打着战，紧张得头晕目眩，整个人热烘烘的，像泡进一汪浴池里，力气被慢慢抽空，手脚也绵软下去。

察觉到她身体脱力般往下滑去，元策动作一顿，稍稍松开了她一些。

"嗯？"姜稚衣迷茫地仰起头来。

极佳的目力让他在昏暗里也能看清她脸颊的潮红和眼底的迷怔，元策哑着声问："这次怎么不怕了？"

姜稚衣眼神闪烁了下，小声道："上次不知道，这次知道了……"

"知道了，也不觉得脏？"

"脏？"姜稚衣在心底重复着这个字，脑海里忽闪过他背着她行走在滂沱大雨里，一身泥泞的画面，可是那个时候，她一点也不觉得他脏。

"我觉得阿策哥哥是全天下最干净的人。"

元策目光微微一动，默了默，捞起她的腰，把滑下去的人往上一提，又吻了下去。

唇被撞得一麻，姜稚衣震颤着，仰起头闭紧了眼睛。

潺热蔓延，像春雨一场又一场降下，她仿佛成了一朵炸开的烟花，直到与他分开，仍旧闭着眼不敢看他。

良久，姜稚衣平复呼吸，动了动麻了的腿："你不脱外衣，把腰带摘了吧。"

元策低下头去："你不是抓得挺开心？"

"不是，你腰带上挂着什么，硌着我了……"

元策目光一闪，迟疑着掀开一角被衾，低头看了眼腰间并未悬挂任何饰物的革带。

在姜稚衣的手从他腰后摸索向前，想给他指认问题所在之前——

元策一侧身避让，翻身下榻。

姜稚衣突然失去倚靠，跌在榻上，蒙蒙地抬起头来，依稀辨认出他站立的方向："你做什么？"

元策转身朝浴房走去："去摘腰带。"

一夜的雨下过，翌日晌午，两人与耽搁在野外的玄策军会合后，继续朝西北方向行进。

天日渐转暖，然而越靠近西北，气候越冷，这暖意始终追不上队伍的脚步。姜稚衣从二月头走到二月末，一出马车，却仿佛仍身在长安的正月里，这才明白为何之前收拾行李的时候，元策让她不必带春衣。

二月末，队伍终于进了河西地带，沿途山脉与林草越来越多，只是河西的春天还未到，满目看去还是一片毫无生机的萧瑟枯黄。

无景可赏，又行路日久，即便心上人在侧，姜稚衣也难免有点打蔫儿，在马车里仿照《九九消寒图》挂了一幅梅花图，每走过一天的路，便涂红一片花瓣。

眼看一朵朵梅花鲜亮起来，只剩下两瓣未涂的时候，希望就在眼前了，筋骨却也已是强弩之末了。

进入凉州后的这日傍晚，到了抵达姑臧城之前的倒数第二座驿站，姜稚衣蔫答答地被元策竖着抱下马车，趴在他身上不愿下地："你就这么抱我进去吧，我不想走路了。"

身后玄策军士兵们十分有礼貌地转过脸去。

元策把剑丢给李答风，抱着人走进驿站。

刚一进院，迎面一道感激涕零、声泪俱下的高喊："郡主——"

元策脚步一顿。

姜稚衣听着这万分熟悉的女声，搂着元策的脖子愣愣地偏过头去，看着暮色里那张同样万分熟悉的面孔，难以置信地用力眨了眨眼："惊蛰？！"

惊蛰着一身朴素的男装，擦眼抹泪地快步走上前来："郡主，是奴婢……奴婢总算追上您了！"

姜稚衣半张着嘴，远远一看东南方向："你、你不是应当在郑县，在长安吗？"

"郡主，奴婢的伤正月末就好了，回到侯府之后听说您来了河西，便追了过来！"

"你这伤势刚好，追我追了一整月？"姜稚衣大惊，"我有谷雨跟着，还有阿策哥哥照顾，要你折腾什么！"

被提及姓名的人轻咳了一声。

姜稚衣一低头，才发现自己还被元策像抱小孩似的竖着抱着。

惊蛰也像从主仆久别重逢的激越里回过神来，目光缓缓侧偏，看向元策的脸；再下移，看向姜稚衣搂在他脖颈的手；再左转，看向元策揽在姜稚衣腰后的手；再上移，看向两人亲昵得十分旁若无人，十分理所当然的神情——

瞳孔颤动间，听见元策忽然开口："可否让我先抱我未婚妻进去？"

惊蛰迟疑地侧过身，让开了道。

元策抱着人大步流星往里走去。

惊蛰傻傻地杵在原地，眼看姜稚衣趴在元策肩头回过头来，朝她招呼："惊蛰，你累了一路快别站着了，进来一起喝碗羊汤暖暖！"

后头谷雨也走上前来，感动得热泪盈眶："惊蛰姐姐，我可太想你了！最近一路的驿站房间不多，郡主和姑爷都让我们同桌用膳的，我们快进去吧！"

未婚妻……姑爷……

惊蛰在心底默念着这些字眼，被谷雨拉着，脚像踩在棉絮上一般，踉跄着往里走去。

进了屋子，谷雨见她风尘仆仆的，领她到了面盆架边，给她净手净面。

惊蛰也忘了客套，就这么让谷雨伺候着，偏着头，一双眼直直盯着八仙桌那边——

一张八仙桌明明有四条长凳，姜稚衣却与元策肩挨着肩共坐在一条长凳上，面前只放了一碗羊汤。

姜稚衣捧着碗低头喝了一口，蹙起眉头对元策摇了摇头："我觉着没有昨天的好喝。"

"不是为了好喝，是给你暖身子的。"

"那不好喝我就喝不下去呀。"

"三口。"

姜稚衣叹了口气，低头小小地喝了三口，皱了皱鼻子，把碗推给了元策。

元策接过她推来的碗，仰头喝完了剩下的羊汤。

屋里突然惊起哐当一声响。

姜稚衣人一抖，抬起头来。

元策抬起眼皮，看向一脸惊恐的惊蛰。他盯着惊蛰，抬手揉了揉姜稚衣的发顶："没事，你的婢女打翻了面盆。"

看着那双乌沉沉的眼，惊蛰面上闪过一丝慌乱，连忙弯下身去捡面盆。

"没事，别收拾了，放着吧，快坐过来！"姜稚衣拍拍手边的另一条长凳。

惊蛰脚步虚浮着走过来，在姜稚衣旁边的长凳坐下。

姜稚衣指指她面前那碗羊汤，示意她喝："快与我说说你这些日子是怎么过来的，可是风餐露宿骑了一路的马？没动着之前伤到的筋骨吧？"

惊蛰如在梦中一般捧着汤碗，摇了摇头："奴婢一切都好……"又犹豫着看了眼元策，"郡主，奴婢有些话想单独与您说……"

姜稚衣一愣，想着惊蛰千里迢迢赶来，的确有些古怪，莫不是给她带了什么侯府的消息，便看了眼元策："那我与惊蛰去一趟上房。"

元策眼看着惊蛰，问姜稚衣："今晚还要我陪你就寝吗？"

惊蛰无声地抽起一口凉气。

姜稚衣莫名其妙地眨了眨眼。

他陪她睡觉，不就只有那意外的一次吗？说得好像天天陪她睡一样。

"不用，惊蛰来了，我与她有好多体己话要说呢。"

元策点点头："那你们去吧。"

姜稚衣跟惊蛰一道起身去了上房。

惊蛰跟着她后脚进去，合拢房门，面对着紧闭的隔扇迟迟没有开口。

姜稚衣看着她的背影紧张道："怎么了，可是侯府出了什么岔子，不会是舅父舅母闹和离吧？"

惊蛰回过身来，摇了摇头："郡主，是奴婢有些事不明白，想问您——"

"什么事？"

"您为何、为何会与沈少将军定亲？"

姜稚衣一愣："什么叫为何会与他定亲，我不是一直想与他定亲吗？不趁他这次回京定下亲事，难道还要再等他三年？"

"三年……"惊蛰失神地呐喃着。

正月末，她回到侯府，听说郡主与沈少将军的亲事，惊得险些掉了下巴。

第一天，惊蛰不过在不可思议着郡主与沈少将军是怎么从冤家和好，成了相好的。直到第二天，她在瑶光阁里收拾物件，听小满感慨，说她错过了许多郡主与沈少将军的趣事，还说这两人历经三年能够修成正果当真不易，她才察觉不对劲。

听小满说着前段日子的事，她越听越坐不住，这便急急赶了过来。

"……您三年前何时与沈少将军相好过？"惊蛰怔怔地看着她，"奴婢怎么一点也不知晓？"

姜稚衣比她更蒙了。

"你不知晓？三年前我与阿策哥哥私会，不都是你为我二人奔忙周旋的吗？"

"奴婢何曾做过这样的事……三年前、三年前您与沈少将军不还是老死不相往来的冤家对头吗？"

大眼瞪小眼的死寂里，叩门声蓦然响起。

"衣衣。"元策的声音在房门外响起。

姜稚衣眼下分不出神去思考元策怎会忽然这么亲热地叫她，呆呆地道了声"进"。

元策推开门走了进来，看了眼僵持不下的主仆二人："怎么了？"

惊蛰僵硬地回过头去。

姜稚衣一把拉过元策的手腕："你来得正好，惊蛰说她不记得三年前我俩私会的事了，这是怎么回事？"

元策沉吟看了眼惊蛰，问姜稚衣："你这婢女此前遭遇山贼受伤，可曾损伤过记忆？"

"不，不曾……"惊蛰坚定地摇头，摇到一半，眼看姜稚衣和元策这如胶似漆的恩爱模样，自己也怀疑起来，捂上额头眨了眨眼，"吧？"

"你看你，若当真失了忆，自己怎么会清楚呢？"姜稚衣皱了皱眉，着急地同元策说："快，快请李军医过来给惊蛰把把脉！"

入夜，惊蛰独自坐在驿站上房的榻边，神情恍惚地回想着方才的事。

方才郡主十分忧心地拉她坐下来，问她此前受伤时可有磕到过脑袋，这她自然敢肯定是没有的。

后来那位军医进来给她把脉，郡主问军医，如若她没伤到头，是否有失忆的可能？

军医说有一种可能，就是她伤到筋骨之后为止痛用过太多药，是药三分毒，这便遗留下了暗疾。

……是吗？难道她当真喝药喝得神志不清，缺失了一些记忆？可除了郡主与沈少将军的事，明明其他事她都记得清清楚楚的。

郡主说自己与沈少将军的私情唯有她一名贴身婢女知晓，这是麻绳专挑细处断，只她一人知晓的秘事，就叫她给忘了，无人可对证了？

咔嗒一声房门打开，是谷雨伺候完姜稚衣沐浴，扶着她从浴房走了出来。

惊蛰连忙从矮凳起身，羞愧万分："郡主，奴婢今日在这儿跟做客似的，也没服侍上您……"

姜稚衣摆手："有谷雨呢，你就别忙了，没听李军医说吗？你可能遗留下了暗疾，安心歇着吧。"

"郡主，这位李军医当真医术高超，不会诊错吗？"

"自然，年里我崴伤脚，他光凭诊脉便断定我体内有血瘀之症，还看出我前几日饮过酒，是再可靠不过的医士了。"

当真如此？惊蛰脑袋里一团乱，和谷雨一道扶姜稚衣躺上榻，给她盖好被衾，披着被角问："那除奴婢外，可还有人知道您与沈少将军过去的事？"

见她着实难以接受自己失忆的事，姜稚衣想想也理解，毕竟一个人什么都有可能怀疑，唯独深信不疑的，就是自己的记忆。

"不光是你，舅母也知道，你不记得了，当年舅母为了破坏我与阿策哥哥可是下了血本。那时我与阿策哥哥飞鸽传信，信鸽就被舅母派人射死了；让小厮跑腿给阿策哥哥送信物，小厮奉舅母的命当了信物，卷着银钱跑了；还有一次，我坐马车去与阿策哥哥私会，刚出府，一踩上轿凳，轿凳塌了，脚给崴了……"

姜稚衣一面回忆，一面说着，惊蛰从起初的迷茫到渐渐迟疑起来："郡主，奴婢好像对这些事有点印象……"

"是吧？你看你，我一说你就有印象了。"

惊蛰大睁着眼，紧张地吞咽了下："郡主，夫人是不是、是不是还派人偷走过您在衣肆裁的新衣，还在沈少将军送给您的礼匣里放过半只死老鼠……"

姜稚衣眼睛一亮，惊喜道："你都想起来啦？"

惊蛰一阵眩晕，看进了姜稚衣那双笃定的眼里。

是，她想起来了，她根本没忘记过，这些事情，都是郡主四个月前看过的那卷话本讲的故事……

"怎么了？"姜稚衣眨了眨眼。

"郡主，奴婢去、去想想这事……"

"想不起来也无妨，我与阿策哥哥如今已修成正果，过去这些琐事都不重要了。早点歇息，明早还要赶路。"

惊蛰迷迷怔怔地退了下去，走到外间，定定地站了片刻，扶着墙缓缓滑坐下去，开始回想起来……

四个月前，郡主为破解夫人那个恶毒的偏方，在暖阁里反复翻读着那卷话本——那本男主人公的事迹与沈少将军颇为相似，女主人公的身世又与郡主颇为相似的《依依传》。

偏方破解后，郡主得一江湖老道提醒，去太清观还愿，半途在马车内做梦惊醒，喊了一声"阿策哥哥"，像是梦见自己成了话本里的依依。

后来山贼突袭，打斗中，马车散架下陷，郡主的脑袋撞上了车壁……

惊蛰颤抖着，一把捂住了嘴。

……失忆的人不是她，而是郡主！

郡主将话本里男女主人公的故事，套在了自己与沈少将军身上……

惊蛰蓦地起身往里间走去，没走两步，刚好碰上谷雨出来，朝她比了个"嘘"的手势。

谷雨道："惊蛰姐姐，郡主最近赶路太累，沾枕就睡着了。"

惊蛰远远望着姜稚衣熟睡的脸，心乱如麻地想着这荒唐至极的事，揪心地拧起了眉头。

翌日天蒙蒙亮，上房里间忽然传出一阵低低的抽泣声。

惊蛰一夜无眠，听闻动静慌忙进去，走到榻边一看，却见姜稚衣紧闭着双眼并未醒转，好像是在梦里哭了。

惊蛰赶紧弯下身去，轻轻拍了拍姜稚衣的肩膀："郡主、郡主？"

姜稚衣蹙着眉头，慢慢睁开一双蒙眬的泪眼，看清眼前人，哭着叫她："惊蛰——"

"奴婢在，郡主可是魇着了？"

姜稚衣眼泪一顿，抽噎了下，迟疑地转头看了看四下："我只是在做梦吗？"

"是，郡主别怕，没有什么坏人……"惊蛰拿着帕子去给她擦脸。

"我不是梦见坏人。"姜稚衣长睫悬满泪珠，像还没从难过的梦里缓过神来，"我梦见、梦见你说的都是真的，我和阿策哥哥过去根本就没有什么私情，他不喜欢我就算了，他还拿蛐蛐吓唬我……这已经是我第二次做这个梦了……"

惊蛰给她擦泪的动作一顿，目光轻闪着收回了帕子，坐在榻沿深吸一口气："郡主，您有没有想过，您之所以会做这个梦，是因为这些都是真实发生过的，其实您与沈少将军……"

"怎么了？"一道男声冷不丁在身后响起，元策跨过门槛走了进来。

惊蛰背脊一僵，打住了话头。

姜稚衣闻声偏过头，立马从榻上坐了起来，朝元策张开手臂："阿策哥哥——"

元策走上前，挤开榻沿的婢女，把姜稚衣抱进怀里，犀锐的目光上扫，看向被迫起身退开的惊蛰。

不过一个眼神，就像被一柄利剑对准了心口，惊蛰被看得瞬间汗毛倒竖，毛骨悚然地怔在了原地。

然而下一刻，这眼神却轻轻巧巧地移开，垂落下去，温柔地看向了榻上人："又做噩梦了？"

姜稚衣抱着元策的腰撇着嘴点点头。

"跟你说过了，梦都是相反的。"

"那我为何又做了这个梦？"

"上次侯爷反对我们定亲，你怕亲事不成，所以胡思乱想，这次——"元策瞟了眼惊蛰，"你婢女在你耳边胡言乱语，你日有所思，夜有所梦，有什么奇怪的？"

姜稚衣含混着鼻音道："所以就只是梦，不是真的，对吗？"

"当然。"

惊蛰盯着元策，掩在袖中的手紧紧攥成了拳。

这个沈元策根本什么都知道，却这样哄骗郡主，骗到这门亲事不够，还把郡主骗到千里之外的边关来……

元策低头看着怀里人，问她："做这个梦，是不是很难过？"

姜稚衣收了收泪："那还用说？"

"那你——喜不喜欢现在的我？喜不喜欢和现在的我在一起？"

"当然喜欢了……不然跟你来什么河西？"

元策眼看着惊蛰，嘴里继续与姜稚衣说着："那就这么开开心心的，不要去想那些让你难过的事情。"

惊蛰目光一滞。

"你先下去吧。"元策朝惊蛰一抬下巴。

姜稚衣抬起眼，看向犹豫的惊蛰："没事，我与阿策哥哥说说话就好了，你不必担心。"

在原地僵杵了会儿，惊蛰咬了咬牙，颔首退了下去。

屋里只剩两人，沉默片刻，元策忽然没头没尾地道："姜稚衣，你说，你阿爹选你皇伯伯，不选你；你阿娘选你阿爹，也不选你——其实，我也没被选择过。"

姜稚衣奇怪地抬起头来：'嗯？"

元策低下头，望着她的眼睛："你选我一次，我会好好待你。"

"我不是已经选你了吗？"

"我说的是以后。"

"是我做了噩梦还是你做了噩梦？怎么不是你安慰我，还要我安慰你？"姜稚衣皱皱眉头，"放心，放一百个心，以后也选你，永远都选你！"

"好。"

元策抱了会儿姜稚衣，让谷雨来伺候她梳洗穿戴，起身走了出去。

一脚刚踏出房门，迎面刀光一闪，一把出了鞘的匕首直冲面门而来。

元策人往后一仰，一个旋身避开刀锋，顺势一脚踢上身后的房门。

惊蛰牙关紧咬，手中的匕首再次狠狠掠去。元策双手负在身后，侧身再一避。

惊蛰发了狠地一次次进攻，元策一路后撤，一路闪避，双手始终负在身后，未曾抬过一根指头。

即便如此，惊蛰也伤不到他分毫。

不知刺出第几刀之后，惊蛰喘着气脱了力，拿刀尖指着他，咬牙切齿地盯住了他："你对郡主到底有何居心！"

元策看了眼下颌的刀尖，眼皮一抬："你一个小小的婢女，能活着从长安走到河西，此刻还能拿刀尖对着我——你认为，我对她是什么居心？"

惊蛰握着匕首的手微微一颤。

元策抬起两根指头，捏过刀锋，将匕首推远开去："我以为，我方才说得够清楚了，她想要一个美梦，我陪她做这个梦，皆大欢喜之事，何必非要叫醒她？"

惊蛰双目失神地眨了眨眼，迟迟没有再动作。

嘎吱一声，远处的房门忽然被人从里推开。

惊蛰立马收起匕首，藏到身后，转过身去，望向迈出房门的姜稚衣。

姜稚衣笑着朝两人招招手："我准备好了，启程吧！"

惊蛰默默站在原地，眼看元策上前牵过姜稚衣的手，拉着她往驿站外走去，神色缓缓黯淡下去，眼神现出了犹豫。

本还剩下两天行程，尚有一座驿站要落脚，许是惊蛰的到来破坏了这场旅途，这一天，马车日夜兼程不停歇，径直驶向了姑藏城。

姜稚衣第一次夜宿马车，虽有两名用惯的贴身婢女在侧，仍是久不成眠，每一次颠簸都要被震醒，临近天亮才终于困得没法，不管三七二十一地沉沉睡了过去。

一行人进城之时正值开市的时辰，马车外的街道人声鼎沸，都不曾再将她吵醒。

等姜稚衣迷迷糊糊感觉自己落入了绵软的被褥里，睁开眼，看见一张熟悉万分的黄花梨架子床，眼前金纱帐幔拂动，头顶是雕梁画栋的覆海。

"欸？"姜稚衣惊疑地眨了眨眼，偏头看向坐在榻边的元策，"我又做什么梦了，我怎么突然回长安了？"

"你再仔细看看，这里不是长安，是姑臧。"元策朝一旁扬扬下巴。

姜稚衣往榻外望去，才发现屋里的陈设布置虽与她瑶光阁的寝间差不多，但屋顶的结构和屋子的形状是不同的，窗外的景致也不一样。

元策道："离你答应过来才两个月，只来得及改造这些，你还想要什么，日后慢慢添。"

姜稚衣坐起来，环视屋子一周，才发现屋里还造了一架水车，轮转之时可添湿气，免她因此地气候干燥脸疼。她都快忘了何时与他提过这些。

还有不远处几案上搁了一整排漆盘，上头摆的都是西域风韵的衣裙和首饰，以她遍阅世间珍宝的眼光来看，瞧着也是不俗的上品。妆台上也放了许多精致的瓶瓶罐罐，有一些是她惯用的胭脂妆粉、香膏香露，还有一些不太认得，可能是姑臧当地的名品。

原来正月忙于定亲那阵子，他时常在她瑶光阁寝间晃荡，都是为了准备这些。

姜稚衣眼神惊异："够了够了，你聘礼给得也不少，我怕你这银钱再花下去，吃了这顿没下顿。"

还好，变卖了些父亲和兄长留下的家产，勉强凑合。

姜稚衣突然想起什么："等等，那这里就是姑臧的沈府了？我已经进城了？"

元策点头。

"不是说好带我好好逛逛姑臧城吗？我进城一路都睡过去了？"

"急什么，来都来了，来日方长。"元策拉起被衾，让她躺回去，"昨晚一夜没睡，先睡一觉，我刚回来也有很多事情要处理，晚上再带你出去。"

姜稚衣满意地点点头，刚消减一些的困意重新袭来，不多时便睡了过去。

惊蛰坐在榻沿，看着这座考究的金屋，看着姜稚衣此刻入梦也含笑的脸，为难地叹了口气。

华灯初上，姑臧城街头人流如织，夜市的灯火将整条大街照得亮如白昼。

热闹的笙歌此起彼伏，西域行装的男女老少穿梭其间，路边小摊上叫卖行货与美食的、变戏法的、杂耍的，每张摊子前都挤满了人，放眼望去新奇之物应接不暇。

街边飞檐翘角、彩绘富丽的楼阁之上，露着肚皮的舞姬身上丁零当啷的，跳着胡旋舞，年轻的男男女女凭栏而立，手执银壶对酒当歌。

"惊蛰姐姐，想不到姑臧域竟如此热闹繁华，这夜市一点也不输长安！"谷雨惊叹着走在街上，一转头，却见惊蛰一副心事重重的样子，"惊蛰姐姐可是走累了？"

惊蛰摇摇头，静静地目视着前方。

前方不远处，姜稚衣一袭绣金红裙，墨发编辫，额佩翠钿，颈环青金璎珞，腰间流苏坠珠，满身色彩错杂的琳琅衬得人鲜亮明艳，像一只飞入凡间的仙蝶。

一旁的元策难得穿浅色，一身牙白绣金翻领袍，腰束金玉革带，挺拔的背脊之上乌发半披，与姜稚衣相称得当真像一对神仙眷侣。

惊蛰从小跟着郡主，最是了解她不过，这两天观察下来，发现郡主在沈元策跟前仿佛回到了小时候家里出事前，无忧无虑得像个孩子，想笑就笑，想哭就哭，想生气就生气，哪怕带着刺也是柔软的。

这些年，看多了郡主自矜身份，看多了郡主与人相处总隔着一段距离，惊蛰已经很久没见过这样喜怒哀乐都放在脸上，全心信任一个人的郡主了。

这个美梦，是不是当真不该被打破？

"每个摊子我都想看看，这怎么走得完？姑臧这不夜城当真能逛上一整夜！"姜稚衣挽着元策的臂弯，喧闹之中，不得不提高了声与他说话，"你之前可曾逛过这里，知道哪里最有趣？"

元策摇头："我也是第一次光明正大地走在这里。"

"第一次？"姜稚衣惊讶了一瞬，"哦，过去三年你都在打仗，应当也没有机会……"

是过去十九年都没有机会。

元策一面在心里答着她的话，一面注意着四下，在人潮熙攘之时偶尔拉她一把。

姜稚衣四处凑着热闹，一路走走停停，走到一张草编饰物的摊子前，颇有兴致地驻足，看向摊主手中编织着的兔子："用草竟能编得如此活灵活现？我想要这个！"

摊主婆婆十指翻飞不停，抬起头来，笑眯眯地说了几句姜稚衣听不懂的当地话。

元策解释："她说很快就编好，让你稍微等等。"

姜稚衣点点头，蹲下身来，去看地摊上其他的草编物。

旁边两个六七岁的孩童在地上玩，看起来好像是摊主婆婆的孙子。两人头碰着头，人手一根细细的草枝，正杵着地上的什么物件，激烈得不知在斗什么法。

姜稚衣看不清阴影里的物件，见元策陪她蹲了下来，转头问他："这是在玩什么？"

"他们在斗草编……"元策说到一半想起什么，神色一变，刚要去拉姜稚衣，一只栩栩如生的草编蛐蛐被草枝挑起，一下蹿到了姜稚衣的衣裙上。

姜稚衣愣愣地低头一看，盯着那身形肥硕、斑纹狰狞、生着长须的黑褐色虫子，连惊叫都忘了。

下一瞬，元策一把拉起了人。

姜稚衣人被拉起，眼前却好像还残留着那只蛐蛐的模样。

与此情此景相似的、令人作呕的记忆像坍塌的楼阁般撞进脑海，姜稚衣胃腹忽然一阵翻腾，呕意直冲嗓子眼，在天翻地覆的恶心里两眼一黑，晕了过去。

三刻钟后，姑臧沈府内院。

惊蛰和谷雨惴惴不安地站在卧房榻边，等李答风给昏迷的姜稚衣诊脉。

片刻后，李答风松开切脉的三指，抬头道："连日赶路疲累，加之受惊波动心绪，睡一觉就好，没有大碍。"

两名婢女松了一口气。

李答风吩咐她们给姜稚衣点上一盏安神香，朝元策使了个眼色，当先往外走去。

元策坐在榻沿，静静看着昏睡中眉头紧锁的姜稚衣，沉默良久，将她压着被沿的手轻轻拿起来，放进被衾里，起身出了卧房。

合上房门一回身，对上李答风意味深长的眼神。

"说吧。"元策斜倚上廊柱，一抬下巴。

这一路以来，他隔三岔五让李答风给姜稚衣诊"平安脉"，听李答风每诊一次都说她的血瘀少了些许，已经习惯了他这种眼神。

"她的血瘀还残留最后一点，不过这点血瘀应当已经不妨碍认知了。她最近仍维持着这段记忆，可能是心里不愿面对真相，现在就看是她自欺欺人的本事大，还是接连受到的刺激大——这几天你随时做好准备。"

元策偏头望着卧房的方向，廊灯映照下的脸一半在明，一半隐没于阴影。半晌，他点了点头："知道了。"

长夜静谧，卧房榻上，姜稚衣双目紧闭，睡梦之中眼前晃过一幕幕模糊零散的画面——

"不就是只蛐蛐，不知道的还以为我放蛇咬你了！"吊儿郎当的少年十分宝贝地将那只跳到她身上的蛐蛐捉回去，低头仔仔细细查看，满眼心疼地问着蛐蛐有没有受惊，见蛐蛐无事，还将那东西重新拎起来给她看，"我这蛐蛐勇冠三军，可是百年难遇的战神，跳到你身上，也是你的福气！"

她本就快被恶心晕了，眼见他还把虫子往她跟前递，气得晕都晕不过去了，一面心惊胆战地后退，一面颤抖着抬起一根食指："来人，给本郡主把这脏东西踩了！"

护卫上前拍飞那蛐蛐，一靴子踩上去。

少年目瞪口呆地看着他们，火冒三丈地冲上来。

护卫赶紧拦人："这是永盈郡主，不得无礼！"

"我管你是郡主还是公主，你弄死了我的蛐蛐，就要给我的蛐蛐赔命！"

画面忽然一闪，到了曲水流觞宴——

"我有一只好蛐蛐，英勇无比战三军，一朝落入泼妇手，命丧黄泉苦兮兮！"轮到少年作诗，那少年举觞面对众人，朗声念出这么一首来。

她坐在曲水边气笑起身："沈元策，你说谁是泼妇？"

少年一脸嫌弃地斜眼看了看她："谁站起来了就是谁呗！大家说是不是啊？"

画面再闪，又到了狭路相逢的街巷——

"哟，我道是谁的马车这么横，原是恶名昭著的永盈郡主！"打马在前的少年"啧啧"摇着头，对她的马车指指点点。

她移开车门望出去一眼，冷笑一声："我道是谁的嘴这么臭，原是臭名昭著的沈败家子儿。"

"我名声再臭也能讨着媳妇儿，你脾气这么大能嫁得出去吗？郡主还不知道吧，听说前些天圣上召见四殿下，要给四殿下指婚，问他儿时与你交好，如今可还对你有意，四殿下说了八个字——'儿时戏言，不可当真！'"少年哈哈大笑。

……

浮光掠影渐止，陷入了一段漫长的空白，画面再次闪回之时，到了玄策军凯旋之日的茶楼——

"要下毒也不会当街，这茶自然没什么不能喝的。不过，方才我就想问了，请问姑娘是？"打仗归来的少年高踞马上，仰头望着她问。

军营大帐——

"郡主在这帐子里折腾这么久，不妨直说，看上什么了？能给的，臣自不会吝啬。"

"我？这个臣恐怕给不了郡主。"

荒郊山坡——

身后山贼的脚步越来越近，她摔倒在地，抓住了眼前那片救命的衣角。

马上的人皱眉垂下眼睫，慢慢抽出自己的衣角，将她的手一把甩落进泥地。

军营床榻——

她一身狼狈地醒来，看见少年坐在榻沿，一脑袋扎进他怀里："阿策哥哥！"

……

"啊——"一声凄厉的惊叫划破清晨的寂静。

天光大亮的卧房里，趴在榻边的惊蛰和谷雨吓了一跳，抬头便见姜稚衣一脸惊恐地坐了起来，顶着一张苍白的脸，额头满是细汗，正一口口地大喘着气。

"郡主怎的了？可是又魇着了？"惊蛰慌忙上前给她顺气。

姜稚衣目视前方，紧盯着窗外陌生的庭院，随着喘息慢慢平复，愣愣地转过头来："惊蛰，我这是在哪儿呢？"

"在沈府，姑臧的沈府，您昨日已经跟着沈少将军住进来了，您忘了吗？"

"沈府，姑臧……"姜稚衣低下头，直直地看着自己，一双杏眼空洞无神地呆滞着，"那我现在是谁？"

"郡主，您别吓奴婢，您是永盈郡主呀！"

"我除了是永盈郡主，还是谁？"姜稚衣一把抓向惊蛰的手，恰好谷雨端茶过来，茶盏不意被拂落，啪的一声响，摔碎在地。

一道脚步声飞快地靠近卧房："少夫人，里头可是出了什么事？"

像听见什么要命的称呼，姜稚衣浑身一颤，脸上霎时惨无血色，颤着嘴皮子喃喃道："那不是梦……我跟沈元策真的定亲了……"

惊蛰看着她这反应，心下陡地一沉，紧张地吞咽了下，朝外道："郡主噩梦惊醒，打翻了茶盏，无事。"又吩咐谷雨："你去跟他们说，郡主要更衣梳洗，让人都退到五丈之外去，然后你就守在门口，不许任何人靠近。"

谷雨虽不明白发生了什么，但眼见惊蛰如临大敌的模样，也知道恐怕出了大事，不敢多问，应声出去照做。

确保附近已无人可听见她们的对话，惊蛰轻声问："郡主，您是不是想起什么了？"

姜稚衣迟疑着点了点头，默了一响，又难以置信般摇了摇头，紧紧握住惊蛰的手："惊蛰，我这是怎么了？我为什么会这样……我为什么会和沈元策……"

"郡主，您还记得四个月前遇到山贼的时候，您的脑袋磕到了马车吗？"

姜稚衣呼吸一窒，盯了惊蛰半晌，怔怔道："所以我才是那个失忆的人？"

等等，不光是失忆，她这是还……记忆错乱了？

姜稚衣用力地晃了晃脑袋，隐约想起了那日遭遇山贼前做的那个浑梦，还有前一夜她在家里不知第几次翻开的那本《依依传》。

"是、是那卷话本……我把自己当成了……"姜稚衣结结巴巴说到一半，一顿，大睁着眼呆在了榻上。

停顿的空隙里，像是捋出了更多记忆，话本里的，现实里的，磕到脑袋前的，磕到脑袋后的。

荒唐……这简直太荒唐了！

"那我、我跟沈元策，我跟他，我……"

姜稚衣垂眼，看向自己捂着的惊蛰的手，眼前却浮现起另一只手与她十指相扣的画面。

像被什么烫着似的，姜稚衣蓦地一松手。

她别过脸，瞥见自己雪白的脚，又想起那只手握过她的脚踝，轻轻打圈抚摸着她的画面。

像被吓到似的，姜稚衣又蓦地将脚缩回了被衾下。

惊蛰眼看她惊慌失措地将自己浑身上下"失守"的地方一处处遮起来，从头发到肩膀到腰到腿弯，最后似乎发现怎么遮也遮不完，裹着被衾一把抱紧了自己。

这一下，好像又突然想起什么更不得了的事，深深倒吸一口凉气，抬手触摸上自己的唇。

惊蛰心里咯噔一下。

姜稚衣十根脚趾一根根蜷缩起来，含着哭腔喊道："惊蛰，我不干净了——"

惊蛰安抚了姜稚衣整整两刻钟都无用，两刻钟后，姜稚衣满面都是悔恨的泪水，抓心挠肝地问天问地："为什么会这样……为什么偏偏你不在我身边，为什么没有人告诉我真相，没有一个人阻止我？

"宝嘉阿姊帮我出主意，舅父也愿意认他当外甥女婿……我傻了，他们也不清醒吗？"

姜稚衣声泪俱下地手指着东南面，长安的方向："他以前是个什么人，他是怎么对我的？成天斗鸡走狗混迹赌坊，对我出言不逊，打个仗回来还不可一世装不认识我……

"我居然对这种人死缠、死缠烂打了那么久？他不搭理我，我大半夜在他府门口吹两个时辰的冷风？那可是腊月大雪天的风……我怕不是得了失心疯才吹这个风！

"我为了跟他定亲，还追他到书院去……那书院里一群登徒子，我居然也为他忍了？我还因为他崴了脚，将这事闹得全长安尽人皆知……

"我堂堂郡主的脸全都丢尽了！"姜稚衣一笔笔账掰算过去，颤巍巍地抽噎着。

惊蛰知她此刻正需要宣泄，该让她痛快哭一场，又怕她说着说着背过气儿去，拍抚着她的背脊安慰："郡主稍安，奴婢此行回京，长安城里都在传您与沈少将军是金玉良缘，那些世家公子也都说是沈少将军高攀您，倒没有人说您的不是……"

"当然是他高攀我！他沈元策够得上这金玉良缘，配我为他跋涉千里吗？"

说到这里，姜稚衣终于记起自己的处境，哭声一顿，抬起泪眼一点点扫过这间屋子，最后心如死灰地看向惊蛰，失神道："如今这亲事木已成舟，我人在河西，离长安一千多里，我该怎么办……"

"郡主，您若当真想清楚，不愿认这糊涂亲事，只要您一句话，这一千多里，奴婢来得，也陪您回得！"

"我当然想清楚了，我脑子都清楚了，还想不清楚吗？"姜稚衣收了泪，像是一刻也待不下去了，深吸一口气，"你说得对，这一千多里，我能来，也能回，我们现在就走！"

姜稚衣一把掀开被衾，不管不顾地下榻。

惊蛰匆忙给她披上外衣，还没来得及开口提醒，便见她一把推开了房门。

房门外，自惊蛰方才要求的五丈之外起，十步一岗，从长廊一路延伸向庭院里的鹅卵石子路，再到遥远的院门，全是披盔戴甲肃立着的玄策军。

姜稚衣被这场面震撼得缓缓扭头看向惊蛰。

惊蛰连忙上前，一把合拢房门，将她拉了回来："郡主，这就是奴婢方才要说的，今晨沈少将军接到紧急军务，不得不离府前往军营，临走派了这些人过来，吩咐他们照看好您，眼下这院子已经被团团包围，咱们若过不了沈少将军这关，恐怕很难回去……"

"他找人围我干什么？"

"郡主，您这会儿脑子乱，可能还没将清楚，沈少将军应当早就知道您失忆的事……"

讯息太多，冲击力太强，姜稚衣这半天光顾着委屈，的确还没来得及去思考——沈元策怎么回事？

是啊，她可不是单纯地倒追他，而是把自己当成了那本《依依传》的女主人公，从头到尾都在以他旧相好的身份自居，那他应当一开始就知道她在发疯，为何不直截了当地揭穿她，看她疯了这么久，还陪她一起疯？

姜稚衣怔怔地从门边退回来，想了想，恍惚道："……惊蛰，我怎么觉得，这事好像不对？"

"郡主此话怎讲？"

"你觉得，他是为何与我定亲的？"

"奴婢瞧着沈少将军是当真喜欢上您了，怕您恢复记忆以后不认账，所以急急定下亲事，把您骗来河西。"

"可他以前明明像我讨厌他一样讨厌我，我一开始找他发疯的时候，他也很不待见我……"

"那您想想他是何时对您转变了态度？大概就是那时候喜欢上您了。"

姜稚衣在榻沿坐下，忍着悔恨与尴尬闭了闭眼回想起来——

她第一次喊他阿策哥哥，他一手刀把她打晕了；第二次给他递字条约他看雪，他没有赴约。之后她去军营为自己失约道歉，她记得他好像是打了半天的犯人，当时也还臭着脸。

再后来……再后来她去沈府投奔他，他晾她到半夜，依然是心不甘情不愿。

直到——

姜稚衣脸色一变。沈元策对她转变态度，似乎是收留她的第二天，在书房打碎那枚"衣"字佩之后……

话本里说，女主人公赠予男主人公的信物是一枚悬挂雪青色流苏的月牙形白玉佩，上头雕刻着女主人公的名字，所以她当时稀里糊涂地将那枚"衣"字佩误认成了自己给他的定情信物。

可那枚"衣"字佩绝对不是她的。

他房里为何会有那枚玉佩？那枚玉佩又是谁的？

姜稚衣霍然一抬眼："裴雪青？"

当时因玉佩引发的那场拮架，最后的结果是裴雪青说自己得了臆病。可现在看来，得了臆病的人明明是她。

既然那玉佩不是她的，那么应当就是裴雪青的了……难道裴雪青和沈元策才是真正私订过终身的相好？

那裴雪青为何要说自己得了臆病？沈元策既然已经有了相好，怎么还跟她定亲？

而且，沈元策与她求亲，正是裴雪青带着另一半玉佩找上门来的那天。

一面负心于前任相好，一面陷她于抢夺他人夫婿的不义，还将她拐骗到了千里之外，让她如今叫天天不应，叫地地不灵……

沈元策，他还配做个人吗？！

姜稚衣越捋越乱，越想越觉得可怕，一整个白日，几次打开房门与窗子，都看见那些玄策军雷打不动地守着她，连谷雨去取她的膳食，也有人贴身跟随。

她让惊蛰陪她出去透透气，他们并不干涉，但等她走到府门附近，试着出府，便立马有人上前阻拦，说昨夜上街出了岔子，少夫人若想出府，还是等少将军晚上回来为好。

她算是明白了，沈元策昨日看到她因蛐蛐大受刺激，大概也怀疑她快恢复记忆了，所以才将她"软禁"在了这里。

也就是说，她眼下当真被困住了，除非过了沈元策那一关，否则别说回不去长安，连这小小的府邸都出不去！

夕阳西下，天色渐晚。姜稚衣一时有些恍惚，突然在想，若她没有恢复记忆，今日会在做什么？

开开心心地等着沈元策回府？也说不定根本等不到他回府，就去军营找他了。

可是此刻，直到夜深，她依然像根木头一样枯坐在房中。

她总觉得还有一些事是她没有想通的，但她今日又哭又骂，一下子回想起这么多事情，实在太疲惫了，脑筋怎么也转不动了。

不知到了什么时辰，外边忽然有人低低叫了一声"少将军"。

笃笃，两下叩门声响起，房门外的人开口道出一个"姜"字，便将剩下的话吞了回去，而后静静站在那里等她的回应。

看着隔扇上映出的人影，姜稚衣心都快跳到嗓子眼，从美人榻上坐直身子，与一旁的惊蛰对了个眼神。

惊蛰鼓劲般朝她点点头。

姜稚衣闭上眼，酝酿着深吸一口气。

光怀疑她可能要恢复记忆，沈元策便摆出了这么大的阵仗，若确定她已经清醒，可不知还有什么等着她。

眼下她唯一能够掌握的主动权便在于自己的记忆。只要她不说自己已经恢复了记忆，至少能先稳住沈元策，有机会将这些看守她的人撤去。

之后，再走一步看一步。

睁开眼，姜稚衣口齿清晰地道了一声："进。"

房门被人缓缓推开，元策站在门槛外，慢慢抬起眼皮，朝里望来。

姜稚衣端坐在美人榻上，迎上他试探的目光，回想着自己过去四个月是怎么对他笑的，嘴角一点点扬起来，甜丝丝地道："阿——"

元策眨了眨眼。

姜稚衣嘴角僵硬地一顿，努力重新张口："阿——"

"嗯？"

"阿——"

元策歪了歪头，继续等。

"阿嚏……"姜稚衣拿帕子捂住了嘴，打了个不太地道的喷嚏。

元策一噎，落在姜稚衣身上的眼神微微变了变。惊蛰后背发凉地屏住呼吸，站在美人榻后方，忐忑地看向出师不利的郡主。

姜稚衣缓缓抬起眼皮，盯着元策的脸，借帕子的遮掩抿了抿她这容不下虚情假意的嘴。

看着此刻站在眼前的人，脑海里重叠上他曾经出口辱她的可恨模样，再想想他这段时日看了她那么多笑话——纵使是虚与委蛇，"阿策哥哥"这四个字，能叫出第一个字，也已是她最大的忍让。

不叫这个，说点别的，能不能让他相信她还傻着？

姜稚衣努力转动着今日已然不堪重负的脑筋。

正是僵持之际，在门外顿了许久的那双乌皮靴跨过了门槛。

姜稚衣身板一直，更正襟危坐了几分。

"冻着你了？"元策稀松平常地说着，转身合拢房门，看起来并未察觉端倪。

惊蛰松了口气，忙给姜稚衣使眼色，下一句可不能再露馅了。

姜稚衣接到眼色，点头："对。"

惊蛰在心里"呃"了一声。

好一个硌牙的"对"字，核桃壳都没有这话接得硬。

姜稚衣也觉出不妥，很快轻咳一声："都怪你回来这么晚，我在这儿坐得心都凉了！"

还好，这句不难讲，这句是实话。

元策在原地眨了两下眼，走上前来："听他们说，你今日想出府？"

"嗯。"

惊蛰在后边着急地悄悄戳了下姜稚衣的背脊。

郡主自己可能还不觉着，她作为旁观者，眼看郡主前些天在沈少将军面前小鸟依人，说话像倒豆子似的，再看眼下她这一次只能蹦出一个字的模样，简直是天差地别……

"昨夜不是没逛多久就晕过去了，我想白日再出去逛逛，谁知道你的人竟然敢拦我？"姜稚衣收到暗示，便邦邦地补充了句。

元策在她旁边坐下，伸手揽向她的肩。

姜稚衣眼睫一颤，蓦地起身跳开去，像只惊弓之鸟，从头发丝到脚趾都绷紧。

元策打横的手臂落了空，抬起头来眉梢一扬。

眼看着他意外的神色，姜稚衣心底哀乐已经奏响。装傻这件事，比她想象的要更难一些。

元策慢慢收起手臂，空荡荡的指尖搁在膝上摩挲了两下："是为这事不高兴？"

也是，她不是应该不高兴吗？装傻不行，不高兴还不容易……

姜稚衣定了定神，终于找着了适合她的台词，板起脸来："你看出来了就行，我在这里无亲无故，你自己没时间待在府里，还不许我出去打发时间？"

元策撑膝看着她："那你想让我怎么做？"

"明天——不，今晚开始，让你那些凶神恶煞的手下离我远点，我瞧着不舒服！"

"行，让他们去你看不见的地方。"

"还有，我要自由出入，连在长安城皇伯伯都许我畅通无阻，你在这儿是拿我当犯人吗？"

"可以，但姑臧城鱼龙混杂，你出去要么与我一道，要么我派人跟着保护你。"

……保护她？她看最危险的就是他，姑臧城可能是鱼龙混杂，他这儿都没有混杂的，全是恶人！

姜稚衣掩在袖中的手紧紧攥起来："非要这样不可？"

"非要这样不可。"

姜稚衣烦躁地皱皱眉，点头："行，各退一步，成交。"

元策似笑非笑地一抬下巴："跟我做生意呢？"

姜稚衣面无表情："我不高兴的时候还能跟你做生意，你就烧香拜佛感恩戴德吧。"

"那都依你了，消气了没？"

"消气怎么，没消气又怎么？"

"处理了一天军营里乱七八糟的事，有点累。"元策朝她摊开手，"消气了的话，过来坐会儿？"

姜稚衣垂眼看向他摊开的手。

如果她没有恢复记忆，此刻应该把自己的手放上去，关心地问他发生了什么事，然后靠着他坐在这榻上……

姜稚衣一晃脑袋，把脑海里糟糕的画面晃掉。

……为了逃出这座府，要付出这么大的代价吗？

"嗯？"元策又摊了一次手。

从他眼底看不出是不是试探的意思，姜稚衣轻轻一咬牙，一点点伸出手去。

可临要触碰到他的手指，头发丝却抗拒到快立起来。

最后一刻，姜稚衣在他掌心啪地一拍，同他击了个掌。

元策手指一僵。

"做生意成交，击掌为誓，方才忘了。"趁他没回过神，姜稚衣快快走上前去，在美人榻的最角落坐下。

元策看了眼两人之间还能再坐两人的距离，侧目看她："我身上有刺，能刺着你？"

"我有刺，怕刺着你。"姜稚衣一双手防备地攒在身前，思忖这话也谈完了，这人怎么还不走，提起一口气道，"不是说累了吗？早点去歇着吧。"

"我现在不就在歇着？"

"坐着怎么叫歇？睡着才叫歇。"

元策看了眼她的床榻："那你的榻借我睡睡？"

姜稚衣眼睛慢慢睁大，背脊僵直着偏过头："你自己房里没有榻？"

"我房里不是没有你吗？"

一些遥远的、不堪回首的记忆涌入脑海，姜稚衣心头一颤，转过头去，恨恨地闭了闭眼。

"提过要求就逐客，郡主这是用完人就丢？"元策支着额角看着她。

眼看气氛越发紧张，郡主也越发应付不下去，惊蛰连忙打圆场："沈少将军，郡主生着气，难免说话不好听，但心里是关心您的，您瞧郡主句句都是想让您早点歇着！"

姜稚衣点了下头，示意惊蛰说得对。

元策静静看了她一会儿，撑膝起身，走出两步又回过头："明日白天我还是不在府，不过晌午能抽些时间，你若想让我陪你出去，差人给我个信。"

姜稚衣"哦"了一声，眼看他还等在原地，像在等什么道别的话，轻启了下尊贵的唇："慢走。"

翌日午后，姜稚衣带着惊蛰和谷雨坐上了外出的马车。

如同昨夜沈元策所说，他今天白日依然不在府。那么不出意外的话，这就是她最后一次走出这座府邸了。

那做戏的感觉当真如鲠在喉、如芒在背、如坐针毡，她姜稚衣哪里受得了这委屈，多演一日恐怕都要破功，只能抓紧最早的时机逃离这里。

就在今日，她必定要离开沈元策，离开这姑臧城。

沈元策昨夜说他晌午能抽出时间，所以她特意过了晌午再出发，说要上街逛逛。

行驶的马车内，一主两仆六目相对，都从彼此的眼中看出了几分紧张。

车夫与随行护卫都是玄策军的人，姜稚衣记得沈元策跟她说过，这些精锐耳力非凡，所以此刻在马车里也不能多说什么，唯有握了握彼此的手，给这出逃添上几分亡命天涯般的肃杀气氛。

到了人头攒动的街上，姜稚衣被婢女扶下马车，正要挥退那些护卫，一名十五六岁的清秀少年走上前来。乐呵呵道："少夫人，小人名叫三七，三七二十一的三七，是少将军派给您的贴身护卫，您去哪儿小人都跟着您！"

惊蛰道："郡主要去逛胭脂铺、成衣铺，你也跟着？"

"是的，少夫人可是觉得有什么不妥？"

姜稚衣上下打量起他这一身盔甲："你穿成这般，进那些铺子不得将人家顾客吓着？可别害我走到哪儿都要讨人嫌。"

三七低头一看自己，立马三下五除二卸下盔甲，一转眼，露出一身寻常布衣打扮。

姜稚衣面露惊异之色。

"少夫人教训的是，少将军提醒过小人的，是小人险些忘了！"三七笑着，脸颊露出两个梨涡，"少夫人，小人就跟在您身后一丈远，不给您添麻烦。您看您如此倾国倾城、美若天仙、天人之姿，若叫那些混子盯上，可危险呢！"

沈元策特意点这么个人来，是看他笑起来有梨涡，又会说话是吧。

这些士兵之难缠，昨日她已领教过，个个都是头可断血可流，少将军的命令不可丢，就算她拿郡主的身份去压，也压不过他们心里的军令如山。

时间紧迫，不宜在此浪费。

姜稚衣看了眼后头那些人高马大的士兵，见这个三七相比之下矮小些，精瘦些，轻轻一甩袖，转身走入人流，默认了他的跟随。

三七默默跟了上去。

姜稚衣左边惊蛰，右边谷雨，往前逛了一段路后，走进一家两层楼的成衣铺，作势挑衣裳，随手指向一件长裙，说要试试。

女掌柜连忙殷勤地领她上了二楼。

三七一直跟到二楼楼梯口，被惊蛰喝住了脚步。

惊蛰陪着姜稚衣进了一间量体裁衣的私密小室，塞给了女掌柜一枚金叶子，让她再去挑些衣裳来，合上门后，压低声与谷雨道："你陪郡主在这儿一件件试，试完一件就说郡主不满意，还要一件。"

又对姜稚衣说："奴婢用最短的时间带马过来，接您去见鸿胪寺钦差。"

姜稚衣点了下头。

她昨夜冷静下来想过了，要逃就必须快准狠，她自然不会异想天开到觉得自己可以靠惊蛰策马千里回长安，沈元策既然有心留她，一发现她不见了，肯定会追上来，别说她们两条腿的人不是他的对手，她们四条腿的马也跑不过人家的那匹马。

所以她昨夜冥思苦想，想起一件事。

此前正月里，西逻王后突然病危，西逻使团急急返西，朝廷当时也派了太医一同跟去。与外邦接洽的事务向来由鸿胪寺负责，太医不可能孤零零地跟着西逻使团，队伍里一定还有鸿胪寺的官员随行。

使团比她早出发近半个月，脚程也比她快许多，却要比她往西走更远，这么一折算，说不定鸿胪寺的官员此刻刚好在返程的路上，会路过姑臧。

听她这么一说，惊蛰想办法出来打听了下，好巧不巧，听说这鸿胪寺的官员刚好今日到姑臧，可能会在此逗留休整一夜。

虽然约莫只是个小小的官员，但是由圣上派遣外出办理此等重大事务的官员都属"钦差"，杀钦差无异于在天子头上动土，因而此人身份之贵重，足够当得起她的救命稻草，也是眼下在这沈家只手遮天的河西，她与京城唯一的联系。

即便一时无法跟着钦差回去，找此人八百里加急往京城传信，这信件沈元策也没法拦。

目送惊蛰从二楼后窗一跃而下后，姜稚衣假装在小室内试衣，偶尔提高声抱怨几句——

"这衣裳怎么这么难穿？

"不好看，换下一件吧。

"这颜色我不喜欢！"

不知过了多久，姜稚衣说到口干舌燥之时，一颗小石子终于打上了二楼的窗子。

姜稚衣快步上前，探出窗沿低头一看，惊蛰骑着一匹高头大马等在底下的小巷，朝她小声道："郡主，快些下来！"

看着惊蛰宛若盖世英雄一般降临，姜稚衣动容地点了点头。

这一切来得太过顺利，顺利到甚至让人有点不敢相信，直到发现自己的脚无法踩上窗沿的那一刻，姜稚衣才有了些真实感。

果然，出逃都是会有磨难的。

见姜稚衣手足无措地顿在窗沿，谷雨在她背后努力地使劲，将她抱起来一些。

姜稚衣小心地坐上窗沿，两条腿慢慢悬挂出去，往底下看了眼，一阵眼晕。

这二楼在底下看着只有二楼，到要跳下去的时候怎么就一下变成四楼了？

底下惊蛰在马上找准位置，张开了双臂，用眼神示意她放心跳，自己一定会接住她。

姜稚衣身子朝外坐在窗沿，悬着一双小蛮靴，深呼吸压下这一阵心悸。

谷雨瞧着这眼熟至极的一幕，用气声鼓舞她："郡主，您四个月前可以为沈少将军翻那么高的墙，今日也定能为沈少将军跳这么高的楼！"

真会说话，这么一说，她可不就来气了吗？

沈元策，你这个混账，王八蛋！

姜稚衣闭起眼呼吸吐纳，在心里破口大骂着，给自己鼓足了气，直直地跃了下去。

人在半空一瞬，漫长得仿佛过了一生，耳边一刹那除了风声什么也听不见，姜稚衣强忍着溢到嗓子眼的惊叫，死死闭紧了眼。

下一瞬，感觉自己被惊蛰的臂弯牢牢接住，稳稳落到了马上。

像一朵找到了归依的浮萍，姜稚衣狂跳的心脏回落下去，感激涕零地睁开眼——

对上了一双乌沉沉的眼睛。

"郡主！"与此同时，前一刻被一匹横空出世的快马挤撞开去的惊蛰大喊。

姜稚衣这才看见自己的处境——马上坐着元策，而她斜躺在元策怀里。

姜稚衣浑身一颤，脸色像下了霜似的白。

元策把人揽紧了些："怎么试个衣裳还能摔下来，吓着了？"

吓着她的，是摔下来吗？

姜稚衣止不住地战栗着，僵手僵脚地蜷缩成一团："你怎么……来了这里？"

"因为听见你骂我了，"元策垂眼看着她，似有若无地叹了口气，"小祖宗。"

像被"小祖宗"三个字触发了什么记忆，上一次他这样称呼她时的画面翻江倒海般在眼前涌现——

长安沈府的书房里，她为着裴雪青跟他闹脾气，他将她抱上书案，低下头来亲她……

姜稚衣一哆嗦，用力地一把推开他，逃也似的翻下马去。

元策眉心一跳，伸手去拉人，被惊蛰抢先一步，伸出的手顿在了半空。

姜稚衣也是一时慌乱没看清这马这么高，被惊蛰挽着，后怕地看了眼脚下，想想自己放着长安城金尊玉贵的日子不过，在这儿又是跳楼又是跳马，再抬起眼看元策时，眼底的怒意像滔天的巨浪。

一队玄策军脚步齐整地拥入小巷，分列两边待命在后。

元策看着姜稚衣眼神里藏不住的愤怒和厌恶，喉结轻动，悬在半空的手慢慢收了回去，神色淡漠下来，一只手握紧缰绳，另一只手抬高一招："送少夫人回府。"

半个时辰后，沈府内院。

明明四下无人，谷雨还是感觉气氛异常紧张，严防死守在卧房门前，时不时绕去窗边看看，抬头望望屋顶，确保没有人能听见屋里的声音。

卧房里，惊蛰伺候着姜稚衣换下一身脏衣服，见她目光呆滞地抱膝坐在榻沿，坐了许久，低声喃喃道："他发现我恢复记忆了吧。"

惊蛰在心底叹了口气。郡主一想到自己和死对头"两情相悦"到做了这么多亲密的事，就没法若无其事地演下去，实在很难不叫沈少将军发现。

"他发现了，我还有机会回长安吗……"姜稚衣面如死灰地眨了眨眼，除了绝望，还有满腹的狐疑和不解。

"惊蛰，你说他到底为什么这样对我？"

惊蛰说，沈元策是因为喜欢上了她，怕她不认账才骗她来这里。可是她从头回想过了，沈元策当初对她态度的转变实在太突兀了，以摔玉为分界线，前后简直判若两人。

之前一直对她爱搭不理，甚至摔玉的时候对她凶相毕露，摇身一变，竟然配合着扮演起了她的情郎，说自己之前对她爱搭不理，全是为了试探她的真心。

她对他的真心，就是真心讨厌他，他心知肚明得很，还用得着试探？这分明就是安抚她的谎话。

他把她哄回去，怎可能是一夜之间突然喜欢上她，肯定是别有用心。

"他当初是不是看我被气走了，觉得没戏看了又有点无聊，就骗我继续去他面前上蹿下跳？"

惊蛰道："可捉弄您一时也就算了，为了一点年少时的仇怨耗费几个月陪您做戏，连亲事都定下，这可没有道理啊。"

那难道是因为她那天看到了那枚玉佩，他担心她恢复记忆以后猜到他与裴雪青的私情，所以才想稳住她？

可那枚玉佩分明是他自己打翻在她面前的，他若如此着紧此事，怎么会这么不小心？

要不然，就是他自己也忘了那枚玉佩放在那个瓷瓶里。

不小心忘了也可以理解，但后来裴雪青再去找他，他为什么还是没有避讳她，也不像是不想被她发现他俩的关系。

甚至那日，他看到裴雪青手里的另一半玉佩时，似乎和她一样惊讶，一样百思不得其解。

难不成他不光忘了玉佩放在哪里，还忘了自己和裴雪青的私情？

这种事也能忘？总不会她失忆了，他也失忆了吧？

可也没听说沈少将军打仗失忆了，再说书院里这么多人，他不都认得吗？

捋着捋着，好像接近了答案，又好像更乱了，姜稚衣支着额角心力交瘁："惊蛰，我头好痛啊……"

另一边，正院书房。

穆新鸿瞧着元策难看的脸色，紧张地咽了下口水："您的意思是，郡主不光恢复记忆了，也已经猜到您和大公子是两个人了？"

元策静静靠着椅背，一时没有说话。

姜稚衣恢复记忆了，他昨晚就看出来了。虽然预想过很多次这一天的她会是什么样子，但是最后的结果还是出乎了他的意料。

他的确在她那里露出了很多端倪，她应当迟早会怀疑兄长换了个人。只是从她开始怀疑到确认之前，他本该还有余地去周旋。

可现在的她软刀子割肉，根本没给他开口的机会。

元策道："她既然是喜欢兄长才生出臆想，若不是知道了我并非兄长……"她为什么用那样的眼神看他？

她今天看他的眼神，就像在看一个深恶痛绝的仇人，甚至只是因为一瞬间的厌恶，连对她而言那么高的马都不管不顾地往下跳。

"那会不会郡主本来就不喜欢大公子，就像外界传言的那样讨厌大公子呢？"

"那她的记忆是从哪里来的？"

当时李答风说，她多出来的那段记忆可能是自己的臆想，也可能是印象深刻的所见所闻，是别人的故事。

可在这个故事里，不光男女主人公的身世背景、生平经历、在外人眼里的关系都与她和兄长对得上，就连女主人公的舅母、舅父、大表哥等人的性情和作风，也与现实里对应得严丝合缝。

若是别人的故事，哪儿来这么巧的事？

再想想姜稚衣在书院看他骑射时曾说过，她知道他以前都在藏拙。

裴雪青知道兄长并非真正的纨绔，所以喜欢兄长。姜稚衣既然同样知道，喜欢兄长也就无甚奇怪。

而现在，在她眼里，如果他还是兄长，还是那个她暗慕多年的人，她至少该来和他大吵一架，质问他为何骗她，到底是不是真心求娶她，和裴雪青又是怎么回事。

可她没有，她只想忍辱负重地逃出去。

忍受着与他在一起的屈辱，逃出去。

天色一点点暗沉下去，到了掌灯时分，姜稚衣坐在卧房外间的饭桌前，看着惊蛰端进来的一桌子菜，胃口全无，执起筷子又放下。

"郡主，您千万别饿坏了身子，咱们还要想办法出……"惊蛰说到一半，听见门外谷雨提高声音叫了一句"沈少将军"，立马住了嘴。

果不其然，下一刻，叩门声响了起来。

看着投落在房门上的那道人影，姜稚衣深吸一口气。

该来的总要来，来了也好，既然他已经知道她恢复记忆，她也不必再兜圈子了，今晚就摊开了骂他个狗血淋头，问个清楚。

姜稚衣端坐起来，正了正衣摆和领襟，道了一声"进"。

元策推开门走了进来，往她的饭桌上看了一眼："还没消气？都吃上独食了。"

姜稚衣被他说得一愣，默了默，说道："你自己院里没晚膳？"

"厨房以为我没回来，没备我的份。"

"那就等他们备。"

"耽搁时辰。我在你这儿随便吃几口，一会儿还要去见鸿胪寺的钦差。"元策自顾自在她对面坐了下来。

姜稚衣目光一滞："去哪里见？"

"想一起？"元策弯唇一笑，"那就吃过晚膳跟我一道去吧。"

姜稚衣越发捉摸不透这个人了，她都表现得这么明显了，他还跟没事人一样，是装瞎还是真瞎？

"不想去？"元策轻轻一挑眉。

"去。"姜稚衣把准备撕破的脸皮叠巴叠巴又收了起来，给惊蛰使了个眼色，让她拿一副新的碗筷过来，静观其变地盯住了对面的人。

像当真只是来吃顿便饭一般，元策拿湿帕擦干净手，执起筷子，夹了几筷子笋丝到碗里，与寻常一样吃了起来。吃过几口，他一抬眼，见她纹丝不动，问道："怎么不动筷？"

"没胃口。"

"可能是最后一次同桌用膳了，多少吃点。"

他这是看出她的决心，打算放她回去了？

姜稚衣目光一动，惊讶地思索着，抿了抿唇。万万想不到他居然雷声大雨点小，就这样放过了她。

沉默片刻，姜稚衣迟疑着慢慢拿起了筷子，夹向面前那盘笋丝。临到盘子边上，想起他刚才好像夹过这盘菜，筷子一转，转去夹一旁的那盘虾。

元策看她一眼，让惊蛰再拿一副公筷来，换了公筷夹起一只虾，三两下剥完壳，递到她手边的碟子里。

姜稚衣僵硬地瞟着他自然而然的动作，装没看到，低下头去小口小口地吃起米饭。

许久之后，那只虾依然躺在冰冷的碟子里。

"怎么不吃？"元策抬了抬下巴。

姜稚衣看向那只被他剥过的虾，努力下决心："我吃了，你就带我去见钦差？"

元策看着她当真忍辱负重到了极点的眼神，转过头一笑："姜稚衣，我可以带你去见钦差。

"但我已经在钦差那儿打点好了，你就算见到他，也出不了河西。"

姜稚衣脸色一变，执筷的手颤抖起来，忍着想把桌子掀翻的怒意，一把撂下筷子起身。

一旁的惊蛰心惊胆战地看着两人，随时准备保护姜稚衣。

"那你这是什么意思？什么叫最后一次同桌用膳？"

"既然要撕破脸，自然是最后一次了。"元策坐在椅凳上，仰起头平静地看着她。

"骗我跟你吃这顿饭，你能讨着什么好？"

"讨不着好，不过可以看看，你究竟多讨厌我。"

姜稚衣不可思议地看着他："你是不是有病？"

她多讨厌他，还用得着靠这顿饭来证明？

元策垂眼看向那只她一碰都不想碰的虾："不是说……我是全天下最干净的人吗？"

姜稚衣心里咯噔一下。不可避免地，当初说这句话时的情境又在脑海里浮现。

春雷阵阵的雨夜，在那间陌生的驿站里，他们挤在黑暗又狭小的床榻上交换着濡湿，他问她不觉得脏吗？

她说，我觉得阿策哥哥是全天下最干净的人。

姜稚衣闭了闭眼，额角青筋突突直跳，火冒三丈："我说的那是不是你，你自己心里不清楚？用这么脏的手段把我骗到这里，你没想过你多恶心？"

元策垂下眼睑点点头："我脏，我恶心。干净的，只有我兄长是吗？"

"是——"姜稚衣顺嘴一出溜，拖长了音愣在原地。

吗？

什、什么兄长？

沈元策还有个兄长？他不是沈家独生子吗？

不是，他有兄长又关她什么事？

姜稚衣好笑地看着他，刚要让他少来转移她注意力这套。

"你就这么喜欢他，喜欢到就算我跟他……"元策说到一半一顿，忽然想起她醉酒那晚，在公主府与他说过的话。

——我喜欢的，并非阿策哥哥的皮囊，而是他的灵魂，他的心。这世间只有一个阿策哥哥，就算你们长得一模一样，我也不会喜欢上他的替身。

"也是，你早说过，不认皮囊。"元策点了点头。

姜稚衣将要出口的骂声哽在了喉咙里，人一动不动地定在了原地，三魂七魄却在疯狂震颤。

什么意思？什么喜欢，什么皮囊，是沈元策疯了，还是她又傻了？

这话她怎么听不懂，还听着瘆得慌呢？

姜稚衣大睁着眼，求救般将手悄悄伸向惊蛰。惊蛰也是一阵毛骨悚然，惊恐地握过她的手。

一主一仆双双不敢动弹地看着对面垂头坐着的人，只能握着彼此的手汲取力量，眼神一来一回。

姜稚衣心道：咱们菜里放太多酒了吗？

惊蛰心道：没有吧……

姜稚衣缓缓松开惊蛰的手，装作生气一般来回踱步，走到元策身侧轻吸一口气，嗅了嗅，嗅到一阵皂荚香，其中又夹杂着一丝若有似无的酒气。

果然是酒……这是喝过酒之后沐了浴过来的？

姜稚衣又装作生气地来回走了两趟，回到原地，朝着惊蛰用口型说：他自己喝酒了。

惊蛰：原来如此……

但是酒后不都吐真言吗？他这话里是不是有什么玄机？

姜稚衣默默理着他这几句话，感觉自己好像抓着了什么重要的讯息，只是一时又难以拼凑起来，定了定神问："你兄长他……人呢？"

元策抬起眼来，像是酒劲确实上来了，眼神微微有些混沌："你想去找他？"

她想——还是不想呢？

姜稚衣紧张地舔了舔唇，选了个可进可退的回答："当然……"

元策看着她，扯了扯嘴角："可惜这世上只有我，没有我兄长了。怎么办呢，姜稚衣？"

第十章 喜欢我吧

对面的人笑得阴恻恻的，在问她怎么办呢，姜稚衣。

是啊，怎么办呢，姜稚衣——下一句，说什么呢？

姜稚衣直直地看着元策，感觉自己摊上了大事，但此刻脑子里一团糨糊，怎么也理不清楚。

被这种像恶狼又像毒蛇一样的目光盯住，别说让她思考，她连气都有点喘不上来了。

古有云，祸从口出，言多必失。

古还有云，三十六计，走为上计。

姜稚衣目光颤抖，嘴唇打战，头发丝也打战，打战到止不住，装作忍耐到了极点——其实也确实忍耐到了极点，一甩袖转身朝里走去。

惊蛰匆忙跟上她，随她走进里间，回头去合门。

隔扇合拢的最后一刹那，外间元策轻扯的嘴角压平，漠然着重新垂下眼睑。

里间，姜稚衣坐在榻沿，竖耳屏息听了许久，终于听到外边的人离开的动静。

惊蛰出去确认了一眼，让谷雨继续把守好四周，回头看向姜稚衣："郡主，这是怎么回事？"

姜稚衣轻轻地竖掌，示意容她想想。她努力冷静下来，将方才那些莫名其妙的话一句句拆分开细想。

干净的，只有我兄长是吗？你就这么喜欢他——

就是说，沈元策有一个兄长，并且他以为，她喜欢的人是他兄长？

也对，沈元策又不知道话本的事，看来他一直以为，她磕坏脑袋之后将他误认成了她原本喜欢的人。

可他为何认为她口中这个"阿策哥哥"是他兄长？她根本不知道沈家有什么私生子啊。

姜稚衣默念起他的下一句话："你就这么喜欢他，喜欢到就算我跟他……惊蛰，你说他没讲完的话是什么，就算他跟他兄长怎么？"

"沈少将军后边说您不认皮囊，难道是说，就算他跟他兄长模样很像，您也只喜欢他兄长？"

"可是，"姜稚衣蹙了蹙眉，好笑道，"就算我看皮囊，我喜欢他兄长的长相，我不喜欢他又怎么了？他们兄弟俩长得再像也总有不同，我一个双目健全之人也不至于分辨不出那是两个人，总不能这两兄弟是一个模子里刻……"

姜稚衣笑容一僵，像忽然感到一阵阴风轻轻拂过后背，整个人猛地打了一个激灵。

"一个模子里刻出来的，好像也不是没有可能？"姜稚衣怔怔地抬起头来。

"若真长得一模一样，沈少将军觉得您错认了他和他兄长倒说得通了。只是这么一来，难道他们是——双生子吗？"惊蛰也瞪大了眼。

"双生子……"姜稚衣不明所以地眨了眨眼，"如果是双生子，为何大家都不知道这事？私生子是见不得人的，双生子有什么见不得……"

电光石火间，耳边恍惚响起一些模糊的话，姜稚衣住了嘴，回想起上一次听说有关双生子的事——

除夕那天，公主府里，她好奇地打听宝嘉阿姊和李答风的过去，翠眉便和她说了李答风一家被判流放的原因，当时好像提过一件和双生子有关的旧事。

说是大约二十年前，见微天师夜观星象，预言那一年将有双生妖星出世祸国，先帝便下令斩杀了那一年举国上下出生的所有双生子……

姜稚衣背脊发凉地坐直了身子，自言自语道："沈元策今年几岁来着？"

"十九岁，郡主。"

十九岁，二十年前……

姜稚衣身子一晃，脸色煞白地扶住了凭几。

翠眉只是说了个大概，时间很可能刚好吻合，如果是这样，双生子可比私生子还要见不得人，藏起来也是合情合理的了。

可这样要命的惊天秘密，全京城都没人知道，她怎么可能知道？沈元策为什么认为她知道他有一个孪生兄长，还喜欢他兄长呢？

她明明只知道沈元策这一个……

姜稚衣霍然抬眼。

是了，她只认识沈元策这一个沈家子，就算误会，也该误会她喜欢的人是沈元策。

所以，不是沈元策以为她喜欢他兄长，而是沈元策的孪生弟弟以为，她喜欢他兄长，喜欢沈元策。

也就是说，今日站在她面前的这个人不是沈元策……

不，是过去这几个月在她面前的人都不是沈元策，而是沈元策的孪生弟弟？！

姜稚衣倒抽一口凉气，鸡皮疙瘩一阵又一阵泛起。

难怪，她就说为什么感觉这个"沈元策"好像忘了自己和裴雪青的私情。

如果沈元策和裴雪青的私情是他们二人之间的秘密，那沈元策的弟弟很可能并不知情。当他看见那枚"衣"字佩，见她认下这定情信物，又确定她闺名中有个"衣"字，便以为和兄长有私情的人是她。

所以为了不露馅，第二天他才将她哄了回去，企图稳住她。直到很久之后，裴雪青带着另一半玉佩找上门来，他才知道弄错了。

他因此担心她日后恢复记忆会发现端倪，便果断地在那天晚上跟她求亲，后来还干脆将她拐骗到河西。

姜稚衣缓缓捂住了嘴。

惊蛰不知过去的详情，仍一头雾水："郡主怎么了？您别吓奴婢……"

姜稚衣呆呆地回想着这几个月的种种，半晌过去，紧张地吞咽了下："惊蛰，有一个好消息，和一个坏消息，你想先听哪个？"

这种时候还能有好消息？那真是太感人了，惊蛰毫不犹豫地答："奴婢想先听好消息。"

"好消息就是，我这些日子并没有和沈元策卿卿我我，我好像——"如同不幸中遇到万幸的事，姜稚衣抬手比了个"一点"的手势，"活过来了那么一点点。"

"那、那这些日子和您卿卿我我的人是？"

"这就是我要说的坏消息了。"姜稚衣深吸一口气，一双眼空洞失神，"这些日子和我卿卿我我的人，是沈元策的孪生弟弟，而我现在知道了这个秘密，刚活过来一点，可能就要死了……"

"呸呸呸！郡主莫说瞎话！"惊蛰赶紧挥散这不吉利的话，跺脚像是把它踩碎了，"您吉人自有天相，定会长命百岁！"

她这么倒霉，还能算是吉人吗？

磕到脑袋发疯就算了，还刚好将疯发到了一个糊涂蛋面前，那个糊涂蛋居然相信了她和他哥那种人是相好！这下好了，他一个糊涂蛋，她一个糊涂蛋，两个糊涂蛋把糊涂事全做完……

"不对，"姜稚衣觉得冷飕飕的，抱起膝，突然惊恐地抬起眼，"他之前一心以为我和他哥是相好，还跟我做那些？他、他为了守住他们家的秘密可以这么不择手段，这么罔顾人伦吗？沈元策是恶心，他这个弟弟简直、简直是可怕至极！"

"所以糊涂的只有我，人家这么聪明，诡计一套又一套，把我拿捏得死死的，不光将我骗到河西，还顺手牵羊把我便宜都给占了……"

惊蛰道："郡主，您只是过去脑袋不清醒，您现在肯定比他聪明，您看他今日一醉酒不就露馅了？他不清醒的时候也不聪明。"

姜稚衣思索着摇了摇头："不，他才不是醉酒露馅，这样的人怎么可能醉酒露馅？"

"那是？"

"他看出我恢复记忆之后很讨厌他，可他又以为我喜欢他兄长，那我总不可能这样恶心自己喜欢的人，所以他猜我已经知道他不是沈元策，才没了顾忌与我说这些的。"

"这么说，原是他高看了您？"

这话怎么说得让人不大高兴呢？

惊蛰道："其实就算他不把您拐来河西，您恢复记忆以后也未必能猜到他并非原来的沈元策，本可以相安无事的，这根本是多此一举害了您！"

"谁说的？这怎么多此一举了？"姜稚衣板着脸直起身，"就算他今晚不说这些，我也快猜到了，我都猜到他可能失忆了，再往下想想不就接近真相了吗？"

惊蛰为难地皱了皱脸："那难道您还觉得，他骗您骗对了？"

"我只是说，他觉得我聪明这件事是对的，他骗我当然是大错特错！"姜稚衣颤抖着一拍凭几，"一对双生子，哥哥欺辱我，弟弟拐骗我——好他个沈家！"

"眼下若是这等情形，咱们回京好像更不容易了……"

"那倒未必，之前不知道他为什么不放我走，现在既然知道了，对症下药就是了。"姜稚衣琢磨着，低声道，"容我想想，想想……"

姜稚衣这一想就是一整夜。

翌日清早，惊蛰来伺候她洗漱，看见她熬红的眼，吓了一跳："郡主，您这眼睛怎么红成这样了！"

姜稚衣的确愁得一夜没合眼，身体疲惫不堪，脑袋却一刻也没法休息，一闭上眼就是那些乱七八糟的事情，好不容易睡着片刻，居然梦到被沈元策……不，是被沈元策他弟追杀，这便又吓醒了过来。

她现在全明白了，过去几个月，她在不知不觉之中经历了多少次可能一命呜呼的危险，若非她的郡主身份，若非他误以为她是他哥的相好，她眼下可能不是在河西，而是在阴曹地府……

这么一想，她还是有一些"吉人自有天相"的命数在身上的。

想着这些，姜稚衣困倦地坐起来："我这眼睛好像是有些睁不开了，很红吗？"

惊蛰拿来铜镜给她："您瞧，要不是知道您昨夜一直在想办法，还以为您哭了一整夜呢！"

昨晚讯息太多，姜稚衣一开始没想全所有的事，临睡才突然意识到真正的沈元策很可能不在人世了，心情确实有些复杂。

她是很讨厌这个人，可绝没有恨到想要他死。想到沈元策可能是在过去三年的某天战死在了沙场，便也算保家卫国的英雄，像她阿爹一样，忽然就觉得少时那些仇怨轻飘飘的，不值一提。

这么一想，他若有机会凯旋，打了三年仗估计也稳重了，回京以后可能也不会与她作对了吧……

而且，他若凯旋，还有她跟他弟现在这些剪不断理还乱的破事吗？

"是有点唏嘘，但还不至于哭上一整夜……"姜稚衣叹了口气，看着镜中那双通红的眼，忽然想到什么似的灵光一现，"不过——我也不是不能为他哭上一整夜！"

"郡主此话何意？"

"你想，'沈元策'为什么不放我走，不就怕我告发他们家吗？那眼下我若有个理由，让他相信我不会告发，他是不是就能放过我了？"

"您的意思是，沈少将军既然误以为您喜欢他兄长，那您就将计就计……"

"就是这个理！"姜稚衣坐着思忖了会儿，拿定了主意，摆摆手道，"这样，你今日上街采买些东西，等这边准备妥当，去军营知会沈——也不知道他叫什么……就去知会现在的'沈元策'，跟他说，我有话与他讲。"

傍晚，玄策大营主帐，元策负手立在沙盘前，正与穆新鸿说着正事，忽然听见嘹亮的一声："报——"

"进。"元策回头，见是府里来的人，叹了口气，"人又跑了？"

"回少将军，不是的，少夫人说她有话与您讲，请您回府一趟。"

元策扬了扬眉，打了个手势示意知道了，让人下去，自己却站在原地没动，反倒转而看向穆新鸿。

穆新鸿被他这踌躇的眼神瞧得发慌："您不必担心营里，放心去吧，这儿有卑职呢。"

"我担心的是营里？"

"那您犹豫什么？"

元策轻叹一口气："你若知道你家里夫人找你可能是要吵架，你不做点准备？"

"那您在这儿站着不动，也没做什么准备啊。"

"心理准备不是准备？"

"哦，"穆新鸿呵呵一笑，"原来如此，那卑职一般都做别的准备。"

"比如？"

"比如，"穆新鸿指了下膝盖，"方便跪地的护膝，您可要卑职替您准备？"

"你还是留着自己用吧。"元策走出大帐，翻身上了士兵牵来的马。

约莫半个时辰后他到府，径直去了内院。

天色已暗，内院掌起了灯，庭院里一片亮堂，只是不知何故，姜稚衣那间卧房却暗沉沉的，像并未点起他让人给她打制的鎏金灯树。

元策皱了皱眉，在房门上叩了两下，听见婢女代答的一声"进"，双手推开了门。

满地致丧的白烛映入眼帘，元策一脚定在门槛边，缓缓抬起头来。

光影昏暗的屋里摆了一张供桌，桌上点了两支香烛，摆了一桌子的祭品，竖着一块无字的牌位。供桌前，姜稚衣乌发半披，一身素服，直挺挺地跪在蒲团上，正在安安静静地朝上敬香。

元策悬在门槛上的靴子迟滞着慢慢落了下去。

供桌那头，姜稚衣手持三根细香，听见身后传来的动静，本就七上八下的心一下跳到了嗓子眼。

耳听着元策一步步朝她走来，姜稚衣持着香垂着眼，在心底碎碎念：沈元策，逝者为大，往昔仇怨，今日一笔勾销，望你来生投个好人家，莫再遇到这样的出身。至于今生……我的今生还得过下去，你弟弟骗我在先，我为谋出路，不得已借你之名，为自己换个自由身，望你勿怪！

默念完，姜稚衣持香叩拜三次，被惊蛰搀起身来，将细香插上香炉。

细香一抖，香灰落在手上，姜稚衣烫得"嗳"了一声，还没来得及甩手，忽然被身后的人一把抓过了手腕。

姜稚衣蓦地一抬眼，看见元策一只手握着她手腕，另一只手飞快地掸掉她手背上的香灰："怎么上个香也能……"

话说到一半，似是感觉到她突如其来的僵硬，元策动作一顿，抬起头来，看见她一双红透了的，像哭了一日一夜的眼，眼神颤动。

姜稚衣回看着眼前的人，微微出神。

昨日之前，她一直以为这个人就是沈元策，忽然告诉她其实他是另一个人，一个只与她相识数月，却与她做尽亲密之事的人，再看这张脸，竟生出一种似真又似幻、陌生又熟悉的奇异之感。

连带话本里的依依对于情郎的记忆和情意也像一团乱麻，混沌地缠绕在脑海里……

腕间薄薄的皮肤被带茧的手圈握住，带起一股熟悉的痒意，姜稚衣蓦然回神，目光闪烁了下，一下将手抽了回来。

算了，不想了，这些乱七八糟的过去本就是个错误，眼下最重要的，就是结束这阴错阳差的错误，离开这里。

惊蛰眼见姜稚衣手背落了红印，连忙出去取药膏。

房门一开一合，凉风涌入，屋里的烛火一抖一抖地跳动起来。

光影晃动间，元策转过头去，看着这一屋子白事用的物件，默了默，说道："他忌日在五月，不是今日。"

"我知道……"虽然不知道是五月，但是姜稚衣当然晓得不可能是今日这么巧，"只是我昨夜刚知道他不在了，今日便补上一次祭奠。"

——再说，她接下来要说的话最好也有这么一个哀思的氛围，否则她怕是又要演露馅。

"这就是你找我来要说的事？"元策看向她的眼底，目光黯了黯。

"当然不光是这个。"姜稚衣闪躲开他的眼神，定了定神，一指地上那张长条案，"坐下说吧。"

两人在长条案两边坐下，一个侧坐，一个盘膝。

姜稚衣垂着头酝酿片刻，说出了斟酌一天的词儿："昨夜之前，我是想拼命逃出去找他，但既然找不到他了，我也不着急离开河西了……我想在他最后三年待过的地方走一走，看一看，这你总不至于也不许吧？"

姜稚衣说罢，试探着抬起眼来。

元策转开了头，没有说话。

"你大可不必担心我出去以后会揭发你的身份。"姜稚衣连忙补充，"你看我受皇伯伯宠爱，就以为我是皇伯伯那一边的，可我六岁那年，我阿爹为了皇伯伯的大业牺牲，我阿娘也连带着故去了，你以为我对皇伯伯没有过怨恨吗？"

元策回过头来，重新看向她。

"皇伯伯宠我，或许有那么一些愧疚，但更多是为了做给别人看。因为皇伯伯是千里勤王登基，并不是堂堂正正奉诏登基，当时残余的反叛势力很强，皇伯伯为了坐稳这个位子，必须大力提拔、封赏功臣，善待功臣之后，好扩张自己的势力。我阿爹牺牲得那么惨烈，我就是那个最好的例子，可以让皇伯伯展现他的仁德，获得更多的人心和支持。"

"你都知道？"元策意外地眯起眼。

这些事元策自然全都清楚，只是虽然希望姜稚衣站在他这一边，却也没打算借此挑拨她和皇室的关系。

就像永恩侯所说，她不过在借荣华富贵自我安慰，那么她天真一些，可能会开心一些。

但原来她都知道。

"很小的时候就知道了，不过皇伯伯确实给了我很多荣宠，我又何必总想着这些庸人自扰的事。"姜稚衣垂了垂眼，发现说着说着差点跑偏了，又将话头拉回来，"我今日说这些只是想告诉你，我没你想的那么崇拜皇伯伯，如果我有一个很喜欢的人，我不会选择皇伯伯，我会选择他。"

元策极轻极缓地点了下头："所以你要选择的人，是我兄长。"

所以当他问她，能不能选他一次的时候，摆在她面前的选择并非他和皇室，而是兄长和皇室。

她不是不能抛弃皇室，只是她的选择里，根本没有他。

姜稚衣不自然地轻咳一声："我之前想逃出去，只是以为你抢了他的身份，昨夜冷静下来想明白了，你也是迫不得已，那就——我替你保守秘密，你放我离开，咱们恩仇两消，两不相欠！"

"恩仇两消，两不相欠？"元策重复着她的话，弯了弯唇。

他怎么又笑得这么瘆人。

"你不相信我吗？"姜稚衣尽力笑得有底气一些，"虽然他不在了，但是沈家还有他的继母，玄策军里还有他的弟兄，我不会害他们的！"

"是不是——"元策回想了下汀兰水榭里裴雪青说过的话，"你保护不了他，至少现在可以保护一下他的家人？"

"对，看来你听明白了。"姜稚衣赞赏地点点头。

"所以，我为人弟，应当成全你的深情，放你离开？"

"是这个意思。"

元策越过半张几案，俯身慢慢靠近她："姜稚衣，你想得美。"

姜稚衣一惊，手撑在地上，人往后躲去。

"你不就是怕我暴露你的身份才求娶我，才留我在这里的吗？"

"今日之前可能是这样，但方才，我改主意了。"

眼看他越凑越近，鼻尖都快碰着她鼻尖，姜稚衣心跳得飞快，后仰得腰都快要折断，忽然后悔这几案准备得太窄了。

一阵阵热意像潮水上涌，姜稚衣紧张得大气不敢出，小心翼翼地动了动嘴唇："你、你先坐回去，好好说话……这儿勉强可也算是你兄长的灵堂……"

元策眨眨眼，低头看向她颤巍巍的唇："我在我兄长的灵堂和我明媒正娶的未婚妻做什么，又怎么了？"

"你、你这个人……合婚弓上写的名字可是沈元策，不是你！"

"生辰八字是我的，而且，我也可以叫沈元策。"

"你们家好奇怪啊……"姜稚衣欲哭无泪，"那你到底怎么样才肯放我走？"

"怎么样——都不肯放你走。"

姜稚衣提起的气一泄，腰塌下去。

元策手臂一横，将人一把揽回。一身素白的人乌发如瀑倾泻，腰肢被一手托住。

"姜稚衣，你忘了自己发过的誓吗？说好若有一日你厌弃了我，我是要绑了你手脚的。"

这浓情蜜意的动作里浸染着危险的侵略气息，被托住的分明是腰肢，却如同咽喉叫人扼住，姜稚衣后背紧绷如弯折的弓，瑟瑟地看着明灭烛火下那张棱角锋利的脸。

她将这"灵堂"布置得如此昏暗，本是想借此掩藏自己不自然的神色，好取信于他，这下烛火一跳一跳，面前的人又说着这般阴森森的话，气氛恐怖如斯，反倒快将自己送走了……

她从前是被什么蒙蔽了双眼，没发现这个人这么可怕呢？

心脏跃动得快要冲破胸腔，不知是害怕还是生气，或者也有别的什么，震颤到极点之时，姜稚衣死死闭上了眼——

沈元策，你在天有灵，可管管你这个疯了的弟弟吧！

漫长的等待过去，天没打雷也没下雨，姜稚衣睁开一道眼缝，看见那双阴沉沉的眼还在一瞬不眨地盯着自己。

看来他是当真不肯放过她了……

忍气吞声、好言好语都无用，她也不忍了！

"骗人发的誓算什么誓？老天都看不下去你这种奸邪狡诈、诡计多端、丧心病狂、丧尽天良——"姜稚衣换了口气，哆嗦着胸脯一起一伏，"的行径！还会应你的誓不成？"

"老天不应，我自己应。"元策一只手揽着人，另一只手推开面前碍事的条案，往边上一扯，刺啦一声，扯下一卷帘幔。

眼看那帘幔被他单手绕成一股绳，这是真要来绑她手脚了。

姜稚衣睁大了眼，一面想着惊蛰取个药膏怎么还不回来，一面急中生智一踢脚边的白烛。

燃烧着的蜡烛砸上帘幔，帘幔瞬间燎起火来。

元策意外了一刹那，反手扑火。姜稚衣趁机飞快地挣脱开他，爬起来就往外跑："走水啦！"

院子里的玄策军齐齐飞奔上前，眼见少夫人急急打开房门冲出来，而她身后，屋里的少将军正在甩打着火的帘幔，一群人一股脑拥进去帮忙。

拥进去后又齐齐一下站住脚，一个接一个地拥堵在了门槛边上——这、这是什么阴气腾腾的场面，府上有人过世了吗？

可府上只有少将军和少夫人两位主子，都好端端的，难道是少夫人最近和少将军闹别扭，给少将军设了个……灵堂？

元策三两下扑灭了火，一扔帘幔，抬眼一看众人惊悚的神色，望向躲在人后的姜稚衣："少夫人祭奠亲故，不必在意，都下去吧。"

姜稚衣赶紧混在人堆里"下去"。

"郡主走什么？"元策催命一般的声音在身后响起。

姜稚衣一激灵，立马埋下头加快了脚步，还没走出几步，身体蓦然一轻，一只手臂将她拦腰抱起，一把扛上了肩头。

姜稚衣一声惊呼，脑袋朝下趴在他肩头，眼晕得厉害："……这屋子都走水了，这么危险，你敢关我进去，你就是、就是谋害当朝郡主！"

"走水的屋子自然不能待了，为了郡主的安危着想，今晚就去我房里住吧。"元策说着，扛着人大步流星往外走去。

半刻钟后，姜稚衣在徒劳的踢打挣扎过后，筋疲力尽、面如死灰地被放上了元策卧房里的那张榻。

正扶着腰一口口喘息，一看元策进门后翻箱倒柜地不知找到了什么东西，径直朝她这边走来，姜稚衣立马抱起膝，缩起双手双脚往角落躲。

元策上前一把拽过她的手腕。

姜稚衣吓出一阵哭腔，仰头狠狠地瞪着他："你要真敢绑我，我就……"

手背蓦地一凉，姜稚衣说到一半一顿，瑟缩着垂下眼去。

温热的指腹蘸着清凉的药膏在手背上涂抹，在香灰留下的那点红印附近一圈圈轻柔地打着转。元策屈膝蹲在榻前，抬起眼皮："就怎么样？"

姜稚衣后怕地抽噎，在榻上沉默。

"插香之前，先把香头的香灰抖了。"元策面无表情地说。

已经暴露过阎罗恶鬼的真面目，还装什么好人？

姜稚衣一把抽回手："要你管，我为心悦之人上香，痛也心甘情愿！"

元策摩挲了下指腹残余的药膏，撑膝起身，扯了扯嘴角："你是心甘情愿，还是一厢情愿？可知你心悦之人早就心有所属，与他人私订终身？"

"我当然知道了！"

虽然不晓得裴雪青这样文气内秀的姑娘怎会瞎了眼看上沈元策，不过一个吊儿郎当不着调的纨绔，将信物小心又郑重地藏在不见天日的瓷瓶里，一个大门不出，二门不迈的闺秀为了向"移情别恋"的情郎求个答案，不惧抛头露面于人前，这份两情相悦倒是令人感佩。

若非形势所迫，她也不愿去扮演一个眼看别人两情相悦的第三人，况且这位男主人公还是沈元策。她可是酝酿了一整日才忍着鸡皮疙瘩想出那些词儿。

早知道付出这么多也走不成，何苦来哉？

见元策眯起眼，像在质疑她如此无所谓的姿态，姜稚衣眨了眨眼一挺胸脯：

"那又如何？我姜稚衣喜欢谁是我的事，只要他值得我喜欢，我便一厢情愿，不求回报！"

元策阴沉着脸伸出手来。

姜稚衣往后一躲，抬眼看见他用掐人的架势一把抓起榻边那罐药膏，像要拧断人脖子一样缓缓拧上盖子，转身往屉柜走去。

见他收起药膏之后，背对着这里，手撑着一张翘头案默不作声，似乎气得不轻，姜稚衣攒着一股气，轻轻一咬牙："虽然他经常斗鸡走狗，惹一身脏污，但是在我眼里，他就好比天上的月光，皎洁明亮。

"与他分别这三年多，我对他日思夜想，无时无刻不在想念他，哪怕如今与他天人永隔，他在我心中依然像那经久不褪的丹砂，永不会淡去颜色。

"我独喜欢他出淤泥而不染的灵魂，将与他一模一样的皮囊放在我眼前，我也——不屑一顾，无动于衷！"

咔嚓一声响，姜稚衣人一抖，探头望过去，看见那翘头案被掰断了"头"。

……气死他，气死他，走不成，那就玉石俱焚！

恰在此时，房门被叩响，门外传来一道焦急的男声："少将军，不好了，少夫人的婢女和咱们的人打起来了！"

姜稚衣一惊。定是惊蛰取了药膏回来发现她被元策掳走，跟人急眼了。

"两国交兵还不斩来使呢，你不许动我的婢女！"姜稚衣着急地看向元策。

元策回过身，走上前来："说的是你的婢女和我的人打起来了，你倒是让你的婢女先放下武器啊。"

显然惊蛰是打不过他们的，硬碰硬只会伤着自己，姜稚衣连忙朝外道："你去告诉惊蛰，让她与谷雨不必为我忧心，我已经想到了对付沈少将军的妙计。"

他人好像还在这儿……

门外士兵长长地"呃"了一声，见元策没有反对，匆忙领命下去："是，少夫人！"

姜稚衣理理衣襟，振了振袖，端坐在榻沿，继续方才的话茬："既然你要留我宿在你房里，长夜漫漫，我跟你讲讲我与你兄长的故事吧。"

元策道："我不感兴趣。"

"暗慕你兄长多年，这份感情始终无人能讲，今夜终于有机会一诉衷肠。你不感兴趣我也要说，你绑得了我的手，我的脚，但你管不住我的……"

下巴忽然被一把捏起，姜稚衣一噎，被迫仰起头来。

元策弯身看着她："我管不住吗？"

姜稚衣颤动着眼睫，猛然间想起他以前是怎么管她的嘴巴的，轻轻吞咽了下，闭上了嘴。

元策松开她的下巴，从鼻腔里哼出一声，转身走向浴房："沐浴完再来管你。"

那你还是个挺爱干净的恶人……

姜稚衣坐在榻上，精神紧张地竖耳听着浴房里传出的水声。

等他沐浴完，不会真来管她的嘴吧？

门窗都被看守住了，注定出不去，更糟糕的是虽然时辰还早，但是她昨夜一宿未眠，今日白天也在想着办法不曾歇息片刻，这会儿听着这催眠的水声竟忍不住犯起困来。

恶狼在侧，就这么睡过去坐以待毙也太危险了，可他又不知几时沐浴完，她这眼皮实有些撑不住了。

姜稚衣忍着困意看了看四下，起身下榻，将那张少了一头的翘头案使劲推到榻前，扯过垂落的床帐，将末帐绑上翘头案的案脚，造了一个死马当活马医的机关。

然后重新钻回榻上，紧紧拉住床帐，闭上了眼。

如果他进榻，必定牵扯床帐，只要她拉着床帐，就会被惊动。有此防御工事，姜稚衣坐靠着床柱，稍微放心了些许，在潺潺水声里打起了瞌睡。

元策从浴房出来，一眼看见这啼笑皆非的一幕，在门槛前站住，转过头不知是气是笑。

他默了默，放轻步子上前，垂下眼睑看了看这机关，手一撑翘头案案面，无声地翻身一跃，上了榻。

再一低头，像松鼠护食一样牢牢扒拉着床帐的人还睡得不省人事。

元策轻轻握住她手腕，将床帐从她手心慢慢抽出。

姜稚衣失去依仗，软绵绵地往后一倒，倒进他怀里。

绸缎般光滑的乌发拂过下颌，香气盈鼻，元策气息发紧，低下头去。一身素服衬得怀里人今日黛眉比平日更深，唇也更嫣红几分。

目光落在她艳丽的唇瓣上静静看了一会儿，元策把人平放在榻上，抬起她脖颈，将枕头垫在她脑袋后，奏着她平躺下来，望着头顶的承尘轻叹一口气。

她在祭奠他兄长亡灵，他在这里想些什么？

身侧的人却似乎不太满意后脑勺下的枕头，蹙着眉头不舒服地动了动，转了个身侧躺，手臂忽然一把搭上他的腰。

元策呼吸一窒，偏过头去。

姜稚衣仍像在自顾自寻找更舒适的睡姿，动动脑袋又动动腿，搭在他腰上的手继续往上摸索。

按捺下的遐思被重挑起，元策一把抓住那只乱动的手，垂眼看着她，把人揽进怀里，让她枕住了自己的胸膛。

姜稚衣终于安分下来。

"喜欢这个姿势？"元策嗓音喑哑，睨了睨怀里的人，"不清醒的时候就喜欢折腾人，醒过来又不认账是不是？"

姜稚衣迷迷糊糊被吵醒，眼皮一睁，眯缝着眼朝上看来。

元策揽人的手一僵，稍稍松开她些，像在等待即将到来的疾风骤雨。

却见她只是冲他皱了皱眉，便又将眼闭了回去，环抱住他的腰："你嘀嘀咕咕什么，我好困，别吵。"

元策僵硬的手迟疑着，一寸一寸试探般再次落回她身上。

下一瞬，换怀里的人猛地一僵，像突然醒过了神，见了鬼似的缓缓抬起头来。

"你、你……"姜稚衣瞠目结舌地看着他。

元策举起手来："你先动的手。"

"我、我怎么可能……"姜稚衣偏过头，看了看两人此刻这让她无法辩驳的姿势，一把松开抱着他腰的手，噌的一声撑着他胸膛坐了起来。

元策平躺着，将揽过她的那条手臂枕到脑后，眉梢一挑："不是说对我的皮囊不屑一顾，无动于衷？看你抱得挺开心的，少夫人。"

姜稚衣蒙了一瞬，回想起自己方才好像是听着浴房的水声入睡，一睡着竟梦回二月里留他在她房里沐浴的雨夜，迷迷糊糊地以为自己还在那晚的驿站。

看着榻上人飘飘然的神情，姜稚衣气得头发丝都快立起来："我不过是脑袋又犯病了而已！"

元策语塞地收敛了闲适之态。

"少趁火打劫还装无辜了，说什么我先动的手，你不会推开？"

元策转过头去："没力气，推不动。"

姜稚衣一指榻边形同虚设的防御工事："倒有力气翻这个？"

"就是在这儿用没了力气。"

姜稚衣说累了，头疼地扶上额角："一日一夜未睡，困得眼皮打架，想睡个觉还要吵赢了才能睡……"

元策看着她眼底的血丝，直腰坐起，轻叹一口气，指指床榻示意她睡："你赢了。"

"我这一睡，你是不是又要动手动脚？你放我回……"

"那你绑了我的手脚，行了吗？"

半刻钟后，姜稚衣低头看着元策双手手腕上缠绕了十圈的布条，捏着布条两头，狠狠打上十个死结，终于放下心来，一沾枕睡了个昏天黑地。

翌日清晨，姜稚衣被一道倒抽冷气之声吵醒。

一睁眼，便见惊蛰手足无措地站在榻前，扫视着一片狼藉的屋子："郡主，沈少将军昨夜是欺负您了吗……"

姜稚衣眯着困倦的眼，发现榻侧已无人，打着哈欠又闭上眼："他可没本事欺负我。"

"郡主，您别为了顾及奴婢不说实话！"惊蛰急声道。

"我说的怎么不是实话？"

"那这翘头案怎么断了？"

"被我气断的。"

"那、那这床帐怎么也给搛了？"

"因为没有绑手脚的布条。"

"他居然敢绑您？！"

"不是他绑我，是我绑他。"

惊蛰松了一口气，松到一半，想起什么不对劲的事："等等，您说沈少将军被您绑住了手脚？"

"是啊，不然我怎么可能安心睡觉？"姜稚衣又打了个哈欠，想让惊蛰别问了，她还没睡饱呢，还没开口，惊蛰便道："可、可是奴婢见他方才是好手好脚地走出去的呀！"

姜稚衣转过头来，眨了眨眼："那肯定是有人进来给他松绑了，我可是打了十个死结呢！"

"奴婢天不亮就等在门口了，沈少将军没唤人进来过……"

姜稚衣缓缓从榻上坐了起来，身子探出床沿一看，瞧见地上那堆仿佛是被粗暴地绷断的布条，倒抽起一口同惊蛰方才一样的凉气。

十圈布条，十个死结，这么一绷就——断了？

那他昨晚哄三岁小孩呢？

"惊蛰，这个人真的、真的好可怕……"姜稚衣抚着颤动的心口，这觉是再也睡不下去了，"我们还是抓紧想办法回京吧……"

"眼下郡主可还有什么法子？"

姜稚衣思索片刻，定了定神："你去告诉他，我已到河西多日，要与舅父报个平安，让他给我寄一封家书回京，这家书我会给他看，决不提及他的秘密。"

惊蛰应声去照办。

一个时辰后，城郊玄策六营，元策坐在几案边接过穆新鸿呈上来的家书，从信封里抽出信笺。

熟悉的洒金花笺连同熟悉的字迹扑面而来，就像年前姜稚衣脚伤那阵，送来沈府的每一封一样。

"卑职觉着，以少夫人的性子，当初只是脚伤半个月不能见您，都要每日给您写一封信，如今与永恩侯相隔千里分别日久，若一直不报平安，的确令永恩侯起疑，这家书还真该寄。您看过无误的话，卑职便安排下……"

穆新鸿说到一半，看见元策捏着信笺的手慢慢攥拢，将信笺丢去了一旁。

"怎的了？"穆新鸿小心翼翼地伸头过去，大致扫了几眼，"这不都在絮絮叨叨说这一路的见闻，有什么不对吗，少将军？"

"自己看行首。"

"舅、父、接、我、回、京、退、亲？"

"让你看，让你念了吗？"元策飞来个眼刀子。

说得好像不念出来，这封家书的杀伤力会弱一些似的。

穆新鸿呵呵赔笑："还好少将军慧眼如炬，一眼识破少夫人的诡计，那这家书咱就不寄了，不寄了……"

继投奔钦差失败，好言相商失败，写藏头信失败之后，姜稚衣待在府里陷入了一筹莫展。

刚好元策这两日军务忙得着不了家，她这气也没地方撒，内院气氛一片低迷。

惊蛰和谷雨见她从早到晚闷在屋里，劝她出去走动走动。

"出了这个门，不还是像个犯人一样被看着？"姜稚衣兴致缺缺。

惊蛰道："但闷在这里，办法也不会从天而降，万一去外头走走会有什么奇遇呢？"

谷雨道："就算没有奇遇，您就想着您总有一日会离开这里，就当眼下是在游山玩水，若这么闷着岂不太亏了？"

被两人苦口婆心地劝着，这日天晴，姜稚衣终于依着她们出门上了街。

晴日的街市，出摊的货郎格外多，可身后又阴魂不散地跟着那个叫三七的士兵，姜稚衣也没什么兴致游逛，被两名婢女拉着随波逐流地走着。

"郡主，姑藏也有卖糖人的呢，您之前不是喜欢吃这个吗，咱们去买一个？"谷雨指着街对面的糖人摊哄她。

姜稚衣顺她所指的方向看去，想起上一次与裴雪青在糖人摊跟前争风吃醋的事，想说现在不喜欢吃了，忽然注意到那糖人摊前站个中原打扮的少年郎，一身斯文的圆领袍，身板修长俊逸，侧脸清秀温润。

姜稚衣盯着那张侧脸，怔怔地揉了下眼。

这可是离长安一千多里的姑藏，裴子宋怎么在这里？

她不会是在屋里闷出幻觉来了，想到裴雪青，便看见了她兄长裴子宋吧？

惊蛰也跟着看了过去，震惊道："郡主，那怎么好像是——"

姜稚衣掐了一把惊蛰的胳膊。

惊蛰反应过来，感觉到身后盯着她们的那道目光，当即接了下去："好像是跟长安不一样的糖人？咱们过去瞧瞧吧。"

姜稚衣点点头，带着两名婢女朝对街走去，越走越近，越近越看得清晰。

虽然不知裴子宋怎会天降姑臧城，但是他既然来了，就是她的奇遇了！

姜稚衣欣喜着加快了脚步，离糖人摊几步之遥的时候，却见裴子宋接过货郎递来的糖人，付了银钱转身走了。

姜稚衣着急地开口要喊人，想起身后亦步亦趋跟着的人又住了嘴。

眼望着裴子宋离去的方向，姜稚衣目光闪烁着往四下看去，灵机一动，一指边上的摊子："咦，那儿有卖埙的，先去那儿看看。"

两名婢女跟着姜稚衣走到古玩摊前。

姜稚衣拿起摊子上那只埙，问货郎："这埙可否在此吹奏，试试音色？"

"姑娘，这可使不得，这埙是要放在嘴边吹的，若人人都来试，不就卖不出去了吗？"

"那这埙我买了，"姜稚衣给惊蛰使了个眼色，"不过我还得在这儿试试音色。"

"那您请便，请便。"货郎开心地接过惊蛰递去的金叶子。

姜稚衣瞄了眼裴子宋走远的身影，回忆着去年在书院里与裴子宋合奏过的那首《俞伯牙悼钟子期》，连忙拿起埙吹奏起来。

乐声随风袅袅飘远，长街那头，裴子宋意外地停下脚步，回头望过来。

余光瞥见这一幕，姜稚衣心跳得飞快，面上继续若无其事地吹奏着，直到裴子宋朝她走来，身后三七察觉不对，拔步上前。

"郡主？"裴子宋走到了姜稚衣跟前。

姜稚衣一看三七拔剑的手势，端着手道："这位是相国裴家的长公子，不是歹人。"

三七脸色微变，横握着剑的手却仍未放下。

裴子宋一愣，朝人作了一揖："在下裴子宋，是郡主往昔在书院的同窗，只是碰巧遇见郡主，过来打个招呼，无意冒犯。"

姜稚衣道："还不快退下？你若伤着相国之子，少将军可难辞其咎。"

三七颔首退到姜稚衣身后。

"裴公子怎会来了河西，此行可是有什么公差？"

"并非公差，舍妹正月里病了半个多月，病好后说想来河西看看，家里放心不下她一人出远门，我这做兄长的便陪她过来，其实也就比郡主与沈少将军晚启程几日，本想落脚歇息两日再登门拜访你们。"

原来如此，裴雪青想来河西看看，应当是为了沈元策。

沈元策，你终于在天有灵，来管你这个可怕的弟弟了！

姜稚衣紧张地轻吸一口气："那裴公子可否到安静处借一步说话？"

"什么？你要退亲？"街边茶楼二楼雅间，裴子宋听完姜稚衣一番匆匆忙忙的话，惊讶道。

"我现下与你说不了多久的话，这街上一时也没笔墨纸砚，你就按我说的，出了茶楼立刻写封信加急送去长安，将我退亲的意思带到侯府，让我舅父快快派人接我回去。"姜稚衣一面说一面往窗外瞟，观察着茶楼底下——三七肯定去军营报信了，她不知道自己还有多少时间。

裴子宋在长安时从来只见姜稚衣像只骄傲的孔雀，第一次看她如此慌张，仿佛生怕每一句话都是与他说的最后一句。

"郡主只是因寻常事与沈少将军闹得不愉快，还是遇到了什么大的难事？"裴子宋回忆起方才姜稚衣吹埙引他注意的事，又想起那个士兵看似保护实则仿佛看守的架势，迟疑着猜测道，"沈少将军该不会将您……软禁起来了？"

姜稚衣掩在袖中的手轻轻攥了起来。

一旁的惊蛰与她使着眼色，示意她说实话吧。

漫长的沉默过后，姜稚衣攥着袖摆一笑："没有，他怎敢软禁我？只是闹了些不愉快。不过虽是寻常小事，我也已经下定决心，请你务必帮忙。"

裴子宋一如往常，她不说之事，他便不再多问，默了默，说道："好，我明白了，只是八百里加急非朝廷钦差、非遇紧急军情不可用，若我借家父名义，最快只可达四百里加急。"

姜稚衣点头："只要借裴相之名，能够保证信件顺利抵达便好，多谢你。"

裴子宋起身告辞："那事不宜迟，我这便去办。"

姜稚衣目送裴子宋走出茶楼，像是绷着的一股劲儿忽然散了，坐在茶桌前，垂下眼去发起了呆。

惊蛰站在边上着急："郡主，您为何不将实情全盘告知？裴相的信件就连沈少将军也是拦不得的，好不容易有机会传信，您就该将沈少将军的恶行全说出来，若得圣上出面，咱们都不必等到侯爷派人来接，圣旨一到便能回京了。"

姜稚衣静坐了一晌，低着头喃喃道："裴子宋知道太多，会有危险。"

雅间的门突然被人从外一把推开。

姜稚衣抬头看见来人，吓了一跳，蓦地站起身来。

惊蛰立马挡在姜稚衣身前。

元策一脚跨过门槛，踩着乌皮靴一步步慢慢朝里走来，阴沉沉地，每一步都踩得人心头发颤。

主仆二人齐齐瑟缩了下。

元策走到茶桌前站住，垂眼看向她对面那盏还冒着热气的茶，看了一会儿才说："你就这么想离开？"

姜稚衣提起一口气，拨开惊蛰，仰头看他："不离开，难道要被你当犯人一样关一辈子吗？"

元策垂着眼没有说话。

姜稚衣顺着他目光看向那盏裴子宋的茶："你不肯放我走，我只能出此下策，眼下消息应当已经送出，裴相的信件你总不能拦了。"

"若我偏要拦呢？"

姜稚衣急得跺了跺脚："我都说了，我不会把你的事说出去，如果我想说，方才就是最好的机会，可我什么也没说——你为什么还不肯放我？"

元策喉结轻动着抬起眼来："就不能是因为我喜欢你吗？"

姜稚衣到嘴边的下一句反问蓦地顿住，木然地看着元策，轻轻眨了两下眼。

因习武常年气息沉稳的人此刻胸腔微微起伏，下颌绷成硬邦邦的一线，整个人像一张被拉紧到极致的弓。

半晌过去，姜稚衣结结巴巴地开口："你莫、莫名其妙……谁喜欢人会把她当犯人一样软禁起来，还拿绑手脚威胁她？"

"我会。"

莫名其妙还理直气壮。

这话说的，和话本里强抢民女去做压寨夫人的山贼有什么分别？

姜稚衣不可思议地看着他，见他直勾勾地盯着她一动不动，目光轻闪着缓缓挪开视线："真是秀才遇到兵，有理说不清。惊蛰，谷雨，我们走！"

说着轻轻一招手，带着婢女出了茶楼。

留下口干舌燥的人独坐在雅间，沉默许久，拿起姜稚衣那盏茶，仰头一饮而尽。

坐着马车回到沈府内院，姜稚衣忐忑地在屋里来回踱步。

老天开眼为他送来裴子宋——分量足够重，又并非因公差来此，所以行踪未被提前获悉，若连裴子宋都帮不了她，她恢复自由怕是无望了。

两名婢女也在一旁忧心地窃窃私语。

谷雨道："惊蛰姐姐，沈少将军不会当真连相国的信件都拦吧？"

惊蛰摇摇头："应当不会，郡主留了情面，只说因闹得不愉快想回京退亲，若沈少将军为这么一封信大动干戈，反倒可能暴露他对这桩婚事别有目的，于他是不利的……"

话虽如此，主仆三人还是紧张得坐立难安。

直到天色渐暗，临近掌灯时分，一阵悠扬的琴声隐约传入耳中。

姜稚衣踱步累了正坐在美人榻上歇息，一下子站起来，让两名婢女打开门窗，探身出去仔细听了听，的确是那首《俞伯牙悼钟子期》，似乎是从沈府后院的方向传来的。

姜稚衣立马匆匆忙忙赶了过去，走到后门附近，与一双乌皮靴狭路相逢。

一抬头，看见同样循声而来的元策。

两道目光一道焦急一道阴沉，在空中电闪雷鸣般交会，一瞬过后，姜稚衣一提裙摆，飞奔向后门。

元策大步上前，三两步便追上了人。

听身后人甚至都没用跑的，便如此一步顶她三步，姜稚衣急得一个趔趄，脚在台阶处一绊。

元策人刚越过她，眉心一跳，一回身扶住了人。

姜稚衣踉跄着抓紧他的小臂，惊魂未定地抬起眼来："……我一个文弱女子，你如此这般，胜之不武。"

元策眯起眼："你一个文弱女子，还会跟人以乐传情，能耐得很。"

姜稚衣莫名其妙："要不是你自己当初不想跟我合奏，非让裴子宋与我同组，何来今日？自作自受，休怪旁人！"

大眼瞪小眼片刻，两人各自转过头去。

耳听得一曲终了，又响起一曲，姜稚衣焦急万分，轻咳一声："僵持无用，你等我喘匀气再一同迈腿，谁快谁慢，各凭本事。"

也不知是谁需要跟她僵持，若不是为了扶她，他八扇门都打开了。

元策沉着气等在原地，把手臂留给她借力缓劲。

姜稚衣扶着他喘了几口气，忽然一把甩开他的手，快步走上台阶，拔掉门闩冲了出去。

元策低头看着自己被甩开的手，气得笑着跟上去跨过门槛。

一过门槛，两人脚步齐齐一顿。

门外并无裴子宋的身影，只有一名女乐师坐在府门前弹奏着一把七弦琴。

面对你争我抢仿佛赶集一般冲出来的少男少女，女乐师拨弦的手一顿，愣愣地抬头看了眼元策，又看了眼姜稚衣，抱着琴从地上起身，对着姜稚衣施了一礼："姑娘，有位公子请奴家给您带句话，说他不负您所托，请您安心静候佳音。"

姜稚衣心下大定，松了一口气，笑着朝女乐师道了声谢，又看一旁的元策转开了头，似乎对这个消息颇觉得无趣的样子。

也是，裴子宋的信已送出，他这河西的"天公"自然知晓，大约觉得没逮着裴子宋，又听了句废话，白与她赛这一场。

不过他方才在茶楼反应这么大，后来当真什么也没做吗？

像是看穿她的心思，元策哼笑了声："亲一日未退，你便一日是我未婚妻，你可以写信给永恩侯，我也可以。"

原是权衡了一番，知道拦截裴相的信反生嫌疑，算盘打到这里去了。

"随你怎么歪曲事实，舅父还能信你不信我？"姜稚衣冷嗤一声，指指头顶的天，"天色不早，赶快回去写你的信吧，不久后的——前、未、婚、夫。"

元策望着她转身离去的背影，一阵气闷。

"不不不，怎能写'永恩侯亲启'这样生疏的称呼呢？"一刻钟后，正院书房，穆新鸿弯身站在书案边给元策出谋划策。

"那写什么？"

"通常这种媳妇儿要回娘家，只能讨好岳丈的时候，卑职都写——岳父大人亲启。"

元策嘴角一抽。

"您变通一下，就写——岳舅大人亲启。"

见元策迟迟没有落笔，穆新鸿语重心长："少将军，您要看清楚形势，少夫人的信是裴公子代写的，您觉得侯爷拿到信会作何感想？那肯定能想到您拦着少夫人写信了。您若不写点好听的话，如何过得了这一关？"

元策长出一口气，落下了笔。

穆新鸿一面欣慰地看着他一笔一画开始写信，一面在旁边絮絮叨叨："还有，照卑职看，少夫人今日明明有机会却没有揭发您，说明她的确对大公子感情深厚，纵使被您如此对待，也不愿看到沈家蒙难……"

元策笔尖一顿："还用得着你讲？说点有用的。"

"您听卑职说下去。卑职是觉得既然少夫人有这份心，那说明她是什么人？"

元策闭了闭眼，冷静片刻："对我兄长用情至深之人。"

"……不是卑职说您，您怎么一拈酸吃味就总是鬼打墙呢？这分明是说，少夫人其实是个心善心软之人。"

"那怎么了？"元策抬眼看他，"又不是对我。"

"我的少将军，这刀子嘴豆腐心的人肯定是吃软不吃硬啊。卑职家里那位夫人便是如此，每次卑职与她呛声，她能急赤白脸提起菜刀来，但卑职若蔫答答地一跪，她就心软了。所以您与其用强不如用软，说句大不敬的，您就当自己是条没人要的狗，多去跟少夫人装装可怜……"

元策拧起眉头："做不来。"

想着裴子宋的"静候佳音"，这一晚，姜稚衣睡了恢复记忆以来的第一个好觉。晨起之后，早膳都多用了半碗粥。

惊蛰看她这几日人都清减了，终于肯吃东西，放下心来，等她用过早膳与她报喜："郡主，估摸着沈少将军相信您不会将那秘密说出去了，今儿奴婢起来一看，咱们院里的护卫撤去一多半，只剩下寻常的数目了。还有那个叫三七的小少年给您送来了一只京巴犬，说是听说您在长安养了一只狸奴，可惜此行未能带来，便让这京巴犬给您解解闷。"

话音刚落，谷雨抱着一只身量小小、通身银白、毛光亮蓬松的京巴犬走了进来："郡主，您瞧这狗憨憨的，倒是怪可爱的，听说特意给它沐浴过才来见您，干净得很，您要不要抱会儿？"

姜稚衣抬头瞟了一眼，轻哼一声："背后指不定如何在给舅父的信里编派我呢，拿狗做什么封口人情？再说了，知道我养猫送什么狗？带下去。"

汪呜——一声颤巍巍的狗叫声响起，似是知道自己不讨主人欢心，那京巴犬一脸悲戚地转头看着谷雨。

谷雨轻抚着怀里的小京巴，有些不舍地踌躇起来。

惊蛰给她使眼色，示意她抱下去。

两人本是想着郡主在这儿当真太闷了，只要能给郡主逗乐子，哪怕是"敌人"送来的也无妨，但郡主不喜欢，只会看着更来气，不如退回去。

谷雨道："可三七已经走远了，奴婢该将这狗送去哪里？"

惊蛰道："让它自个儿先去庭院待着，传信请人来接就是。送远点，别惹着郡主的眼。"

谷雨应声送狗出去。却没想到这一送，眼是惹不着了，耳朵却还惹着。

这小京巴个头不大，嗓门却不小，一上午时不时在庭院里可怜巴巴地汪呜一声。见姜稚衣不耐烦，接狗的人又迟迟不来，谷雨只好狠狠心，干脆把狗送出了院子。

耳根清净下来，元策白日又不在府，午后，等姜稚衣睡足午觉，两名婢女便拉着她去庭院里散步，晒晒三月里的日头。

可惜天公不作美，散步到一半，天阴了下来，眼瞧着是要落雨了。惊蛰和谷雨只得搀着姜稚衣回去，赶在下雨之前进了屋。

雨说下就下，不光下雨，连带着还打起了春雷，天一擦黑，惊蛰便忙着点起屋里的灯树，将卧房屋外两间都照得灯火通明如白昼。

谷雨在一旁帮忙，讶异道："怎要点得这么亮？"

"郡主怕打雷，幸好有这些灯树，不然还得出去寻蜡烛。"

两人说着一回头，看见姜稚衣歪歪斜斜地倚靠着美人榻，低垂着眼不知在想什么。

惊蛰道："郡主怎的了，可是还怕？"

谷雨拉过惊蛰，压低声道："惊蛰姐姐有所不知，上次打雷天的时候，沈少将军背着郡主翻山去驿站，郡主可能想起这事了，咱们还是别去打扰吧。"

惊蛰看着姜稚衣，皱了皱眉，回身继续点烛去了。

恰在此刻，外头忽然响起阴魂不散的一声："汪呜……"

姜稚衣从心事里回过神来，疑惑地眨了眨眼："我听岔了吗？不是说那狗送出院子了，怎的还在叫？"

"奴婢是送出去了呀……'谷雨也奇怪，连忙打开窗子望出去。

这一望，竟见那只小京巴孤身一狗趴在露天的天井，被雨淋得透湿，正蜷缩着瑟瑟发抖。一旁分明有避雨的廊子，这狗傻里傻气，居然也不挪个步子。

谷雨忙将外头的情形告诉姜稚衣。

姜稚衣起身走到窗边一看，蹙起眉头："说了让人来接，怎么这个时辰了还没接走？"

谷雨揪着一颗心："郡主，这狗被送过来又退回去也怪可怜的，咱们要不先把它接进来避避雨吧，终归狗是无辜的。"

姜稚衣挥了挥手，示意她去。

庭院里，一脚跨进来的元策刚好瞧见谷雨出来抱狗的一幕。

穆新鸿在他身后给他打着伞："少将军您看，卑职就说这狗一日之内必定能获郡主芳心，少夫人这吃软不吃硬的性子，狗都懂了，您还不懂吗？"

元策冷着脸偏过头，缓缓地看他一眼。

穆新鸿发怵："是卑职失言，卑职这就下去领两杖军棍，这伞就留给……"

"还留什么留？"元策凉飕飕地打断了他。

"啊？"

元策叹了口气："拿开你碍事的伞。"

穆新鸿一愣，反应过来，少将军这是要效仿前"狗"了，立马把伞挪开。

这一挪，预想中的倾盆大雨却不曾降下，头顶只落下稀稀拉拉几串雨珠。片刻后，连这稀稀拉拉的雨珠也没了。

两人站在雨里一抬头——

雨停了。

眼看着乌云散去，穆新鸿干笑着打圆场："少将军，行军打仗讲究天时地利人和，今夜似乎天时不合宜……那就下次吧，反正如今已经知道诀窍了，何愁下次不成！"

"我要打仗，就没有什么天时不合宜。"

"您打仗的确是下雨有下雨的打法，不下雨有不下雨的打法，实在不行逆着风也能打，可这时候没雨怎么硬淋，您总不能让老天再给您下一场……"

"去拿桶水来。"

同一时刻，卧房里，等两名婢女拿绒毯将那只京巴犬擦干，姜稚衣眼瞧这狗眼巴巴地仰头望着她，汪呜汪呜地叫，弯身把狗抱了起来，叹了口气："你说你也是倒霉，摊上这么个把你送来就不管了的黑心主子，等下次见到他，你就咬他，知道吗？"

小京巴被打湿的毛蜷曲着，露出粉嫩嫩的肚皮来，汪呜一声靠进她怀里，也不知听没听懂。

算了，这狗太小，估计也咬不动那个能一下绷断十圈布条的恶徒。

正想着，笃笃，两下叩门声响起。

忙着收拾一地狼藉的两名婢女一抬头，看见落在房门上的那道颀长人影，请示般望向姜稚衣。

"开门吧，让他把狗带回去。"姜稚衣扬扬下巴。

谷雨上前一把拉开了门。

姜稚衣抬起眼刚要开口，便看见了今晚第二只从头到脚淌着水，头顶还冒着一缕不知是寒气还是热气的落水狗。

主仆三人连带一狗，四双乌溜溜的眼睛呆望着门外仿佛刚从浴池里走出来的人，面对面静止许久，姜稚衣迟疑道："你这是？"

元策的神色有点不自然，一指她怀里的狗："跟它一样，淋雨了。"

姜稚衣低下头去看了看狗，又抬眼看了看元策："你这是淋雨淋的？"

元策轻咳一声点头。

姜稚衣抱着狗走上前去，狐疑地眯起眼，观察着他头顶那一缕白烟："那怎么人家都冻得发抖了，你这头顶还冒热气儿？"

元策咬了咬牙。

他就说穆新鸿这个不牢靠的，让这人拿桶水来，像生怕他感染风寒，拿了一桶沐浴用的热水。

"你上次淋雨走两个时辰路都没这样，骗谁……"

"那不是上次有人给我擦脸，这次没有吗？"元策紧盯着她。

屋里两人一狗缓缓斜过眼珠看向姜稚衣。

姜稚衣神情局促抱着狗背过身去："活该你没有。"

"不给擦脸，避雨总行吧？"

"这雨都停半天了，你还避什……"夜雨过后的穿堂凉风从大敞的房门外袭来，姜稚衣话没说完，先打了个寒噤。

元策眼疾手快地一脚跨进屋里，反手把门带上。

"你是强盗？谁让你进来了。"姜稚衣蹙眉瞪他。

"开着门你不是冷？"

"你可以在外面关上门。"

"我也冷。"

二月里还是"这点雨也叫雨"，三月里就是"我也冷"了，天气都没他能变。

话没说两句，对面人一身的水滴滴答答流淌下来，很快在地板上留下一摊水渍。

"你这一身……"姜稚衣糟心地看着这一地的狼藉，催促婢女："你俩快来收拾，我这屋子都要被淹了！"

谷雨和惊蛰连忙上前，一个去擦地板，一个给元策递上一块干手巾。

擦地板的那个刚擦完一摊，一转眼发现又是一摊。

递手巾的那个眼看一块手巾湿透，又递上第二块。

姜稚衣抱着狗坐在美人榻上叹气："你不换衣裳怎么能干？我这儿又没你的衣裳，你倒是回屋去……"

话音刚落，眼前黑乎乎的一团一闪而过："少将军！"

元策手一扬，一把接住了一只包袱。

姜稚衣扭头看了看身后兰开的窗子和窗外溜得飞快的穆新鸿，目瞪口呆。

元策道："那我进去换件衣裳。"

"你敢再弄湿我的里间？就在这儿换，换完立刻走。"姜稚衣抱着狗往里间走去。两名婢女跟着回避。

姜稚衣进了里间，像从前抱着虎虎那样揉了揉小京巴的脑袋："用过膳了没？"

一门之隔外，元策摘革带的动作一顿，有些意外地抬起头来："没有。"

姜稚衣缓缓回头看向身后半掩的房门："我问狗，谁问你了？"

门外安静下来，片刻后革带落地，带钩砸到地板上发出清脆的当啷一声响。

姜稚衣耳朵一麻，像看到那革带在眼前落下来似的，有些僵硬地清了清嗓，朝外道："你这狗叫什么名儿？"

元策道："等你取。"

看在这狗今日为她淋了场雨的分儿上，姜稚衣仔细想了想，一时却没想到什么寓意好的名儿，都说狗随主人……

"你叫——沈什么？"

门外的人沉默了会儿："跟你说了，你可以当我叫沈元策。"

"谁家取名这么奇怪，两兄弟用一个名儿……不想说就拉倒。"

"我叫元策。"

姜稚衣一愣："'沈元策'的'元策'？"

元策没再说话。

姜稚衣眨了眨眼，忽然想起过去一些细碎的小事。

她脚伤好的那天和元策一起去逛西市，因与裴雪青争风吃醋了一场，她非逼他立誓，他说自己此生从未拈花惹草，用的好像是"元策"的名义，但说到对她不离不弃，就用了"沈元策"的名义。

"起个誓也狡兔三窟，哪儿有漏洞往哪儿钻，真是高明。"姜稚衣冷笑。

元策也想起了这件事："后来你说要元策，我是不是又起了一遍誓？"

好像是，生气生快了。

不是，她生什么气，她已经不是话本里的依依了，要这种无聊的誓言做什么？

姜稚衣蹙了蹙眉，重新低头看向缩在她怀里的白团子，想了想，道："我不过暂时收留你避雨，你往后还是要跟着你主子的，既然你主子姓元，你就叫元团吧。"

元策在外听着，一字一顿地确认："元、团？"

听到主子的召唤，元团浑身的毛一立，一下从姜稚衣怀里蹿了出去。

"哎！"姜稚衣一惊，追出去，追到外间，元团身上的白色在眼前一晃，元策身上的白色也在眼前一晃。

姜稚衣一点点抬起眼来，看见元策赤着微湿的半身站在那里，宽肩窄腰，肌理分明，那清洌的水珠竟可以顺着肌理从胸膛往下淌，一路没入裤头……

姜稚衣脑袋一热，晕怔着眨了眨眼："你、你给我转过去！"

说着自己也飞快地转过了身。

元策一僵，背过身去，低头看了眼自己："又不是第一次看了。"

"我什么时候看过你？"

"第一天进京不就被你看了？"

好像是有这么回事，可她记得，她当时轻易就撞见了他换衣裳，他对自己的身体似乎没有任何遮掩的意思。

"所以你和你兄长脸一样，连——身体也一样？"

"怎么，看我就当看我兄长了？"

倒也不必如此……

"那要让你失望了，我们的身体不一样。"元策一把扔下擦身的手巾。

"不一样不会露馅吗？"姜稚衣奇怪道。

"身量差不多，身板过了三年更结实也无甚奇怪，这些都不必遮掩，要藏的我已经藏好。"

“哪里要藏？”

“旧伤留下的疤，手上太厚的茧。”

姜稚衣抬起头，看向面前的铜镜。铜镜里，十九岁少年的后背已被好几道狰狞的疤痕占据，她分不清具体是什么武器伤的，可能有刀剑，也可能有枪戟。

所以，这些疤他有，而沈元策没有。

姜稚衣怔怔地看了好一会儿：“可你这些疤不是还在吗？”

“陈年的疤自然消不掉，做成新留的疤，表面看着是兄长最近才受的伤就行。”

“怎么做成新留的疤？”姜稚衣半张着嘴，怎么想好像都只有一种办法，可这也太……

“把它们全都重新剜一遍就是了。”元策轻飘飘道。

姜稚衣一激灵，呼吸一窒，颤着手扶住了妆台，眼前仿佛浮现出一些血肉模糊的可怕场景。

难怪他在京城受点伤，都觉得她是大惊小怪。

元策似有所觉，回头看向她僵直的背影，轻轻一挑眉：“又不是剜在你身上，你怕什么？”

姜稚衣缓着劲儿吞咽了下，定了定神继续问：“所以你这些疤是怎么来的？”

她猜到沈节使应当将这个不能露面的儿子养在了河西，既然元策身上有那么多陈年旧伤，难道从小就参军？

“有些是十岁之后从军受的，有些是小时候习武留下的。”

“习武还能伤成这样？习武不该像书院里那样有教头在一旁看护吗？”

“若都像那群花架子一样习武，怎么打赢仗？”元策披起外衣，系上革带，回过身来，“再说我哪儿有书院可上？”

姜稚衣也转回身去：“那你习武都在哪里？”

“没人看见的地方。”

“你这伤大多在后背，难道私下习武还有人从后背偷袭？”

“战场上有的，训练时当然要有。”元策依然觉得理所当然。

姜稚衣哽在了原地，从震撼于一个她闻所未闻、见所未见的触目惊心的世界，到细思之后像被一盆凉水从头浇到脚的胆寒和窒息。

这样出身的一对双生子，弟弟与哥哥共用一个名字，从小在不见天日、你死我生的搏杀式训练里长大，身边即战场，十年如一日地置身于命悬一线的危险之中……

所以他当初才会说，他睡觉的时候，不要靠近他。

所以那日，也真的是他第一次光明正大地走在姑臧的夜市里。

“这些都是你自己愿意的吗？”姜稚衣不可置信地问。

元策眨了眨眼，似乎从没被问过这个问题，也没想到她好奇了一通，最后问的是这么一个问题。

"是吧。"半晌过去，元策随口一答，拎起那一身湿漉漉的衣服，"不欢迎的话我就走了。"

"哦……"姜稚衣点了下头，见他推开房门跨了出去，忽然叫了一声，"元策。"

元策跨出门槛的脚步一顿，回过头来，像是愣了愣。

长安城里不是没有人这样叫他，但实则都是称呼兄长，却极少，也很久没有人用"元策"二字真正地叫他这个人了。

姜稚衣话一出口也有点僵滞，这么叫好像是有点奇怪，仿佛在亲热地称呼沈元策，但谁让他叫这个名字……

"怎么了？"元策哑着声望向她的眼，牵动着她的目光。

姜稚衣稍稍移开些眼，指了指一旁的红泥小火炉："你要不要带碗姜茶回去？"

翌日清晨，姜稚衣正在内院用早膳，听惊蛰说裴雪青一大清早来了府上。

"她一个人来的吗？"姜稚衣喝着粥抬起眼问。

惊蛰道："是，不过您若想给裴公子带信，估计可行，奴婢瞧沈少将军并没有藏着掖着裴姑娘来的事。"

"他敢藏？毕竟是我吃过——"

惊蛰一愣："吃过什么？"

"没什么。"姜稚衣目光闪烁着低下头去，又喝了几口粥，"眼下倒没什么新的口信要带给裴子宋，不过该去跟裴雪青道声歉，若不是因为我，她的玉佩也不会碎，也不知道元策后来还给她没……"

"那奴婢陪您过去，人就在沈少将军的正院呢。"

姜稚衣匆匆用完早膳，漱过口，梳妆过后出了院子，不想刚走到正院附近，便见裴雪青从里头走了出来。

裴雪青依然一身雪青色长裙，帷帽遮面，看见她便停下来福身行礼："郡主。"

上回见到这一幕还是正月，虽时隔不久，此间却翻天覆地，她像活了两辈子一样，竟生出一种恍若隔世之感。

姜稚衣走上前去："不必多礼，不是才来吗，这就要走了？"

"不是，是我冒昧请求沈少将军带我去祭拜……"

裴雪青没把话说完，姜稚衣一看她手里拎着的素色食盒便也明白了。祭拜沈元策应当是裴雪青千里迢迢来河西最大的目的。

看来裴雪青已经从元策那儿得知她也明白了真相，如今三人不必遮掩，尽可坦诚直言了："这怎么是冒昧，是应当的，不过他就这么让你自己一个人去吗？"

"地方很难找，我带路过云。"听出她语气里责怪的意味，元策换好一身轻装从后头走了上来。

"哦。"抬头看见来人，想起昨晚他不穿衣裳的样子，姜稚衣不太自在地应了声。

元策试探着瞟了瞟她："你也想去？想去就一起，省得我带两次路。"

姜稚衣张了张嘴，想说其实并没有，但想着也不知下次再见裴雪青是何时，万一她祭拜完就回京了呢，思忖了下道："那行吧，也算我一个，我与裴姑娘刚好有些话要说。"

那行吧？说得还挺勉强。在人家正经相好跟前，借口倒找得不错。

元策目光复杂地看了看姜稚衣，带着她们出了府。

因祭拜之地的确太过私密，姜稚衣和裴雪青都没带贴身婢女，此行除了元策，只跟来一个三七——给她们当车夫，赶着一辆不起眼的马车。

马车驶出姑藏城，一路朝城外不知名的山驶去。

姜稚衣和裴雪青对坐在车内，与她道："裴姑娘，我才知来龙去脉不久，与你道个歉，若不是因为我闹了一出阴错阳差的误会，你的玉佩也不会摔碎。此前我在你面前还说了些重话，叫你受了不少委屈。"

裴雪青面露愧色，摇头道："沈少将军已与我解释过了，你不知情，我怎会怪你？若我要怪你，我也害你受了不少委屈，你也该怪我了。再说我之前还帮沈少将军骗了你，其实也一直想同你道声歉……"

元策屈膝坐在御车前室，回过头来："一个也别怪了，怪我。"

"你怎么还偷听人讲话？"姜稚衣朝外轻斥一声。

"那你要不问问这车门怎么不挡声？"

裴雪青笑着看了看噎住的姜稚衣。

在城郊颠簸不平的路上驶过约莫半个时辰，马车终于在山脚停稳。

姜稚衣先一步弯身下去，到车门边上，正垂眼挑着落脚的泥地，一双手臂直接将她竖着抱了下去。

姜稚衣险些一声惊呼，想起裴雪青还在身后，不宜失态，硬是将溢到嘴边的声儿压了下去，落地之后扶着元策的腰站稳，眼神微微一闪，抬头看了看他。

裴雪青搭着三七的小臂走了下来，朝三七道了声谢。

三七接过裴雪青手里的食盒："裴姑娘别客气，上山这一路且有得走，只要裴姑娘不嫌弃，您就当小人是个男婢，扶着小人就行。"

"怎会嫌弃？那这一路便麻烦你了。"

三七将马车挪去隐蔽处奄藏起来，领着裴雪青上山。

姜稚衣缓缓转头看向剩下的元策，那她的男婢就是——

元策道："嫌弃？"

"我可没这么说。"姜稚衣瞥开眼去。

"想让我背你也行，反正都是男婢。"

"才不用。"姜稚衣转身跟上裴雪青和三七，一低头却看见一面十足之悬的陡坡，不得不一脚站住。

视线里出现了一只熟悉的手。

姜稚衣默默抓过元策的小臂，借力踩上去。

罕有人迹的荒山，路当真难行，哪怕今日天晴，脚下泥地干燥，三七在前边开路时拨开了长草和荆棘，元策也在旁护持着她，姜稚衣还是走得吃力无比，没走多久便已是气喘吁吁，腿脚发软。

抬头往前看去，裴雪青分明也在一声声喘着气，却努力克服困难，每一步都踩得十分坚定。

自然，对于祭拜沈元策这件事，她与裴雪青的信念如何能比？

眼看姜稚衣扶着腰停了下来，犹豫地望向上头杂草丛生、不见尽头的黄泥路，元策搀着她的胳膊瞥了瞥她："走不动了？刚才不是还挺想来。"

姜稚衣压低声道："我也不知道是这么个情形……"

"知道是这样就不想来了？"元策瞧着她有些勉强的神色。

姜稚衣嘴上没答，但眼神已经出卖了她的意思。

"姜稚衣，我今日算是看出来了。"元策抱起臂盯住了她。

"看、看出什么？"

"你可远不如人家裴雪青喜欢我兄长。"元策朝上头扬扬下巴。

姜稚衣被他盯得心虚地别过脸："那人家是一对，我又不……"

话说到一半，一眼看见脚下杂草丛中一条花花绿绿的软物爬了过去。

元策一低头，刚要把人拉过来，姜稚衣先一声惊叫跳了起来。

电光石火间，下一刹那，姜稚衣已将整个人挂到元策身上，一双手牢牢搂住他的脖子，两条腿圈住了他的腰。

元策轻轻地掂了下人，将她抱稳了些，往草丛一看："一条花蛇而已，已经走了。"

姜稚衣头晕目眩地喘着气，低头看他："一条、花蛇、而已？你在说什么轻描淡写的话……"

元策眉梢一扬，抬起头来："那——这山里居然有一条花蛇？"

"当然是居然！怎么不是居然呢？"姜稚衣脸色发白地腾出一只手摁住狂跳的心口。

"是居然。"元策深以为然地点点头，"你来祭拜我兄长，他居然拿花蛇吓唬你，却没有吓唬裴雪青，可见兄长不论生前身后，选择始终如一。所以——"

"所、所以？"姜稚衣愣愣地垂下眼来。

"所以——"元策抬眼看看她一笑，"别喜欢我兄长了，喜欢我吧。"